독거의
여자

§ **독귀의 여자** §

2019년 9월 04일 초판 1쇄 인쇄
2019년 9월 11일 초판 1쇄 발행

지은이 § 강청은
발행인 § 곽동현
기획&편집디자인 § 신연제, 이윤아
발행처 § (주)조은세상

등록 § 제2002-23호(1998년 01월 20일)
주소 § 경기도 연천군 미산면 청정로1355
TEL § 02)587-2966
E-mail romance@comics21c.co.kr
Blog http://goodword24.bolg.me

값 10,000원

ISBN 979-11-6432-421-7

이 도서의 국립중앙도서관 출판예정도서목록(CIP)은 서지정보유통지원시스템(http://seoji.nl.go.kr)과
국가자료종합목록(http://www.nl.go.kr/kolisnet)에서 이용하실 수 있습니다.
(CIP제어번호: CIP2019034412)

장편소설
강청은

독귀의
여자

(주)조은세상
GOOD WORLD
ROMANCE NOVEL

鬼

목 차

1장.
두 명의 독귀

"에취!"

수염이 덥수룩한 한 남자가 코를 훌쩍이며 멍하니 허공을 바라보았다. 그의 시선 끝에는 짙은 안개로 둘러싸인 설산과 그 위로 뾰족하니 돋아난 산봉우리가 초연한 모습으로 서 있었다.

"드디어 도착했군. 아아, 정말 지겨웠어."

"도망자 주제에 잘도 그런 소리가 나오십니다?"

남자의 뒤에서 상당히 심기가 불편한 목소리가 툭 튀어나왔다. 수염을 기른 남자가 뒤를 힐끔 돌더니 히죽 웃었다.

"아직도 삐쳐 있는 거야, 서요? 벌써 아홉 달이나 지났는데 그만 용서해주지?"

"벌써 아홉 달이라굽쇼? 고작 아홉 달이 아니고요? 언제 어디서 쥐도 새도 모르게 목이 달아날지 모르는 신세가 된 게 누구 때문인데요?"

입이 댓 발은 튀어나온 채 연방 투덜대는 서요의 모습에 가휴는 한동안 감지 않아 개기름이 낀 머리를 벅벅 긁었다.

"그래서 내가 널 위해서 특별히 귀하디귀한 금호를 잡아주려고 여기까지 온 거잖아? 히야, 세상에 나처럼 맘씨 좋은 주인이 어디 있어. 그치?"

서요는 기가 차고 코가 막혀 잠시 할 말을 잊었다. 지금까지 저 남자 뒤치다꺼리를 하느라 얼마나 똥줄이 탔는데 저리 얼굴색 하나 변하지 않고 뻔뻔스레 말하는 본새라니.

다시금 혈압이 상승하면서 뒷목이 저릿해졌다. 이러다 정말 조만간 핏줄이 터져 명을 달리할지도 모른다는 두려움이 울컥 앞섰다.

"이게 다 주인님이 모란 님을 전하 몰래 빼돌렸기 때문이 아닙니까! 돌아가자고 해도 무서워서 도망친 주제에, 날 위한다는 몰염치한 말을 어찌 그리 뻔뻔스럽게 하실 수 있습니까!"

서요가 참지 못하고 빽 소리를 내지르자 가휴가 인상을 찡그리며 귀를 후비적거렸다.

"나 귀 안 먹었다니까. 서요, 어째 더 신경질적이 된 것 같다? 예전엔 안 그랬는데……."

곰 가죽 열 겹을 두른 것보다 저 인간의 얼굴이 더 두꺼울 것 같다.

서요는 모든 걸 포기한 표정으로 힘없이 고개를 돌렸다. 앞으로도 계속 기약 없는 여정을 가휴와 함께할 생각을 하니 새삼스레 우울해졌다.

마노국을 떠난 지 벌써 아홉 달이 다 되어가고 있었다. 아직도 그날을 떠올리면 간이 오그라들고 목뒤가 서늘해지는 느낌이 들었다.

아무리 생각해봐도 자신의 주인은 미친 것이 틀림없다. 다른 이도 아니고 차류왕의 눈을 속여 그의 반려를 빼돌리다니.

노발대발해 있을 차류왕을 상상하는 것만으로도 숨이 턱턱 막히고 오금이 저리는 것 같았다. 주인 옆에 있다가 불벼락을 맞게 될 위기에 봉착한 서요는 억울한 표정으로 가휴를 노려보았다.

"전하께서 왕위를 포기하고 마노국을 떠났다는 소식은 들으셨습니까?"

서요는 분명히 보았다. 조잘조잘 뻔뻔스레 떠들어대던 가휴가 한순간 움찔 떨며 조용해진 것을.

"아, 듣긴 들었지. 이야, 우리 전하도 성질이 참 불같단 말야. 왕위를 미련 없이 집어던지고 훌렁 떠나시다니. 어쩜 그리 낭만적이신지. 예전엔 진짜 그런 성격인 줄 몰랐는데 다시 봤어."

"지금 그런 말이 나오십니까!"

참다못한 서요가 버럭 소리를 질렀다.

"앗, 깜짝이야. 왜 소리를 지르고 그래? 나 귀 안 먹었다고."

서요는 이를 악물었다.

"자칫 전하와 맞닥뜨리기라도 하면 우린 그 자리에서 잘근잘근 썰려 죽을 거라고요!"

"설마. 아무리 화가 나도 그렇게 바로 죽이지는 않으실 거야. 아마 도……."

"진짜요?"

입을 꼭 다문 가휴가 눈을 이리저리 굴리는가 싶더니 씨익 웃었다.

"걱정 마. 아무리 전하라 해도 이 머나먼 북쪽 땅끝까진 오지 않으실 테니."

현재 그들이 와 있는 곳은 북방 여러 나라 중에서도 가장 춥기로 소문난 고하국高廈國, 그중에서도 유독 한갓지고 깊은 산골에 있는 백계 마을이었다. 금호가 출몰한다는 이야기만 없었다면 아무도 기억하지 않을 만큼 궁벽한 마을이었던 것이다.

"설마……. 제가 그리 말렸는데도 한사코 이 춥고 외진 산골까지 온 이유가 그런 거였습니까?"

자신을 위해 금호를 잡아준다는 말은 눈곱만치도 믿지 않았지만 그래도 주인의 상인 정신에 한 가닥 희망을 걸었건만 결국은 차류왕을 피해 꽁지 빠지게 도망쳤다는 소리다.

"무슨 소리! 내가 그랬잖아. 서요를 위해 귀한 금호를 잡아주겠다고. 하하, 이 주인을 믿으라니까!"

서요는 고개를 푹 수그리며 말갈기를 힘껏 거머쥐었다. 진짜 울고 싶다.

지금까지 가휴가 저지른 일들 뒤처리에 허리가 휠 정도였지만 그래도 직접적으로 목숨을 위협받을 만큼 위험한 일은 없었다.

아, 맞다. 산적들한테 포위됐을 때 저 혼자 살겠다고 하루에 천 리 길을 간다는 가휴의 애마 홍연을 타고 냅다 줄행랑쳤을 때를 빼고는.

다행히 실력 좋은 무사들을 고용한 덕분에 산적들을 어렵지 않게 물리칠 수 있었지만, 일이 다 해결된 뒤에 헤헤, 웃으며 홍연을 타고 천연덕스럽게 되돌아온 가휴를 봤을 때는 진짜 목을 졸라버리고 싶었다.

'에휴, 내 팔자야.'

상단에 입단한 후로 전국 팔도 유랑이 몸에 뱄다고는 하나, 도망자 신세로 대륙을 떠도는 것은 이야기가 달랐다.

지금 이 순간도 눈이 시뻘겋게 변한 야차 같은 모습으로 눈앞에 차류왕이 떡하니 나타날까 싶어 여간 심장이 졸아드는 게 아니었다. 그런데 정작 사고를 친 당사자는 유람 온 듯 팔자 편한 모습이라니.

"아무튼 조심 또 조심해야 합니다. 가뜩이나 시국도 좋지 않은데 언제까지 이리 방랑할 순 없단 말입니다."

"왕이 없다고 무너질 나라였음 열두 번도 더 무너졌어. 마노국이 그리 약한 나라가 아니라는 건 너도 잘 알잖아."

차라리 벽에 대고 말하는 게 속 편하겠다. 땅이 꺼져라 한숨을 내쉰 서요는 쉴 새 없이 눈이 내리는 하늘을 올려다보았다.

"하아, 무슨 놈의 눈이 쉬지도 않고 내리나."

서요의 투덜거림에 가휴가 피식 웃었다.

"이 지방이 원래 겨울에 눈이 많이 오는 곳으로 유명하거든. 그래도 이 정도면 괜찮은 거야. 제대로 쏟아지면 우린 몇 달은 마을에 갇혀 옴짝달싹 못할걸."

"호오, 그렇다면 이곳만큼 완벽한 은신처가 또 없겠네요."

"그렇지! 야아, 내가 진짜 장소 하난 기막히게 골랐다니까, 움하하!"

"가휴 님!"

서요는 두 눈을 부릅뜨고 가휴를 노려보았다. 역시 자신의 생각이 맞았다. 가휴는 차류왕이 무서워 일부러 이 외지고 험한 산골을 골랐던 것이다.

속내가 들켰음을 깨달았는지 가휴가 멋쩍은 표정으로 흠흠, 헛기침을 하더니 냅다 말고삐를 당겼다.

"아, 춥다! 빨리 가서 몸 좀 녹이고 배도 채우자고!"

가휴를 태운 홍연이 쏟아지는 눈을 헤치고 종종걸음을 옮겼다. 미끄러질까 싶어 조심하는 모습이 꼭 사람 같아서 탄성이 절로 쏟아졌지만, 서요의 눈에는 홍연 같은 명마가 주인을 잘못 만나 고생한다는 생각만 들어 개탄스러울 뿐이었다.

마을 초입쯤에 가휴가 잠시 말을 멈추었다. 눈 이불을 덮은 잿빛 석상이 낯선 객을 묵묵히 굽어보고 있었다.

장갑 낀 손으로 쌓인 눈을 휘휘 털어낸 가휴는 작게 탄성을 뱉었다.

"이게 금호라는 건가?"

금호는 대륙에서 매우 보기 힘든 짐승 중 하나였다. 소문에 의하면, 어린아이 정도의 몸집에 온몸이 금빛 털로 뒤덮여 있으며, 꼬리가 꽃잎처럼 두 갈래로 벌어졌고 눈은 홍옥처럼 붉다고 했다.

주로 추운 지방에서 살며 생김새는 여우처럼 귀여우나 무척이나 사납고, 특히 발톱과 이빨에 독이 있어 자칫 상처를 입으면 이삼일 안에 독이 퍼져 목숨을 잃는다고 전해졌다.

금호에 대한 여러 소문들을 떠올리며 가휴는 흥미롭게 석상을 살펴보았다.

"호오……."

석상만으로도 감탄이 나올 정도인데, 온몸이 금색 털로 뒤덮여 있다는 금호를 실제로 본다면 그 아름다움이 어느 정도일지 쉽사리 가늠되지 않았다.

"만약에 말이야. 금호를 잡아 전하께 바치면 어떨까?"

"전하께 금호를 바친다고요?"

서요의 이맛살이 구겨졌다.

'이 인간, 역시나 이런 속셈이었군.'

"금호의 털가죽은 지금도 일부 부호들이 소장하고 있긴 하지만 살아 있는 금호를 소유한 이는 한 명도 없지 않습니까? 그만큼 희소성이 있으니 전하도 마음에 드시겠지요."

"그렇겠지?"

히죽 웃는 가휴의 모습에 서요는 고개를 설레설레 내저었다. 그나마 자신이 무슨 잘못을 저질렀는지 자각은 하고 있는 것 같아 조금 다행이랄까.

흐뭇한 표정으로 석상을 감상하고 있던 가휴가 마을 주변을 한 차례 둘러보았다.

"여긴 꼭 마노국 같군."

일 년 내내 눈으로 덮여 있는 독귀의 나라. 봄이 대지에 희미한 생명을 불어 넣어도 이내 금세 맹렬한 추위가 돋아난 새싹을 무심히 거둬가는 곳. 그 마노국을 닮은 마을이 가휴와 서요 앞에 조용히 모습을 드러내고 있었다.

독귀의
여자

"정말 이런 깡촌에 금호가 출몰한다는 건가?"

"목격자가 한둘이 아니니 헛소문은 아닐 겁니다."

"흠……."

가휴는 턱수염을 살살 매만지며 마을 뒤에 웅장하게 버티고 서 있는 고루산高樓山을 바라보았다.

절반은 숲으로, 절반은 암석으로 이루어진 산은 겨울이 아닌 한여름이라 할지라도 쉽게 오르기 어려워 보였다.

"눈 덮인 다락이라……. 산 이름치곤 참으로 소박하구먼."

저런 험준한 산에 금호가 산다면 생포하는 게 그리 만만치는 않을 것이다. 아니, 어쩌면 금호 그림자조차 못 볼 가능성이 컸다. 가휴는 더부룩한 뒷머리를 벅벅 긁었다.

"이거야 원, 만만치 않겠구먼."

시간이야 차고 넘칠 정도로 많았지만 서요 말대로 잔뜩 화가 난 차류왕이 언제 들이닥칠지 모를 일이라 조금이라도 그의 화를 달랠 거리를 만들어두는 편이 좋았다.

"뭐, 어떻게든 되겠지."

나중 일은 그때 가서 생각하자는 게 가휴의 지론이었던지라 그는 금세 머릿속을 말끔히 비우고는 히죽 웃었다.

속 편하게 콧노래까지 흥얼거리는 그의 모습에 서요가 못 말린다는 듯 한숨을 푹 내쉬었다.

"달걀 세 꾸러미만 주세요."

"스무 닢이다."

"예? 지난번엔 열 닢이었잖아요."

"요 며칠 눈이 많이 와서 우리 닭들이 알을 얼마 못 낳았다고. 싫으면 그냥 가든가!"

두 눈을 부릅뜬 채 야멸치게 대하는 노파를 가만히 응시한 목련은 한숨을 삼켰다.

노파는 마을에 몇 안 되는 상전商廛 주인이었는데, 주로 채소와 곡물, 달걀 같은 식료품을 팔고 있었다.

선택의 여지가 없어 노파의 상전에 오긴 하지만 목련은 늘 도살장에 오는 기분이었다.

하지만 불과 며칠 새에 두 배나 가격을 올리는 노파의 행태에 그녀는 기가 질리고 말았다. 물론 노파의 독살스러운 냉대는 유독 그녀를 향해서만 시퍼렇게 날을 세우고 있음은 두말할 필요도 없었다.

"······주세요."

선심 쓴다는 듯 콧방귀를 픽 뀐 노파가 달걀 꾸러미를 퉁명스럽게 내놓았다.

목련은 울컥 솟구치는 감정을 애써 다스리며 달걀을 조심스레 손수레 안에 넣었다.

돈을 좌판에 놓고 뒤를 돌아서자 등 뒤로 노파의 나지막한 말소리가 들려왔다.

"더러운 것."

멈칫한 목련은 가만히 어금니를 악물었다. 마음 같아선 당장에라도 노파를 향해 울분을 토해내고 싶었지만 그래 봤자 자신의 편을 들어주는 사람은 아무도 없었다. 되레 마을 사람들에게 치도곤을 당하지 않으면 다행이리라.

잘게 떨리는 손을 힘껏 거머쥔 목련은 천천히 걸음을 떼었다.

'정작 더러운 게 누군데······.'

독거의 여자

두 눈을 질끈 감았다 뜬 목련은 홧홧한 가슴을 쓸어내리며 분노를 삭였다.

"하아……."

목련은 공기 중으로 퍼지는 하얀 입김을 멍하니 쳐다보았다.

가슴이 뜨겁다. 분노인지 서러움인지 모를 감정들이 시커멓게 뒤엉킨 속은 이미 걸레처럼 너덜너덜해진 지 오래였다.

[참아야 한다, 목련아. 힘들어도 참아야 해. 그러다 보면 언젠가 반드시 좋은 날이 올 거야.]

할머니는 늘 입버릇처럼 그리 말씀하셨다. 참으면 언젠가 좋은 날이 올 거라고.

'할머니……. 정말 참으면 좋은 날이 올까요?'

질문에 대한 답은 언제나 회의적이었지만 목련은 할머니 앞에서 절대 내색하지 않았다. 몸이 불편한 할머니는 이 세상에 남은 그녀의 유일한 혈육이었기 때문이다.

"하아, 춥다."

아까부터 내리기 시작한 눈은 점점 폭설로 변할 조짐을 보이고 있었다.

어렸을 때부터 눈밭에 구르며 살다시피 한 목련이었지만 이때만 되면 왜 이리 가슴이 시리고 추운지 알 수 없었다.

목련은 쌓인 눈을 헤치며 발길을 재촉했다. 상전 노파 때문에 마음이 상하긴 했지만 그래도 오늘 일진이 그리 나쁜 편은 아니었다. 마을로 내려가기 전, 운 좋게 덫에 걸린 토끼 한 마리를 발견했기 때문이다.

모처럼 할머니에게 고깃국을 끓여드릴 수 있다 생각하니 한결 기분이 나아졌다.

목련은 허리를 꼿꼿이 펴고 힘차게 손수레를 끌었다. 눈이 더 쌓이면 수레를 끌기 힘들기 때문에 최대한 서둘러야 했다.

덜컹거리는 수레를 능숙하게 이끌며 집으로 향하던 그때, 갑자기 눈앞에 낯선 이들이 나타났다.

흠칫 놀란 목련은 그 자리에 우뚝 멈춰 섰다. 말을 탄 남자 두 명이 천천히 말을 몰며 마을 안으로 들어서고 있었다.

그녀는 경계 어린 눈빛으로 가만히 남자들을 주시했다. 우두커니 서 있는 목련을 발견한 남자들이 말을 멈추었다.

그들은 서로 바라보며 무어라 말을 주고받더니 한 남자가 말에서 내렸다.

"여기가 백계白쫓인가?"

목련은 하얗게 뒤집어쓴 눈을 툭툭 털어내며 말을 걸어오는 남자를 가만히 바라보았다.

덥수룩한 수염에 흑립을 눌러쓴 남자는 키가 매우 컸고 온몸을 검은 털외투로 빈틈없이 감싸고 있었다.

그녀가 입고 있는 투박하고 허술한 가죽옷과 달리 남자가 입은 것은 거친 눈발 속에서도 윤기를 잃지 않는, 꽤 고가의 제품으로 보였다.

대답 없이 가만히 서 있는 목련이 이상했던지 남자가 몇 발짝 가까이 다가왔다.

목련은 생각했던 것보다 남자의 키가 훨씬 크다는 사실을 깨달았다. 이만한 장신은 최근 몇 년 동안 본 적이 없었던지라 괜스레 긴장이 되었다.

"설마 벙어린 아니겠지?"

고개를 갸웃하던 남자가 흑립을 들어 올렸다. 그의 손짓을 따라 스르르 시선을 들어 올린 목련은 자기도 모르게 입을 벌렸다.

흑립 아래 숨겨져 있던 남자의 눈동자. 얼핏 핏빛처럼 보이는 투명한 자색 눈동자는 태어나 지금껏 한 번도 보지 못했던 것이었다.

사방에 흩날리는 하얀 눈 때문인지 남자의 눈동자는 더욱 도드라져 보였다. 순간, 목련의 머릿속이 빠르게 돌아갔다.

독귀.

불현듯 떠오른 생각에 목련은 흠칫 몸을 떨었다.

'설마……'

그럴 리 없다. 이런 산골에 소문으로만 듣던 독귀가 나타나다니.

몸속의 피가 독으로 이루어져 있다는 독귀는 매우 아름답지만, 성정이 몹시 차갑고 잔인해서 무척 위험한 존재라 했다.

게다가 자존심 또한 대단해서 인간들을 업신여기며 함께 어울리는 것을 극도로 꺼린다는 말도 떠돌았다.

그녀는 두근거리는 심장소리를 애써 외면하고 남자를 뚫어져라 쳐다보았다.

몇 번을 봐도 남자의 눈동자는 선명한 자색을 띠고 있었다. 대륙 내에 자색 눈동자를 가진 존재는 오직 마노국의 독귀밖에 없다.

그때, 멀찍이 떨어져 있던 또 한 명의 남자가 말에서 내리더니 빠르게 다가왔다. 목련의 눈이 저절로 그에게로 향했다.

수염 남자와 달리 부드럽고 유해 보이는 인상을 가지고 있었지만 그 남자 역시 자색 눈동자를 지니고 있었다.

한 명도 아닌 두 명이나 되는 독귀를 보다니. 목련은 두렵다기보다 신기하다는 생각이 먼저 들었다.

"어이, 아가씨. 이곳이 백계가 맞는지 물었을 텐데?"

수염 남자가 목련을 채근했다. 그제야 퍼뜩 정신을 차린 목련은 딱 달라붙은 입술을 겨우 떼어냈다.

"……예. 이곳이 백계가 맞습니다."

그 말에 수염 남자가 작게 비음을 흘렸다.

"혹시, 최근에 금호를 본 적 없나?"

금호라는 말에 목련의 눈이 스르르 커졌다. 이따금 금호를 노리고 사냥꾼들이 마을을 찾는 경우가 있긴 했지만 독귀가 온 것은 처음이었다.

그녀는 수염 남자를 빤히 쳐다보았다. 보면 볼수록 남자의 눈동자는 참으로 신비스러웠다.

행색은 꼭 산도적 같은데 눈동자만큼은 시선을 뗄 수 없을 만큼 아름다웠다. 자수정을 깎아놓은 듯한 짙고 투명한 붉은색이 몹시도 맑았다.

"이봐. 내 말 듣고 있나?"

다시금 넋을 놓고 있었다는 사실을 깨달은 목련은 조금 민망한 마음에 슬쩍 시선을 내렸다.

"금호라 하셨습니까?"

"그래, 금호. 혹시 본 적 있나?"

목련은 가만히 고개를 내저었다.

"최근에는 본 적 없습니다."

"최근이라……. 어쨌든 본 적 있단 소리군."

굳이 거짓말을 할 이유가 없어서 목련은 대답 없이 가만히 있었다. 그녀를 물끄러미 쳐다보던 수염 남자가 빙긋 웃었다.

"잘됐군."

뭐가 잘됐다는 건지 잘 몰랐지만 남자가 보여준 웃음이 생각보다 부드러워서 목련은 다시금 멍하니 시선을 빼앗기고 말았다.

"마을에 며칠 묵어갈 만한 곳이 있나?"

"객잔이 하나 있긴 합니다."

"오, 잘됐군. 간만에 제대로 된 방에서 잘 수 있겠어."

금호가 목적이라면 충분히 이해가 갔지만 한편으로는 조금 동정이 갔다.

독귀의
여자

지금껏 어느 누구도 금호를 잡는 데 성공한 이가 없었기 때문이다. 그것은 독귀라 해도 별반 다르지 않을 것이다.

"이 마을에 사나?"

"……예."

"이름은?"

목련이 입을 꾹 다물자 남자가 어깨를 으쓱했다.

"난 가휴다. 저쪽은 서요."

다짜고짜 이름을 밝힌 남자가 목련을 빤히 쳐다보았다. 그녀를 바라보는 남자의 눈동자가 반짝반짝 빛나고 있는 것처럼 보인다면 착각일까.

왠지 모를 압박감을 느낀 목련은 자기도 모르게 이름을 알려주고 말았다.

"……목련이라 합니다."

"흠…….."

가휴가 목련을 이리저리 살피더니 다시 빙긋이 웃었다.

"좋군, 좋아."

영문 모를 그의 반응에 목련은 조금 불안해졌다.

"어쨌든 고마워."

가휴가 다소 경박스럽다 생각될 만큼 손을 휘휘 흔들더니 이내 말을 끌고 마을로 향했다.

목련은 두 남자가 마을 안으로 들어가는 모습을 물끄러미 바라보다가 불쑥 입을 열었다.

"저기…….."

"응?"

멈칫한 가휴가 의아한 표정으로 그녀를 돌아보았다.

"마을 사람들은 외지인을 그리 반기지 않습니다. 폐쇄된 곳이다 보니 경계심이 많거든요. 특히 먼 나라에서 오신 손님들이라면 더더욱…….."

잠시 입을 다물고 목련을 빤히 쳐다보던 가휴가 씨익 웃었다.

"충고 고맙군. 조심하지."

볼일을 끝마쳤다는 듯 목련은 몸을 돌려 가던 길을 재촉했다. 작은 수레라지만 제 몸집만 한 수레를 묵묵히 끌고 가는 그녀를 가휴가 가만히 지켜보았다.

"재밌는 아가씨네."

가휴의 말에 서요가 맞장구를 쳤다.

"그러게요. 이런 산골에선 독귀를 보는 일이 흔하지 않을 텐데, 놀라는 기색조차 없군요."

"놀랐겠지. 다만 내색하지 않았을 뿐."

서요가 못마땅한 표정으로 입맛을 다셨다.

"실수했군요. 미리 준비를 했어야 했는데……. 이런 날씨에 마을 밖에서 사람을 만나리라곤 예상하지 못했습니다."

"괜찮아. 알아본다 해도 뭐, 별일이야 있으려고. 그나저나 목련이라고 했지? 얼굴도 제법 예쁘장하니 귀엽던데. 몸매도 꽤……."

"그새 없던 투시력이 생겼나봅니다?"

서요가 또 시작이라는 듯 작게 혀를 찼다.

"아무튼 조심해야겠습니다."

서요는 품에서 작은 약병을 하나 꺼내 가휴에게 내밀었다. 그러자 대번에 가휴의 표정이 벌레 씹은 것처럼 변했다.

"안 하면 안 돼?"

"금호 잡고 싶다면서요?"

독귀의
여자

"하아, 귀찮아."

가휴가 투덜거리며 마지못해 약병을 받았다. 뚜껑을 열고 약병 안의 액체를 한 방울 눈에 떨어뜨리자 자색 눈동자가 순식간에 검게 변했다.

"으으, 기분 나빠. 어째 이 감각은 익숙해지지 않네."

"익숙해지도록 노력하십시오. 허가증이 있다 해도 지금은 무단이탈한 상태나 마찬가지니, 가급적 문제 일으키지 않도록 조심하는 게 좋습니다."

"아까 그 아가씨가 동네방네 발설하고 다니면 어쩌려고?"

서요는 조금 전 마주쳤던 여인을 떠올렸다.

"그렇게 입이 가벼워 보이진 않았습니다. 그런 사람이었다면 우리와 마주쳤을 때 마을로 도망쳤겠지요."

가휴가 피식 웃으며 목련이 사라진 방향을 힐끗거렸다.

참으로 특이한 여인이었다. 자신의 정체를 눈치챈 순간 바짝 굳어지던 그녀의 얼굴. 그럼에도 애써 내색하지 않으려 하는 모습이 꽤 재미있었다.

지금껏 수없이 대륙을 누비고 다녔지만 목련과 같은 반응을 보인 사람은 처음이었다. 가휴가 만난 사람들 대부분 그의 정체를 알게 되면 겁에 질려 도망치거나 신기한 동물 보듯 했기 때문이다.

"정말 재밌어."

다시금 히죽 웃은 가휴는 몸을 돌려 마을로 향했다.

하얀 눈으로 덮인 마을은 다른 산골 마을과 별반 다를 바 없었다. 다만 마을 곳곳에 축사가 있고 움집이 많으며, 사람들이 두터운 짐승 가죽으로 몸을 감싸고 있다는 점이 달랐다.

"척박한 곳이군."

서요가 고개를 끄덕였다.

"그래도 이만큼 마을을 이룬 걸 보면 어떻게든 적응하며 살아가고 있는 거겠죠."

"인간의 생존본능이 꽤 강하긴 하지. 우리보단 못하지만……."

"그런데……. 어째 시선이 좀 따갑지 않습니까?"

"응?"

서요를 힐끗 돌아본 가휴는 그의 시선을 따라 고개를 돌렸다. 멀찍이 서서 경계 어린 시선으로 수군거리고 있는 마을 사람들이 보였다. 가휴는 피식 웃었다.

"목련이란 아가씨가 말해준 그대로군."

"저는 이런 반응이 그다지 낯설지 않은데요?"

"하긴, 대륙을 돌아다니며 별의별 일을 다 겪었는데 이 정도쯤이야. 으으, 춥다! 빨리 배 속에 뭔가 뜨거운 거라도 넣어야겠어."

객잔은 어렵지 않게 찾을 수 있었다. 아담한 움집들 사이에 우뚝 서 있는 2층짜리 목조건물은 어디서나 금세 눈에 띄었기 때문이다.

가휴와 서요는 사람들의 따가운 시선을 뒤로하고 객잔으로 향했다.

건물 앞에 말을 묶어두고 안으로 들어가자 훈훈한 기운이 둘을 반갑게 맞이했다.

마노국의 추위에 익숙해진 두 남자였지만 오랜 시간 동안 눈을 맞으며 온 탓인지 온몸이 차갑게 얼어 있었다.

"어서 오십시오!"

주인으로 보이는 덩치 좋은 사내가 반갑게 인사를 건넸다.

"처음 뵙는 분들이네요. 얼마나 묵으실 겁니까?"

"흠……. 정해놓고 온 건 아니지만 눈 오는 걸 봐선 당장은 떠나기 힘들 듯하군."

사내가 껄껄 웃음을 터뜨렸다.

"이래서 제가 눈을 좋아하지요. 이렇게 한바탕 쏟아지면 가던 손님도 돌아오고 머물던 손님은 발이 묶여 꼼짝 못하거든요."

"호오, 눈이 또 다른 수입원인 셈이군."

"그런 셈입죠, 흐흐."

피식 웃은 가휴는 품에서 은화 다섯 닢을 꺼내 탁자에 내려놓았다.

"일단 닷새치만 계산하지. 우선 요기할 것 좀 먼저 주게. 아사하기 일보 직전이거든. 참, 말에게도 물과 꿀을 넉넉히 챙겨주게."

"감사합니다! 짐은 곧 방으로 옮겨드리겠습니다. 목욕물도 준비할까요?"

"목욕은 식사 후에 할 것이니 나중에 방으로 올려주게."

"알겠습니다!"

화색이 만연한 얼굴로 돈을 챙긴 사내가 사환으로 보이는 어린 소년을 부르더니 말에 있는 짐을 내려 방으로 옮기라 시켰다.

사환이 짐을 옮기고 말을 마구간으로 데려가는 동안 가휴와 서요는 식탁 앞에 앉아 따뜻한 차로 언 몸을 녹였다.

얼마 후에 사내가 따끈한 국과 쌀밥, 채소와 함께 볶은 고기를 가져왔다.

가짓수가 많지 않은 소박한 식단이었지만 허기를 채우는 데는 부족함이 없었다. 맛도 그럭저럭 괜찮은 수준이라 가휴는 만족스럽게 식사를 했다.

입맛이 까다로운 서요는 맛이 없다며 조그맣게 불평을 해댔지만 그 역시 배가 고팠는지 자신 몫의 음식을 말끔히 비웠다.

식사가 끝나자 사내가 후식이라며 설탕에 절인 떡과 쓴 차를 내왔다.

너울가지가 좋은 주인 사내는 자신의 이름이 대수며, 마을에서 3대째 객잔을 운영하고 있다고 자랑스레 소개했다.

그가 내온 떡은 혀가 아릴 정도로 달았지만 쓴 차와 썩 잘 어울렸다.

"한데, 손님들은 이곳에 무슨 일로 오셨습니까?"

대수의 물음에 가휴는 어깨를 으쓱했다.

"금호를 잡아 한몫 챙겨볼까 하고 왔지."

대수가 두 눈을 휘둥그레 뜨는가 싶더니 이내 너털웃음을 터뜨렸다. 근처에 있던 사내들 몇 명도 같이 웃음을 터뜨렸다.

"내가 그리 웃긴 얘기를 한 건가?"

"하하! 웃기고말고요. 아무렇지 않게 금호를 잡겠다고 말한 사람치고 금호 그림자라도 본 이가 있는 줄 아십니까?"

대수가 하도 배를 잡고 웃어대는 통에 가휴는 조금 머쓱해졌다.

"그럼 지금까지 금호를 잡은 사람이 한 명도 없단 말인가?"

"잡기는커녕 산에서 길 잃고 얼어 죽지나 않으면 다행이지요. 내 삼십 년 넘게 객잔을 운영해왔지만 지금껏 금호를 생포하기는커녕 털 한 줌 가져온 사람 못 봤습니다. 뭐, 아무 산짐승의 털을 가져와 금호털이라 허풍 떠는 사람은 몇 봤지만 그게 가짜라는 건 누구보다 제가 잘 알거든요."

가휴의 눈동자가 흥미롭게 반짝였다.

"그게 가짜라는 걸 어찌 아는가?"

대수가 에헴, 헛기침을 하며 잘난 척했다.

"자랑은 아니지만 외조부께서 뛰어난 사냥꾼이셨습니다. 아득한 옛날 일이긴 하지만 한땐 금호가 이렇게까지 귀한 시절이 아닌 때가 있었지요. 그땐 외조부께서도 금호 몇 마리를 잡아 팔기도 했지요. 실은 이 객잔도 그때 잡은 금호 덕분에 마련한 거랍니다. 하하!"

"호오, 그랬었군."

"사실 조금 아깝긴 합니다. 다 팔아넘기지 말고 털가죽 하나쯤 남겨놨다면 지금쯤 가격이 많이 올랐을 텐데……."

대수가 무척 아쉽다는 표정을 지으며 입맛을 쩝쩝 다셨다.

"뭐, 이미 지나간 일이니 어쩔 수 없지요. 그래도 다행히 외조부께서 금호를 사냥했었다는 증거는 아직 남아 있습죠. 비록 털 한 줌에 불과하지만 대대로 우리 가보로 내려오고 있답니다. 하하하!"

가휴는 내심 감탄했다.

"그게 정말인가? 진짜 금호의 털이라고?"

"어허, 못 믿겠으면 한번 보여드릴까요?"

가휴가 반색했다.

"보여줄 수 있나?"

"그거야 어렵지 않지요. 우리 마을 사람들 중 이걸 안 본 사람은 한 명도 없습니다. 가보이긴 하지만 넓게 보자면 마을의 자랑거리도 되지 않겠습니까?"

대수가 신난 표정으로 어딘가로 사라지더니 얼마 지나지 않아 작은 상자 하나를 들고 나타났다.

손때가 묻은 낡은 상자를 식탁에 내려놓은 그가 조심스레 상자를 열었다. 안에는 비단 주머니 하나가 들어 있었다.

"자, 보십시오. 이게 바로 금호의 털이랍니다."

대수가 비단 주머니를 열어 종이로 싼 무언가를 꺼냈다. 참으로 꽁꽁 싸맸다 생각한 가휴는 대수의 투박한 손가락이 종이를 조심조심 여는 것을 물끄러미 지켜보았다.

종이를 펼치자 금색으로 빛나는 짐승의 털이 모습을 드러냈다. 가휴는 두 눈에 힘을 주며 세세히 관찰했다.

"흐음……."

확실히 처음 보는 종류의 털이었다. 시간이 꽤 오래 흘렀음에도 털에는 윤기가 흘렀고, 오묘한 금빛으로 반짝이는 것이 무척이나 아름다웠다.

손으로 만져볼 수 있다면 더 좋았겠지만 가보라 여길 정도로 애지중지하는 털을 대수가 만지게 해줄 리 없었다.

"이게 금호의 털이라고?"

"그렇다니까요! 어떻습니까, 정말 아름답지 않습니까?"

가휴는 고개를 끄덕였다.

"그렇군."

그의 대답이 만족스러웠는지 대수가 입이 찢어져라 웃었다.

"운 좋은 줄 아십시오. 원래 처음 보는 손님에겐 절대 안 보여주는 것인데, 손님이 금호를 잡으러 왔다고 절 웃겨주셨으니 특별히 보여드리는 겁니다, 하핫!"

가휴는 입맛을 쩝 다셨다. 저리 자신만만한 것을 보니 금호를 잡는 것이 진짜 불가능한 것은 아닌가 의구심이 들었다.

"금호를 생포할 수만 있다면 제법 돈이 되겠는걸."

"하하! 포기하시라니까요! 온 대륙을 다 뒤져도 살아 있는 금호를 가진 사람은 한 명도 없습니다. 금호 가죽도 지금은 왕이나 일부 돈 많은 귀족 나리들이나 가지고 있을 뿐, 이 정도 털이라도 가지고 있는 사람은 평민 중에선 제가 유일할 겁니다. 앗, 그렇다고 눈독들이진 마십시오. 목에 칼이 들어와도 이건 절대 못 팝니다!"

대수가 잽싸게 상자를 챙겨 쌩하니 안으로 들어갔다. 가휴는 작게 혀를 찼다.

"겨우 털 몇 가닥으로 엄청 생색내는군."

계속 말없이 있던 서요가 한마디 거들었다.

"그러게 말입니다. 진짜 금호의 털이라면 확실히 귀하긴 합니다만, 저 정도론 고작 관상용 정도에나 그치겠지요."

가휴는 떡 하나를 입 안에 쏙 집어넣고는 우물우물 씹었다. 그 와중에도 그의 머릿속은 쉴 새 없이 돌아가고 있었다.

떡이 딱 하나 남았을 때쯤, 가휴가 무언가 생각났다는 듯 탁자를 톡 쳤다.

"우릴 도와줄 사람을 찾아야겠어. 이왕이면 산을 잘 아는 사람으로."

서요의 미간에 슬쩍 골이 패었다.

"진짜 잡으시려고요?"

"그럼 이런 첩첩산골에 유랑 왔을까 봐?"

가휴가 남은 떡 하나를 홀랑 입에 털어 넣으며 히죽 웃었다.

"마을 토박이면 더 좋겠지. 분명 금호에 대해 잘 알고 있는 사람이 있을 거야."

서요의 표정이 점점 못마땅하게 일그러졌다. 왠지 느낌이 좋지 않다. 주인이 저렇게 웃고 있을 때면 반드시 골치 아픈 일이 생기기 때문이다. 그리고 그 뒤치다꺼리는 고스란히 자신이 감당해야 할 것이 분명했다.

"객잔 주인조차 저리 비웃는 마당에 어디서 그런 사람을 어디서 찾습니까? 게다가 우린 이제 막 마을에 도착했을 뿐이라고요."

"허어, 어떤 상황에서든 긍정적으로 생각하라 그리 누누이 일렀건만. 아직도 멀었어, 쯧쯧."

잘난 척 훈계하는 가휴의 모습에 서요는 울컥했다.

"그리 잘나신 주인님께서 어디 한번 찾아보시지요."

"벌써 찾은 것 같은데."

"예에?"

서요의 눈이 휘둥그레졌다. 마을에 온 지 고작 한 시진도 안 됐는데 언제 그런 사람을 찾은 걸까. 서요는 자신만만한 표정의 가휴를 미심쩍게 쳐다보았다.

"그게 누군데요?"

가휴가 빙긋이 웃었다.

"너도 이미 만났잖아."

"아니, 제가 누굴 만났…….

문득 서요의 머릿속에 누군가의 얼굴이 번개처럼 스쳐 지나갔다.

"혹시, 아까 마을 입구에서 만났던…….

"응, 맞아."

"하지만 잠깐 봤을 뿐이잖아요. 그녀가 어떤 사람인 줄 알고 그러십니까?"

"괜찮아. 내 감은 틀림없으니까. 분명 그녀가 우리에게 필요한 것을 가져다줄 거야."

서요는 혀를 찼다. 그럼 그렇지. 그는 잠시나마 주인에게 존경심을 품을 뻔한 자신을 매우 질책했다.

"또 그 감입니까? 주인님이 자랑하시는 그 감 때문에 몇 번이나 목숨의 위협을 느꼈는지 그새 잊어버린 겁니까?"

"어허, 이번엔 진짜라니까."

"그 감 이번에도 영 아닌 것 같습니다. 제가 보기에 그 아가씨는 아무 도움도 안 될 것 같거든요."

가휴가 한심한 표정으로 혀를 쯧쯧, 찼다.

"내 밑에 그리 오래 있었으면서 어찌 저리 사람 보는 눈이 없을까."

서요는 발끈했다.

"지금껏 주인님 뒤치다꺼리를 누가 했다고 생각하시는 겁니까?"

"그게 네 할 일이잖아."

도저히 말이 통하지 않는다. 말주변 없는 사람은 가휴와 말 섞다가 그대로 뒷목 잡고 쓰러질 것 같았다.

"알아서 하십시오. 주인님 고집을 누가 말립니까? 하지만 저는 끼워 넣지 마세요. 귀찮은 일은 진짜 딱 질색이니까. 그럼 먼저 올라가보겠습니다. 목욕하고 얼른 쉬고 싶네요."

"아아, 그러든가."

서요는 실실 웃는 가휴를 못마땅하게 노려보다가 이내 포기한 듯 2층으로 쌩하니 올라가버렸다.

"쿡쿡, 하여간에 발전이 없다니까. 오지랖이 바다 같은 녀석이 과연 가만히 지켜보고만 있을지……."

조금만 궁금해도 온몸이 근질거려 못 참는 이가 서요였다. 홀어머니를 놔두고 이리 대륙을 전전하는 것도 죄다 그놈의 타고난 호기심 때문이었다.

기어다닐 때부터 잠시만 눈을 떼면 휑하니 사라지기 일쑤였고, 걸을 수 있는 나이가 된 후로는 그 짧은 다리로 여기저기를 들쑤시고 다녀서 몇 번이나 미아가 됐다고 했다.

결국 서요의 모친은 외출할 때는 꼭 끈으로 어린 아들의 허리를 묶었다고 했다. 그나마도 아이가 자라자 아무 소용없게 되었다고 했다. 어느 순간 서요가 끈을 홀랑 잘라버리고 사라졌기 때문이다.

가휴는 작게 웃음을 터뜨렸다. 자신을 볼 때마다 아들 걱정부터 시작해 어김없이 하소연으로 끝을 맺는 서요의 모친이 생각났기 때문이다.

"그나저나 재밌게 되었어. 산골이라 엄청 심심할 줄 알았더니."

역시 자신은 행운의 사나이가 틀림없다. 한동안 몸도 숨길 겸 금호 구경이나 할까 했는데, 뜻밖에 꽤 괜찮은 놀이거리가 생길 것 같았다.

온몸이 근질거리는 것을 느낀 가휴는 헤실헤실 웃으며 차를 호로록 마셨다.

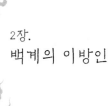

2장.
백계의 이방인

다음날도 눈은 지치지도 않고 계속 내렸다. 어제보다는 한풀 꺾인 듯했지만 쉬지 않고 휘날리는 눈을 보고 있노라면 이러다 마을이 눈에 푹 파묻히는 건 아닐까 하는 두려움마저 들었다.

"정말 지긋지긋하게 내리는군."

아침 일찍 일어난 가휴는 입이 찢어져라 하품을 했다. 쉴 새 없이 내리는 눈은 추운 마노국에서 자란 가휴마저 조금 질리게 했다.

"그래서 마을 이름이 백계인가 봅니다."

뒤따라 나온 서요가 가휴와 달리 말끔한 얼굴로 하늘을 올려다보았다.

"설마, 진짜 이곳에 갇히는 건 아니겠지?"

객잔 주인의 말을 들었을 때는 반쯤 농담으로 넘겼는데, 밤새 내리고도 모자라 아침까지 여전히 내리고 있는 눈을 보니 슬슬 걱정되기 시작했다.

"잘됐네요. 누구누구를 피해 여기까지 힘들게 왔는데, 이참에 봄까지 푹 쉬시죠."

가휴는 서요를 살짝 노려보았다. 방금 세수를 한 듯 반들반들한 얼굴도 얄미웠고, 입만 열면 아픈 곳을 콕콕 쑤셔대는 저 주둥이도 얄미웠다.

독귀의
여자

'젠장. 이래서 초장에 확 휘어잡았어야 했는데.'

될 놈은 떡잎부터 알아본다 했든가. 젖살 통통한 소년 시절부터 똑소리나게 일 잘하고 야무졌던 서요였다.

장사에도 뛰어난 수완을 보였던 그를 일찌감치 점찍어놓았다가 열여덟이 되자 냉큼 데려왔건만, 처음엔 자신의 말에 토씨 하나 안 달고 고분고분하던 서요가 어느 순간부터 또박또박 말대꾸를 하고 자신이 하는 일에 사사건건 간섭을 하기 시작했던 것이다.

지금 생각해보니 그때 확 잡아놓지 못한 것이 오늘날 이 사달을 만든 것 같았다.

'내 말 한마디에 눈물 질질 짜던 녀석이 어쩌다 저런 속 시커먼 놈이 됐을꼬.'

서요를 그렇게 만든 장본인이 가휴 본인이라는 사실은 꿈에도 모르는 그였다.

"아……."

서요가 무엇을 발견했는지 짧은 탄성을 흘렸다. 그의 시선을 따라 고개를 돌린 가휴는 저 멀리서 걸어오고 있는 낯익은 얼굴을 발견하고 반가운 표정을 지었다.

"주인님이 말씀하신 그 여인이군요."

가휴의 얼굴 위로 환한 미소가 번졌다.

"목련이란 어여쁜 이름을 가진 여인이지."

"기억하고 계셨습니까?"

"여자 이름은 잊어버리는 법이 없거든."

"어련하시겠습니까."

서요가 고개를 저으며 혀를 찼다.

"이른 아침인데도 어디 다녀오나 봅니다. 어제도 손수레를 끌고 산으로 가는 것 같더니, 무척 부지런한 아가씨네요. 이리 눈이 많이 쌓였는데 산엔 무얼 하러 간 걸까요? 여인의 몸으로 사냥은 무리일 테고……."

"글쎄, 꼭 그런 것만도 아닌 것 같은데."

가휴는 턱을 살살 긁으며 목련을 뚫어져라 바라보았다. 어제 목욕을 하는 김에 수염까지 싹 밀었더니 조금 허전한 느낌이 들었다.

"이상하군."

"예?"

서요가 의아한 표정을 지었지만 가휴는 목련에게서 시선을 떼지 않았다. 그는 손수레를 끌고 묵묵히 어딘가로 향하는 목련을 예의주시했다.

시선을 땅에 박고 무표정한 얼굴로 걸어가는 그녀의 모습은 어딘가 모르게 이질적으로 느껴졌다. 마치 물 위에 붕 뜬 기름 같다고나 할까.

겉으로는 한없이 평화로워 보였지만 목련 주변으로 묘한 장벽이 둘러쳐진 것 같았다.

"흐음……."

가휴의 이맛살이 슬쩍 이지러졌다. 까닭 모를 불편함이 벌레처럼 조금씩 신경을 갉작인다.

"아!"

가휴는 작게 탄성을 내뱉었다. 목련을 발견했을 때부터 느꼈던 묘한 이질감.

그것은 시선이었다. 목련을 향한 마을 사람들의 시선.

그녀를 힐끗거리는 그 눈길들에는 하나같이 희미한 혐오감이 일렁이고 있었다. 마치 더러운 것을 보는 듯한 시선.

가휴의 눈동자에 눅진한 그림자가 드리워졌다.

"인간들은 참 재미있어."

서요가 그를 힐끗 올려다보고는 입을 꾹 닫았다. 주인의 심기가 그리 좋지 않다는 것을 눈치챘기 때문이다.

"잠깐 다녀오지."

서요가 미처 대답하기도 전에 가휴는 훌쩍 자리를 떠 어딘가로 성큼성큼 걸어갔다.

그가 향한 곳은 목련이 있는 한 상전이었다. 곳곳에 말린 고기와 염장한 내장이 줄줄이 매달린 것을 보니 육전肉廛인 듯했다.

점문 앞에 서서 주인과 거래를 하고 있는 목련에게 다가간 가휴는 그녀가 눈치채지 못하게 슬그머니 등 뒤에 섰다.

"방금 잡아온 꿩입니다. 조금 더 가격을 쳐주시면⋯⋯."

"지난번에 잡아온 것보다 크기가 작잖아. 이거 새끼 아닌가? 다 자라지도 못한 어린 꿩을 똑같은 값에 쳐달라니, 너무 양심이 없군."

목련은 입을 꾹 다물었다. 분명 지난번보다 큰 꿩이건만, 새끼라고 트집 잡아 값을 깎으려 드는 사내에게 화가 났다.

이번이 벌써 몇 번째인지. 하지만 항의를 해봤자 어제 달걀을 샀을 때와 마찬가지로 씨알도 먹히지 않을 게 분명했다.

자신이 환영받지 못하는 존재라는 건 익히 알고 있었다. 불공평한 처사에도 매번 꾹 참고 넘겨왔지만 그런 그녀의 노력에도 사람들의 태도는 점점 각박해져가기만 했다.

애써 잡은 꿩을 헐값에 넘기게 된 목련은 작게 한숨을 내쉬었다.

"히야, 그놈 참 실하게 생겼다."

그때, 등 뒤에서 걸걸한 목소리 하나가 툭 끼어들었다. 흠칫 놀란 목련은 얼른 고개를 돌렸다. 언제 왔는지 커다란 사내 한 명이 뒤에 서 있었다.

목련의 눈이 살짝 커졌다. 어딘가 모르게 낯이 익다 했더니 어제 마을 입구에서 마주쳤던 독귀 사내였다. 이름이 가휴라고 했던가.

어제 봤을 때는 수염이 덥수룩하게 나 있었는데, 하룻밤 새에 수염이 사라져서 잠시 알아보지 못했다.

"당신은……."

가휴가 그녀를 바라보며 히죽 웃었다. 넉살 좋은 웃음을 보니 확실히 어제 만났던 그 독귀 사내가 맞았다.

"또 만났네? 고맙단 인사를 하고 싶었는데 이리 만나서 다행이군. 덕분에 따뜻하게 하룻밤 잘 보냈어. 고마워."

목련은 작게 고개를 끄덕였다. 처음 만났을 때도 느꼈지만 참 넉살이 좋은 사내였다. 어제도 그녀를 보자마자 대뜸 말을 놓고 이름을 묻지 않았던가.

낯선 사람에게는 절대 이름을 가르쳐주는 법이 없는 목련이었지만, 어쩐 일인지 가휴에게는 홀린 듯 이름을 알려주고 말았다.

"그 꿩, 나한테 팔지 않을래?"

"에엑?"

두 사람을 지켜보고 있던 육전 주인이 괴상한 소리를 냈다. 그런 사내를 힐끔거린 가휴가 다시 목련을 향해 싱글벙글 웃어보였다.

"백숙해 먹으면 맛나겠어. 백숙에는 황계가 최고지만 꿩도 좋지. 이건 직접 잡아온 건가?"

"……예."

"실력 좋네? 꿩은 재빨라서 잡기 어려운 놈인데."

목련은 알 수 없는 표정으로 가휴를 쳐다보았다.

"이 정도면 못해도 은화 다섯 닢은 받을 수 있을 것 같은데."

그 말에 육전 주인의 입이 쩍 벌어졌다.

"무, 무슨! 꿩 한 마리에 은화 다섯 닢이 말이 되오? 그 돈이면 쌀이 몇 포대인데!"

"야생 꿩 잡기가 얼마나 힘든 줄 아나? 더욱이 이리 눈이 많이 오는데 저 험한 산에서 이만한 꿩을 잡았다는 게 대단한 거지. 어차피 제값도 안 쳐줄 작정이었던 것 같으니 그냥 내가 사지."

육전 주인의 얼굴이 붉으락푸르락 변했다. 가휴는 속으로 웃음을 머금었다. 보아하니 헐값에 사들이려다 방해를 받으니 열이 오르는 모양이었다. 목련이 난처한 표정을 지었다.

"은화 다섯 닢은 너무 과합니다."

"고생했으니 그 정도는 받으라고."

"그래도 과합니다."

참 욕심도 없다. 다른 사람이었다면 얼씨구나 좋다 하고 얼른 팔았을 텐데, 이 여인은 지나치게 정직했다.

"그럼 적정한 가격을 말해봐."

"……한 닢 정도면 적당할 듯합니다."

가휴는 피식 웃었다. 고생해서 잡아왔을 텐데 고작 은화 한 닢을 부르는 목련이 귀여웠다.

"좋아, 사지. 아, 혹시 백숙도 만들 줄 알아? 파는 김에 음식도 해주면 더 좋을 것 같은데. 수고비는 줄게."

"객잔에 가지고 가면 원하는 대로 음식을 만들어줄 겁니다."

"흠, 객잔 음식은 뭐랄까. 나쁘진 않은데 입맛에 그다지 맞지 않아서 말이지. 주인장한테 부탁해놓을 테니 목련이 만들어주면 안 될까?"

서슴없이 이름을 부르며 친한 척하는 가휴의 넉살에 목련은 적잖이 당황했다.

"객잔에 폐가 되니 거절하겠습니다."

목련이 단칼에 거절하자 가휴는 아쉽다는 듯 입맛을 쩝쩝 다셨다.

"시골 인심도 예전 같지 않은가 봐."

가휴는 목련을 힐끔거리며 투덜거렸지만 그녀는 묵묵히 꿩을 자루에 담아 건네줄 뿐이었다.

"저기, 이제 뭐할 거야? 객잔에 가서 차 한 잔 하지 않을래? 식사 전이면 이거 백숙해서 같이 먹자."

동네 한량이 여자를 꾀듯 목련에게 수작을 부리는 가휴의 모습에 멀리서 그를 지켜보고 있던 서요가 아연실색한 표정을 지었다.

"괜찮습니다."

"에이, 그러지 말고 같이 가자고. 할일도 없잖아?"

"할일 많습니다."

손톱도 들어가지 않는 냉랭한 반응에 가휴는 한숨을 폭 내쉬었다.

"일은 목련 혼자 다 하나 봐? 이곳 사람들은 많이 한가해 보이던데."

그 말에 육전 주인이 가휴를 매섭게 노려보았다. 그에 아랑곳 않고 가휴는 막 자리를 뜨려는 목련의 뒤를 졸졸 따라붙으며 계속 주절댔다.

그 모습을 지켜보는 서요의 표정이 시시각각 우스꽝스럽게 일그러졌다.

변함없이 무시로 일관하는 목련의 차가운 반응에 결국 포기한 가휴는 입맛을 쩝, 다시며 서요에게 돌아왔다.

"창피하지도 않습니까?"

"응? 내가 왜?"

서요는 혀를 찼다.

"싫다는 여인을 자꾸 귀찮게 하면 큰일이 난다는 거 모르십니까?"

"목련은 싫단 소리 안 하던데."

"제가 보기엔 온몸으로 싫다고 말하던 걸요."

"에엑, 진짜?"

정말 몰랐다는 듯 두 눈을 동그랗게 치뜨는 가휴가 어쩜 이리도 가증스러 운지.

"주인님 연애사엔 관심 없지만 제발 체통 좀 지키십시오. 가뜩이나 마을 사람들 시선이 따가운데 왜 자꾸 분란을 일으키십니까?"

"분란은 무슨. 그냥 곤란한 지경에 빠진 연약한 아가씨를 도운 것뿐인데. 자자, 이거나 가져가서 백숙 좀 해달라고 해. 삼이랑 대추 듬뿍 넣고 푹 고우 라 꼭 이르고. 알았지?"

가휴가 건넨 꿩을 얼떨결에 받아든 서요는 한숨을 푹 내쉬었다. 왠지 마을에 머물고 있는 동안이 그다지 편치 않을 것 같다는 불길한 예감이 들었 다.

객잔으로 돌아온 가휴와 서요는 대수에게 꿩을 건네고 식탁 앞에 앉았다. 백숙이 나올 때까지는 시간이 꽤 걸릴 것 같아 그전에 간단히 허기를 채우 기로 했다.

객잔에서 추천하는 음식으로 대충 배를 채운 가휴는 대수가 후식으로 얼 린 감을 가져오자 기다렸다는 듯 입을 열었다.

"주인장. 목련이란 여인에 대해 아나?"

목련의 이름이 나오자 대수의 낯빛이 살짝 변했다.

"왜 그러시는데요? 그 아이가 혹 손님께 무슨 실례라도 했습니까?"

가휴의 표정이 묘해졌다. 목련에 대해 묻는데 대뜸 실례를 했냐는 그의 말투가 못내 마음에 들지 않았다.

"주인장이야말로 왜 그런 말을 하지?"

"예?"

대수의 얼굴에 당혹스러운 기색이 떠올랐다.

"난 그냥 목련에 대해 궁금한 것뿐인데, 왜 그녀가 내게 실례를 했을 거라 짐작한 건가?"

"그, 그게 아니라, 그냥 그 아이가 좀……."

"좀?"

가휴가 눈을 반짝이며 빤히 쳐다보자 더욱 당황한 대수가 어쩔 줄 몰라 하며 말을 더듬었다.

"자세히 얘기해보게."

"그게……."

대수가 뒷머리를 긁적이며 망설였다.

"어차피 한동안 마을을 벗어날 수도 없는데, 지루한 객에게 재미난 이야기나 좀 해주지 않겠나?"

가휴가 살살 꾀자 대수의 얼굴에 갈등하는 기색이 역력히 떠올랐다. 그는 주위를 한 번 살피더니 슬그머니 가휴 옆에 앉았다.

"그게 말입니다. 목련이 나쁜 아이는 아닌데 뭐랄까……. 마을에서 그다지 환영받지 못한다고 할까. 좀 그렇습니다."

"어째서?"

"실은 목련보다 그 어미한테 문제가 있었지요."

"목련의 어머니?"

대수가 고개를 끄덕였다. 무언가를 떠올리는지 그가 얼굴을 살짝 찡그렸다.

"그게…… 좀 불미스러운 일이 있어서 말입죠."

차마 입 밖에 내기 힘들다는 듯 입술을 핥으며 이리저리 눈알을 굴리던 대수가 어렵사리 말문을 열었다.

독귀의 여자

"영란, 그러니까 목련의 모친은 마을에서도 알아주는 미인이었습니다. 처녀 때는 그녀에게 구애하는 총각들 때문에 그 집 문턱이 닳을 정도였지요. 그러다가 마을 청년 중 한 명과 눈이 맞아 혼인을 했는데……."

잠시 말을 멈춘 대수가 물 한 잔을 따라 마시고는 다시 이야기를 이어갔다.

"나중에 보니 글쎄 이미 혼인 전에 다른 남자와 통정해 아이를 뱄지 뭡니까? 그 일로 크게 상심한 신랑은 매일 술만 마시다가 어느 날 산에 올라가 목을 맸지요. 그때 임신했던 아이가 바로 목련입니다."

뜻밖의 얘기에 가휴는 잠시 말을 잊고 대수를 멍하니 쳐다보았다.

'그래서였나.'

목련을 향한 사람들의 경멸어린 시선들. 그녀를 향한 무언의 질타가 모두 목련의 모친에게 일어난 일 때문이었던가.

"통정했다던 남자는 누구였지?"

"그거야 모르지요. 떠도는 말론 마을에 왔던 객인 중 한 명이라 하던데, 정작 본인이 입을 꾹 다무는 바람에 아직도 그 사내가 누군지는 아무도 모릅니다."

"죽은 남자 집에선 가만히 있었나?"

"아이고, 웬걸요! 영란한테 화냥년이네, 아들 잡아먹은 악귀네, 온갖 욕지거리를 하는 것도 모자라 잡아 죽일 듯 난리를 부렸지요. 생때같은 아들이 목을 맸는데 어느 어미가 가만있겠습니까? 하루가 멀다 하고 집으로 찾아가 세간을 뒤엎고 학대를 하니, 결국 견디다 못한 영란이 식구를 데리고 집을 떠났지요."

"떠나? 어디로?"

"산속에 약초꾼이나 사냥꾼들이 쉬어가도록 만든 작은 오두막이 하나 있습니다. 그때부터 오두막에 살기 시작해 지금까지 계속 살고 있지요."

가휴의 미간에 살짝 주름이 졌다.

"그럼 목련이 지금 산속 오두막에 살고 있단 소린가?"

"그나마도 영란의 노모를 봐서 오두막에 머물게 해준 겁니다. 지금은 돌아가신 촌장님이 인정 넘치는 분이었던지라 영란을 쫓아내려는 마을 사람들을 간신히 설득해 굶지 않도록 보살펴주셨지요."

가휴는 육전에 꿩을 팔던 목련을 떠올렸다. 주인 말을 들어보니 그녀는 산속 오두막에 기거하면서 작은 산짐승들을 사냥해 마을에 내다팔거나 필요한 물건으로 교환하는 식으로 연명을 해온 모양이었다.

그는 목련이 잡아온 꿩을 헐값에 사려했던 육전 주인을 생각하고 조소를 머금었다.

육전 주인의 태도나 마을 사람들의 차가운 시선만 봐도 지금껏 목련이 어떤 식으로 살아왔는지 대충 짐작하고 남았다.

"아무튼 손님들도 그 아이에게 가까이 가지 않는 게 좋을 겁니다. 이런 산골 마을에선 별것 아닌 일에도 이상한 소문이 돌기 마련이거든요. 그런 건 목련한테도 별로 좋지 않을 테고요."

말을 마친 대수가 재빨리 찬간 쪽으로 사라졌다.

"흠……."

가휴가 깊이 생각에 잠긴 얼굴로 턱을 쓰다듬었다. 그 모습에 서요는 작게 한숨을 내쉬었다. 그가 또 쓸데없는 생각을 하고 있다는 것을 눈치챘기 때문이다.

도대체 가휴는 왜 그 여인에게 이토록 신경을 쓰는 걸까.

본래 여인을 좋아해서 가는 곳마다 염문을 뿌리고 다니긴 했지만 상대의 사생활까지 캐물어볼 만큼 특별히 관심을 가진 적은 한 번도 없었기에 더 의아했다.

"대체 무슨 꿍꿍이인 겁니까?"

가휴가 무슨 말이냐는 듯한 표정으로 서요를 쳐다보았다.

"목련이란 여인 말입니다. 왜 그렇게까지 신경 쓰시는 겁니까?"

가휴가 어깨를 으쓱했다.

"말했잖아. 금호를 잡는데 도움이 될 것 같다고."

"주인장 얘기 못 들으셨어요? 그 여인과 엮여봐야 좋을 것 없다는 얘기 말입니다. 그 말엔 저도 동의합니다만."

"쿡쿡, 내 가슴팍에도 올까 말까 한 자그마한 여자와 엮여봤자 무슨 큰일이 생긴다고……. 다 헛소문이고 편견일 뿐이야."

"외지인인 우리가 괜히 마을 일에 참견한다면 주인님이 그토록 원하는 금호는커녕 금호 그림자도 못 볼 겁니다. 정 그리 금호를 잡고 싶다면 다른 사람을 알아보시죠. 보아하니 객잔에 사냥꾼 몇이 묵고 있는 것 같던데."

"아, 맞다. 그랬지. 한데 좀 이상하지 않아? 우리가 금호를 잡으러 왔다고 했을 때는 객잔이 떠나가라 비웃더니, 어째서 그 사냥꾼들에겐 아무 말이 없는 거야?"

서요가 심드렁하게 대답했다.

"우리가 벌레 한 마리 못 잡게 생겼나보죠. 그에 반해 사냥꾼들은 힘깨나 쓰게 생겼고요."

가휴는 어젯밤 객잔에서 봤던 사내들을 떠올렸다. 서요의 말대로 그들은 누가 봐도 '나 사냥꾼이요'라고 이마에 써 붙인 것처럼 기골이 장대하고 인상도 몹시 험악했다.

"그것보다는 사냥꾼들의 인상이 너무 험상궂어서 그런 거 아닐까? 꼭 산도적처럼 생겼던데."

서요도 공감하는지 비식 웃었다.

"하긴, 엄청 무섭게 생기긴 했더군요. 잠깐 눈이 마주쳤는데 절 잡아먹을 듯 노려보더라고요."

그 말에 가휴는 어깨를 흔들며 웃었다.

"나이도 어려보이는 것이 어쩌나 눈빛이 오만방자하던지, 쯧."

"크큭, 아쉽네. 보는 눈들만 없었어도 따끔하게 혼쭐을 내줬을 텐데."

서요가 불쾌한 표정으로 머리를 흔들었다.

"그런 애송이는 건드려봤자 입맛만 버리기 십상입니다."

"이게 다 네가 너무 곱상하게 생겨먹었기 때문이야. 사내답게 수염도 기르고 머리도 자르라고 누누이 얘기했는데도, 뭔 고집이 그리 센지."

서요의 이마에 혈관이 불뚝 솟았다.

"차류 전하는 저보다 백배는 곱상하고 머리도 깁니다만? 어디 한번 전하 앞에서도 똑같이 말해보시죠."

차류왕 얘기가 나오자 대번에 가휴의 입이 뚝 닫혔다.

"아, 아니…… 그냥 그렇다는 말이지."

서요는 눈을 이리저리 굴리며 애먼 빈 찻잔만 쪽쪽 빨아대는 가휴를 흘겨보았다. 차류왕 얘기만 나오면 냉큼 꽁지를 말면서 자신 앞에선 어쩌면 저리도 뻔뻔스레 주절대는지.

"흠흠, 아무튼 목련을 만나 제대로 얘기해봐야겠어."

"알아서 하십시오."

그 말을 끝으로 입을 닫은 서요가 신경질적으로 차만 계속 마셔댔다. 가휴는 입맛을 쩍, 다셨다.

'또 삐쳤구만.'

저러니 산도적 같은 어린 사냥꾼에게 무시나 당하지. 가휴는 이 말이 목구멍까지 올라왔지만 뒷감당이 무서워 조용히 삼켰다.

3장.
산속 오두막

마노국을 대표하는 상단 홍마단의 주인답게 가휴의 행동력은 지극히 빠르고 거침없었다.

그는 대수에게 목련이 사는 오두막이 어디쯤 있는지 물었다.

곤혹스러운 표정으로 말하기를 주저하던 대수는 가휴가 넌지시 건넨 은화 한 닢에 언제 그랬냐는 듯 오두막 위치는 물론 가는 길까지 소상히 털어 놓았다.

불과 반 시진 전까지만 해도 목련과 절대 얽히지 말라 신신당부하던 대수가 아니던가.

그런 그의 이율배반적인 모습에 가휴는 투철한 장사꾼 기질이 마음에 든다며 칭찬했고, 서요는 속물이라며 혀를 찼다.

필요한 정보를 얻어낸 가휴는 곧장 방으로 올라가 짐을 뒤적이기 시작했다.

그 안에서 육포와 타락 가루, 소젖을 발효시킨 우락牛酪과 반죽한 밀가루를 구워 만든 면포牛酪, 가배차, 그리고 몇 가지 향신료와 약초 등을 꺼낸 그는 빈 주머니에 차곡차곡 넣었다.

독鬼의
여자

그가 챙긴 물건들은 대부분 백계처럼 외진 산골 마을에서 쉽사리 구경할 수 없는 귀한 것들이었다.

"뭐하십니까?"

가휴의 행동을 지켜보던 서요가 이맛살을 찌푸렸다.

"뇌물."

"예에?"

가휴는 만족스러운 표정으로 주머니를 툭툭 쳤다.

"남의 집에 빈손으로 가는 건 실례잖아? 어때. 이 정도면 목련도 좋아하겠지?"

실실 웃는 가휴의 모습에 서요는 할 말을 잃고 연방 혀만 찼다.

"아예 살림을 거덜낼 작정입니까?"

"괜찮아. 아주 조금만 덜었다니까."

불룩하다 못해 터질 것 같은 주머니를 뻔히 보면서도 저리 태연스레 거짓말을 하다니.

"그리 다 가져가면 나중에 어쩌시려고요?"

"진짜 얼마 안 된다니까? 뭐, 모자랄 것 같으면 동량에서 대충 사가면 되겠지."

서요는 작게 한숨을 내쉬었다. 값어치를 따지면 그리 큰 금액은 아니었지만 그렇다고 흔히 구할 수 있는 물건들도 아니었다.

하지만 그가 걱정하는 것은 물건의 값어치 따위가 아니었다. 앞으로의 여정이 어찌 될지 모르는 상황에서 아무런 계획도 없이 덜컥 물건들을 줘버리는 가휴의 안일한 행동이 걱정스러웠던 것이다.

'하긴, 애초에 생각이란 걸 하고 행동하는 사내가 아니었지.'

매사에 충동적이고 즉흥적인 남자가 바로 자신의 주인이 아니던가. 때로는 그것이 장점이 되기도 했지만 대부분 좋지 않은 결말로 이어진다는 것이 문제였다.

서요는 머리를 힘없이 내저었다. 아무리 잔소리를 해댄들 본인이 알아듣지 못하면 아무 소용없었다. 속이 썩어나가는 이는 서요 혼자뿐이다.

"자, 가자고."

서요는 마뜩찮은 표정으로 가휴를 따라나섰다. 마음 같아선 혼자 가라고 톡 쏘아붙이고 싶었지만 부(副)단주로서의 투철한 의무감이 그의 발목을 붙잡았다.

다시금 땅이 꺼져라 한숨을 내쉰 서요는 발랄하게 콧노래까지 흥얼대는 가휴의 등을 못마땅하게 노려보았다.

대수가 일러준 길은 마을 약초꾼과 사냥꾼들이 오랜 시간 동안 길을 들여온 지름길이었다.

워낙 험한 지형이다 보니 길을 잃지 않도록 곳곳에 눈에 잘 띄는 붉은 천으로 표시가 되어 있었고, 경사가 심한 곳에는 낙상하지 않도록 굵은 밧줄이 매어져 있었다.

"이거야 원, 어느 정도 예상을 하긴 했지만 생각보다 훨씬 길이 험하군."

"험한 정도가 아니라 자칫 목숨 잃기 십상인데요? 진짜 사람 다니는 길이 맞는 겁니까?"

서요는 연방 툴툴거렸다. 가뜩이나 눈이 많이 내려 발은 푹푹 빠지는 데다 길도 미끄러워서 잠깐이라도 방심하면 산 아래로 끝없이 데굴데굴 구를 것 같았다.

발밑으로 쭉 뻗은 가파른 길을 힐끔 돌아본 서요의 안색이 하얘졌다.

"주인님, 제대로 가고 있는 거 맞습니까?"

"맞다니까. 밧줄 있는 거 보면 모르겠어? 짐승이 밧줄 잡고 다니진 않을 거 아냐."

태연히 대꾸한 가휴가 밧줄을 꼭 붙잡고 가파른 산길을 성큼성큼 올라 갔다.

평지를 걷듯 아무렇지 않게 올라가는 그의 모습에 서요는 울상을 지었 다.

차라리 가휴가 힘들다며 투덜거리기라도 했으면 조금이나마 동정했을 텐 데, 보란 듯이 잘 올라가는 모습을 보니 자신만 생고생을 하는 것 같아 몹시 억울했다.

"빨리 올라오라고. 허어, 왜 그렇게 못 올라오는 거야? 그리 허약해 빠져 서야, 쯧쯧. 머리만 좋으면 뭐해? 이런 산도 못 타는 약골인 것을."

저만치 앞서 가며 살살 약을 올리는 가휴 때문에 서요는 하마터면 밧줄을 놓칠 뻔했다. 등줄기에 식은땀이 나는 것을 느낀 그는 가휴를 무섭게 노려 보았다.

"예예, 산도 못 타는 약골은 죽어야지요, 암요. 그러는 주인님은 참 좋으 시겠어요? 무식한 대신 체력은 좋으시잖아요. 히야, 그리고 보면 하늘은 참 공평한 것 같아요. 그죠?"

서요의 빈정거림이 시작된 것을 깨달은 가휴는 험험, 헛기침을 하고는 얼 른 속도를 높였다. 한번 저러면 한 시진이 지나도록 계속되기 때문에 이쯤 에서 한 수 물러나는 것이 정신건강에 이로웠다.

"아이코, 춥다, 추워. 여기 길이 유독 미끄럽네. 서요, 조심해서 올라오 게!"

서요는 괜스레 따라 나와 생고생을 한다며 속으로 연방 구시렁댔다. 그렇 게 반 시진쯤 올라가자, 드디어 경사가 끝나고 완만한 산길이 나타났다.

비로소 안도의 한숨을 내쉰 두 남자는 송골송골 맺힌 땀을 훔쳐내고 다시 걸음을 재촉했다.

그렇게 얼마나 걸었을까. 저만치 앞에 아담한 오두막 하나가 보이기 시작했다. 가휴의 안색이 환해졌다.

"아, 저긴가 보군."

그 말에 서요가 목을 길게 빼어 가휴 너머로 시선을 주었다.

커다란 아름드리나무 아래 자그마한 오두막 하나가 보였다. 눈여겨보지 않으면 자칫 무심히 넘겨버릴 만큼 오두막은 숲과 혼연일체가 되어 미미한 존재감을 간신히 드러내고 있었다.

그 시각. 한창 저녁 준비를 하고 있던 목련은 돌연 집 밖에서 느껴지는 이질적인 기척에 움직임을 뚝 멈추었다.

오랜 세월 동안 산중생활을 하다 보니 그녀의 오감은 산짐승에 비해 조금도 뒤처지지 않을 만큼 예민하게 발달해 있었다.

그런 그녀에게 낯선 기척이 감지된 것이다. 미세하지만 평소와는 확연히 다른 미묘한 공기의 움직임.

들고 있던 솥을 조용히 내려놓은 목련은 문가에 세워둔 활과 시복矢箙, 화살집을 집어 들었다.

시복을 어깨에 메고 활을 단단히 거머쥔 그녀는 찬간에서 음식을 만들고 있는 조모를 힐끔 돌아보고는 말없이 몸을 돌려 출입문으로 향했다.

천천히 손잡이를 비트는 목련의 손에 긴장감이 스며들었다.

무엇일까. 지난번처럼 곰이 내려온 걸까. 아니면 멧돼지일까. 둘 중 어느 것이든 충분히 위협이 될 만한 존재였다.

대부분 산짐승은 인기척이 느껴지면 조용히 물러가지만, 요즘처럼 폭설이 내린 날이면 먹을 것을 찾아 울타리를 부수고 마당까지 침입해오는 경우도 있었다.

목련은 조모가 놀라지 않도록 최대한 조용히 문을 열고 밖으로 나왔다.

나오자마자 그녀는 재빨리 시복 안에서 황색 깃이 달린 화살을 꺼내 활에 메겼다.

이 화살촉에는 짐승을 잠재울 수 있는 마취제가 묻어 있었다. 생계를 위해서 어쩔 수 없이 하는 사냥 외에는 가급적 살생을 피하고자 목련이 생각해낸 방법이었다.

웬만한 산짐승은 이 마취제만으로도 힘을 잃고 도망가지만, 몸집이 큰 성체 곰인 경우에는 마취제도 소용없었다.

물론 곰이 인가가 있는 곳까지 침입하는 경우는 그리 흔하지 않으나 산중에서는 언제나 최악의 상황에 대비해야 한다는 것을 목련은 누구보다 잘 알고 있었다.

꿀꺽. 긴장한 목련의 목울대가 커다랗게 움직였다.

그녀는 천천히 시위를 당기면서 마당으로 나갔다. 고양이처럼 소리 없이 움직이는 발이 눈과 섞인 축축한 땅을 신중하게 밟았다.

목련은 그 자리에 우뚝 서서 울타리 문을 향해 커다랗게 활시위를 당겼다. 여차하면 불청객을 향해 지체 없이 화살을 날릴 생각이었다. 그 순간, 그녀의 눈이 휘둥그레졌다.

"당신은······."

목련은 전혀 예상치 못한 손님들의 방문에 잠시 할 말을 잃고 멍한 표정을 지었다.

도대체 저 독귀들이 왜 자신의 집 마당에 와 있는 걸까.

처음에는 잘못 본 줄 알았다. 덩치 큰 곰이나 멧돼지가 내려온 줄 알고 만반의 준비를 하고 나왔건만, 침입자가 낯익은 사내들임을 알자 갑자기 힘이 빠지면서 헛웃음이 올라왔다.

"히야, 진짜 힘들었다. 이리 험한 곳에서 용케 살고 있었네?"

가휴가 몸에 묻은 눈을 툭툭 털어내며 히죽 웃었다. 기가 막힌 목련은 무슨 말을 해야 할지 몰라 두 눈만 크게 치뜬 채 다가오는 두 남자를 바라보았다.

"이곳엔 무슨 일로……."

간신히 정신을 수습한 목련은 겨우 말문을 열었다.

"무슨 일은. 그대에게 할 말이 있으니 왔지."

대체 무슨 할 말이기에 아무도 오지 않는 산속 오두막까지 힘들게 올라온 걸까. 다시 말문이 막힌 목련은 혼란스러운 눈빛으로 가휴를 빤히 쳐다보았다.

장난기로 반질거리는 까만 눈동자가 보였다. 처음 봤을 때는 강렬하고 맑은 자색 눈동자였는데, 두 번째로 만났을 땐 검은색으로 바뀌어서 내심 조금 놀랐다.

아마도 자신들의 정체를 들키지 않으려고 눈동자 색을 바꿨는가 싶어 금방 수긍하고 넘어갔지만, 한편으로는 어떤 방법으로 눈동자 색을 바꿨는지 조금 궁금하기도 했다.

"으으, 춥다. 힘들게 여기까지 왔는데 차 한 잔 주지 않겠어?"

코앞까지 다가온 가휴가 만면 가득 환한 미소를 지었다. 목련은 그를 물끄러미 바라보았다.

처음 봤을 때부터 느꼈지만 참 잘 웃는 사내라는 생각이 들었다. 배알 빠진 사람마냥 실실 웃으며 툭툭 농을 던져대는 그는 일없이 한들한들 돌아다니는 한량처럼 보였다.

대체 뭐하는 사내일까. 돈 많고 시간 많아 대륙을 유랑하는 귀한 집 도령일까. 아니면 독귀들은 원래 이리 한 치 앞도 가늠할 수 없는 엉뚱한 존재인 걸까.

서요라는 사내를 보면 꼭 그렇지만도 않은 것 같았지만, 분명한 것은 가휴란 사내가 지금껏 목련이 봐온 어떤 사람보다 오지랖 넓고 지푸라기처럼 가벼운 남자라는 사실이었다.

"들어오세요."

여기까지 일부러 온 손님을 쫓아낼 수도 없어 목련은 할 수 없이 두 남자를 집으로 초대했다. 그녀는 흙 묻은 장화를 발판에 탁탁 털고는 뒤를 돌아보았다.

"저기 있는 짚으로 진흙과 눈을 잘 털고 들어오세요."

집 안을 더럽히면 절대 용서하지 않겠다는 의지가 엿보이는 목련의 표정에 가휴가 쿡쿡, 웃었다.

"명심하지."

가휴는 오두막까지 올라오느라 질퍽해진 가죽장화를 짚으로 깨끗하게 닦아내고, 구겨진 옷을 툭툭 털어내며 매무새를 가다듬었다.

서요 역시 더러워진 장화를 짚으로 닦고 흐트러진 머리와 옷을 매만졌다.

그렇게 집 안으로 들어갈 준비를 끝마친 두 남자는 목련이 열어둔 문 안으로 성큼 들어섰다.

훈훈한 기운이 추위와 고된 산행으로 지친 두 남자를 반갑게 맞이했다.

옅은 약초 냄새와 장작이 타는 알싸한 냄새. 고구마를 구웠는지 고소하고 달콤한 냄새가 오래된 오두막의 묵은내와 함께 은은하게 허공을 떠돌았다.

"목련아, 누가 오셨니?"

그때, 찬간에서 눈처럼 하얀 백발을 곱게 틀어 올린 노부가 걸어 나왔다.

그녀는 문 앞에 서 있는 가휴와 서요를 발견하고는 두 눈을 동그랗게 치켜 떴다.

"아, 할머니. 이분들은 어제 마을에 오신 손님이세요."

"어머나……."

노부가 작게 탄성을 흘리며 손을 입에 가져갔다.

"이리 누추한 곳을 찾아주시다니……. 험한 곳까지 오시느라 정말 수고가 많으셨네요. 전 목련의 할미인 묘진이라고 합니다."

자신을 목련의 할머니라 소개한 노부인은 단아하고 우아한 분위기를 풍기는 여인이었다. 아마도 젊었을 때는 상당한 미인이었으리라. 가휴가 공손히 머리를 숙여 인사를 건넸다.

"가휴라고 합니다."

"서요입니다."

한 발짝 뒤에 서 있던 서요도 정중히 허리를 굽혀 노부인에게 예를 갖추었다.

"어여 이리 앉아 몸 좀 녹이세요."

"감사합니다."

가휴와 서요는 사양 않고 묘진이 권해준 의자에 덥석 앉았다.

"잠시만 기다리세요. 얼른 따뜻한 차를 내올게요."

그녀는 오두막에 찾아온 손님들이 무척이나 반가웠는지 불편해 보이는 몸으로 다과를 직접 준비하기 시작했다.

"할머니, 제가 할게요."

목련이 말렸지만 묘진은 괜찮다는 듯 손을 내저었다.

"이 정도는 내가 하마. 모처럼만에 맞는 손님들이잖니."

어쩐지 기분 좋아 보이는 조모의 모습에 목련은 할 수 없이 그녀에게 접대를 맡겼다.

찬간으로 간 묘진이 얼마 지나지 않아 찻잔과 당과가 담긴 다반을 가져와 식탁에 내려놓았다. 그리고 보니 찻잔이며 접시가 평소에는 쓰지 않는 것들이었다.

목련은 묘진을 가만히 바라보았다. 그녀가 내온 것은 다름 아닌 조모가 시집올 때 가져온 혼수품이었다.

친정어머니가 먼 도시까지 나가 손수 사오셨다던 그릇은 조모가 가장 아끼는 것이었다. 그런 소중한 그릇을 내오다니. 손님들의 방문이 그렇게나 기뻤던 것일까.

모처럼 얼굴에 혈색이 도는 조모를 보니 차마 손님들의 정체가 독귀라는 사실을 밝히기 어려웠다.

잇새로 감도는 안타까움을 가만히 씹어 넘긴 목련은 아무 말 없이 식탁 앞에 앉았다.

"할 말이 있으면 빨리 하시지요."

목련은 두 독귀를 집 안에 오래 두고 싶지 않았다. 아무리 할머니가 좋아해도 어쩔 수 없었다. 오랫동안 타인의 침범을 받은 적 없는 보금자리에 남이 들어와 있다는 사실이 내키지 않았던 것이다. 차를 마시고 막 당과를 집던 가휴가 싱긋 웃었다.

"성격 한번 급하네. 느긋하게 차 맛을 즐길 시간 좀 주면 안 될까?"

"애야, 그렇게 해드리렴. 이 험한 곳까지 오신 귀한 손님들이지 않니."

묘진의 은근한 질책에 목련은 입을 다물었다.

'할머니. 저 남자들은 귀한 손님이 아니라 독귀라고요.'

목련은 저 둘의 정체를 말해버리고 싶었지만 모처럼 기분 좋은 할머니의 심기를 상하게 하고 싶지 않아 꾹 참았다.

"드세요."

포기한 듯 말하는 목련을 본 가휴는 웃음이 터질 것 같아 작게 헛기침을 했다. 그녀의 말투나 표정만 봐도 지금 상황을 상당히 못마땅해 한다는 것을 금세 알 수 있었다.

"그런데, 이리 험한 곳까지 어인 일이신가요? 길이 험해서 마을 사람들도 웬만해선 오지 않는 곳이거든요. 원래 이 오두막 용도가 약초꾼과 사냥꾼들을 위해 지어진 것이랍니다."

"아, 그랬군요. 어쩐지 경사도 심하고 미끄러워서 밧줄을 붙잡고 겨우겨우 올라왔답니다. 그 밧줄이 없었으면 진짜 어찌 될 뻔했는지, 하하!"

가휴가 커다랗게 웃으며 말하자 묘진과 목련의 표정이 이상하게 변했다.

"예에? 밧줄이라니요?"

"낙상하지 말라고 밧줄이 매어져 있던데, 모르셨습니까?"

가휴의 말에 묘진이 어리둥절한 표정으로 목련을 쳐다보았다. 이윽고 목련이 알겠다는 듯 고개를 끄덕였다.

"짐승길로 오셨나 보네요."

"짐승길?"

그 말에 대번에 서요의 눈빛이 매서워졌다.

'역시 사람 다니는 길이 아니었어!'

아무리 밧줄이 매어져 있다 해도 그리 험한 길을 사람 다니라고 만들었을 리 없다.

자신의 생각이 맞았음을 깨달은 서요가 원망스러운 눈빛으로 가휴를 노려보았다.

"밧줄은 사냥꾼들이 설치했을 겁니다. 그곳이 짐승들이 많이 다니는 길이라 사냥을 하려고 일부러 길을 만든 모양이더군요. 하지만 워낙 지형이 험

독귀의 여자

하고 낙상하는 사고도 빈번해서 지금은 폐쇄된 길이지요. 용케 그런 길로 오셨네요."

"그, 그랬군. 하하……."

가휴는 볼에 꽂히는 서요의 따가운 시선을 애써 외면하며 어색하게 웃었다.

'젠장, 돈만 받아먹고 엉뚱한 길을 가르쳐주다니. 빌어먹을 주인장!'

대수가 잘 몰라서 그런 길을 가르쳐주었는지, 아니면 일부러 골탕 먹이려고 짐승길을 가르쳐준 것인지는 알 수 없었지만, 굳이 하지 않아도 될 고생을 했다는 생각에 울컥 짜증이 났다.

돌아가면 반드시 대가를 치르게 해주리라 마음먹은 가휴는 부글부글 끓는 속을 애써 잠재웠다.

그런 가휴를 물끄러미 바라보던 목련이 말없이 차를 한 모금 마셨다.

갖은 고생을 하며 이곳까지 온 가휴에게 조금 동정심이 든 탓일까. 불퉁하게 굳어 있던 그녀의 표정이 조금 전보다는 부드러워졌다.

"차 맛이 아주 좋네요."

"어머, 입에 맞으신다니 다행이네요. 우리 목련이가 정성껏 기른 찻잎으로 만든 것이랍니다."

묘진이 눈을 반짝이며 환히 미소를 지었다.

"호오, 그렇습니까? 차는 맛과 향을 살리는 것이 꽤 까다로운데, 이리 향긋하고 뒷맛이 깔끔한 것을 보니 손녀분의 솜씨가 보통이 아닌 듯싶습니다."

"호호, 제 손녀라서가 아니라 우리 목련인 어딜 내놔도 빠지지 않을 만큼 재주가 많은 아이랍니다."

"할머니."

때아닌 묘진의 손녀 자랑에 목련은 민망한 표정을 지었다. 가뜩이나 불편한 자리가 점점 가시방석처럼 느껴졌다.

괜스레 차를 한 모금 홀짝 마신 그녀는 언제 그랬냐는 듯 표정을 갈무리하고는 특유의 무심한 눈빛을 가휴에게 던졌다.

무언가를 재촉하듯 빤히 주시하는 목련의 눈빛을 읽어낸 가휴가 작게 헛기침을 하더니 찻잔을 내려놓았다.

"흠흠, 제가 실례를 무릅쓰고 여기까지 찾아온 연유는…….."

"어머나, 내 정신 좀 봐! 화로에 국솥을 올려둔 것을 깜빡 잊고 있었네요? 오랜만에 오신 손님들이 너무나 반가워서 그만…… 호호! 이왕 예까지 오셨으니 식사라도 함께하시지요."

"할머니!"

당황한 목련은 자기도 모르게 목소리를 높였다. 하지만 묘진은 손녀의 무언의 항의를 가볍게 묵살하고 가휴와 서요에게 재차 저녁을 권했다.

"산중이라 기름진 찬은 대접해 드리지 못하지만 그래도 허기진 배를 채우는 데는 모자람이 없을 겁니다."

"아, 그게……."

가휴는 슬그머니 목련의 눈치를 보았다. 처음보다 더욱 딱딱하게 굳은 그녀의 얼굴을 보니 평소 넉살 좋은 그도 선뜻 그러겠노라는 대답이 나오지 않았다.

"할머니. 저분들은 객잔에 머물고 계세요. 굳이 이런 곳에서 식사를 하지 않아도……."

"목련아. 지금껏 이 할미가 우리 집에 오신 손님들을 빈손으로 보낸 적이 있었더냐?"

부드럽지만 단호한 묘진의 말투에 목련의 입이 딱 닫혔다.

"이 집에 발을 들이민 순간부터 모두 귀한 손님들이다. 나와 네 어미는 물 한 모금 얻어먹으러 온 걸인 한 명조차 그냥 돌려보낸 적이 없었다."

목련은 당황한 표정으로 고개를 내렸다. 어릴 때 이후로 할머니의 꾸지람을 듣지 못했던 터라 더욱 당혹스러웠다.

왠지 모르게 부끄럽기도 하고 자신이 한심하게 느껴져 고개를 들기 어려웠다.

"……죄송해요."

잔뜩 풀죽은 목련의 목소리가 조그맣게 흘러나왔다.

가휴는 차마 아무 말도 못하고 두 눈을 동그랗게 치켜뜬 채 두 사람을 지켜보고만 있었다. 괜스레 자신 때문에 조용한 집안에 풍파를 일으킨 것 같아 등에 식은땀이 났다.

그는 눈알을 데구루루 굴려 서요를 쳐다보았다. 서요 역시 무거운 분위기에 눌린 듯 뻣뻣한 자세로 침묵을 지키고 있었다. 순간, 두 사람의 눈이 딱 마주쳤다.

'그것 보십시오! 이리 갑자기 찾아오는 건 예의가 아니라고 극구 말리지 않았습니까?'

서요가 눈빛으로 말하기 시작했다. 그것을 신통하게 알아챈 가휴가 똑같이 눈으로 말하는 신공을 부렸다.

'네가 언제 그런 말을 했어! 그리고 이건 내 잘못이 아니라고!'

'어쨌든 전 여기 오는 걸 적극 반대했습니다. 그럼에도 부득불 오겠다고 고집을 부린 건 주인님입니다!'

'내가 이럴 줄 알았나!'

"두 분께 큰 실례를 저질렀습니다."

한창 눈으로 대화를 나누던 두 남자 사이로 묘진의 온화한 목소리가 날아들었다. 흠칫 놀란 가휴는 잽싸게 표정을 바꾸고 환히 미소를 지었다.

"아닙니다. 공연히 저희 때문에 폐를 끼친 것 같아 송구합니다."

"폐라니요. 적적하던 오두막에 오래간만에 활기가 도는 것 같아 얼마나 즐거운지 모릅니다."

인자하게 웃는 묘진을 보니 가휴는 왠지 모르게 죄책감이 들었다. 그는 분위기도 바꿀 겸 바리바리 싸들고 온 보따리를 잽싸게 식탁 위에 올려놓았다.

"별건 아니지만 받아주십시오."

묘진의 눈이 휘둥그레졌다.

"아니, 이게 다 무엇인가요?"

"손녀분께 도움받은 것도 있고 해서 소소한 답례로 챙겨온 것들입니다."

"어머나……."

묘진이 감동한 표정을 짓자 가휴는 괜스레 더 미안해졌다. 이렇게 좋아할 줄 알았다면 좀 더 좋은 것으로 챙겨올 걸 그랬다는 후회가 들었다.

"목련아, 어서 풀어보렴."

우두커니 서 있던 목련이 머뭇거리며 다가와 보따리를 풀었다.

안에는 가휴가 챙겨온 물건들이 이리저리 뒤엉켜 있었다. 오두막까지 오는 중에 물건들이 죄다 뒤섞인 모양이었다. 민망해진 가휴는 머리를 벅벅 긁으며 허허, 웃었다.

"보기엔 그래도 내용물은 멀쩡할 겁니다. 아, 이건 육포고, 이건 타락 가루, 이건 우락과 면포입니다. 그리고 이건 향신료인데……."

가휴는 꾸러미들을 하나하나 꺼내며 이름과 사용법을 소상히 알려주었다. 그의 설명이 이어질 때마다 묘진의 입에선 감탄이 끊이지 않았다.

그도 그럴 것이 가휴가 가져온 물건들은 산중에서뿐만 아니라 마을에서도 쉽게 볼 수 없는 귀한 것들이었기 때문이다.

그중에서도 특히나 묘진의 관심을 끈 것은 향신료였다. 태어나 처음 보는 각양각색의 향신료에 묘진의 눈빛이 첫사랑을 만난 소녀처럼 반짝거렸다.

조금 전까지만 해도 잔뜩 굳어 있던 목련도 언제 그랬냐는 듯 호기심 어린 눈빛으로 가휴의 선물을 하나하나 살펴보고 있었다.

그런 그녀의 눈길이 기름종이에 싸인 검은 가루에 머물렀다. 궁금증 어린 목련의 눈빛을 읽어낸 가휴는 넌지시 다가가 기름종이를 집었다.

"이건 가배라고, 외국에서 건너온 차입니다. 가배나무 열매를 볶아서 가루로 만든 것인데, 단맛과 신맛, 쓴맛이 함께 어우러진 것이 일품인 차지요. 열매 종류에 따라 꽃향기가 나는 것도 있고, 가가이수 열매 향이 나는 것도 있습니다. 도시에선 주로 식후에 많이 마십니다."

"어머나, 이런 차도 있군요. 신기해라!"

"타락이나 염소젖과 섞어 마셔도 아주 맛있지요. 한번 드셔보겠습니까?"

묘진이 고개를 끄덕였다.

"그러지요. 하지만 식후에 많이 마신다 하니 우선 식사부터 하시는 건 어떨까요?"

그 말에 가휴는 목련을 슬쩍 쳐다보았다. 아까와 달리 조용히 서 있던 목련이 잠시 머뭇거리더니 이내 몸을 돌려 찬간으로 갔다. 묘진이 입을 가리며 호호, 웃었다.

"저 아인 다 좋은데 무뚝뚝한 게 흠이랍니다. 공자께서 너그러이 이해해 주세요."

"아닙니다. 제가 보기에 손녀분은 누구보다 강하고 심지가 곧은 분 같아요. 무뚝뚝한 건 조금도 흠이 되지 못합니다."

그 말이 기분 좋았던지 묘진의 주름진 눈가가 부드럽게 휘었다.

"그리 봐주시니 고맙습니다."

만난 지 얼마 되지 않았음에도 가휴는 묘진이 무척 마음에 들었다. 비록 마을에서 멀리 떨어져 깊은 산속에 살고 있지만 그녀는 가휴가 만난 어떤 사람보다 기품 있고 당당했다.

세월의 지혜가 녹아든 검은 눈동자는 영민하게 반짝이고 있었고, 곱게 나이를 먹은 얼굴은 소녀처럼 밝고 활기찼다. 과연 이런 사람의 딸이 마을에서 쫓겨날 만큼 부도덕한 짓을 저지른 걸까.

가휴는 쉽사리 믿을 수 없었다. 그가 보기에 묘진과 목련은 불의 앞에 굽히거나 타협할 만한 성정이 결코 아니었기 때문이다. 생각에 빠진 가휴의 눈이 가늘게 접혔다.

'뭔가 구린 냄새가 나는군.'

대수의 말이 사실이라면 필시 그가 모르는 어떤 사정이 있는 게 틀림없었다. 과연 그게 뭘까.

주체할 수 없는 호기심에 손이 근질거리는 것을 느낀 가휴는 히죽 웃었다. 그 모습을 곁눈질하고 있던 서요의 이맛살이 설핏 이지러졌다.

'또 무슨 쓸데없는 생각을 하고 계시는군.'

가휴가 쓸모없는 일에 집중하기 시작하면 피곤해지는 것은 서요 그였다. 온갖 뒤치다꺼리는 모조리 그의 차지가 되기 때문이다.

'역시 이 마을은 마음에 안 들어.'

서요도 인상 좋은 묘진과 무뚝뚝하지만 올곧아 보이는 목련이 싫지 않았다. 하지만 마을에 오래 머물면 머물수록 엄청나게 귀찮은 일에 휘말릴 것 같은 불길한 예감이 들었다.

가뜩이나 차류왕의 일로 골치가 아픈데 이 이상 문제가 일어나는 것은 극구 사양이었다.

"내 정신 좀 봐. 시장하시죠? 곧 저녁상을 내오지요."

묘진이 자리에 일어서자 가휴와 서요, 목련도 일제히 따라 일어섰다.

"목련이 넌 그냥 앉아 있어라."

움찔한 목련이 두 눈을 동그랗게 치떴다.

"나 혼자 해도 되니 넌 손님들 말벗이나 해드리렴."

"하지만……."

그때, 가휴가 기다렸다는 듯 서요를 향해 툭 내뱉었다.

"서요. 부인을 좀 도와주겠나? 여기 이 물건들도 차곡차곡 정리하고……."

서요가 가휴를 흘깃 쳐다보더니 이내 고개를 끄덕였다.

"그러지요."

당황한 묘진이 손사래를 쳤다.

"저 혼자서도 충분하니 그냥 편히 앉아 계세요."

"괜찮습니다, 부인. 그렇지 않아도 오두막을 좀 더 둘러보고 싶었던 참입니다. 이 물건들은 찬간으로 가져갈까요?"

"아휴, 죄송해서 어쩌나……."

묘진이 미안한 표정을 지었지만 내심 싹싹한 서요가 싫지 않았던지 함박웃음을 지었다.

"그럼 부탁드리지요."

물건을 챙긴 서요와 묘진이 사이좋게 찬간으로 향했다. 분위기를 부드럽게 만들어주던 묘진이 사라지자 금세 어색한 침묵이 가휴와 목련을 감쌌다.

천성적으로 조용한 것을 참지 못하는 가휴는 작게 헛기침을 하며 주변을 떠도는 서름한 기운을 쫓아냈다.

"거두절미하고 본론부터 말하지."

차 한 모금으로 껄끄러운 목구멍을 가다듬은 가휴는 조용히 자신을 응시하고 있는 목련의 시선과 마주했다.

"듣기론 이곳에서 오래 살았다고 하던데, 그럼 산에 대해 누구보다 잘 알고 있겠군."

목련의 눈동자에 의아한 빛이 떠올랐다.

"무슨 말씀을 하시고 싶은 겁니까?"

"내가 말이야, 정보가 필요하거든."

"정보요?"

"응. 금호에 대한 정보. 아무거나 괜찮아. 전에 내게 했던 말 기억하나?"

"무슨……."

"내가 금호를 본 적 있냐고 물었을 때, 분명 그대는 최근엔 본 적 없다고 했었지. 기억나?"

목련이 잠시 생각을 하는 듯하더니 이내 고개를 끄덕였다.

"예, 기억납니다."

"금호를 마지막으로 본 게 언제지?"

"3년 전쯤일 겁니다. 우연히 멀찍이서 한 번 보았습니다. 그날도 오늘처럼 눈이 많이 내린 날이었지요."

"흠……."

가휴는 비음을 흘리며 턱을 슬쩍 긁었다.

"혹시 금호는 겨울에 주로 활동을 하나?"

"꼭 그런 건 아니지만, 겨울에 더 많이 나타나는 건 사실입니다. 아마도 먹이 때문에 인가 근처까지 내려오는 게 아닌가 싶습니다만……. 간혹 마을에서 키우는 닭이나 염소가 한두 마리씩 사라지는 일도 있거든요."

"호오, 그래?"

"하지만 그것도 오래된 얘기입니다. 마을에서 공동축사를 만들어 교대로 감시하기 시작한 후로는 그런 일도 없어졌습니다."

"흠, 그렇군."

무언가 골똘히 생각에 빠져 있는 가휴를 지켜보던 목련이 불쑥 물었다.

"진짜 금호를 잡을 생각인가요?"

"응? 아……. 뭐, 그럴 생각으로 오긴 했는데 생각만큼 쉽진 않을 것 같군."

멋쩍게 웃는 그를 바라보는 목련의 눈빛이 서느레졌다.

"포기하세요. 금호는 사람 손에 쉽게 잡히는 존재가 아닙니다. 게다가 이미 멸종됐을지도 모르고요."

어딘가 모르게 씁쓸하게 보이는 목련의 모습에 가휴가 작게 입맛을 다셨다.

"그 정도는 각오하고 있어. 그래도 도전할 가치는 있지."

장난스레 웃는 가휴를 보고 있자니 목련은 왠지 모르게 울컥 화가 치밀어 올랐다.

"금호를 잡아 뭐하려고요? 가죽을 벗길 겁니까? 관상용으로 어느 돈 많은 귀족에게 팔아넘길 건가요?"

"흐음, 글쎄. 아직 거기까진 생각 안 해봤는데……."

가휴가 고개를 갸웃했다.

"금호를 사냥하려는 자가 비단 나만은 아닐 텐데, 유독 내게만 화가 난 것 같군. 이유를 물어도 될까?"

정곡을 찔렸는지 목련이 당황한 표정으로 이리저리 눈을 굴렸다. 가휴의 입가가 살짝 올라갔다.

단단한 옹벽을 쌓았다 싶다가도 말 한마디에 가면 같은 목련의 고운 얼굴이 우르르 무너져 민낯을 드러내는 모습은 제법 볼만한 구경거리였다.

"내가 독귀라서?"

목련의 얼굴이 살며시 붉어졌다. 가휴의 미소가 조금 더 진해졌다.

처음 봤을 때부터 느꼈지만 참 솔직한 여인이다. 속내 감추기 급급한 요즘 세상에서는 보기 드물게 선한, 하지만 답답할 정도로 순진한 구석이 있는 여인이었다.

"그, 그런 건……."

말을 더듬다 끝내 입술을 꾹 깨무는 목련의 모습에 가휴는 작게 혀를 찼다.

"당신은 너무 순진해. 그런 성격으로 이런 곳에서 용케 큰 탈 없이 살아왔군."

착하고 솔직한 성격은 살아가는 데 있어 불필요한 요소였다. 적어도 가휴에게는 그랬다.

실낱같은 허점만 보여도 잡아먹으려 으르렁대는 악귀들 틈에서 살아온 가휴에게 목련 같은 사람은 너무나 쉬운 먹잇감이었다.

"금호사냥에 큰 의미를 두는 건 아니야. 단지……."

가휴의 시선이 말간 찻물에 꽂혔다. 알 수 없는 그의 눈빛이 말 위에 아른아른 비쳤다.

"구실이 필요하다고 할까……."

혼잣말처럼 중얼거리는 가휴를 목련이 의아한 표정으로 쳐다보았다. 찰나의 어색한 침묵이 지나가고, 이내 언제 그랬냐는 듯 가휴가 히죽 웃었다.

"아무튼 내 제안을 심사숙고해줬으면 좋겠군. 기왕이면 당신이 금호를 잡

독귀의
여자

을 수 있도록 길잡이 역할을 해줬으면 해. 생포 여부에 상관없이 수고비는 후하게 쳐주지."

목련은 고민에 빠졌다. 사실 그의 제안은 나쁘지 않았다. 아니, 오히려 과분할 정도였다. 궁핍한 살림살이에 큰 보탬이 될 수 있는 절호의 기회인 것이다.

그런데 왜 망설이고 있는 걸까. 상대가 독귀이기 때문일까. 아니, 그건 아닐 것이다. 애초에 독귀라는 사실이 걸렸다면 처음 마주쳤을 때 진즉 도망쳤을 것이다.

마을 사람들조차 배척하며 소리 없는 경멸의 눈길을 보내는 자신에게 기회를 주는 외지인은 지금껏 단 한 명도 없었다.

처음엔 호기심을 가지고 접근하던 사람도 하루 이틀만 지나면 언제 그랬냐는 듯 마을 사람들과 똑같은 시선으로 그녀를 바라보았다.

그 시선. 낯설고 이질적인 그 시선들.

그것은 칼날로 변해 채 딱지도 떨어지지 않은 묵은 상처까지 사정없이 후벼 팠다.

그래서였을 것이다. 모든 걸 내려놓은 목련이 외지인을 기피하고 거리를 두게 된 것은.

아무리 호탕하고 밝은 사람도 목련의 철저한 무시에 금방 포기하고 마는데, 가휴만은 달랐다.

차갑게 대해도, 무뚝뚝한 말로 밀어내도 전혀 아랑곳하지 않고 늘 미소 띤 얼굴로 상냥하게 다가왔다. 마치 오랜만에 반가운 지기를 만난 것처럼 그리 살갑게 다가왔다.

그것도 모자라 험한 산길을 헤치고 오두막까지 찾아와 금호사냥을 도와 달라 한다. 정말이지 알 수 없는 남자였다.

목련은 부드럽게 미소 짓고 있는 가휴를 물끄러미 바라보았다. 맑게 반짝이는 검은 눈동자.

하지만 그녀는 알고 있었다. 저 검은색 아래 얼마나 아름다운 자색 눈동자가 숨겨져 있는지. 투명한 얼음처럼 청염한 빛을 뿜어내는 눈동자는 정말이지 홀릴 듯 아름다워 지금도 가슴이 뛸 정도였다.

그녀는 처음으로 가휴의 얼굴을 자세히 살펴보았다. 덥수룩한 머리와 수염에 가려 몰랐는데, 이제 보니 굉장히 잘생긴 사내라는 사실을 깨달았다.

숱 많은 눈썹과 곧게 뻗은 콧날, 두껍지도 얇지도 않은 보기 좋은 입술. 눈동자만큼이나 붉은 입술은 눈밭에 홀로 피어난 새빨간 동주^{冬朱} 같다.

이 남자가 이런 얼굴이었던가. 갑자기 눈앞이 아찔해진 목련은 후다닥 두 눈을 감았다. 왠지 계속 보고 있으면 안 될 것 같다는 예감이 들었다.

"……생각할 시간을 주세요."

잠시 호흡을 가다듬은 목련은 천천히 눈을 떴다. 미소 띤 가휴의 얼굴이 보였다. 반달처럼 휘어진 눈매와 부드럽게 호를 그린 입술을 보자 심장이 쿵, 떨어졌다.

얼굴에 화르르 열기가 느껴졌다. 아무것도 하지 않았는데 갑자기 몸속 혈류가 빨라지고 땀이 났다. 심장박동이 점점 거세지는 것을 느낀 목련은 자기도 모르게 주먹을 꾹 거머쥐었다.

"기다리지. 결심이 서면 객잔으로 와."

둘의 대화는 이것이 마지막이었다.

가휴와 서요는 저녁을 먹고 오두막을 나섰고, 밤길이 어두운 두 남자를 위해 목련은 횃불을 들고 산 입구까지 배웅했다.

둘을 보내고 다시 오두막으로 돌아온 목련은 밤이 늦도록 쉬이 잠들지 못했다.

왜 이럴까. 밖에는 매서운 밤바람이 쌓인 눈마저 얼릴 정도로 거세게 불고 있건만 목련은 이상한 열기에 휩싸여 자꾸만 이리저리 뒤척였다.

몸 안에 알 수 없는 불씨가 웅크리고 있는 것 같다. 도대체 이건 무엇일까. 이 불씨는, 이 열기의 정체는 대체 무엇일까. 차마 누구에게 물을 수도 없어 가슴이 답답했다.

미명이 터오도록 잠을 이루지 못한 목련은 결국 해답 한 줄 얻지 못한 채 피곤한 눈을 붙일 수밖에 없었다.

4장.
계약

가휴와 서요가 오두막에 다녀간 지 사흘이 지났다. 목련은 평소처럼 똑같이 지냈지만 마음은 복잡하기 그지없었다.

음식을 할 때도, 밥을 먹을 때도, 산에 다녀올 때도 멍하니 넋을 놓기 일쑤라 여간 곤혹스러운 것이 아니었다.

"하아……."

목련은 수선하던 가죽옷을 내려놓고 작게 한숨을 내쉬었다. 마음이 어지러운 탓인지 으레 한두 뿌리씩 보이곤 하던 약초마저 며칠간 그림자조차 구경할 수 없었다.

사냥도 마찬가지였다. 덫을 놓아도 미끼만 잃고 딱히 소득이 없어 더욱 기분이 저조했다.

'다 그 남자 때문이야.'

독귀인 그 남자 때문에 짐승들조차 멀리 달아나 버린 거다. 갑자기 자신이 너무 한심해진 목련은 머리를 쿡 쥐어박았다.

사실 그녀도 잘 알고 있었다. 자신이 괜히 트집을 잡고 있다는 것을. 독귀란 존재도 낯설고, 자신에게 다가오는 가휴라는 남자는 더 낯설어서 괜스레 뾰족하니 가시를 세우고 있다는 것을.

목련은 착잡한 시선을 창밖으로 던졌다. 잠시 그쳤나 싶은 눈이 또 내리고 있었다.

아침부터 힘들게 치운 눈이 밤새 또 쌓일 것을 생각하니 조금 짜증이 났다. 지금껏 한 번도 산중 생활에 불만을 품은 적이 없었는데 대체 왜 이러는지 모르겠다.

"으으……."

머리를 벅벅 헤집은 그녀는 미지근한 차를 단숨에 들이켰다.

"뭘 고민하고 있는 거야. 이미 답은 나와 있잖아."

한푼이 절실한 마당에 찬밥 더운밥 따질 때가 아니다. 상대가 독귀든 사람이든 자신에게 일거리를 준다면 감사히 여기고 덥석 받는 게 맞는 것이다.

금호를 사냥한다는 것이 마음에 걸렸지만 어차피 금호를 생포한다는 것은 불가능한 일이고, 가휴 역시 큰 기대는 하지 않는 것 같으니 부담 느낄 필요도 없었다.

어렵사리 결론을 내리니 체한 것처럼 묵직했던 가슴이 조금 가벼워지는 것 같았다.

목련은 다시 가죽옷을 수선하기 시작했다. 부지런히 바늘을 움직이는 그녀의 손가락이 조금 전과 달리 가볍고 날래게 가죽 위를 날아다녔다.

다음 날. 조반을 먹고 오두막을 나선 목련은 설피雪皮를 단단히 동여매고 조심스레 산을 내려갔다. 밤새 쌓인 눈 때문에 평소보다 시간이 조금 더 걸렸다.

마을에 도착한 목련은 곧장 객잔으로 향했다. 내심 너무 일찍 온 건 아닌가 싶어 걱정이 되었지만 시간을 끌면 언제 또 마음이 바뀔지 모르니 가급적 빨리 일을 진행시키는 게 낫다는 판단이 들었다.

시간이 이른 탓인지 다행히 객잔 안은 텅 비어 있었다. 다만 아직 잠기운이 덜 가신 어린 사환 한 명만이 식당 안을 왔다 갔다 할 뿐이었다.

겨울이 되면 사람들은 부쩍 게을러지는데, 눈이 올 때면 그 게으름은 더심해졌다. 마을 사람들 중 이 시간에 움직이고 있는 사람은 아마 객잔의 유일한 고용인인 사환과 목련뿐일 것이다.

듬성듬성 털 빠진 모자를 쓰고 목도리를 친친 감고 있던 아이는 잔뜩 인상을 찌푸리고 있다가 갑자기 나타난 목련을 보고 두 눈을 둥그렇게 치떴다.

목련은 아이가 입을 떼기 전에 먼저 객잔에 온 용건을 말했다.

"가휴라는 분을 만나러 왔는데……."

"가휴요?"

표정을 보아하니 이름까진 잘 모르는 듯했다.

"며칠 전 외지에서 온 남자 손님들이 있을 텐데……. 그분들을 만나러 왔단다."

"아…….."

그제야 알겠다는 듯 아이가 고개를 끄덕였다.

"그분들은 홍실에 머물고 계세요."

"고맙다."

아이에게 인사를 한 목련은 여전히 얼떨떨한 표정으로 자신을 쳐다보고 있는 사환을 지나쳐 이층으로 향했다.

그녀는 계단을 올라가다 잠시 걸음을 멈추고 뒤를 돌아보았다.

"저기……."

독귀의
여자

"예?"

빗질을 하던 아이가 흠칫 놀란 얼굴로 그녀를 쳐다보았다.

"그 손님들, 일어나셨니?"

"글쎄요. 별다른 기척이 없는 걸로 보아 아직 주무시는 것 같습니다."

작게 고개를 끄덕인 목련은 사환이 알려준 방으로 걸어갔다.

홍실이라고 문패가 달린 방문 앞에 선 그녀는 잠시 숨을 가다듬었다. 역시 조금 여유를 두고 올 걸 그랬나 하는 마음이 다시금 슬쩍 고개를 들었지만 목련은 가볍게 한숨을 내쉬는 것으로 망설임을 지웠다.

그녀는 조심스레 문을 두드렸다. 퉁, 나무문을 울리는 작은 소음이 이른 아침의 적막한 공기를 일깨웠다.

안에서 별다른 기척이 없자 그녀는 다시 한번 문을 두드렸다.

잠시 후, 안에서 희미한 기척이 느껴지는가 싶더니 삐거덕, 문이 열렸다. 손바닥만큼 열린 문 틈 사이로 반쯤 눈이 감긴 가휴의 얼굴이 보였다.

"후아암, 누구요?"

파르라니 수염이 돋아난 턱을 벅벅 긁으며 가휴가 입이 찢어져라 하품을 했다.

"목련입니다."

"에? 누구…….."

다시금 커다랗게 하품을 하던 가휴의 움직임이 뚝 멎었다.

"목련?"

가휴가 눈을 끔벅이며 불쑥 머리를 내밀었다. 움찔 놀란 목련은 자기도 모르게 한 발짝 뒤로 물러섰다.

"어라? 진짜 목련이네."

그제야 목련을 알아본 가휴가 문밖으로 나왔다.

"어이쿠야, 엄청 부지런하시구만."

"이른 시간에 죄송합니다."

"아냐, 마침 일어나려던 참이었어. 그나저나 날 찾아왔다는 건, 내 제안을 긍정적으로 받아들였다고 생각해도 되나?"

목련은 대답 대신 살며시 시선을 내렸다. 무언은 곧 긍정. 가휴가 히죽 웃었다.

"좋았어. 오늘은 시작부터 조짐이 좋군. 잠깐만 내려가 있겠어? 옷 갈아입고 금방 내려갈게."

뒤늦게 가휴가 침의 차림이라는 것을 눈치챈 목련의 얼굴이 슬그머니 붉어졌다.

"그, 그럼 먼저 내려가서 기다리겠습니다."

당황한 목련은 후다닥 아래층으로 내려왔다. 알몸을 본 것도 아닌데 왜 이리 부끄러운지 모르겠다.

구석진 탁자 앞에 앉고 나서야 자신이 너무 멍청하게 굴었다는 걸 깨달은 그녀는 한숨을 폭 내쉬었다.

민망해진 목련은 열기로 뜨끈해진 얼굴을 스윽 훑어 내렸다.

"바보 같아."

목련은 낡고 반들반들한 탁자를 마치 원수라도 된 것처럼 노려보았다. 밤잠을 설친 탓인지 평소보다 신경이 부쩍 예민해진 것 같았다.

그녀가 애먼 탁자에 화풀이를 하고 있을 때, 이층에서 가휴가 내려왔다. 단지 계단을 내려오는 것뿐인데, 조용한 객잔 안이 소란스러워질 만큼 그의 등장은 꽤나 요란스러웠다.

왠지 모르게 가휴답다는 생각을 한 목련의 입가에 보일 듯 말 듯한 미소가 떠올랐다가 사라졌다.

"미안, 기다렸지?"

"아닙니다."

"식사는 했나? 꼬맹아, 여기 주문 좀 받아라!"

목련의 대답을 듣지도 않고 가휴가 커다란 목소리로 사환을 불렀다.

"저 꼬맹이 아니라니까요."

사환이 잔뜩 부은 얼굴을 하고 털레털레 다가왔다.

"아침이니 가벼운 게 좋겠지?"

"주인어른이 아직 안 오셔서 식사는 안 되는데……."

"아무것도 없어?"

"어제 먹다 남은 국이랑 찬밥밖에 없어요."

가휴는 못마땅한 듯 턱을 살살 매만지다 멀뚱히 서 있는 사환을 힐끗 쳐다보았다.

"넌 음식 할 줄 몰라?"

"사환이 음식을 어떻게 해요?"

"쯧쯧. 요즘 세상에 음식도 할 줄 모르다니, 장가가긴 다 글렀네."

"이익! 음식 못 하는 거랑 장가랑 무슨 상관이래요? 음식은 부인이 해주면 되지."

"허허, 꼬맹아. 네가 마을에서만 나고 자라서 잘 모르는 모양인데, 도시에선 남자들도 곧잘 음식을 만든단다. 그래야 여자들한테 인기가 있거든."

사환은 난생처음 들어본다는 듯 얄궂은 표정을 지었다.

"할머니가 남자가 찬간에 들어가면 꼬추가 떨어진다고 했는데……."

가만히 아이의 얘기를 듣고 있던 목련은 하마터면 웃음을 터뜨릴 뻔했다. 가휴도 웃겼던지 킬킬대며 동글동글한 사환의 머리통을 슥슥 헤집었다.

"어이쿠야, 이런 순진무구한 녀석을 봤나. 그런 거짓말을 그대로 믿는 거야?"

"거짓말이라고요?"

"그래. 네 말이 사실이라면 도시 남자들은 죄다 고자겠지. 안 그래?"

사환의 얼굴이 빨개졌다. 자기가 생각해도 말이 안 된다 느낀 모양이었다. 왠지 모르게 분했던 사환이 발끈하며 물었다.

"그, 그러는 나리는 음식을 잘하시나요?"

"홋홋, 그 정도는 기본 중의 기본 아니겠니? 귀찮아서 안 할 때가 많지만 맘먹고 하면 엄청나지. 내가 만든 음식을 먹고 감동하지 않은 사람이 없단다."

사환의 눈이 튀어나올 듯 커졌다.

"거, 거짓말!"

"내가 비싼 밥 먹고 흰소릴 왜 하겠니? 아무튼 식사가 안 된다니 할 수 없지. 그럼 뜨거운 물이나 한 주전자 가져오렴."

"뜨거운 물이요? 주전자째로요?"

"그래."

도대체 뜨거운 물로 뭘 하겠다는 건지 모르겠다는 의문을 얼굴 가득 드러낸 사환이 마지못해 찬간으로 총총 사라졌다.

"잠깐만 기다려."

가휴가 양해를 구하더니 다시 이층으로 올라갔다. 목련은 멍하니 가휴가 사라진 계단을 쳐다보았다. 객잔에 온 지 얼추 한식경은 된 것 같은데 아직 용건은 한 마디도 꺼내지 못했다.

'참으로 정신없는 사내구나.'

익히 알고 있었지만 오늘따라 더 정신없다고 느껴지는 것은 왜일까.

얼마 안 있어 가휴가 다시 내려왔다. 그야말로 바람처럼 사라졌다가 바람처럼 나타난 그는 싱글벙글 웃는 낯으로 탁자 위에 작은 보퉁이 하나를 내려놓았다.

"오늘 조반은 이것으로 하면 되겠어. 지난번에 내가 가져간 가배차는 마셔봤나?"

"아……."

목련은 기억을 더듬었다. 사흘 전 가휴가 가져온 선물 중에 분명 가배라는 차가 있었다.

"아니요. 아직……."

"그럴 줄 알았지. 그럼 이번 기회에 한번 맛보자고. 꽤 마음에 들 거야."

곧이어 사환이 뜨거운 물이 담긴 주전자를 들고 왔다.

"찻잔도 가져와."

아이가 입술을 삐죽 내밀었다.

"한꺼번에 시키세요, 좀."

"고 녀석 매번 따박따박 말대꾸는. 자, 옜다."

가휴가 품을 뒤적여 동전 한 닢을 건네주자 언제 그랬냐는 듯 사환의 입이 쏙 들어갔다.

금세 헤실헤실 웃으며 찬간으로 뛰어가는 아이의 모습이 꽤 귀여워 목련의 입가에 다시금 웃음이 실렸다.

"웃으니까 보기 좋네."

"예?"

어느새 가휴가 자신을 빤히 쳐다보고 있음을 깨달은 목련은 후다닥 시선을 돌렸다. 사라졌던 열기가 스멀스멀 목덜미를 타고 올라왔다.

사환이 찻잔을 가져오자 가휴가 가져온 보퉁이를 풀었다.

"가배차는 처음이니 먹기 좋게 타락과 꿀을 섞는 게 좋겠지?"

가휴는 익숙한 솜씨로 가배차를 만들기 시작했다. 도시였다면 좀 더 제대로 만들 수 있었을 테지만 지금은 이 정도라도 충분히 감지덕지했다.

그는 천으로 된 거름망에 가배차를 넉넉히 넣고 뜨거운 물을 부어 차를 우리기 시작했다. 곧이어 가배차 특유의 향이 그윽하게 퍼지면서 찻잔 안에 차가 조금씩 채워졌다.

처음 보는 구경거리에 목련도, 어린 사환도 아무 말 없이 눈만 동그랗게 뜬 채 지켜보았다.

"그게 뭔가요?"

호기심이 한가득 어린 사환의 눈동자가 반짝반짝 빛이 났다.

"가배라는 차란다."

"가배요? 처음 듣는 차네요. 맛있어요?"

먹고 싶다는 기색을 노골적으로 드러내는 아이의 모습에 가휴는 피식 웃으며 조그만 머리통을 콩 쥐어박았다.

"넌 마시면 안 되는 차다."

"에? 왜요?"

"이건 어른들만 마시는 차거든. 애들이 마시면 밤에 잠도 못 자고 오줌 싼단다."

"쳇, 나 애 아닌데……."

"넌 이거나 먹어라."

가휴는 우락을 바른 면포를 떼어 사환에게 건네주었다. 미심쩍은 눈으로 면포를 받은 아이가 한입 먹어보더니 두 눈을 휘둥그레 떴다.

"와, 이게 뭐래요? 엄청 맛나요!"

"면포에 우락을 바른 거다. 타락의 지방을 분리해 굳힌 것을 우락이라고

독거의 여자

하는데, 도시에선 면포에 우락을 발라 가배차와 함께 먹곤 하지. 넌 아직 어리니 이거나 마시렴."

그는 타락 가루와 꿀을 물에 섞어 사환에게 건넸다. 이미 우락을 바른 면포가 얼마나 맛있는지 알게 된 아이는 조금의 의심도 없이 가휴가 내민 차를 덥석 받았다.

달콤한 꿀을 넣은 타락의 맛이 어떨지는 굳이 묻지 않아도 아이의 경이에 가까운 표정만 봐도 충분히 짐작할 수 있었다.

순식간에 면포와 타락차를 먹어치운 사환이 입맛을 쩝쩝 다시며 아쉬운 표정을 지었다.

"나리는 부자신가요?"

"그건 왜 묻지?"

"부자가 아니라면 이리 귀한 것들을 사환인 저한테 선뜻 나눠주실 리 없잖아요?"

가휴는 큭큭 웃었다.

"고작 이 정도 가지고 부자라 생각한 거니?"

"그럼요. 태어나서 이렇게 맛난 건 처음 먹어보는 걸요. 지금껏 많은 외지 손님들이 왔다 갔지만 이런 걸 주는 손님은 한 명도 없었어요."

가뜩이나 넉넉지 않은 산골에서 나고 자란 아이에게는 단순한 먹을거리조차 별세계처럼 다가왔으리라.

어린 사환에게서 산골 생활의 고단함을 엿본 가휴는 미소를 지으며 아이의 머리를 쓰다듬었다.

"그래. 네 말대로라면 이 아저씨는 부자가 맞다. 앞으로 착하게 말 잘 들으면 가끔 이런 걸 맛보게 해주마."

아이의 얼굴이 꽃이 핀 것처럼 환해졌다.

"정말요? 고맙습니다, 나리!"

"그러고 보니 아직 네 이름도 모르고 있었구나."

"아, 전 태용이라고 해요. 그냥 용이라고 부르셔도 돼요."

"이름이 아주 멋지구나. 자, 이거 더 먹으렴."

가휴가 남은 면포를 아이에게 건네주자 태용의 입이 귀밑까지 찢어졌다.

목련은 사환과 가휴가 두런두런 얘기를 주고받는 모습을 가만히 지켜보았다.

고작 일개 사환한테 저렇게나 상냥히 대해주는 그가 신기했다. 아이가 투덜대도 불평 한마디 없이 다 받아주고, 수고비에 음식까지 선뜻 내주는 것을 보니 새삼 가휴가 달리 보였다.

무엇보다 아이를 바라보는 그의 눈빛이 무척이나 따뜻하다는 것에 목련은 내심 놀랐다.

"자, 다 됐다. 마셔봐."

가휴가 가배차를 내밀었다. 목련은 부드러운 갈빛을 띤 차를 신기한 듯 바라보았다. 그도 그럴 것이 지금껏 이런 향과 색을 가진 차를 마셔본 적이 한 번도 없었기 때문이다.

조심스레 찻잔을 받아든 그녀는 뭉근하게 피어오르는 차향을 깊숙이 들이마셨다.

무어라 형용할 수 없는 낯선 향기. 그러나 오감을 자극하는 달콤하고 기분 좋은 차향에 온몸이 노곤하게 풀렸다.

"가배차는 처음이라고 해서 타락과 꿀을 섞어봤어. 익숙한 사람들은 아무것도 섞지 않고 그냥 마시기도 하거든. 그러면 가배 특유의 쓰고 구수한 맛을 그대로 느낄 수 있지."

가휴가 자신 몫의 차를 들어 보이며 히죽 웃었다. 목련은 가휴의 손에 들린 가배차를 힐끔 쳐다보았다.

그녀의 것과 달리 아무것도 섞지 않은 가배차는 흡사 진하게 달인 약 같아서 보기만 해도 매우 쓰게 느껴졌다. 하지만 코끝에 느껴지는 향은 목련이 알고 있는 어떤 차보다 그윽했다.

목련은 가휴가 차를 마시는 것을 곁눈질하다가 조심스레 찻잔을 입에 가져갔다. 조금 뜨겁다 싶은 차를 호호 불며 한 모금 입에 머금은 순간, 그녀의 눈이 스르르 커졌다.

"아……."

목련은 자기도 모르게 조그맣게 탄성을 흘렸다. 이리도 달콤하고 고소하며 부드러운 맛이라니. 꿀의 달달함과 타락의 부드러움이 가배차와 기막히게 조화를 이루며 깊은 풍미를 내었다.

"맛있지?"

가휴가 그것 보라는 듯 환히 웃으며 물었다. 다른 때 같으면 자신만만한 그의 표정이 얄미워 속내와 달리 핀잔을 주었을 테지만, 처음 느껴본 화려한 차 맛은 그녀의 모든 방어벽을 순식간에 허물어버렸다.

"정말 맛있네요. 이런 차는 처음이에요."

가휴가 얼굴 한가득 만족스러운 표정을 지었다.

"마음에 든다니 기쁘군. 나중에 집에 가면 조모님께도 드려봐. 아주 좋아하실 거야."

"예, 그래야겠어요. 정말 달콤하고 부드럽네요."

"아, 하지만 늦은 밤엔 가급적 마시지 않는 게 좋아. 각성 효과가 있어서 자칫 잠을 못 잘 수도 있거든."

"아……. 네, 명심할게요."

목련은 작게 고개를 끄덕이며 차를 한 모금 더 마셨다. 몇 모금 마셨을 뿐인데 눈길을 걸어오며 얼었던 몸은 물론 잠을 설친 피곤함까지 모조리 사라진 것 같았다.

그녀의 얼굴에 은은하게 미소가 번졌다. 어렸을 때 뜨개질하던 엄마 무릎을 베고 꾸벅꾸벅 졸던 때와 같은 묘한 그리움과 편안함이 느껴진다. 이런 여유를 가진 적이 대체 얼마 만인지.

가휴는 꿀 먹은 벙어리처럼 멍하니 목련을 바라보았다. 발그레한 뺨을 살며시 부풀리며 웃고 있는 그녀가 너무나 예뻤다.

저리 웃는 모습을 보는 것도 처음이었지만 여인의 미소가 이렇게나 아름답다 느낀 적도 처음이었다.

멍하니 넋이 빠진 가휴를 가만히 지켜보던 태용이 슬그머니 손을 뻗어 탁자에 놓인 타락가루 주머니를 조심스레 움켜쥐었다.

다시금 슬쩍 가휴의 눈치를 본 태용이 주머니를 열고는 안에 든 타락가루를 손가락으로 집어 입에 쏙 넣었다.

"우와, 엄청 맛나네!"

태용은 입맛을 쩝쩝 다시며 연방 가루를 퍼먹었다. 그 와중에도 아이의 눈은 시종일관 가휴에게서 떨어지지 않았다. 자신이 타락가루를 몰래 퍼먹고 있다는 것을 눈치채면 재빨리 바닥에 떨어뜨려 발뺌을 할 셈이었다.

하지만 어쩐지 그럴 염려는 없어 보인다. 가휴의 눈이 물간 동태눈깔처럼 반쯤 풀려 있었기 때문이다. 태용은 무언가 깨달았다는 듯 고개를 주억거렸다.

'반했군. 반했어.'

어리지만 나름 객잔에서 산전수전 다 겪었다고 자부하고 있는 태용은 남자가 어떤 때에 저런 표정을 하는지 잘 알고 있었다.

'두식이 형이 금자 누나를 볼 때 딱 저 표정이었지.'

왜 남자는 좋아하는 여자를 볼 때 저런 표정을 짓는 걸까. 멍청하고 바보처럼 보이는 표정을 말이다. 태용은 자신은 절대 저러지 말아야겠다고 다시금 다짐했다.

'어쩐지 나한테도 귀한 음식을 막 준다 했더니 저 누님이 있어서였어.'

태용은 입가가 허옇게 변하도록 타락가루를 퍼먹으며 가휴와 목련을 번갈아 쳐다보았다. 영민한 아이의 눈빛이 그 어느 때보다 반짝반짝 빛났다.

'이 누님한테만 잘 보이면 저 나리는 쉽게 구워삶을 수 있겠어.'

한순간에 자식뻘만 한 어린 소년에게 호구가 되어버렸지만 가휴는 아무것도 모른 채 싱글벙글 웃으며 목련만 바라볼 뿐이었다.

두 사람이 간단히 조반을 마쳤을 즈음, 객잔 안에 손님들이 하나둘씩 들기 시작했다. 대부분 객잔에 묵고 있던 외지 손님이었고, 나머지는 해장술을 하려는 마을 사람이었다.

사람들이 들어오자 목련이 긴장하기 시작했다. 그 사실을 눈치챈 가휴는 태용에게 비어 있는 방 하나를 잠깐 쓸 수 없겠느냐 물었고, 이미 수고비와 맛난 음식을 실컷 얻어먹은 태용은 잘 사용하지 않는 후미진 방 하나를 슬그머니 내어주었다.

자리를 옮긴 두 사람은 본격적으로 계약서를 작성하기 시작했다.

목련은 계약서까진 필요 없다며 손사래를 쳤지만 뼛속까지 장사꾼인 가휴는 순진한 소리 하지 말라며 가볍게 타박을 주고는 즉석에서 계약서를 작성하기 시작했다.

"금화 백 닢 정도면 적당하겠지? 금호사냥에 성공하면 백 닢. 생포하면 추가로 오십 닢을 더 주지."

목련의 눈이 휘둥그레졌다. 금화 백 냥이라니, 생전 처음 듣는 거액이었다. 게다가 생포하면 오십 냥을 얹어준다니.

하지만 어차피 실패할 게 뻔한 사냥이기에 말 그대로 그림의 떡이었다. 그녀의 생각을 꿰뚫어본 듯 가휴가 다시 말했다.

"사냥에 성공하지 못하더라도 수고비로 금화 삼십 냥을 지불하지. 물론 필요한 경비는 별도로 지불하고. 어때, 괜찮은 조건이지?"

멍하니 가휴를 바라보던 목련이 어렵사리 입술을 떼었다.

"나리께 너무 손해가 아닌가요?"

"가휴."

"예?"

"내 이름 알려줬잖아. 이왕이면 이름으로 불러줬음 하는데."

목련의 미간에 살짝 주름이 졌다. 가휴는 그녀의 표정이 무얼 뜻하는지 잘 알고 있었다. 처음 만났을 때부터 곤란할 때면 늘 짓곤 하던 표정이었다.

"그러니까, 가휴 님께 너무……."

"님은 빼고."

목련이 작게 한숨을 쉬며 입술을 핥았다. 쉴 새 없이 눈동자가 움직이는 것을 보니 꽤 당황스러운 모양이었다.

"어쨌든 너무 과합니다."

목련이 겨우 표정을 갈무리했다. 가휴는 금세 안정을 되찾은 그녀의 모습이 조금 아쉬웠지만 짧게나마 목련을 동요시킨 것에 만족하기로 했다.

"금호를 발견하기조차 쉽지 않은 상황에 그 정도 대가는 당연한 거 아닌가?"

"경비는 그렇다 쳐도 수고비만 금화 삼십 냥이라니……. 받을 수 없습니다."

독귀의
여자

"내 촉은 꽤 정확해서 말이지. 이유는 모르겠지만 왠지 그대 옆에 있으면 반드시 금호를 볼 수 있을 것 같거든."

목련은 난감한 표정으로 고개를 저었다.

"그건 장담할 수 없습니다."

"설령 내 예감이 빗나간다 해도 상관없으니 너무 부담 갖지 마."

"아무런 소득이 없을지 모르는데도 제게 일을 맡기겠다고요?"

목련의 눈동자가 혼란스럽게 흔들렸다. 대체 저 남자는 무슨 생각을 하고 있는 걸까.

그녀는 마른 입술을 혀로 축이며 잠시 생각에 잠겼다. 결심을 하고 오긴 했지만 막상 계약을 하려니 자꾸만 마음이 흔들렸다. 그렇다고 거절하기엔 그의 제안이 너무나 유혹적이다.

그녀는 말없이 차 한 모금을 마셨다. 식어버린 찻물이 버석거리는 목구멍을 적시자 조금 머리가 맑아졌다.

"아시겠지만, 금호는 영물이라 불릴 정도로 매우 귀하고 영리한 짐승입니다. 한때는 백계 마을의 수호수라고도 할 수 있을 만큼 지극히 사랑받는 존재였지요."

목련은 찻잔 모서리를 둥글게 어루만지며 이야기를 이어갔다.

"전 어렸을 때부터 금호의 이야기를 들으며 자랐습니다. 그 때문인지 늘 함께 자라온 것처럼 친숙하게 느껴진답니다."

허공을 더듬는 목련의 눈빛이 아득해졌다.

"할머님이 소녀였을 적엔 금호가 이렇게까지 귀한 존재는 아니었다 하더군요. 토끼를 보듯, 다람쥐를 보듯 그렇게 사람들과 잘 어울리던 짐승이었는데, 언젠가부터 금호의 털이 아름답다고 소문나면서 외지인들이 몰려와 닥치는 대로 금호를 사냥했다 합니다."

목련의 눈가가 파르르 떨렸다.

"처음에는 단호히 사냥을 금하던 마을 사람들도 외지인들이 꽤 많은 금전을 치르자 암암리에 금호사냥을 묵인해주었습니다. 나중에는 가죽을 더 비싸게 팔려고 아예 마을 사람들이 직접 사냥에 나섰습니다. 그것이 비극의 시작이었지요."

목련의 얼굴 위로 수심이 드리워졌다.

"금호의 개체수가 급격히 줄어들자 어느 순간 금호는 사람들 앞에서 모습을 감추었습니다. 마을을 지켜주던 수호수가 사라지자 외지인들의 발길도 점차 끊어졌고, 마을은 다시 가난해졌지요. 그제야 사람들은 후회했지만 그때는 이미 너무 늦은 후였습니다."

목련은 어렸을 때부터 할머니에게 들었던 이야기를 차분히 가휴에게 들려주었다.

"전 금호가 영원히 사람들 눈에 띄지 않고 살았으면 좋겠습니다. 더는 배신당하지 말고 그들끼리 행복하게 살아갔으면 좋겠어요."

고요하게 내려앉은 목련의 검은 눈동자. 그 안에 서려 있는 말 못할 슬픔과 그리움을 읽어낸 가휴는 왠지 가슴 한구석이 따끔해졌다.

"사람들은 독귀더러 포학하다, 괴물이다 말하지만 실상 가장 잔인한 존재는 인간이지."

목련이 가는 목을 힘없이 꺾는 것으로 대답을 대신했다. 그녀 역시 가휴의 말이 옳다는 것을 잘 알고 있는 것이다.

그럼에도 가휴의 제안을 받아들이려 하는 것은 마을을 지척에 두고도 이방인처럼 살 수밖에 없는 목련의 서글픈 현실 때문이리라. 가휴는 빙긋 웃었다.

"좋아, 제안을 조금 수정하지. 만에 하나 금호를 잡더라도 털만 얻고 풀어

독귀의 여자

주도록 할게."

서리 맞은 꽃처럼 푹 수그리고 있던 목련의 머리가 한순간 번쩍 들렸다. 가휴는 두 눈을 동그랗게 치켜뜬 그녀를 향해 환한 미소를 지어보였다.

"어때. 이 정도면 내 제안을 받아들여도 무리는 없겠지?"

"어째서…… 이렇게까지 하시는 건가요?"

"금호털만 가져가도 충분히 비싼 값에 팔 자신이 있거든. 난 뼛속까지 장사꾼이라 손해 보는 장사는 절대 하지 않아."

목련은 특유의 장난기 많은 웃음을 짓고 있는 가휴를 멍하니 바라보았다.

기분이 이상하다. 가슴 한구석이 슬금슬금 간지러운 것이 할 수만 있다면 손을 넣어 긁고 싶은 심정이었다.

눈가를 설핏 찡그린 그녀는 괜스레 애먼 다리만 벅벅 긁었다.

"참, 객잔 주인장이 금호털을 보여주며 아주 입이 찢어지게 자랑하더군. 본 적 있나?"

흠칫 정신을 차린 목련은 이내 고개를 내저었다.

"주머니에 고작 털 몇 가닥 들어 있을 뿐인데 보물단지 취급하더라고, 쿡쿡. 진짜 그게 금호털이 맞는지는 알 수 없지만……. 뭐, 아름답긴 하더군. 윤기가 자르르 흐르는 금빛 털이 보기 드문 것이긴 했어."

"금호의 털이 맞을 겁니다."

"본 적 없다며 그게 진짜 금호의 털인지 어찌 알아?"

"그 정도로 아름다운 금빛 털은 금호만이 가지고 있으니까요. 산에 있는 어떤 짐승도 그런 금빛 털을 가지고 있지 않아요."

"그러고 보니 금호를 본 적 있다고 했지? 그런데 왜 마을 사람들은 그런 얘길 해주지 않은 걸까?"

가휴는 감정이 드러나지 않는 목련의 얼굴을 가만히 응시했다. 그녀에게선 아무 말이 없었지만 목련에 대한 마을 사람들의 뿌리 깊은 편견이 고스란히 느껴져 입 안이 씁쓸했다.

"아무래도 그대는 이 마을에서 이방인 취급 받나 보군."

굳어 있던 목련의 눈동자가 한순간 잘게 떨리는 것을 가휴는 놓치지 않았다. 잠시 시선을 아래로 내려놓았던 목련이 천천히 자리에서 일어섰다.

"그만 가보겠습니다. 조만간 구체적인 계획을 세워 다시 찾아뵙지요."

꾸벅 머리를 숙여 인사를 건넨 목련이 총총히 방을 나갔다. 문이 탁, 닫히고 그녀의 발소리가 멀어지자 가휴는 나지막이 한숨을 내쉬었다.

"너무 고지식해. 애교 없는 건 괜찮지만 고지식하면 삶이 빡빡해지거든."

가슴이 답답해진 그는 품을 뒤져 궐련을 꺼내 입에 물었다. 불이 붙은 궐련을 한 모금 깊이 빨아들였다가 내뱉었지만 답답함은 쉬이 사라지지 않았다.

"뭐, 그래도 그런 점이 매력이지."

연기와 함께 피식, 웃음을 뱉어낸 가휴는 커다랗게 기지개를 켰다.

고지식한 목련을 꼬드기는 데 성공했으니 앞으로 더 재미나게 놀 일만 남았다. 뻣뻣한 여인이 어찌 변해갈까 생각하니 괜스레 뒷덜미가 근질근질해졌다.

5장.
금호의 흔적

목련이 다시 가휴를 찾은 것은 눈이 그치고 사흘이 지난 후였다.

지난번처럼 이른 아침에 객잔을 찾은 그녀를 제일 먼저 발견한 이는 역시나 청소를 하고 있던 태용이었다.

서름했던 첫날과 달리 아이는 목련을 보자마자 쪼르르 달려오며 반갑게 맞이했다.

"오셨네요, 누님!"

아이가 대뜸 누님이라고 부르자 목련은 흠칫했다. 누군가가 이리 반갑게 맞아주는 것도 낯설었고, 처음 들어보는 호칭도 영 어색했던 탓이다. 그녀는 어설픈 미소를 지으며 작게 고개를 끄덕였다.

"잘 있었니?"

"그럼요! 나리 만나러 오신 거죠? 잠시만 기다리세요. 제가 얼른 올라가서 오셨다고 말씀드릴게요."

태용이 찬간으로 달려가더니 따뜻한 차 한 잔을 내왔다.

"추우실 텐데 이거라도 드시고 계세요."

"……고맙구나."

태용이 씨익 웃더니 바로 2층으로 올라갔다. 목련은 얼떨떨한 표정으로 찻잔을 내려다보았다. 겨우 한 번 봤을 뿐인데 무척이나 살갑게 구는 아이의 행동이 의아했다.

그녀는 천천히 차 한 모금을 마셨다. 살짝 풋내가 나는 싸구려 찻물이었지만 아이가 내준 차는 이곳까지 오느라 얼었던 몸을 금세 훈훈하게 덥혀주었다.

가휴를 기다리는 동안 목련은 가죽 가방 안에서 작고 낡은 필기장 한 권을 꺼냈다. 손으로 만든 투박한 필기장 안에는 금호를 추적하기 위한 그녀 나름대로의 계획이 빼곡히 적혀 있었다.

오랜 산중 생활을 통해 얻은 경험과 지식을 바탕으로 금호가 출몰할 만한 장소를 물색하며 지도를 그려보기도 하고, 최대한 금호를 상처 입히지 않고 생포할 수 있는 덫을 강구해보기도 했다.

필기장이 뚫어질 듯 노려보던 그녀는 작게 한숨을 내쉬었다.

'과연 금호를 잡을 수 있을지…….'

사실 목련은 금호 생포에 대해서 아직까지도 회의적이었다. 가휴의 제안이 워낙 파격적이어서 받아들이긴 했지만 금호를 찾지 못하면 어쩌나 내심 걱정이 많았다.

마을에서 사라진 금호를 이제 와서 잡는다는 건 그야말로 뜬구름을 잡는 것처럼 허망한 일이었다. 객잔 주인처럼 금호털 몇 가닥이라도 얻을 수 있다면 그것만으로도 횡재였다.

'힘이 닿는 데까지 노력하는 수밖에.'

목련은 약해지려는 마음을 애써 다잡았다. 그때, 쿵쿵거리는 소리와 함께 가휴가 요란스레 내려왔다. 여전히 조용한 것과는 거리가 먼 남자라는 생각에 조금 웃음이 났다.

독거의
여자

그 뒤로는 서요가 가휴와는 대조적인 모습으로 조용히 뒤따라 내려왔다.

문득 그와 눈이 마주친 목련은 살짝 목례를 건넸다. 서요도 별다른 표정 없이 조용히 목례를 건넨다. 언제 봐도 참으로 차분한 남자였다.

괄괄하고 거침없는 가휴와 달리 그는 과묵하고 표정이 거의 없었다. 지난 번 오두막에 왔을 때 조모와는 조금 친해진 것 같았지만 목련과는 처음 만났을 때와 그다지 달라진 것이 없었다.

이상하게 목련은 가휴보다 서요가 더 어려웠다. 학자 같은 특유의 분위기 때문일까. 두 남자를 놓고 보면 서요 쪽이 소문으로만 듣던 독귀에 훨씬 더 가까운 느낌이었다.

"이야, 오랜만이네?"

"사흘만입니다만."

"뭐야, 그것밖에 안 됐어? 근데 왜 몇 달은 지난 것 같지?"

느물거리는 가휴의 모습에 목련은 한숨으로 답을 대신했다. 이런 모습엔 어느 정도 익숙해졌는지 처음처럼 거부감은 일지 않았다. 역시 사람의 적응력은 대단하다.

"방으로 올라갈까? 아니면 여기서 얘기해도 되고……."

"오늘은 대략적인 계획만 말씀드릴 예정이라 금방 끝날 겁니다. 여기서 얘기하지요."

"그럴까?"

가휴가 천천히 자리에 앉으며 찬간 쪽을 힐끔 돌아보았다. 그때, 기다렸 다는 듯 태용이 차를 내왔다.

재빠른 걸음으로 다관과 찻잔을 내려놓은 아이가 그 자리에서 서서 힐끔 힐끔 눈치를 보았다. 그러자 가휴가 씨익 웃으며 품에서 작은 종이꾸러미 하나를 꺼내 태용에게 내밀었다.

"수고했다. 참, 아까 내가 당부한 것 잊지 말아다오."

아이의 눈이 번쩍 빛나더니 먹잇감을 발견한 매처럼 잽싸게 꾸러미를 낚아챘다.

"걱정 마시고 저한테 다 맡기세요!"

"고맙구나."

태용이 꾸러미에서 사탕 한 알을 꺼내 입 안에 쏙 집어넣었다. 만면 가득 행복한 미소를 짓는 아이를 보니 괜스레 지켜보는 이들의 마음이 흐뭇해졌다.

태용이 다시 찬간으로 사라지자 목련은 미리 꺼내두었던 필기장을 가휴에게 내밀었다.

"제 나름대로 파악해본 금호의 서식지와 동선입니다. 아직 확실한 건 아니라 내일부터 직접 움직여볼 예정입니다."

가휴는 단정하게 정리되어 있는 필기장을 꼼꼼하게 살펴보았다.

세월의 때가 묻어 있는 낡은 종이 위에는 주인의 성격을 고스란히 보여주는 단정한 글씨와 그림들이 한눈에 알아볼 수 있도록 잘 정리되어 있었다.

"흠······."

가휴는 까끌까끌한 턱을 매만지며 찬찬히 내용을 살폈다. 산중 생활을 오래해서 그런지 확실히 산사람 특유의 노련함이 글 안에서도 환히 들여다보였다.

제법 소상하고 꼼꼼하게 적힌 내용들을 찬찬히 읽어 내려가던 그는 문득 소추 계곡과 수산석이라는 단어에 시선을 멈추었다.

"소추 계곡은 뭐지?"

"금호가 자주 출몰할 곳으로 예상되는 지역입니다. 지형이 험해 사람들이 쉬이 가까이하지 않는지라 산짐승들의 서식지가 많지요."

"호오, 그렇군. 그럼 수산석은? 이건 대부분 정원이나 가옥용 판석을 만들 때 쓰는 것 아닌가?"

"예, 맞습니다. 마을에서도 한때 채석장을 만들어 수산석을 캔 적이 있었으나 얼마 가지 않아 폐쇄하고 말았습니다. 운송수단도 부족하고 값에 비해 품이 너무 많이 들어 비효율적이었기 때문이지요. 그렇다고 그 모든 것을 감당할 만큼 수산석이 대량으로 묻혀 있는 것도 아니고요."

"그렇군. 허면 금호가 이 수산석과 관련이 있다는 건가?"

"아직 확신할 만한 것이 없어 이에 관한 건 좀 더 조사를 한 다음에 말씀드리겠습니다."

가휴는 미소를 지었다. 그녀의 표정을 보니 무언가 단서를 잡은 것 같은 느낌이 들었기 때문이다.

"일단 대략적인 것만 말씀드린 것이고, 확실한 게 밝혀지면 보다 구체적으로 계획을 세울 수 있을 겁니다."

"흐음, 왠지 점점 기대가 되는걸?"

"아직 추정일 뿐입니다. 너무 기대는 마십시오."

또다시 몸을 사리는 목련의 모습에 가휴는 말없이 웃기만 했다. 작은 고슴도치가 가시를 세우며 경계하는 것 같아 귀엽기도 하고 안쓰럽기도 했다.

필기장을 주섬주섬 가방에 도로 집어넣은 목련이 천천히 자리에서 일어섰다.

"이만 가보겠습니다."

"바로 집으로 가는 건가?"

"잠깐 상전에 들를까 합니다. 식료품이 떨어져서요."

웬만한 먹을거리는 산에서 구하거나 집 앞뜰에 작물을 심어 자급자족하고 있었지만 그것만으로는 부족할 때가 많았다.

특히 나이 든 조모에게는 짐승의 젖이나 달걀 같은 영양가 있는 음식이 필요했기에 목련은 내키지 않으면서도 틈틈이 마을에 내려와 식료품을 사 가곤 했다.

"그럼 같이 가지."

가휴가 기다렸다는 듯 신난 표정으로 자리를 박차고 일어섰다.

"아니, 저 혼자서도 충분합……."

"또 억울하게 당할지 모르는데 괜찮겠어?"

목련은 가휴가 헐값에 꿩을 사려는 육전 주인에게서 자신을 구해주었던 일을 떠올렸다.

그런 취급을 받는 데엔 이골이 나 있었지만 그렇다고 아무렇지 않은 건 아니었다. 그저 억지로 참는 것뿐이었다.

"내가 장사에는 꽤 일가견이 있거든. 물건 보는 눈도 제법 높지. 데리고 다니면 절대 손해는 안 볼 거야."

자신감 넘치는 표정을 보니 조금 혹한 마음이 들기도 했다.

사실 그때 가휴가 나서서 대신 꿩을 사줘 참 다행이란 생각을 했었다. 횡포를 부리는 육전 주인에게 무척 화가 난 참이었는데 가휴 덕분에 처음으로 후련한 기분을 느낄 수 있었던 것이다.

지금도 육전 주인의 일그러진 표정을 떠올리면 웃음이 났다.

"……알겠습니다."

"좋았어! 아, 서요 너도 같이 가자."

"에엑?"

서요가 못 들을 걸 들었다는 듯 와락 인상을 찌푸렸다.

"그냥 두 분이서 다녀오십시오. 전 중요한 할 일이……."

"이런 산골에서 뭔 놈의 중요한 할 일. 보나마나 또 잠이나 자려는 거겠

독귀의 여자

지. 그렇게 자고도 아직도 모자라? 게으른 녀석 같으니."

서요는 속으로 욕설을 읊었다.

'젠장, 지랄 맞은 주인 같으니! 죽어도 내가 쉬는 꼴은 못 보지!'

"지금 내 욕했지?"

순간 뜨끔한 서요는 고개를 저으며 잽싸게 일어섰다.

"애먼 소리 좀 그만하세요! 진짜 유치하게……."

목련은 아이들처럼 자그락거리는 두 남자를 신기하게 쳐다보았다.

가휴야 원래 장난기 많고 느물거리는 성격이라 그러려니 했지만, 과묵하고 차분하다 여겼던 서요가 감정을 잔뜩 드러내며 목소리를 높이는 모습이 무척이나 생경했다.

정말 눈앞의 남자들이 사람들을 두려움에 떨게 한다는 그 독귀들이 맞는 건지 심히 의심스러웠다.

'역시 소문은 소문일 뿐인가.'

우는 아이도 울음을 뚝 그치고, 사람들을 홀려 피를 빨고 잡아먹는다는 무시무시한 독귀라 하지 않았는가.

하지만 가휴와 서요를 지켜보고 있노라면 평범한 인간과 그다지 달라 보이지 않았다. 소문이 과하게 부풀려진 건지, 아니면 저 두 사내가 특이한 건지 알 수 없었다.

"그만 가시지요."

보다 못한 목련이 한마디 하자 그제야 두 남자의 유치한 다툼이 끝났다.

독귀의 정체성에 의문을 품게 된 그녀는 싱글벙글 웃는 남자와 벌레 씹은 표정을 한 남자를 이끌고 객잔을 나섰다.

목련은 여전히 등 뒤에서 작게 옥신각신하는 둘의 기척에 피식 웃고 말았다. 전혀 다른 성정의 두 남자이지만 저리 보니 꽤 잘 어울린다는 생각이 들었다.

그녀는 몽글몽글 피어오르는 웃음을 가만히 억누르며 상전을 향해 걸음을 옮겼다.

달걀과 염소젖을 사려고 상전에 들른 목련은 문득 묘한 위화감을 느꼈다. 다른 때와 달리 자신을 대하는 상전 주인의 태도가 어딘가 모르게 달라진 것 같았다.

평소라면 한 푼이라도 더 바가지를 씌우려 실랑이가 벌어졌을 텐데, 이번엔 이상하리만치 순순히 물건을 내어주었다.

잠시 의문이 들었지만 이내 그 위화감의 정체를 깨달은 그녀는 쓴웃음을 머금었다.

등 뒤에 서 있는 두 명의 독귀. 그들이 자신의 방패막이가 되어주었음을 안 것이다.

'인간이란 참으로 어쩔 수 없구나.'

간섭한 것도 아니고 단지 그녀 뒤에 조용히 서 있었을 뿐인데, 그동안 숱하게 받아왔던 적대감과 멸시 어린 시선들을 한순간에 막아버린다.

가슴 밑바닥에서부터 슬며시 고개를 드는 것은 안도감일까 비참함일까. 가만히 어금니에 힘을 준 목련은 식료품을 가방에 넣고 몸을 돌렸다.

"볼일을 마쳤으니 이만 돌아가 보겠습니다. 곧 다시 찾아뵙지요."

가휴와 서요에게 꾸벅 인사를 한 목련은 자리를 떴다. 그녀는 일부러 허리를 꼿꼿이 펴고 다부지게 걸었다.

참으로 이상하다. 고작 몇 발짝 떼었을 뿐인데, 자신을 지켜주던 보호막이 사라지자 다시금 예의 날선 시선들이 전보다 몇 배는 더 사납게 들이닥쳤다.

움찔 몸을 떤 목련은 굳어지는 얼굴을 애써 갈무리하며 걸음을 재촉했다.

가휴의 시선이 점점 멀어지는 목련의 뒷모습에 고정되었다. 그녀의 모습이 희미해질수록 곳곳에 숨어 있던 악취들이 스멀스멀 피어나기 시작했다.

너무나 노골적인 추악한 냄새. 숨이 막힐 정도로 고약한 인간의 악의.

저 여자는 얼마나 많은 시간을 이 지독한 악의 속에서 버텨온 걸까. 독귀인 자신도 울컥 짜증이 치미는데, 저 여자는 어찌 저리 담담할 수 있을까. 아니, 담담한 척하는 걸까. 가휴의 입매가 비죽 올라갔다.

"기분 참 더럽군. 우물에 피라도 몇 방울 뿌려버릴까?"

움찔한 서요가 그를 힐끔 쳐다보았다. 해사하게 웃고 있지만 참으로 사악한 표정을 하고 있는 가휴를 보니 팔뚝에 소름이 돋았다.

"참으세요. 아까운 피만 낭비할 뿐입니다."

가휴가 킥킥 웃었다.

"하긴, 그러면 목련만 곤란해지겠지. 아! 목련은 산속에 사니 우물물은 안 마실 것 아냐. 그럼 괜찮지 않을까?"

서요는 키득키득 웃는 가휴를 빤히 쳐다보았다. 드디어 이놈의 주인이 미쳐버렸구나.

그는 가휴의 시선을 따라 고개를 돌렸다. 그 시선 끝에 작은 점이 된 목련이 보였다.

'저 여인도 참 재수가 없지.'

하필이면 난봉꾼에 책임감도 없고 쓸데없이 집착만 강한 남자의 눈에 들다니.

서요는 작게 한숨을 내쉬며 고개를 절레절레 내저었다. 가휴와 얽히면 얼마나 피곤해지는지 누구보다 잘 아는 서요는 목련에게 깊은 동정심을 느꼈다.

다음날. 목련은 조반을 먹자마자 집을 나섰다. 식량과 물, 혹시 모를 사고에 대비해 비상약까지 만반의 준비를 마친 그녀는 가죽신 끈을 단단히 조이고는 거침없이 산길을 가로질렀다.

땅이 얼어붙어 자칫 미끄러지기 십상이었지만 갈쇠 줄기로 신발을 꼼꼼히 두른 덕분에 훨씬 수월하게 움직일 수 있었다.

그렇게 한 시진 정도 걸었을 때, 드디어 저만치 앞에 소추 계곡이 모습을 드러냈다.

목련은 경사진 땅을 지팡이로 두드려가며 신중하게 걸음을 옮겼다.

이윽고 계곡 아래에 당도한 그녀는 조심스레 눈을 헤치며 짐승이 다닐만한 길을 탐색하기 시작했다.

며칠 전 내린 눈 때문에 사방이 온통 새하얗게 변해 있었지만 먹이를 찾으려는 짐승들의 생존본능은 곳곳에 그들의 흔적을 고스란히 남겨주었다.

작은 산짐승의 발자국부터 제법 덩치가 있는 짐승들의 흔적까지, 다양한 형태의 흔적들이 계곡 안까지 쭉 이어져 있었다.

목련은 몸을 낮춘 채 산짐승이 남긴 흔적들을 꼼꼼하게 살피기 시작했다. 발자국은 물론 배설물과 떨어진 털 한 가닥까지 세심히 관찰했다.

대부분 산에서 흔히 볼 수 있는 토끼나 다람쥐, 노루 등의 것일 뿐 아직 금호의 것이라 여겨지는 흔적은 발견되지 않았다.

하지만 그녀는 실망하지 않았다. 어차피 사냥은 인내와 시간과의 싸움이었기 때문이다.

꿩 한 마리 잡는 것도 꽤 공을 들여야 하거늘, 하물며 이번 목표는 금호다. 성급한 마음으로는 금호 그림자조차 밟을 수 없는 것이다.

목련은 지팡이로 주변 땅을 톡톡 두드려가며 계곡 안쪽으로 걸어갔다.

계곡 안에는 작지만 일 년 내내 마르지 않는 시내가 있어서 특히나 짐승들의 왕래가 잦았다.

하얀 눈밭 곳곳에 점점이 찍힌 짐승들의 발자국을 발견한 그녀는 작게 미소를 지었다.

인가와 대략 한 시진 정도 떨어진 곳이었지만 소추 계곡은 사람의 발길이 별로 닿지 않은 청정지역이었다.

지형이 험한 탓도 있지만 딱히 사람이 얻을만한 약초나 열매가 없었고, 사냥하기에도 그다지 좋은 환경이 아니었기 때문이다.

마을을 찾는 사냥꾼들은 대부분 계곡 반대편에 있는 숲에서 사냥을 했고, 약초꾼 역시 마찬가지였다.

더군다나 몇 년 전 마을 사람 몇이 약초를 캐러 계곡으로 갔다가 실종된 이후로는 아예 인적이 뚝 끊기고 말았다.

목련도 평소에는 숲에서 사냥을 하거나 먹을거리를 찾기 때문에 소추 계곡 쪽으론 올 일이 거의 없었다.

한때 소추 계곡도 사람들로 북적이던 시절이 있었다. 수산석이 귀족들의 정원과 저택의 장식물로 비싸게 팔린다는 소문에 마을 사람들은 힘을 합쳐 소추 계곡에 채석장을 만들었다.

저마다 생업도 팽개치고 채석에 몰두했지만 결과는 참담했다. 제대로 된 운송수단도, 판로도 없이 무턱대고 뛰어들었던 어리석음의 대가는 참으로 크고 혹독했던 것이다.

기대가 무너진 사람들은 너도나도 소추 계곡을 떠났고, 한몫 잡아보려 슬그머니 채석작업에 끼어들었던 외지인들도 모두 사라졌다.

그 후로 소추 계곡의 주인은 인간에서 짐승들로 바뀌었고, 그 상태가 지금까지 쭉 이어져 오고 있었다.

'그러고 보니 이곳도 오랜만이네.'

3년 전, 가휴에게 마지막으로 금호를 보았노라 말했던 곳이 바로 이 소추 계곡이었다.

아직 추정이긴 하지만 그녀가 이 소추 계곡을 주목한 것에는 어느 정도 합리적인 이유가 있었던 것이다.

그것뿐만 아니었다. 소추 계곡은 수산석이 많이 묻혀 있는 곳이었는데, 중요한 것은 수산석이 아니라 그것과 함께 묻혀 있는 적요사赤硇砂라는 광물이었다.

수산석이 있는 곳엔 어김없이 적요사도 묻혀 있다. 이것은 백계 사람이라면 누구나 알고 있는 사실이었다.

하지만 그들도 잘 모르는 것이 있었으니, 그건 바로 적요사가 금호가 즐겨 먹는 먹이 중 하나라는 사실이었다.

할머니 묘진의 말에 따르면, 금호가 다른 짐승과 달리 유달리 오래 살 수 있는 이유는 적요사 때문이라고 했다.

금호는 적요사를 먹음으로 부족한 영양분을 채울 뿐 아니라 체내에 쌓인 한독을 제거한다고 했다.

눈동자가 붉은색인 것 역시 적요사를 먹었기 때문이라는 설이 있는데, 사실인지는 확인할 길이 없었다.

'적요사를 얻을 수 있는 곳은 이곳 소추 계곡뿐이지. 게다가 인적도 거의 없고, 물을 마시러 산짐승들이 많이 오니 한겨울에도 먹이 걱정을 덜 수 있어. 금호에게 있어 이 소추 계곡만큼 좋은 장소는 없을 거야.'

게다가 계곡 근처에는 무성한 침엽수림이 자리 잡고 있어서 짐승들이 서식지로 삼기에도 부족함이 없었다.

이렇게 차근차근 생각을 정리해가니 3년 전 이곳에서 금호를 목격한 것도 결코 우연이 아니라는 확신이 들었다.

목련은 천천히 몸을 일으켜 주변을 돌아보았다. 눈으로 덮인 잿빛 암벽. 그 척박한 환경 속에서도 바지런히 생명을 꽃피우고 있는 수목들.

그들 가운데 얼음 낀 냇물이 날짐승들의 목을 축여주려 지금도 맑은 물을 조용히 흘려보내고 있었다.

'넌…… 어떤 심정으로 이곳에 정착했니? 믿었던 사람들에게 배신 당하고, 가족과 친구들을 잃고, 어떻게 살아왔니?'

아름답다는 이유만으로 잔혹하게 사냥 당해 가죽을 빼앗겼다.

차라리 고기를 얻기 위해 사냥을 했다면 이해라도 하련만, 사람들은 돈에 눈이 멀어 마을을 수호해주던 금호를 무차별적으로 사냥해 멸종 위기로 몰았다.

상처 입은 채 사람들에게 쫓기고 쫓기다 이곳까지 흘러들어왔을 금호를 생각하니 마음이 몹시 아팠다.

'널 그리 상처 입혔으면서, 나 살자고 또 너를 희생시키려 하는구나…….'

비록 가휴에게서 금호를 죽이지는 않겠다고 약조를 받았지만, 돈을 받고 흔적을 쫓는 것 자체가 금호에게 몹쓸 짓을 하는 것 같아 마음이 쓰라리고 깊은 죄책감이 느껴졌다.

'미안하다. 하지만 약속할게. 절대 널 해치진 않으마. 절대…….'

목련은 애써 입을 앙다물며 쓰린 마음을 삼켰다. 그녀는 좀 더 깊이 계곡 안으로 들어가며 쉬지 않고 흔적을 찾았다. 숱한 산짐승들의 발자국을 일일이 판별하는 것도 적잖은 일거리였다.

그렇게 얼마나 갔을까. 향 한 개가 다 탈 정도의 시간이 흘렀을 때쯤, 그녀의 눈에 번쩍 띄는 것이 있었다.

일순간 바짝 긴장한 목련은 서둘러 걸음을 옮겼다. 그녀가 발견한 것은 붉은색을 띤 짐승의 배설물이었다.

목련은 지팡이를 내려놓고 그 자리에 무릎을 꿇었다. 주변의 눈을 파낸 그녀는 얼어서 딱딱해진 배설물을 자세히 살펴보다 상체를 숙여 냄새를 맡았다. 희미한 풀냄새와 함께 코를 톡 쏘는 묘한 냄새가 풍겼다.

"이건……."

그녀의 입가에 살짝 미소가 배었다.

"역시 내 생각이 맞았어."

배설물에서 나는 톡 쏘는 냄새는 다름 아닌 적요사 냄새였다. 붉은색을 띠고 있는 것 역시 적요사가 원인일 것이다.

이런 특이한 형태의 배설물을 남기는 짐승은 오직 금호뿐이다. 게다가 배설물의 상태를 보니 이곳에 다녀간 지 그리 오래된 것 같지 않았다.

목련은 싱긋 웃었다. 어릴 때부터 할머니의 이야기를 귀담아들었던 것이 이렇게 도움이 될 줄이야.

그녀는 금호의 배설물을 천에 싸 가방에 집어넣었다. 금호가 소추 계곡에 나타난다는 증거를 얻었으니 이제 가휴에게 보고할 일만 남았다.

목련은 고개를 들어 해가 어디쯤 와 있는지 확인했다. 머리 꼭대기에서 살짝 오른쪽으로 치우친 해를 보니 얼추 미시未時. 낮 1시~3시 정도 된 듯싶었다.

목련은 서둘러 발걸음을 돌렸다. 가휴에게 어서 빨리 이 사실을 알려주고 싶어 자꾸만 걸음이 빨라졌다.

꽤 먼 거리였지만 산중 생활로 다져진 그녀의 다리는 날랜 암사슴처럼 거침없이 산길을 내달렸다. 경험 많은 사냥꾼이 본다 해도 감탄할 만큼 재빠르고 군더더기 없는 몸짓이었다.

힘든 기색 하나 없이 산에서 내려온 목련은 잠시 걸음을 멈추고 숨을 골랐다. 어느 정도 진정이 되자 그녀는 다시 천천히 마을로 향했다.

목련의 발길이 향한 곳은 객잔과 십여 장 정도 떨어진 한 움집이었다. 사람들의 왕래가 거의 없는 응달에 자리 잡은 움집은 한때 사람이 살았지만 지금은 텅 비어 창고로 쓰고 있는 곳이었다.

발밑에서 바삭바삭 눈얼음 밟히는 소리가 제법 경쾌하게 느껴진다.

마음의 부담이 훨씬 덜해진 탓일까. 예전이라면 사람들 눈치가 보여 마을에 내려가는 일이 상당한 부담이 되었는데, 가휴가 자신을 위해 별도로 움집을 빌려둔 덕분에 발걸음마저 가벼워진 것 같은 착각이 들었다.

그때, 목련의 눈에 누군가 들어왔다. 뒤뚱거리며 제 몸집만 한 물동이를 들고 오는 작은 아이. 태용이었다.

그녀는 잠시 망설이다 아이에게 걸어갔다. 태용이 목련을 발견하고 반가운 표정을 지었다.

"어? 누님, 오셨네요!"

조그만 아이의 누님 타령은 들을 때마다 참 어색하다.

"무거워 보이는구나. 들어줄까?"

목련이 손을 내밀었지만 태용이 고개를 도리도리 저었댜.

"괜찮아요. 이 정돈 끄떡없어요!"

목련은 말없이 미소를 지었다. 어린 나이에 객잔에서 이런저런 잡일하기가 꽤 힘들 텐데, 태용은 볼 때마다 늘 활기차게 웃고 있었다. 그래서인지 태용을 볼 때마다 묘하게 위안이 되곤 했다.

"기특하구나."

목련은 잠시 주위를 둘러보고는 슬며시 품 안에서 종이꾸러미를 꺼내 태용에게 내밀었다.

"이거 받으렴."

"이게 뭐예요?"

태용이 고개를 갸웃하더니 물동이를 내려놓고 꾸러미를 받아들었다. 꼬깃꼬깃한 누런 종이 안에는 콩가루를 묻힌 먹음직한 엿들이 오밀조밀 들어 있었다.

"어, 엿이다!"

"집에서 만든 거라 입에 맞을지 모르겠구나."

아이의 표정이 멍해졌다. 가휴가 사탕을 주었을 때와는 사뭇 다른 반응이라 목련은 왠지 조바심이 났다.

"엿…… 싫어하니?"

"아, 아니요! 좋아해요!"

태용이 알 수 없는 표정으로 엿을 보다가 다시 목련을 올려다보았다. 아이의 눈동자가 일순간 작게 흔들렸다.

"……고맙습니다."

꾸벅 인사를 하는 태용의 모습에 목련은 그제야 안도의 미소를 지었다. 혹시나 괜한 짓을 한 거면 어쩌나 싶었는데 좋아하는 모습을 보니 마음이 놓였다.

그녀는 동글동글한 아이의 머리통을 쓰다듬어주려다 움찔 손을 거두었다.

"맛있게 먹으렴."

태용이 종이꾸러미를 조심히 품에 넣고는 무슨 할 말이 있는 듯 눈동자를 이리저리 굴렸다.

"저기……."

"응?"

"처음이에요."

"그게 무슨 말이니?"

"누군가 제게 뭘 만들어준 거…… 처음이에요."

독귀의 여자

뜻밖의 말에 목련은 잠시 할 말을 잊었다. 태용이 귀엽기도 하고 어린 나이에 고생하는 게 안쓰럽기도 해서 만들어둔 엿을 조금 집어온 것뿐인데 이런 말을 들을 줄은 몰랐다.

그녀는 무슨 말을 해야 할지 난감해하다가 겨우 입술을 떼었다.

"다음에 또 만들어올게."

그 말에 태용이 고개를 번쩍 들더니 환하게 웃었다. 아이의 해맑은 미소를 보자 목련은 갑자기 목이 콱 메었다.

이리 따뜻하고 계산적이지 않은 미소를 본 적이 얼마 만이던가. 한줄기 햇살이 비친 것처럼 마음에 온기가 돌았다.

"실은…… 누님한테 고백할 게 있어요."

환했던 태용의 얼굴이 어느새 시무룩해졌다. 조그만 얼굴에 무언가 고민이 가득한 걸 보니 조금 웃음이 났다.

작은 입술을 우물거리며 한참이나 망설이던 태용이 어렵사리 입을 열었다.

"죄송해요."

목련은 대뜸 사과를 하는 태용을 놀란 눈으로 쳐다보았다.

"죄송하다니, 뭐가 말이니?"

잠시 망설이던 아이가 짧은 다리를 흔들며 어렵사리 얘기를 꺼냈다.

"사실…… 누님을 나쁜 사람이라 생각했거든요."

목련은 큰 잘못이라도 저지른 것처럼 고개를 푹 숙인 태용을 가만히 바라보았다.

어린 소년이라도 마을에서 나고 자랐으니 이런저런 소문을 들었을 것이다. 채 걸러지지 않은 어른들의 악의적인 소문에 그대로 노출된 아이가 자신을 어찌 생각했을지 굳이 묻지 않아도 짐작되었다.

"왜 날 나쁜 사람이라 생각했니?"

"그게…… 어른들이 누님을 나쁘게 말하니까……."

태용의 목이 자라처럼 잔뜩 움츠러들었다. 저러다 어깨에 파묻히는 건 아닐까. 목련은 작게 미소 지었다.

"하지만 요 며칠 누님을 지켜보니까 절대 나쁜 사람은 아니라고 생각했어요."

"그랬니?"

태용이 번쩍 고개를 들더니 힘차게 머리를 끄덕였다.

"네! 누님은 굉장히 착하고 씩씩한 사람이에요. 나리도 누님이 엄청 훌륭한 사람이라고 그랬거든요."

"가휴 님이?"

"네. 저하고 둘만 있으면 만날 누님 얘기만 하는 걸요."

목련은 당황했다. 갑자기 엄청 부끄러워지면서 열기가 확 올라왔다. 그런 그녀의 마음을 아는지 모르는지 태용이 계속 조잘댔다.

"누님이 이쁘고 음식도 잘하고 씩씩하고 사냥도 잘하고, 뭐 하나 못 하는 게 없다고 얼마나 칭찬을 하는데요. 누님만 보면 눈빛부터 달라지는 것이 누님을 무진장 좋아하고 있는 것이 틀림없어요!"

"서, 설마……. 내가 가휴 님 일을 돕고 있으니 좋게 봐주시는 거겠지."

"아닌 것 같은데……. 나리가 저한테 맛난 간식이랑 수고비까지 주며 누님을 챙기라고 했는걸요."

열기가 걷잡을 수 없이 전신으로 퍼졌다. 목련은 무슨 말을 해야 할지 몰라 입술만 달싹이며 눈동자를 이리저리 굴렸다.

필시 아이가 아무 생각 없이 내뱉은 말일 텐데 왜 이리 가슴이 철렁 내려앉고 심장이 경박스럽게 뛰는지 알 수 없었다.

"그만 가봐야겠다. 따뜻한 차 좀 가져다주겠니?"

목련은 태용이 또 이상한 말을 할까 싶어 얼른 화제를 돌렸다.

"네!"

씩씩하게 대답한 태용이 물동이를 들고 객잔 안으로 총총히 사라졌다.

목련은 아직 열기가 남은 얼굴을 슥슥 문지르며 움집으로 향했다. 이상한 말을 들어서인지 가슴이 쉬이 가라앉지 않았다.

6장.
촌장의 딸

마을 안으로 화사한 옷차림을 한 젊은 여인이 들어서고 있었다.

그녀 옆에는 모친으로 보이는 후덕한 몸집의 중년 여인이 나란히 걸어오고 있었고, 뒤로는 장정 한 명이 짐을 잔뜩 실은 말을 이끌고 따라오고 있었다.

젊은 여인은 화장을 곱게 한 뽀얀 얼굴을 잔뜩 찌푸린 채 연방 투덜대고 있었다.

"아휴, 이놈의 산골엔 매번 뭔 눈이 이리 많이 온담."

미려는 붉게 염색한 값비싸 보이는 가죽장화가 행여 눈에 젖을세라 온갖 신경질을 부리며 걸음을 재촉했다.

"그래도 요 며칠 날이 좋았던 덕분에 그나마 이 정도인 거야. 안 그랬음 넌 돌아오지도 못했어."

모친의 타박에 미려는 입술을 삐죽 내밀었다. 사실 그녀는 고향에 돌아오기 싫었다.

마을을 떠나 녹담祿儋으로 유학을 떠난 지 고작 1년 남짓 됐을 뿐이지만 그동안 미려는 도시 생활에 푹 빠져 고향에서의 일을 홀랑 잊고 지냈던 것이다.

"아휴, 거름 냄새!"

둥글게 파놓은 구덩이에 가득 쌓아놓은 거름더미를 지나면서 미려가 코를 감싸 쥐었다. 그런 딸을 모친이 한심하다는 듯 쳐다보았다.

"이 기집애가 도시 물 좀 먹더니 지가 무슨 귀족 아가씨라도 된 양 굴고 앉았네. 태어날 때부터 맡고 지낸 거름 냄새가 뭐 어때서 유난을 떨어?"

"싫은 건 싫은 거라고. 아이, 기껏 새로 산 장화에 진흙 다 묻었네!"

미려는 장화에 얼룩을 만든 진흙을 무슨 불구대천지원수 보는 것처럼 노려보며 발을 굴렀다.

"나 참 눈꼴시어 못 봐주겠네. 아무튼, 네가 하도 조르고 졸라 유학을 보내긴 했다만, 이제 일 년 지났으니 집에 얌전히 있다 시집이나 가."

모친의 말에 미려는 기겁했다.

"엄마는 시집은 무슨 시집이야! 그리고 고작 일 년밖에 안 지났는데 적응하기도 전에 다시 산골에 처박혀 있으라고? 하나밖에 없는 딸한테 진짜 너무하는 거 아냐?"

"이년아, 니 아부지가 살아계셨으면 넌 도시는커녕 마을 밖에 나가지도 못했어! 자고로 여자랑 바가지는 밖으로 내돌리면 깨지는 법이야, 알았어?"

미려는 씨알도 먹히지 않는 모친의 단호한 태도에 땅이 꺼져라 한숨을 쉬었다. 이래서 돌아오기 싫었던 건데.

하지만 모친이 보내주는 돈으로 생활하고 있는 그녀로서는 반박할 말도, 달리 뾰족한 방법도 없었다.

어쩔 수 없이 미려는 속으로만 구시렁대며 터덜터덜 엄마 점남을 따라갔다.

오랜만에 고향에 돌아온 탓일까. 전에는 미처 느끼지 못했던 말린 고기 냄새까지 지독하게 느껴졌다.

콧잔등을 잔뜩 찡그린 미려는 어떡하면 모친을 설득해 다시 녹담으로 나갈 수 있을까 궁리하기 시작했다.

'이런 시골구석은 진짜 싫다구! 내달에 연주 생일 연회에 가기로 약조했는데 어쩐담?'

연주는 녹담에서 꽤 힘을 쓰는 해사청 서기관의 딸로, 마침 같은 학당에 다니고 있던 친구 소개로 알게 된 여인이었다.

미려는 그녀의 눈에 들기 위해 일부러 신분을 속이고 분수에 맞지 않은 고급 옷과 장신구까지 무리하게 구입하는 등 수준을 맞추려 갖은 노력을 다했다.

그 정성이 통했는지 연주의 눈에 드는 데 성공한 미려는 아무나 갈 수 없다는 생일 연회에까지 초대를 받은 것이다.

드디어 상류계층에 들어갈 수 있을 거란 희망에 부풀어 있던 찰나, 느닷없는 모친의 호출을 받은 미려는 애타는 심정을 뒤로하고 억지로 고향에 돌아올 수밖에 없었다.

'어떡하든 다시 돌아가야 해. 내가 걔 눈에 들기 위해 얼마나 노력했는데!'

돈을 물 쓰듯 한다며 모친에게 온갖 구박이란 구박은 다 당했는데, 이제 와서 포기할 수 없었다.

'난 절대 이런 산골에서 썩지 않을 거야. 그럴 바엔 차라리 죽는 게 나아!'

미려는 붉게 물들인 입술을 질끈 깨물었다. 도살장에 끌려가는 소처럼 어기적어기적 점남을 따라가는 그녀의 눈에 문득 낯선 외지인이 떴었다.

큰 도시에서나 볼 수 있을 법한 고급스러운 옷차림에, 드물게 보는 장신, 무엇보다 느긋하게 의자에 앉아 연초를 피우고 있는 모습이 자꾸만 시선을 끌었다.

다소 거리가 멀긴 했지만 생김새도 꽤 준수해 보였다. 불쑥 호기심이 생긴 미려는 모친의 옆구리를 쿡쿡 찔렀다.

"엄마, 저 사람 누구야?"

"응? 누구?"

딸이 가리키는 방향으로 고개를 돌린 점남은 멀리서도 한눈에 띄는 장신의 남자를 보고는 고개를 끄덕였다.

"아, 얼마 전에 마을에 온 손님이야."

"어디서 왔대? 뭐 하는 사람이야? 차림새가 사냥꾼은 아닌 것 같고. 상인? 아니면 그냥 여행객?"

"이 촌구석까지 온 걸 보면 뻔하지. 금호를 잡겠다는 허황된 꿈을 꾸는 사냥꾼이거나 물건 몇 가지 팔러 온 잡상인일 거다."

미려가 눈을 새치름히 뜨고 남자를 예의 주시했다.

"그건 아닌 것 같은데. 사냥꾼이나 잡상인으로 보기엔 너무……."

그때, 미려와 남자의 눈이 딱 마주쳤다. 거리가 꽤 떨어졌음에도 정확히 시선이 맞닿아서 그녀는 가슴이 철렁 내려앉고 말았다.

남자가 작게 미소를 지었다. 미려의 눈이 토끼처럼 동그래졌다.

'설마 날 보고 웃는 건가?'

미려를 보던 남자가 이내 연초를 한 모금 깊게 빨아당기며 시선을 돌렸다.

"아……."

그의 시선이 다른 곳으로 향한 것이 몹시 안타까워 미려는 자기도 모르게 작게 탄성을 내뱉었다.

"엄마, 저분 말이야. 객잔에 머무르고 있지?"

그새 저 사람에서 저분으로 호칭을 올린 미려가 다급하게 물었다.

"거기 말고 마을에 달리 묵을 데가 있니?"

갑자기 미려의 까만 눈동자가 반짝 빛났다.

"엄마, 나 따끈한 팥죽 먹고 싶다. 사줘."

"팥죽? 그거야 엄마가 만들어주면 되지 뭘 돈 주고 사먹어?"

"아이, 집에서 먹는 거랑 객잔에서 먹는 거랑 다르단 말야. 사줄 거지?"

미려가 살살 눈웃음을 치며 점남의 팔에 매달렸다. 뜬금없이 애교를 부리는 딸의 모습에 점남의 주름진 눈가가 게슴츠레 휘었다.

"이년이 갑자기 안 하던 짓을 하고 그래? 너 혹시, 저 남자 때문에 그래?"

"쳇."

미려는 작게 혀를 찼다. 하여간에 눈치 하난 기가 막힌 엄마다.

"너, 다시 한번 얘기하는데, 내 눈에 흙이 들어가기 전까진 절대 외지인은 안 돼. 알았어?"

"외지인이 뭐 어때서 그래? 이런 촌구석에 있어봤자 괜찮은 남잔 구경도 못할 텐데, 차라리 외지인이 낫지."

"이년아, 마을에 오는 외지인이 어떤 사람들인지 몰라서 그래? 별 볼일 없는 사냥꾼이나 잡상인뿐이라고. 겨우 입에 풀칠이나 하며 여기저기 떠돌아다니는 남자한테 시집가 평생 고생하고 싶어? 그럴 바엔 준구가 낫지."

미려의 표정이 벌레 씹은 것처럼 변했다.

"할 줄 아는 게 힘자랑밖에 없는 준구 말이야? 엄마 머리가 어떻게 된 거 아냐? 어디 그런 무식하고 볼 것 없는 촌놈을 나한테 갖다 붙여!"

"그래도 준구가 사람은 진국이야. 가진 재산은 많지 않아도 평생 처자식 배곯지 않을 놈이라고. 이년이 도시물 쬐끔 먹고 오더니 허파에 바람만 잔뜩 껴서리! 미친년 깨춤 추는 소리 하지 말고 냉큼 집에나 가!"

결국 미려는 모친의 굵직한 팔뚝에 붙잡혀 억지로 끌려갔다. 그 와중에도 그녀의 시선은 남자에게 꽂혀 떨어지지 않았다.

'간만에 괜찮은 남자가 나타났는데 이 기회를 놓칠 수 없지.'

객잔에 머물고 있다 했으니 그를 만나는 건 그리 어려운 일이 아니리라.

이미 점이 되어버린 남자를 응시하는 미려의 눈동자가 탐욕스럽게 빛났다.

"새로운 꽃이 나타나셨구만."

가휴는 연초를 입에 문 채 피식 웃었다. 못 보던 젊은 여인의 등장은 따뜻한 햇살 아래 소르르 꺼지려는 그의 의식을 슬쩍 일깨웠다.

"새로운 꽃이라뇨?"

그때, 서요가 음식을 담은 소반을 들고 나타났다. 김이 모락모락 나는 음식 그릇을 가휴 옆 협탁에 내려놓은 그가 짜증을 부렸다.

"제발 식사는 식당에서 하십시오. 제가 이곳 사환입니까? 툭하면 음식 배달이나 시키고……."

"볕이 이리 좋은데 어두컴컴한 실내에서 식사하는 건 우울하잖아. 봐, 얼마나 좋아? 하늘도 청청하고, 눈앞에 높이 솟은 설산에, 멀리 계곡까지 환히 다 보이는데, 이런 명당이 또 어디 있겠어."

"이 정도 풍경은 대륙을 돌면서 지겹게 봤다고요. 전 그저 잠이나 더 자고 싶을 뿐입니다."

가휴는 한심하다는 표정으로 혀를 끌끌 찼다.

"이런 낭만도 멋도 모르는 메마른 녀석 같으니. 저러니 아직 연애를 못하지."

서요가 발끈했다.

"연애를 못하는 게 아니라 안 하는 겁니다. 것보다 풍경과 연애가 뭔 상관이 있다고 딴죽입니까?"

가휴는 짜증을 내는 와중에도 차곡차곡 수저를 놓고 차를 따르는 등 제할 일을 빈틈없이 하고 있는 서요를 보며 피식피식 웃었다. 역시 천성은 어쩔 수 없는 것이다.

"근데 새로운 꽃은 또 뭡니까?"

"아, 좀 전에 못 보던 아가씨가 지나갔거든."

"예? 그게 누군데요?"

가휴는 어깨를 으쓱했다.

"그거야 나도 모르지. 눈인사는 했으니 조만간 만날 일이 있지 않을까?"

서요가 알만하다는 듯 한숨을 폭 내쉬었다.

"연초 끄시고 어서 식사나 하세요."

"예이, 그럽죠."

장난스레 대꾸한 가휴는 연초를 바닥에 비벼 껐다. 아까운 연초가 젖을세라 불씨만 재빨리 꺼뜨리고는 다시 은갑에 쏙 집어넣었다.

"하아, 연초도 점점 줄어가는군. 아까워라……."

"아침에 끊으시죠?"

"몇 안 되는 낙을 그만두라고?"

"언젠간 처자식도 두셔야 하고, 상단도 오래 이끄시려면 건강을 생각하셔야죠."

"글쎄. 딱히 처자식을 둘 생각도 없고 오래 살 생각도 없는데."

속 터지는 말만 골라 하는 가휴를 서요가 매섭게 노려보았다.

"오래 살 생각 없다는 분이 이런 산골까지 도망쳐온 겁니까?"

"아니, 그게 난 진짜 도망쳐온 게 아니라니……."

"국 식습니다. 어서 드세요."

듣기 싫다는 듯 말을 톡 끊고 숟가락을 척 쥐어주는 서요의 모습에 가휴는 입맛을 쩝 다셨다.

"역시 초장에 잡아놨어야 했는데……. 너무 키워놨어."

따뜻한 국을 한입 떠먹은 가휴는 들릴 듯 말 듯 소심하게 중얼거렸다. 거의 식사를 마칠 때쯤, 태용이 쪼르르 달려왔다.

"나리! 누님이 오셨어요. 지금 움집에서 기다리고 계세요."

목련이 와 있다는 소식에 가휴는 반색하며 얼른 일어났다.

"그래? 그럼 빨리 가봐야지. 아, 용아. 식사 일인분만 움집으로 가져다주겠니?"

"누님 주시려고요?"

눈치 빠른 아이의 물음에 가휴는 미소를 지었다.

"그래, 맞다."

"금방 가져다드릴게요. 차랑 후식도 가져올까요?"

"그래 주면 고맙지."

시키지 않아도 알아서 척척 하는 태용이 귀여워 가휴는 아이의 머리를 가볍게 쓰다듬었다. 개인적인 사정만 아니라면 자신의 상단으로 데려가 키우고 싶을 만큼 영특한 아이였다.

태용이 객잔 안으로 사라지자 지켜보고 있던 서요가 입을 열었다.

"저 아이가 꽤 마음에 드시나 봅니다."

"귀엽잖아. 씩씩하고 눈치도 빠르고 일도 잘하고……."

"그렇긴 하지만 저 정도 아이는 널리고 널렸습니다."

가휴는 작게 고개를 끄덕였다.

"그래. 하지만 어쩐지 저 아이한텐 유독 정이 가는군. 조그만 게 어떻게든 살려고 머리 쓰는 게 환히 보여서 안쓰럽다고 할까. 기특하기도 하고."

"흠, 그런가요? 달리 보면 지나치게 영악한 것일 수도 있습니다. 저런 아이들은 자신의 이익을 위해 배신을 밥 먹듯 하죠. 솔직히 전 주인님이 왜 저 아이에게 과하게 친절을 베푸시는지 이해가 가지 않습니다."

가휴는 단정한 얼굴로 매정한 말을 서슴없이 내뱉는 서요를 웃는 낯으로 바라보았다.

"귀엽게 봐줘, 서요. 용이는 산골 아이잖아. 아무리 영악해도 세속에 크게 물들진 않았을 거야. 게다가 고작 열 살이라고."

"아이라고 봐줬다가 인어상을 도둑맞은 일은 홀랑 잊으셨나 봅니다?"

인어상은 몇 년 전 가휴가 의뢰받은 특별 주문품이었다.

귀국하기 전, 해창양 영주의 부탁으로 황금 인어人魚상을 어렵사리 구해 왔는데, 그걸 도둑맞고 말았다. 해창양의 고질적인 문제였던 좀도둑 조직 중 하나가 돈 많아 보이는 가휴를 노리고 접근해 왔던 것이다.

그들은 일부러 어린 소년을 이용해 구걸을 하는 척 접근시키고는 순식간에 인어상이 든 상자를 훔쳤다.

오랜만의 귀국을 눈앞에 두고 잠시 긴장이 풀린 가휴는 구걸하는 아이에게 인심 좋게 동전을 건네다가 순식간에 상자를 빼앗기고 말았다.

정신을 차렸을 때는 이미 인어상이 들어 있던 상자도, 구걸하던 소년도 사라지고 없었다.

"정말 그때만 생각하면 아직도 식은땀이 납니다. 다행히 도둑을 잡았기 망정이지, 하마터면 인어상의 열 배는 물어줄 뻔했다고요! 그렇게나 혼자 가면 안 된다고 말렸는데, 부득부득 괜찮다 우기더니 결국 그 사달을 내고 말았지요."

"아, 아니 이미 한참 전에 지난 일은 왜 끄집어내고 그래……."

찔끔한 가휴는 슬쩍 뒷걸음질을 치며 서요의 눈치를 보았다.

"만날 비실비실 웃어대고 허술히 구니 애들까지 주인님을 만만하게 보는 거 아닙니까? 제발 조심 좀 하시라고요!"

잔소리가 길게 이어질 조짐이 보이자 가휴는 얼른 자리를 떴다. 그런 그의 등 뒤로 서요의 구시렁대는 소리가 집요하게 따라붙었다.

때마침 목련이 와준 게 얼마나 다행인지. 설산처럼 단아하고 차분한 목련의 하얀 얼굴이 오늘따라 더 보고 싶단 생각을 하며 그는 바람처럼 내달렸다.

벌컥, 문이 열리고 가휴가 들어왔다. 차를 마시며 화롯불의 온기에 몸을 맡기고 있던 목련은 움찔 놀라 자리에서 일어섰다.

그녀는 다른 때보다 유달리 반가운 기색을 띤 가휴를 향해 꾸벅 목례를 건넸다.

"잘 왔어, 목련. 식사는 했나?"

"아니요, 아직……."

"후후, 그럴 줄 알고 식사를 가져오라 일러뒀지. 금방 올 거야."

"괜찮습니다. 오래 있을 건 아니니 집에 가서 먹으면 됩니다."

"목련은 늘 안 된다, 괜찮다, 이런 말만 하네? 그거 습관인가?"

농담처럼 건네는 물음에 목련은 일순간 말문이 막혔다. 가휴가 머뭇거리는 그녀의 팔을 잡고 자리에 앉혔다.

"자자, 편히 앉아서 식사도 하고 차도 마시고, 나랑도 좀 놀아주고 가라고. 내가 목련 오길 얼마나 목 빠지게 기다린 줄 알아?"

목련은 난처한 표정을 지었다. 몇 번을 겪어도 이 남자의 친절함은 쉽사리 익숙해지지 않는다. 너무 오랫동안 사람들의 냉대 속에 살아온 탓일까.

간질거리는 그의 다정함도, 부드러운 눈빛도, 사근거리는 목소리도 모두 낯설고 부담스러웠다.

목련은 서먹한 기운을 떨쳐내고자 서둘러 용건을 꺼냈다.

"전에 금호에 대해 말씀드렸던 것 말입니다. 오늘 소추 계곡에 다녀왔는데 제 예상이 맞더군요. 소추 계곡에 금호가 자주 출몰하는 듯합니다. 이걸 보십시오."

목련은 계곡에서 가져온 금호의 배설물을 꺼냈다.

"이건 금호의 배설물입니다. 상태를 보면 불과 사나흘 사이에 다녀간 것으로 보입니다. 소추 계곡엔 수산석이 많이 묻혀 있는데, 수산석이 묻힌 곳엔 적요사도 반드시 함께 묻혀 있지요."

"적요사?"

목련은 고개를 끄덕이고는 다시 말을 이었다.

"적요사는 일종의 광물입니다. 짙은 붉은색을 띠며 독특한 냄새를 풍기지요. 할머님의 이야기에 따르면, 금호가 이 적요사를 먹는다고 합니다."

처음 듣는 이야기에 가휴의 눈이 슬쩍 커졌다.

"금호가 적요사라는 광물을 먹는다고? 거참 신기하군."

"적요사를 먹음으로써 부족한 영양소를 채우고, 체내의 한독을 제거한다 하더군요. 정확한 정보인진 잘 모르지만 적요사를 먹는다는 것은 사실입니다. 배설물을 보면 색이 붉고 톡 쏘는 듯한 냄새가 나는데, 이게 바로 적요사를 먹었다는 증거입니다."

가휴는 눈앞에 있는 배설물을 면면히 관찰하다가 천천히 코를 가져갔다.

배설물 특유의 오취는 거의 나지 않고, 송진내와 함께 코를 살짝 자극하는 독특한 냄새가 났다. 가휴는 턱을 만지작거리며 흥미로운 표정을 지었다.

"마을 사람들 누구도 이런 얘기를 해주지 않던데."

"금호가 적요사를 먹는다는 사실을 아는 사람은 거의 없습니다. 할머님도 증조부님께 전해 들었다 하시니까요. 설령 아는 이가 있다 해도 믿지 않았을 겁니다."

가휴의 눈이 시시각각 반짝거렸다. 반쯤 장난으로 시작한 금호사냥이었는데, 목련의 말을 듣고 있자니 점점 진짜로 금호를 잡아보고 싶다는 생각이 들었다.

하지만 목련에게 약조한 것이 있는 터라 죽여서도, 생포해서 데려가는 것도 안 된다. 그가 얻을 수 있는 것은 오직 금호의 털뿐이었다.

가휴는 장사꾼 특유의 욕심이 스멀스멀 피어오르는 것을 애써 꾹 눌렀다.

"그럼 금호를 생포하려면 어떡해야 하지? 어설프게 덫을 놓는 건 안 될 것 같고……."

잠시 생각에 잠겨 있던 목련이 조심스레 입을 열었다.

"올무나 곰덫은 금호를 크게 상하게 할 우려가 있으니 적당치 않은 것 같습니다. 허니, 구덩이를 파 나뭇가지와 눈으로 덮은 다음 먹이를 놔두어 잡는 건 어떨까요?"

"흠, 금호는 상당히 영리하다고 하는데 과연 그런 방법으로 잡힐까?"

"일반적인 먹이로는 통하지 않을 것이나, 적요사를 이용하면 꼭 불가능한 것만은 아닙니다. 적요사는 일부러 땅을 파내지 않으면 채취하기 어렵습니다. 하지만 소추 계곡엔 이전에 말씀드렸던 수산석 채석장이 아직 남아 있지요. 그곳에 묻혀 있던 적요사가 비바람에 떨어져 나오면 그것을 금호가 먹는 것으로 추정됩니다. 하지만 그 양이 한정적이라 마음껏 적요사를 섭취하긴 어려울 겁니다."

여기까지 말을 마쳤을 때, 문이 달칵 열리더니 서요가 음식이 담긴 소반을 들고 나타났다.

"응? 왜 자네가 식사를 가져오는 거지?"

"객잔 소년이 좀 바빠서 말입니다. 별수 있습니까? 한가한 사람이 대신해야죠."

자리에서 일어선 목련은 가볍게 인사를 건넸다. 그녀와 인사를 주고받은 서요가 소반을 탁자 위에 내려놓았다.

"식사 먼저 하시고 얘기 나누시죠."

"아니, 전 괜찮……."

"식기 전에 어서 드세요."

서요가 옅게 미소 지으며 소반을 목련 앞으로 바짝 디밀었다. 묘한 압박감에 목련은 더 이상 거절하지 못하고 자리에 도로 앉았다.

"두 분은 안 드시나요?"

"아, 우린 먼저 먹었으니 천천히 들어."

목련이 불편해할까 싶었는지 가휴는 그녀에게서 시선을 거두고 서요와 이야기를 나누기 시작했다.

그는 조금 전까지 목련이 말했던 내용을 서요에게 똑같이 설명해주었다.

흥미롭게 이야기를 듣던 서요가 이내 호기심 가득한 표정으로 금호의 배설물을 꼼꼼히 살펴보기 시작했다.

가휴와 서요가 대화를 나누는 동안 목련은 재빨리 식사를 하기 시작했다. 음식이 코로 들어가는지 입으로 들어가는지 알 수 없었지만, 산을 타느라 제법 허기가 졌는지 젓가락을 움직이는 손길이 점점 빨라졌다.

한동안 금호 얘기에 열중하던 두 남자는 이야깃거리가 떨어지자 눈이 언제 녹을지, 다음엔 어느 지역으로 가볼지, 하는 등의 사소한 잡담을 나누기 시작했다. 개중에는 태용에 대한 이야기도 있었고, 마을 사람들의 불친절함에 대한 험담도 있었다.

두 남자는 이내 마을 사람들이 왜 그리 불친절하고 삭막하며 심지어 게으르기까지 한지에 대해 토론하기 시작했다.

마을이 워낙 추운 산골에 꼭꼭 파묻힌 데다 눈이 많이 내려서 그런 것이다, 아니다, 인성은 타고난 것이다, 사람들이 불친절한 건 본래 그들의 성정이 못된 것이다, 등등 목련이 듣기에 별로 의미가 없는 토론을 진지하게 벌였다.

그 와중에도 두 남자 모두 객잔 음식이 엄청 맛이 없다는 불평은 꼭 말미에 덧붙였다. 그 모습을 보고 있자니 우습기도 하고 씁쓸하기도 해서 목련은 괜스레 복잡한 심정이 들었다.

그녀가 빠르게 음식을 비워가는 사이, 두 남자의 화제는 어느새 다른 것으로 바뀌어 있었다. 그때, 가휴의 입에서 흘러나온 낯선 이름 하나가 목련의 귀에 들어왔다.

'……차류왕?'

왕이라면 혹, 마노국의 왕을 말하는 걸까. 신비스럽게만 느껴지던 마노국, 그것도 왕에 대한 이야기가 나오자 저절로 귀가 쫑긋 섰다.

하지만 아쉽게도 차류왕이라는 이름을 끝으로 더 이상 마노국과 관련된 이야기는 나오지 않았다.

'마노국이라…….'

가휴와 서요를 만나지 않았다면 평생 소문으로만 존재하는 가상의 나라라 생각했을지도 모른다.

듣기로는 마노국도 백계처럼 몹시 추운 나라라 했다. 그렇다면 그곳도 사시사철 눈이 녹지 않는 외롭고 쓸쓸한 곳일까.

문득 목련의 시선이 잡담을 나누고 있는 가휴와 서요에게 닿았다.

마노국이란 나라에 대해서 아는 것은 거의 없었지만 왠지 저 두 남자를 보고 있노라면 적어도 그 나라는 이 백계처럼 삭막하고 꿈이 없는 곳은 아닐 것 같다는 생각이 들었다.

조금 침울해진 목련은 목구멍까지 차오른 씁쓸함을 음식과 함께 꿀꺽 삼켰다.

이윽고 식사를 끝낸 그녀는 빈 그릇을 출입문 옆 나무 상자 위에 올려놓고 다시 자리로 돌아왔다.

"아까 하던 이야기를 마저 하시지요."

차 한 모금으로 입을 가신 목련은 자신이 어디까지 얘기했는지 가만히 기억을 되짚었다.

"폐쇄된 채석장에서 적요사가 떨어져 나오는 경우가 있지만, 양이 적어 금호가 원하는 만큼 적요사를 섭취하기 어렵다, 여기까지 얘기했지."

가휴가 싱긋 웃으며 친절히 그녀의 기억을 도와주었다. 머쓱해진 목련은 짧게 고개를 끄덕이고는 이야기를 이어갔다.

"예, 맞습니다. 비단 채석장에서 떨어져 나오는 것뿐만 아니라, 이따금 땅 속에 사는 짐승들이 집을 만들려고 구멍을 파거나 이동하는 중에 적요사가 흙과 함께 딸려 나오는 경우도 있다고 합니다. 하지만 그 역시 양이 충분한 건 아니지요."

"그렇다면 적요사를 직접 채취해 금호를 유인하자는 얘기군."

목련은 고개를 끄덕였다.

"아까 말씀드린 것처럼 구덩이를 파 그 위에 눈과 나뭇가지를 덮은 다음 적요사를 놓아두는 것이 현재로선 가장 가능성이 높은 방법이 아닐까 합니다. 구덩이 깊이만 적당히 조절하면 금호도 크게 다칠 일이 없을 테고요."

진지하게 듣고 있던 가휴가 서요를 돌아보았다.

"자네 생각은 어떤가?"

"나쁘지 않은 것 같습니다. 우선은 충분한 양의 적요사를 채취해야겠군요."

그 말을 기다리고 있었다는 듯 목련이 나섰다.

"그건 제게 맡겨주세요. 채석장을 뒤지면 덫에 놓을 정도의 양은 어렵지 않게 얻을 수 있을 겁니다."

"그럼 나도 돕지."

가휴의 말에 목련은 고개를 저었다.

"저 혼자 움직이는 것이 낫습니다. 소추 계곡은 지형이 험해 자칫 위험할 수 있으니까요."

일순간 두 남자의 눈이 딱 마주쳤다. 지난번 오두막에 갔을 때의 험난한 여정이 떠오른 탓이다.

고작 오두막까지 가는 것으로도 그리 애를 먹었는데, 지형이 험하다는 소추 계곡에 무턱대고 따라나섰다간 무슨 험한 꼴을 당할지 모르는 일이었다.

민폐를 끼치는 건 물론이고 독귀의 자존심과 남자로서의 자존심도 모조리 망가질 가능성이 컸다.

거기까지 생각이 미치자 가휴와 서요는 슬그머니 서로 눈을 피했다.

"적요사는 그렇다 쳐도 구덩이를 파려면 우리 힘이 필요하지 않나?"

"괜찮습니다. 구덩이를 파는 것 정도는 농사일에 비하면 아무것도 아니니까요. 오두막 근처 돌밭도 손수 제가 다 갈았답니다."

가휴의 눈이 동그래졌다. 지금껏 무덤덤한 표정으로 일관해오던 서요마저 놀랍다는 기색을 감추지 못했다. 왠지 모르게 조금 뿌듯해진 목련은 작게 헛기침을 했다.

"정말 대단하군. 목련은 지금껏 내가 만나본 여인들 중 가장 강하고 멋진 것 같아."

면전에서 칭찬을 들으니 잠시 우쭐했던 마음이 슬그머니 사라지고 부끄러움이 밀려들었다.

"그럼 그 일은 목련에게 맡기지. 혹시 다른 도움이 필요하다면 언제든지 얘기해줘."

"알겠습니다."

얼추 용건을 끝마친 목련은 자리에서 일어섰다.

"밥은 감사히 잘 먹었습니다."

"다음엔 더 맛있는 걸 대접해주지."

목련은 괜찮다고 말하려다 이내 입을 꾹 다물었다. 가휴의 말이 떠오른 탓이다.

"그만 가보겠습니다."

"조심히 가도록해."

목련은 가휴와 서요에게 꾸벅 인사를 하고 움집을 나섰다.

문밖을 나서자마자 매서운 찬바람이 냉큼 그녀의 몸을 휘감았다. 그제야 목련은 움집 안이 상당히 따뜻했다는 사실을 깨달았다.

몰래 빌려 쓰고 있는 곳이라 별다른 난방기구도 없이 조그만 놋화로만 있었을 뿐인데 어째서 추위를 느끼지 못한 걸까.

잠시 멈춰 서서 움집을 바라본 목련은 이내 고개를 저었다.

'기분 탓이겠지.'

그리 생각한 목련은 다시 걸음을 옮겼다.

7장.
격동

　젊은 여인 한 명이 객잔 안으로 들어섰다. 마을에서는 좀처럼 볼 수 없는 화려한 차림에 객잔 안에 있던 사람들의 눈이 저절로 그녀에게로 쏠렸다.

　여러 사람의 시선이 제법 부담스러울 법도 하건만 여인은 낯빛 하나 바뀌지 않은 채 당당히 턱을 추켜들고 객잔 안을 여유롭게 돌아보기까지 했다.

　그때, 그녀를 알아본 객잔 주인 대수가 반가운 기색으로 달려왔다.

　"아니, 이게 누구야? 미려 아니야?"

　미려는 대수에게 살며시 미소를 지어보이며 고개를 까딱했다. 연장자에게 하는 인사치고는 상당히 무례했으나 대수는 그다지 개의치 않아 했다.

　"잘 지내셨어요, 아저씨?"

　"나야 늘 잘 지내지. 히야, 벌써 일 년이 지난 건가? 그나저나 넌 더 예뻐졌구나. 도시에 살다 오더니 그쪽 사람 다 됐어. 난 또 웬 귀한 집 규수가 나타났나 했지 뭐야. 하하!"

　"아저씨도 참……. 말솜씨 좋은 건 여전하시네요."

　"하하! 아니라니까. 진짜로 예뻐졌어. 이거 한동안 마을 총각들 잠도 제대로 못 자겠는걸."

그 말에 살짝 얼굴을 붉힌 미려는 언제 그랬냐는 듯 다시 새침한 표정으로 주변을 힐끔 돌아보았다.

객잔에서 식사를 하거나 낮술을 마시던 사내들이 멍하니 자신을 쳐다보고 있는 모습을 보니 기분이 좋아지면서 고개가 더 빳빳해졌다.

역시 사내들이란 도시나 시골에 상관없이 미인 앞에서 한없이 약해지는 생물인 것이다.

"언제 온 거야?"

"어제요. 피곤해서 하룻밤 쉬고 이제야 인사드리러 왔네요."

대수의 입이 귀밑까지 찢어졌다. 마을에서 제일가는 미인에다 유학까지 다녀온 미려가 일부러 자신에게 인사하러 왔다니 저절로 어깨에 힘이 들어가는 기분이었다.

대수가 껄껄 웃으며 그녀를 안쪽으로 안내했다.

"오랜만에 왔으니 이 아저씨가 한턱내마! 뭐 먹고 싶은 거 있니? 내 다 만들어주마."

"아뇨, 전 그냥⋯⋯."

순간, 미려의 입이 뚝 닫혔다. 그녀의 시선이 어느 한 곳을 뚫어져라 응시했다.

그 남자다. 어제 연초를 피우며 자신을 쳐다보던 그 남자.

미려는 하마터면 꺅, 소리를 지를 뻔했다. 심장이 거세게 뛰는 것을 느낀 그녀는 심호흡을 했다.

그런 미려를 대수가 의아한 표정으로 쳐다보았다. 아차, 싶었던 그녀는 재빨리 표정을 갈무리했다.

"그럼, 오랜만에 아저씨가 만든 단팥죽이 먹고 싶은데, 만들어주실 수 있나요?"

"단팥죽? 그럼! 그깟 단팥죽쯤이야 얼마든지 만들어주마."

"호호, 고마워요. 그럼 전 저기 앉아서 기다리고 있을게요."

미려가 가리킨 곳은 남자가 앉아 있는 바로 옆 식탁이었다.

"그래. 차 마시면서 기다리고 있으렴. 내 후딱 만들어서 오마."

대수가 춤을 추듯 가벼운 발걸음으로 후다닥 찬간으로 사라졌다. 그의 모습이 완전히 사라진 것을 확인한 미려는 천천히 발을 떼었다.

짐짓 아무렇지 않은 척 걸음을 옮기고 있었지만 남자와의 거리가 가까워질수록 심장이 터질 듯 두근거렸다.

한 가지 이상한 것은 아직까지 남자가 그녀의 존재를 눈치채지 못했다는 사실이었다.

객잔 내 사내들의 시선은 죄다 미려에게 향해 있음에도 남자는 주변에 관심이 없는 건지 시종일관 마주앉아 있는 일행과 이야기만 하고 있었다. 그모습이 어찌나 진지한지 얼핏 보면 무슨 중요한 밀담이라도 나누는 것처럼 보였다.

남자가 자신을 본체만체하자 미려는 자존심이 상했다. 어디를 가도 무시당할 외모는 아니라 자부하고 있었는데, 처음으로 패배감이 느껴졌다.

심기가 상한 그녀는 그제야 남자의 일행으로 보이는 사내에게 눈을 돌렸다.

남자에게 신경 쓰느라 일행이 있다는 것을 뒤늦게 깨달은 미려는 유약한 인상에 조금 마른 듯한 사내를 보고 살짝 미간을 찌푸렸다.

'뭐야, 저 남자. 무슨 남자가 저리 곱상하게 생긴 거지?'

굵고 진한 눈썹과 또렷한 눈매, 오뚝 솟은 콧날과 단아한 입술 선을 가진 사내였다.

피부도 어찌나 뽀얀지 매일 피부 관리에 목숨 걸다시피 하는 자신보다 더 고운 것 같았다. 이런 사내가 지금껏 눈에 안 띈 것이 신기할 정도였다. 미려의 고운 이마에 깊은 골이 접혔다.

'사내가 계집애같이 생겨서는……. 맘에 안 들어.'

저 사내 때문에 남자가 자신을 쳐다보지도 않는다 생각하니 저절로 눈길이 서릿발처럼 매서워졌다.

그때, 갑자기 사내와 눈이 딱 마주쳤다. 한순간 흠칫 놀랐지만 미려는 시선을 돌리지 않았다.

그녀를 빤히 쳐다보던 사내가 돌연 와락 눈살을 찌푸리더니 무어라 중얼거렸다.

미려는 충격을 받았다. 세상에. 자신을 보고 눈살을 찌푸리다니. 지금껏 한 번도 저런 반응을 본 적이 없는 터라 심장이 펄떡펄떡 뛰고 몸에 열이 확 솟구쳤다.

'뭐, 뭐 저런 사람이 다 있어?'

기생오라비처럼 생긴 것도 영 마음에 안 드는데, 면전에 대고 노골적으로 눈살을 찌푸리는 사내를 보니 잠시 이곳에 온 목적을 잊어버릴 정도로 분이 났다.

미려는 이대로 자리를 박차고 나가버릴까 심각하게 고민하다 이내 생각을 고쳐먹었다.

설령 저 사내가 남자의 일행이라 할지라도 자신과는 하등 상관없는 일이다. 모친 몰래 냄새나는 객잔까지 찾아온 것은 오로지 어제 봤던 남자를 만나기 위함인 것이다.

한번 마음먹은 일은 무슨 짓을 해서라도 이루고야 마는 미려는 불쾌감을 준 사내의 존재를 싹 지워버리고 애초의 목적에 집중하기로 했다.

그렇게 마음을 먹자 들썩이던 감정이 조금 가라앉는 것 같았다.

그런 그녀의 노력이 통한 걸까. 등을 돌린 채 사내와의 이야기에 열중하던 남자가 갑자기 휙 뒤를 돌아보았다.

화들짝 놀란 미려는 갑작스러운 상황에 어쩔 줄 몰라 했다. 허둥대는 그녀를 뚫어지게 쳐다보던 남자가 손가락을 딱, 튕겼다.

"아하! 어제 본 그 새로운 꽃이로군!"

알 수 없는 남자의 말에 미려는 두 눈을 동그랗게 치떴다. 남자가 이가 드러나도록 환히 웃으며 몸을 그녀에게로 완전히 돌렸다.

"어제 마을에 온 아가씨 맞지?"

미려는 또 한 번 놀랐다. 어제 눈이 마주친 것 같은 느낌은 들었는데 진짜로 자신을 보고 있었을 줄은 몰랐다. 그녀는 애써 흥분을 감추며 고개를 끄덕였다.

"네, 맞아요. 그런데 손님은……."

"난 가휴라고 해. 저쪽은 서요."

'가휴…….'

미려는 남자의 이름을 조용히 입 안에 굴려보았다. 멋진 외모만큼이나 이름도 멋지다.

물론 저쪽 기생오라비 사내의 이름도 듣긴 했지만 미려에게 중요한 것은 오직 눈앞에 있는 남자뿐, 다른 사람의 이름 따윈 듣고 싶지도, 알고 싶지도 않았다.

수줍은 표정을 지은 그녀는 조심스레 자신을 소개했다.

"전 미려라고 해요. 녹담으로 유학을 갔다 어제 돌아왔답니다."

"아, 녹담! 좋은 곳이지. 양린만큼 크진 않지만 사람 살기엔 그만한 곳도 없지. 무엇보다 오랜 유적지가 많아 여객들이 손꼽는 명소이기도 하고."

미려가 놀란 표정으로 손뼉을 딱 쳤다.

"어머, 녹담에 대해 잘 아시네요? 그곳 분이신가요?"

"그건 아니지만 전에 몇 번 가본 적 있거든."

"그럼 양린도 가보셨나요? 저도 딱 한 번밖에 가보지 못했거든요."

양린은 백계에서 보름 정도 떨어진 곳에 있는 대도시였다. 커다란 강을 끼고 있는 양린은 중앙평야를 지나온 서방인들이 이주해 세운 도시라 서방의 문화가 많이 남아 있었다.

녹담이 일반 여객들과 학자들이 선망하는 도시라면, 양린은 다양한 지역에서 몰려온 사람들이 활발히 교류를 이루고 있는 상업도시라 할 수 있었다.

"양린도 몇 번 가봤는데, 녹담과는 색다른 매력이 넘치는 곳이지. 볼거리가 아주 많아."

녹담뿐 아니라 양린까지 몇 번이나 가봤다는 걸 보면 평범한 사람은 아닌 듯했다. 차림새나 말투로 미뤄보아 돈깨나 있는 상인이거나 어쩌면 신분 높은 귀족 도련님일지도 몰랐다. 미려의 얼굴이 점점 화색을 띠었다.

"어머, 그럼 어디서 오신 걸까요?"

"흐음, 글쎄……. 이곳과 비슷하지만 전혀 다른 곳?"

가휴의 대답에 미려가 까르르 웃음을 터뜨렸다.

"어머, 재밌는 분이시네? 호호호!"

간드러지게 웃음을 터뜨린 미려가 슬그머니 엉덩이를 들어 가휴의 옆자리로 옮겼다. 그 모습을 서요가 못마땅하게 쳐다보았지만 가휴는 그녀의 접근을 막지 않고 실실 웃기만 했다.

"언제까지 머무를 예정이세요?"

"흠, 목적을 이루고 나면?"

"어머, 그게 뭔데요?"

"비밀."

미려가 또다시 까르르 웃었다. 방울처럼 울리는 여인의 웃음소리에 서요의 얼굴이 점점 불쾌하게 변했다.

웃긴 얘기를 한 것도 아닌데 저리 자지러지는 걸 보니 저 여자는 낙엽만 굴러도 뒹굴 것 같다는 생각이 들었다.

서요는 미려라는 여인이 요란한 차림새로 객잔에 나타났을 때부터 마음에 들지 않았다. 사내들의 시선을 즐기는 것이 역력한 도도한 표정도, 가휴를 노리고 왔다는 것을 노골적으로 드러내는 태도도 전부 불쾌했다.

첫인상이라도 좋았으면 그나마 나았을 텐데, 잠깐 불쾌한 시선을 던진 것만으로도 표독스럽게 가시를 세우는 모습을 보니 그녀의 성정이 어떠한지 대충 짐작할 수 있었다.

"아이, 진짜 재밌는 분이네. 가휴 님처럼 말솜씨도 좋고 멋진 분은 처음 봐요."

"흠, 그래?"

"그럼요. 녹담에서도 가휴 님만큼 멋진 분은 못 봤어요."

"그것참 영광이네."

"저기……. 가휴 님을 저희 집에 초대하고 싶은데 괜찮을까요? 객잔 음식도 질렸을 텐데, 제가 맛있는 식사를 대접해 드릴게요."

미려는 슬그머니 가휴의 팔에 몸을 기대며 속삭였다. 이 사실을 어머니가 알면 난리가 날 테지만 상관없었다. 아무리 난리를 쳐도 결국 어머니는 자신의 편을 들어준다는 것을 잘 알고 있기 때문이다.

"호오, 상당히 매혹적인 제안인데?"

미려의 얼굴이 살그머니 상기되었다.

"그럼 오실 거죠?"

"나도 그러고 싶지만 선약이 있어서 안 되겠어."

살랑거리던 미려의 미소가 순식간에 사라졌다.

"선약이요? 중요한 건가요?"

"응. 아주 중요한 약속이야."

미려는 살짝 인상을 찡그렸다. 자신의 초대를 거절할 만큼 중요한 약속이 무엇인지 궁금했다. 그보다 이런 산골에서 무슨 중요한 일이 있다는 건지 의심스러웠다.

"누굴 만나기로 하셨나요? 무슨 약속인데요?"

"비밀."

마음만 먹으면 금세 넘어오게 할 수 있겠다 싶었는데 생각했던 것보다 만만치 않은 남자다.

"칫."

미려는 짐짓 삐친 척 입술을 삐죽 내밀었다.

"그럼 다음번에는 꼭 제 초대에 응해주셔야 해요?"

"일이 언제 끝날진 모르지만 최대한 노력해보지."

어딘가 모르게 미적지근한 대답에 미려의 눈썹이 샐쭉 올라갔다.

"그 일이란 건 언제쯤 끝나는데요?"

가휴가 비음을 흘리며 눈을 한 바퀴 또르르 굴렸다.

"흠, 글쎄……. 그건 나도 장담 못 하겠는걸. 일이란 게 내 마음대로 되는 건 아니라서 말이지."

"무슨 일인지 여쭤도 될까요?"

"비밀."

미려는 새침하게 가휴를 노려보았다. 무엇 하나 속 시원히 답을 해주지 않았지만 그럼에도 그 모습이 왠지 모르게 전혀 밉지가 않다. 아니, 오히려 점점 더 마음이 끌렸다.

그녀는 쑥스러운 듯 몸을 살살 꼬며 눈매를 살짝 추켜올렸다. 이런 자신의 모습이 남자들의 마음을 꽤 동하게 한다는 것을 잘 알고 있었다.

"아이참, 비밀도 많은 분이시네."

"적당히 비밀도 있어줘야 더 매력적인 법이지."

"호호, 그렇긴 하죠."

서요는 온몸 가득 오소소 돋아난 소름을 벅벅 문질렀다. 눈앞에서 벌어지고 있는 가휴와 미려의 유치한 행각을 보고 있으려니 속이 메슥거리고 눈이 썩어드는 것 같았다.

세상에. 지금까지 저런 식으로 여인들을 꾀고 다녔단 말인가. 천금을 준다 해도 자신은 도저히 못할 것 같다. 아니, 때려죽인다 해도 절대 저런 짓은 할 수 없을 것 같았다.

눈 둘 곳을 찾지 못해 사방을 배회하던 서요의 눈이 문득 출입구에 서 있는 누군가에게로 휙 꽂혔다.

순간, 드물게 서요의 안색이 확 밝아졌다. 그의 표정은 흡사 산적을 만나 곤경에 처해있던 양갓집 규수가 갑자기 나타난 멋진 무사를 바라보는 표정과 꼭 닮아 있었다.

목련은 잔뜩 굳은 채 그 자리에서 꼼짝하지 않았다. 예전이었다면 사람들 시선이 부담스러워 얼른 자리를 피했을 텐데 지금은 그럴 수가 없었다. 아니, 사람들의 시선을 느낄 여력조차 없었다.

가휴와 다정하게 이야기를 나누고 있는 여인. 한눈에 띄는 아름다운 저 여인이 누구인지 잘 알고 있는 까닭이다.

'……미려.'

오랜만에 본 탓인지 처음에는 누구인지 알아보지 못했으나, 나중에야 그녀가 촌장 딸 미려라는 사실을 깨달았다.

무겁게 가라앉은 목련의 눈동자가 담소를 나누고 있는 가휴와 미려를 조용히 응시했다. 팔짱을 끼고 꼭 맞붙어 있는 두 사람의 모습은 누가 봐도 잘 어울리는 한 쌍의 연인처럼 보였다.

목련은 살짝 미간을 찌푸렸다. 태용에게 집에서 만든 간식을 전해주러 왔다가 뜻밖의 광경을 목격하고 말았다.

사실 가휴가 누구와 있던, 누구와 다정히 담소를 나누던 상관없었다. 그렇다고 생각했다.

그런데 막상 다른 여인과 다정히 앉아 특유의 미소를 흩뿌리는 가휴를 보고 있으려니 기분이 이상했다. 꼭 가슴 한구석이 모래알이 낀 것처럼 버석거렸다.

목련은 가만히 가슴께를 한 번 쓰다듬고는 다시 가휴를 바라보았다.

분명 가휴는 지금껏 목련이 보지 못했던 유형의 남자이긴 했다. 사내답고 이목구비도 시원시원하니 잘생겼다.

언변은 물론 사교성도 뛰어나서 마을에 온 지 얼마 되지 않았음에도, 마치 토박이처럼 마을 사람들과 허물없이 지내고 마을 곳곳을 제집 안마당처럼 여유롭게 활보했다.

느물거리는 행동거지와 낙천적인 성정, 산골 남자에게서 볼 수 없는 점잖고 부드러운 태도.

연초를 피워 무는 손길 하나에도 묘하게 품격이 느껴질 정도니, 나이를 불문하고 마을 여인네들의 시선이 가휴에게 향하는 것은 어찌 보면 당연한 일이었다. 하물며 젊은 처녀들은 오죽할까.

산골 특유의 폐쇄적인 분위기 때문에 나서서 호감을 표시하진 못하지만 가휴가 지나갈 때마다 그녀들이 은근한 눈길로 가휴를 훔쳐보고 있다는 사실을 목련도 어느 정도 눈치채고 있었다.

'사람들은 저 남자가 독귀란 사실을 꿈에도 모르겠지.'

검은 눈동자로 정체를 숨긴 가휴는 독귀가 아닌 완벽한 인간으로 보였다.

목련은 가휴의 팔뚝에 꼭 붙어 있는 미려의 가늘고 하얀 손을 노려보았다. 햇볕에 탄 자신의 거무스름하고 거친 손과는 확연히 비교되는 그녀의 손을 보니 한순간 부끄러운 생각이 들었다.

지금껏 한 번도 느껴보지 못했던 감정이라 뒤통수가 화끈해지고 턱에 힘이 꽉 들어갔다. 왜 이럴까. 왜 자꾸 마음이 어지러운 걸까.

울컥 짜증이 난 목련은 금호고 뭐고 다 집어치우고 집으로 돌아가고 싶은 생각이 들었다.

'근데 내가 왜 짜증을 내고 있는 거지?'

가휴가 무엇을 하든 자신과는 상관없는 일이다. 그러니 화를 낼 필요도, 짜증낼 필요도 없었다. 가휴는 그저 의뢰인일 뿐이니까.

그렇게 생각을 정리하자 어지러웠던 마음이 조금 차분해졌다.

"목련 님!"

자신을 부르는 소리에 목련은 퍼뜩 고개를 들었다. 서요가 미소 띤 얼굴로 자신을 향해 다가오고 있는 모습이 보였다.

처음 보는 반가운 기색에 목련은 한순간 움찔했다.

"왜 여기 서 계십니까? 이리로 오시지요."

목련은 얼떨떨한 얼굴로 서요를 바라보았다. 오늘따라 뭘 잘못 먹기라도 한 건지 자신을 대하는 서요의 태도가 영 낯설었다.

"식사는 하셨습니까? 아직 오반 전이라면 저희와 함께 드시지요."

"아닙니다. 먹고 왔어요."

"아, 그렇습니까."

왠지 모르게 살짝 실망한 것 같은 서요의 모습에 목련은 더욱 어리둥절해졌다.

"일에 진척은 좀 있었습니까?"

목련은 슬그머니 가휴 쪽을 곁눈질하다 그와 눈이 딱 마주치고 말았다. 당황한 그녀는 얼른 시선을 돌렸다.

"금호의 흔적을 따라 다섯 개의 덫을 파놓았습니다. 효과가 있길 바라지만 지금으로서는 이 정도가 최선인 것 같습니다."

서요가 작게 미소 지으며 고개를 끄덕였다.

"이제는 시간과의 싸움이겠군요."

목련의 낯빛이 살짝 어두워졌다. 며칠간 구덩이를 파느라 적잖이 고생을 했지만 그녀를 힘들게 하는 것은 몸의 수고가 아닌, 여전히 마음 깊은 곳에 뿌리박힌 죄책감이었다.

금호사냥에 대한 거부감과 어쩔 수 없다 하면서도 사냥에 앞장서는 자신의 이중성에 대한 혐오감. 그럴듯한 변명으로 보기 좋게 포장한다 해도 그 사실은 조금도 바뀌지 않았다.

"너무 걱정하지 마십시오."

그녀가 무슨 생각을 하는지 다 안다는 듯 서요의 표정이 부드러워졌다.

"가휴 님은 반드시 약조를 지키는 분입니다. 그러니 염려 말고 목련 님은 자신의 할 일에만 신경 쓰십시오."

목련은 얼굴을 붉히며 고개를 숙였다. 속내가 그대로 얼굴에 드러난 걸까. 표정만큼은 누구보다 잘 숨긴다고 자부했는데, 이상하게 두 독귀에게만큼은 숨기기가 어려웠다.

"예. 가휴 님을 믿습니다."

나약한 자신을 향해 다시금 강한 질타를 날린 목련은 어금니에 꾹 힘을 주었다.

서요가 힘을 준 덕분일까. 한결 기분이 나아진 그녀는 고마움을 담은 웃음을 서요에게 지어보였다.

"둘이 다정히 마주 보고 서서 뭐하는 거지?"

그때, 퉁명스러운 목소리 하나가 둘 사이를 툭 갈랐다. 어느새 눈앞까지 다가온 가휴가 상당히 못마땅한 얼굴로 목련과 서요를 쳐다보고 있었다.

"뭐하다니요? 목련 님과 중요한 일 이야기를 하고 있었지요."

"그러니까, 그 중요한 일 얘기를 왜 나만 쏙 빼놓고 둘이서만 하냐고. 그 것도 꼭 붙어서 아주 다정하게 웃음까지 남발하면서 말이야."

서요가 입술 끝을 비죽 올리며 가휴의 어깨 너머를 흘깃 쳐다보았다.

"가휴 님이야말로 중요한 이야기를 하고 계셨던 것 아닙니까? 어서 가서 마저 얘기 나누시지요. 새로운 꽃과 말입니다."

'새로운 꽃?'

목련은 자기도 모르게 가휴를 쳐다보았다. 순간, 가휴의 얼굴 위로 당황한 기색이 떠올랐다.

"하하, 자네도 참 무슨 헛소리를 하는 거야?"

"헛소리라뇨? 분명 어제 입이 귀밑까지 찢어져서는 저 규수더러…… 악!"

갑자기 서요가 비명을 지르며 앞으로 고꾸라졌다. 깜짝 놀란 목련은 황급히 서요에게 다가갔다.

"괘, 괜찮으세요?"

서요는 말 한마디 하지 못하고 배를 움켜잡은 채 끙끙 신음만 흘렸다.

대체 무슨 일이 일어난 건지 알 수 없다. 갑자기 눈앞에 무언가가 휙 지나간다 싶더니 엄청난 통증이 벼락처럼 몸을 꿰뚫었다. 얼마나 아픈지 한순간 숨이 턱 막히면서 시야가 까매졌다.

"서요 님, 괜찮으세요?"

목련은 어쩔 줄 몰라 하며 연방 서요를 살폈다. 안색이 하얗게 질린 채 끅끅 앓는 소리를 내고 있는 서요는 누가 봐도 금방 숨넘어갈 것 같은 환자의 모습이었다.

"어이쿠, 서요! 자네 배가 아픈 건가? 내 그리 그만 먹으라 일렀건만 결국 탈이 난 게로군!"

가휴가 호들갑을 떨며 서요를 번쩍 부축해 일으켰다. 우악스러운 힘에 서요가 마른 짚인형처럼 힘없이 딸려 올라갔다.

"목련. 서요를 방에 데려다주고 올 테니 잠시만 기다려주겠어?"

"예? 아! 그, 그러지요."

목련은 걱정스러운 표정으로 서요를 바라보았다. 조금 전까지만 해도 멀쩡히 자신과 이야기를 나누던 그가 갑자기 쓰러지다니. 혹, 무슨 탈이라도 난 건 아닌가 싶어 염려스러웠다.

그녀는 축 늘어진 서요가 가휴에게 대롱대롱 매달려 2층으로 올라가는 모습을 그 자리에 서서 계속 지켜보았다.

두 남자의 모습이 시야에서 완전히 사라졌을 즈음, 등 뒤에서 홀연히 기척이 느껴졌다.

"네가 여기 무슨 일이니?"

묘하게 날이 바짝 선 목소리가 멍하니 서 있던 목련의 정신을 파드득 일깨웠다.

상대를 확인한 목련의 표정이 순식간에 차갑게 가라앉았다. 어느새 왔는지 미려가 특유의 냉소를 머금은 채 그녀를 노려보고 있었다.

일 년여 만에 보는 미려는 여전히 예쁘고 자신만만한 모습이었다. 거기에 여인의 성숙함이 더해져 이제는 예쁘다기보다는 아름답다는 말이 더 어울려 보였다.

하지만 목련에게는 여전히 껄끄럽고 마주하고 싶지 않은 상대였다. 저 예쁜 얼굴로 얼마나 표독스럽고 잔혹한 말들을 서슴없이 내뱉는지 누구보다 잘 알고 있기 때문이다.

말을 섞어봤자 피곤하기만 할 뿐이라 목련은 아무 말 없이 몸을 돌렸다.

아무래도 날을 잘못 잡은 것 같다. 가휴에게는 미안하지만 오늘은 이만 돌아가는 것이 좋을 것 같았다. 그녀는 출입문을 향해 성큼성큼 걸어갔다.

"넌 아직도 산속에서 그러고 지내니?"

목련의 발이 뚝 멎었다.

"어째 변한 게 하나도 없는 것 같네. 하긴 당연한 건가. 훗."

목련은 차오르는 한숨을 애써 삼켰다. 유치하기 그지없는 말에 일일이 반응할 가치는 없었지만 오랜만에 면전에 대놓고 빈정대는 사람을 만나서 그런지 조금 전까지만 해도 몰랐던 피곤이 한꺼번에 밀려오는 것 같았다.

목련이 계속 침묵하자 자신을 무시한다고 느꼈는지 조금 전보다 한층 날선 목소리가 날아왔다.

"흥, 주제에 자존심만 살아서는……. 아버지 유언만 아니었으면 진작 내쫓았을 텐데. 넌 평생 우리 아버지한테 고마워해야 해!"

잠잠했던 가슴에 커다란 파문이 일었다. 주먹을 힘껏 거머쥔 목련은 천천히 뒤를 돌았다. 그 모습에 미려가 움찔했지만 이내 두 눈을 표독스레 치뜨고 목련을 쏘아보았다.

"왜, 내 말이 틀렸니? 고까우면 지금이라도 마을을 떠나든가. 아무도 안 말려."

목련은 턱에 힘을 꾹 주었다. 화를 내서는 안 된다. 동요해서는 안 된다.

그러면 지는 것이다. 그녀가 세상에서 가장 싫어하는 것. 그것은 눈앞의 미려 같은 이들에게 지는 것이다.

가만히 심호흡을 한 목련은 서릿발 같은 눈동자로 미려를 응시했다.

"너야말로 변한 게 하나도 없구나. 도시까지 유학 갔다기에 조금은 철이 든 줄 알았는데 말이지. 거기선 예의범절 같은 건 가르쳐주지 않는 모양이지?"

미려의 안색이 확 바뀌었다.

"뭐, 뭐?"

"넌 내가 그렇게 신경 쓰이니? 왜 늘 날 못 잡아먹어 안달인지 모르겠다. 혹시, 나한테 열등감 있니?"

미려의 몸이 부들부들 떨렸다.

"네가 뭘 하든 관심 없어. 그러니 너도 내게 더 이상 상관하지 마. 지금껏 그랬듯 없는 사람 취급해. 나도 그럴 거니까."

말을 마친 목련은 하얗게 질린 미려를 뒤로하고 객잔을 나섰다. 등 뒤로 분노에 가득 찬 욕설이 날아왔지만 그녀는 문을 쾅 닫고 빠른 걸음으로 객잔을 벗어났다.

'바보 같아. 그냥 무시하면 될 것을…….'

홧김에 쏘아붙이기는 했지만 이내 금세 후회가 되었다.

미려의 말이 맞다. 자신은 무엇 하나 변한 것이 없다. 변하기는커녕 더 옹졸해지고 유치해졌다. 그깟 어린애 같은 도발을 참지 못하고 울컥 감정을 내비치고 말다니.

미려 같은 사람을 증오하면서도 정작 자신 역시 그녀와 다를 바 없다는 사실을 깨달으니 한없이 비참한 마음이 들었다.

입술을 질끈 깨문 목련은 화풀이하듯 거칠게 두 발을 굴렀다. 그녀의 발 밑에서 녹지 않은 눈들이 작게 비명을 내질렀다.

그녀가 막 마을을 벗어나려던 찰나, 갑자기 강한 힘이 목련의 팔을 와락 붙들었다.

"앗!"

놀란 목련은 한순간 중심을 잃고 비틀거렸다. 설마 여기까지 미려가 쫓아왔나 싶어 그녀는 와락 인상을 찌푸렸다.

치솟는 짜증을 억누르며 뒤를 획 돌아보자 뜻밖에 눈앞에는 가휴가 서 있었다. 급하게 달려왔는지 그의 숨이 살짝 흐트러져 있었다.

"가휴 님!"

"기다리라고 했는데 어딜 가는 거야?"

"아, 그게……."

목련은 곤혹스러운 표정을 지었다.

"일이 있어 돌아가려던 참이었습니다."

"급한 일이야?"

"그건 아니지만 마무리해야 할 일이 있어서요. 죄송합니다. 미리 말씀드렸어야 했는데……."

"무슨 일 있나 싶어 걱정했어. 무서운 기세로 나가기에 얼른 쫓아왔는데 목련이 엄청 빨라서 애를 먹었지 뭐야."

가휴가 특유의 장난기 섞인 표정으로 하하, 웃었다.

"급한 일 아니면 잠시 이야기를 나눴으면 좋겠는데. 일의 진척 상황도 들을 겸 말이야."

목련은 잠시 주저하다가 이내 고개를 끄덕였다. 그런 그녀를 물끄러미 바라보던 가휴가 뒷머리를 긁적이며 작게 한숨을 내쉬었다.

"미안해, 목련. 와있는 줄 알았으면 내가 나갔을 텐데……. 괜히 불편하게 했어."

목련의 얼굴이 확 붉어졌다. 설마 미려와 말다툼한 것을 다 본 것일까.

"아닙니다. 전 그냥……."

목련은 입술을 달싹이다 끝내 말을 삼키고 말았다. 가휴 앞에서 동요하는 모습을 보이기 싫다. 미려와, 마을 사람들과의 얽히고설킨 악연을 들키고 싶지 않다.

오늘 미려를 만남으로 다시 한번 깨달았다. 자신은 마을에서 환영받지 못하는 이방인이며 더럽고 추한 죄인의 신분이라는 사실을. 이미 알고 있었음에도 잠시 잊고 있었다.

가휴라는 독귀가 베푼 친절이 너무 따뜻해서, 너무 포근해서 잠시 자신의 처지를 망각하고 있었다. 목련은 입 안에 고인 쓴물을 꿀꺽 삼켰다.

"목련."

부드러운 목소리에 목련은 천천히 고개를 들었다. 걱정스레 자신을 살피는 가휴를 보자 가슴 한구석이 울컥 뜨거워졌다.

'착각하지 마.'

가휴는 독귀다. 인간과 어울릴 수 없는 존재이고 언젠가 이 마을을 떠나야 할 외지인이다. 사냥이 끝나면 자신과의 연은 완전히 끝이 나는 것이다.

그러니 마음을 주어서는 안 된다. 정을 주어서는 안 된다. 미려에게조차 조건 없이 향해지는 저 다정한 미소에, 봄볕 같은 웃음에 흔들려서는 안 된다.

가휴를 응시하는 목련의 눈동자가 작게 떨렸다가 이내 차분히 가라앉았다. 그 모습을 지켜보던 가휴의 얼굴에서 어느덧 미소가 사라졌다.

"목련. 혹, 내게 숨기는 게 있어?"

가슴이 작게 요동쳤지만 목련은 애써 감정을 지워냈다.

"숨기다니요. 그런 게 있을 리가……."

"섭섭한걸. 난 목련에게 숨기는 게 없는데, 목련은 정작 중요한 말은 하나
도 해주지 않잖아."

목련은 가만히 시선을 내렸다. 가슴속이 뜨겁다. 애써 잠재운 감정이 더
큰 소용돌이를 일으키며 그녀를 뒤흔들고 있었다. 목이 바짝 탄 목련은 마
른 입술을 혀로 적셨다.

"역시…… 오늘은 그만 가봐야겠습니다. 내일 뵙지요."

목련은 도망치듯 몸을 돌렸다.

"어머니 때문인가?"

목련은 흡, 숨을 들이켰다. 생각지 않았던 급습에 머릿속이 멍해지면서
손발이 가늘게 떨렸다.

"무, 무슨……."

가휴가 바투 다가왔다. 목련은 자기도 모르게 움찔 뒤로 물러섰다. 그와
눈을 마주칠 수가 없다. 가휴의 입에서 무슨 말이 나올지 몰라 왈칵 두려움
이 밀려왔다.

"목련이 마을에서 이방인 취급 받는 이유. 어머니 때문이냐고 물었어."

"대, 대체 무슨 말씀을 하시는지 전……."

"며칠 있다 보니 자연스레 알게 되더군. 목련을 향한 사람들의 냉대, 차가
운 시선, 무언의 비난……. 마치 전염병 환자를 보는 것처럼 끔찍한 시선들
이더군. 이게 모두 그대 어머니 때문인가? 어머니의 과거 때문에 목련이 이
런 취급을 받는 건가?"

목련은 번쩍 고개를 들었다. 크게 치뜬 그녀의 눈동자에 경악과 분노가
까맣게 차올랐다.

"당신이……."

눈앞이 아찔해진 목련은 두 눈을 질끈 감았다 떴다. 간신히 억누르고 있던 악몽의 파편들이 일제히 깨어나 가휴를 향해 시퍼렇게 포효하기 시작했다.

안 된다고, 애먼 그에게 화풀이하지 말라고 속으로 크게 외쳤지만, 터진 분노의 물결은 끝도 없이 넘쳐흘러 그녀를 속절없이 집어삼켰다.

"당신이…… 뭘 압니까. 뭘 안다고 함부로 말하는 겁니까!"

하얗게 거머쥔 목련의 주먹이 부들부들 떨렸다. 숨이 턱 막힌다. 가슴을 타고 목구멍으로 올라오는 뜨거운 열기에 눈앞이 벌게졌다.

"그래, 난 아무것도 몰라. 그러니 그대 입으로 말해봐. 정말 어머니가 다른 남자와 통정해 아이를 낳고, 그 때문에 남편이 목을 맸나?"

목련의 부릅뜬 눈이 잘게 경련을 일으켰다. 그녀는 커다랗게 입을 벌렸지만 목소리가 나오지 않았다. 누군가 목을 힘껏 조르는 것처럼 꺽꺽 쇳소리만 간신히 흘러나올 뿐이었다. 그녀는 무너지려는 몸뚱이를 간신히 붙들었다.

"흡……."

저 입을 찢어버리고 싶다. 마을 사람들이 수군거리는 역겨운 얘기들을 아무렇지 않게 내뱉는 가휴를 죽여 버리고 싶었다.

"다, 당신은……."

격한 분노가 머리를 잠식하자 온몸이 사시나무 떨 듯 떨렸다. 하지만 가휴는 그녀의 분노와 상관없다는 듯 차분한 표정으로 목련을 가만히 응시하고 있었다.

저 아름다운 눈동자가 이토록 섬뜩하게 보일 줄이야. 툭. 목련의 뺨을 타고 눈물이 흘러내렸다.

'어머니…….'

자신의 어머니는 결코 그런 사람이 아니었다. 그들이 말하는 것처럼 화냥년도, 창녀도 아니었다.

어머니는 착하고 몹시도 아름다운 사람이었다. 그 아름다움이 독이 되어 불행에 빠진 가엾은 여인일 뿐이었다.

가휴가 천천히 손을 들어 올려 목련의 젖은 뺨을 살며시 감쌌다. 길고 선이 고운 남자의 손가락이 조심스레 목련의 뺨을, 눈가를 쓰다듬었다.

조금 전까지 저 입으로 지독한 말을 퍼부었으면서, 그의 손가락은 이율배반적이게도 너무나 따뜻하고 부드러웠다.

"울지 마."

당신이 울렸잖아. 목련은 그리 말하고 싶었지만 이미 목구멍까지 차오른 울음 때문에 아무 말도 할 수 없었다.

"억울해? 마을 사람들이 그대와 어머니를 비난하고, 혐오하고, 배척하는 게 화가 나? 그럼 말해봐. 진실이 뭔지 내게 털어놔 봐."

목련은 턱이 부서져라 어금니를 깨물었다. 억눌렀던 고통이, 회한이 온몸을 갈가리 찢는 것 같았다.

가휴의 잘못이 아니다. 알고 있으면서 꼭꼭 숨겨두었던 살의가, 분노가 눈앞의 남자를 겨누었다.

"이 상한다."

가휴가 목련의 턱을 한 손으로 꽉 거머쥐었다. 그 악력에 밀려 입이 벌어졌다.

목련은 바르작거리며 그의 힘에 저항했지만 가휴는 우습다는 듯 간단하게 그녀를 굴복시켰다.

벌어진 틈으로 가휴가 손가락을 집어넣었다. 목련은 보란 듯이 그의 손가락을 꽉 깨물었다. 어찌나 세게 물었는지 금세 비릿한 피 냄새가 입 안을 가득 채웠다.

핏물이 혀를 적시다가 목구멍으로 넘어갔다. 그래도 목련은 가휴의 손가락을 놓지 않았다.

보통 사람이었다면 비명을 지르고도 남았을 텐데, 가휴는 비명은커녕 아픈 기색도 비치지 않았다. 오히려 그녀를 향해 빙긋 웃기까지 했다.

마치 잘했다는 듯 아이를 어르는 눈빛으로 목련의 잇새에 뭉개지는 자신의 손가락을 방치했다.

목련은 어이가 없었다. 이 남자는 고통도 느끼지 못하는 건가.

가휴의 손가락을 사납게 물어뜯던 힘이 스르르 빠졌다. 시뻘건 핏물로 얼룩진 손가락이 천천히 제 모습을 드러냈다.

그녀는 멍하니 손가락에 시선을 고정했다. 움푹 파인 손가락에선 계속 피가 흘러내리고 있었다.

미안한 마음은 없었다. 단지 조금 전까지만 해도 광풍처럼 자신을 사로잡았던 분노가 한풀 꺾였다는 것만 인지하고 있을 뿐이었다.

"좀 속이 풀렸어?"

목련은 천천히 고개를 들었다. 반쯤 물기가 차오른 망막 너머로 가휴의 얼굴이 요상하게 너울거렸다.

"참을 필요 없어. 그래 봤자 병만 나지."

어렸을 때부터 늘 참으라는 소리만 들었다. 어머니도, 할머니도, 모두 자신더러 참으라고만 했다.

그래서 참았다. 이유도 알지 못하고 무작정 참았다. 그게 당연하다 여겼으니까. 옳은 일이라 여겼으니까. 하지만 이 남자는 참지 말라 한다. 병나니 참지 말라 한다.

"울지 말라니까."

가휴가 피투성이가 된 손가락으로 목련의 뺨을 만졌다. 축축하고 비릿한 냄새가 난다. 하지만 역하지 않았다. 그저 목구멍이 뜨거웠다. 입 안도, 얼굴도 숯불을 들이댄 것처럼 홧홧했다.

거대한 감정의 폭풍이 쓸고 간 몸은 납덩이를 매단 것처럼 무거웠다. 급격한 피로를 느낀 목련은 두 눈을 질끈 감았다 떴다.

이상하다. 시야가 자꾸만 빙글빙글 돌았다. 신열이 오르는 것처럼 전신이 뜨겁고 오장육부가 타는 것 같다.

머릿속이 하얘지면서 몸이 바닥으로 추락했다. 나락으로 빨려 들어가는 듯한 거센 인력에 목련은 속절없이 당했다.

어디선가 자신을 부르는 외침이 들려왔다. 그 부름에 채 대답하기도 전에 시커먼 어둠이 그녀를 덮쳤다.

8장.
서글픈 연심

풀렁. 미풍이 이마를 스치고 지나갔다. 아주 오랫동안 꿈을 꾼 것 같다. 하지만 어떤 꿈이었는지는 기억나지 않았다.

단지 바닥을 알 수 없는 깊은 늪에 빠졌다가 간신히 동아줄 하나 붙잡고 탈출한 것 같은 느낌만이 남아 있을 뿐이었다.

목련은 두 눈에 힘을 주었다. 갖풀을 발라놓은 듯 눈꺼풀이 떼어지지 않았다.

몇 번이나 안간힘을 쓴 끝에야 겨우 시야가 열렸다. 보이는 것은 안개가 낀 듯한 뿌연 공간이었지만 일단 앞이 보인다는 것에 그녀는 안도했다.

"하아……."

목련은 커다랗게 심호흡을 했다. 태중에 있던 아이가 첫 숨을 터뜨리듯이 천천히, 깊게 공기를 들이마셨다.

가슴이 오르락내리락하며 현실로 돌아왔음을 일깨워주었다. 덕분에 점차 의식이 명료해지고 시야가 밝아졌다.

"깼어?"

머리 위에서 누군가의 목소리가 들려왔다. 목련은 시선을 들어 올렸다.

독귀의 여자

아직 힘이 돌아오지 않은 탓에 자꾸만 감기려는 눈꺼풀을 밀치며 목소리의 주인공을 찾아 헤맸다.

그런 그녀를 물끄러미 굽어보는 한 남자. 색 고운 낙엽을 닮은 부드러운 갈색 머리가 보였다. 덥수룩하지만 잘 말린 볏짚 냄새가 날 것만 같은 머리였다. 그 머리 위에 어디선가 스며들어온 햇살 한 줌이 소담스레 얹혀 있었다.

'……가휴.'

목련은 두 눈을 감았다 떴다. 아직도 꿈을 꾸고 있는 걸까. 불현듯 현실과 꿈의 경계가 모호해졌다.

눈만 깜박이는 목련을 물끄러미 내려다보던 가휴가 살며시 미소를 지었다.

"아직 정신이 없지? 약기운 때문에 그럴 거야."

그러고 보니 자신은 왜 이곳에 누워 있는 걸까. 갑자기 눈앞이 캄캄해진 것까지는 기억이 나는데, 그 이후로는 아무것도 생각나지 않았다. 하루의 일부를 싹둑 잘라낸 것처럼 그 시간만 행방이 묘연했다.

다시금 미약한 바람이 느껴졌다. 눈을 굴리니 가휴가 커다란 손을 부채처럼 펼치고 팔랑팔랑 바람을 일으키고 있었다. 이마와 머리카락을 툭 건드리는 바람은 간지러웠다. 미풍의 정체가 이것이었던가.

"큰일 날 뻔했어."

목련은 멍한 시선으로 가휴를 올려다보았다. 갑자기 가휴가 쿡, 웃었다. 왜 웃는 걸까. 그녀는 조금 궁금해졌다.

"일단 응급처치는 해뒀지만 후유증이 있을지 모르니 한동안 약을 꾸준히 먹어야 해."

무슨 말일까. 머리가 흐릿해서인지 가휴가 무슨 말을 하는지 선뜻 이해되지 않았다.

"하아, 진짜 식겁했지 뭐야. 피의 양이 얼마 안 됐기 망정이지 하마터면 사람 잡을 뻔했다니까."

가휴가 목련의 머리를 살짝 쓰다듬었다. 머리카락을 부드럽게 어루만지는 손길이 꽤 기분 좋아서 저절로 눈이 감겼다.

"서요한텐 비밀로 해줘. 들키면 진짜 죽을지도 모르거든. 나도 이번엔 진짜 반성하고 있다고."

어쩐지 잔뜩 풀이 죽은 것 같은 그의 모습에 조금 웃음이 났다. 시무룩해진 독귀라니.

무슨 말이라도 해줘야 할 것 같은 기분에 목련은 말라붙은 입술을 힘겹게 떼어냈다.

"저는⋯⋯."

쉿소리가 섞인 거친 음성이 흘러나왔다. 움찔한 목련은 목구멍에서 느껴지는 따끔한 통증에 살짝 눈살을 찌푸렸다.

"무리하지 마. 오늘 하루는 가급적 말을 하지 않는 게 좋을 거야."

가휴가 미지근한 물을 가져와 그녀의 입에 대주었다. 물을 한 모금 넘기자 얼얼한 통증이 조금 가라앉는 느낌이었다.

물을 몇 모금 더 마신 목련은 무거운 몸을 침상에 누이고는 긴 한숨을 내쉬었다.

겨우 물 조금 마신 것뿐인데 흐릿해졌던 머리가 한결 명료해졌다. 그제야 자신이 누워 있는 곳이 움집 안이라는 사실을 깨달은 그녀는 안도의 한숨을 내쉬었다.

"제가⋯⋯ 혼절을 한 건가요?"

"그래. 객잔으로 데려갈까 했지만 목련이 불편할까 봐 움집으로 데려왔어. 춥진 않아? 용이를 시켜 뜨거운 물주머니를 넣어두긴 했는데⋯⋯."

뒤늦게 이불 안에 있는 묵직한 물주머니의 존재를 깨달은 목련은 새삼스레 자신의 몸을 내려다보았다.

물주머니뿐만 아니라 모포도 두 장이나 덮여 있어 추위는커녕 땀이 날 정도로 훈훈했다. 가휴의 세심한 배려가 고스란히 느껴지는 순간이었다.

왠지 모르게 가슴 한구석이 뭉클해진 그녀는 말없이 가휴를 바라보았다. 그녀의 시선을 느꼈는지 가휴도 가만히 목련과 시선을 마주했다.

짧은 적막이 공기 중으로 녹아들었다. 기분 탓일까. 검은색 아래 숨어 있던 그의 눈동자가 한순간 맑은 자색으로 돌아간 것처럼 보였다.

가휴가 빙긋 웃었다. 잘생긴 얼굴 위로 화사한 미소가 빛처럼 번지는 모습을 목련은 멍하니 바라보았다.

새삼 그가 독귀 일족이라는 사실이 떠올랐다. 누구보다 아름답고 강인한 종족. 오만하기 이를 데 없고 함부로 인간이 범접할 수 없다는 독귀가 바로 눈앞에 있다.

핏빛처럼 느껴지는 자색 눈동자를 번뜩이며 더없이 화사한 웃음을 뿌리고 있는 남자는 머리가 아득할 정도로 아름다웠다.

어째서 이 남자를 평범하다 여겼을까. 덥수룩한 머리털과 능글거리는 웃음으로 가린다 해도 그의 본모습은 숨길 수 없는 것을.

[누구라도 독귀를 한 번 보면 그 매혹적인 모습에서 눈을 뗄 수 없단다. 독귀 일족은 마약과도 같아서 죽을 줄 알면서도 인간들은 그들에게 부나방처럼 빠져들지.]

언젠가 들었던 할머니의 이야기. 처음에는 참으로 황당한 이야기라 생각했다. 할머니가 거짓말하는 거라고, 말도 안 되는 이야기를 지어낸 거라 여겼는데 아니었다.

독귀는 실제로 존재했고 이렇게 자신의 눈앞에 나타났다. 더없이 아름답고 황홀한 자색 눈동자를 빛내며 홀릴 듯 매혹적인 미소를 흘리고 있었다.

목련은 마른침을 삼켰다. 갑자기 목구멍이 뻣뻣해지며 지독한 갈증이 일었다. 심장박동이 빨라지고 배꼽 중심에서부터 묘한 열기가 피어났다.

그녀는 당황했다. 갑작스러운 몸의 반응이 이해되지 않았다. 이 열기는 무엇이며 따끔거리는 이 감각은 무엇일까. 열기는 덩굴처럼 거침없이 뻗어나와 얼굴과 머릿속까지 잠식했다.

"목련?"

이상한 낌새를 눈치챘는지 가휴가 가까이 다가왔다. 겨우 한 뼘 정도 가까워진 것뿐인데 목련은 불에 데기라도 한 듯 화들짝 뒤로 몸을 물렀다.

"어디 아픈 거야?"

가휴가 걱정스러운 표정으로 한 뼘 더 가까이 다가왔다. 더는 물러날 곳이 없어 목련은 재빨리 등을 돌리며 이불 안에 몸을 숨겼다.

"괘, 괜찮습니다."

"안 괜찮아 보이는데? 얼굴이 엄청 빨간 것이 열이 오른 건가?"

커다란 손이 그녀의 이마를 부드럽게 덮었다. 움찔 놀란 목련은 흡, 숨을 들이켰다.

"조, 조금 피곤할 뿐입니다."

그녀는 몸을 도르르 말며 간신히 가휴의 손을 떨쳐냈다. 심장이 조금 전과는 비교할 수 없을 정도로 쿵쿵 뛰고 있었다. 심장소리가 행여 그에게까지 들릴세라 목련은 점점 더 이불 속으로 파고들었다.

"추워?"

"아, 아니요. 괜찮……."

그때였다. 침상이 삐걱, 소리를 낸다 싶더니 묵직한 무언가가 그녀의 몸을 짓눌렀다. 깜짝 놀란 목련은 퍼뜩 고개를 들었다가 그만 두 눈을 휘둥그레 떴다.

"추울 땐 사람 체온이 제일이지. 아참, 난 독귀였지. 그래도 없는 것보단 나을 거야."

가휴가 히죽 웃으며 목련을 물끄러미 내려다보았다. 갑작스러운 상황에 목련은 그대로 굳어버렸다.

가까스로 정신을 차렸을 땐 이미 가휴의 두 팔이 온몸을 빈틈없이 결박한 후였다. 목련의 얼굴이 터질 듯 붉게 달아올랐다.

"놔, 놔주세요!"

"괜찮아. 잠시만 이러고 있으면 따뜻해질 거야."

애벌레처럼 이불과 가휴의 팔 안에 갇혀버린 목련은 벗어나려고 이리저리 몸을 비틀었지만 아무리 애를 써도 벗어나기는커녕 가휴의 손가락 하나 밀어낼 수 없었다.

목련은 끙끙대며 용을 쓰다가 결국 포기하고 말았다. 그런 그녀가 귀여운지 가휴가 목울대를 울리며 작게 웃었다.

민망해진 목련은 그와 시선을 마주치지 않으려 고개를 돌렸다. 하지만 뺨 위로 느껴지는 숨결만큼은 그녀도 어쩌지 못했다.

기분 탓일까. 부드럽게 뺨을 스치는 가휴의 숨결에서 달콤한 꽃향기가 나는 것 같다.

얼굴을 발갛게 물들인 열기가 시시각각 전신으로 퍼져가고 있었다. 숨 쉬는 것조차 버거워 그녀는 자기도 모르게 몸을 꼼지락거렸다.

"자꾸 움직이면 곤란한데."

움찔 놀란 목련은 그대로 굳었다. 쿡쿡, 낮은 웃음소리가 터졌다. 꽃망울이 터지듯 청아하게 울리는 나지막한 소성과 조금 전보다 짙어진 꽃향기.

그녀는 무언가에 이끌리듯 고개를 돌렸다. 자신을 똑바로 내려다보는 자색 눈동자. 어찌나 깊고 선명한지 손대면 손끝에 붉은 물이 고스란히 묻어나올 것 같았다.

그 아름다운 눈동자가 가만히 목련을 응시하고 있었다. 조금의 흔들림도 없이, 거울처럼 깨끗한 망막에 목련의 모습을 담은 채 조용히 굽어보고 있었다.

목련은 숨을 쉴 수 없었다. 눈가가 시큰해지면서 조금 전의 열기와는 또 다른 열기가 몸 안 깊숙한 곳에서 피어올랐다. 도대체 무엇일까. 이 열기는, 이 기묘한 느낌은.

목련의 눈동자가 격렬하게 흔들렸다. 거센 폭풍우를 만난 작은 배처럼 거세게 일렁거렸다.

그 순간, 허벅지에 선명하게 느껴지는 뜨거운 이물감. 자기 존재를 극명하게 주장하는 그것의 정체가 무엇인지 눈치챈 그녀는 당황했다.

그것은 시간이 갈수록 점점 더 단단해졌고 금방이라도 천을 뚫고 나올 듯 꿈틀거렸다.

전신을 홧홧하게 달구는 열감. 목련은 어찌할 바를 몰라 마른 입술을 혀로 축였다.

붉게 물든 그녀를 내려다보던 가휴의 눈매가 사르르 반달을 그렸다. 목련이 그의 변화를 눈치챘다는 사실을 이미 알고 있다는 듯 가휴의 만면에 여유로운 미소가 퍼졌다.

조금 전보다 짙어진 자색 눈동자에 소리 없이 열꽃이 피었다.

"내가……."

목련은 천천히 열리는 가휴의 붉은 입술을 홀린 듯 바라보았다.

"독귀라는 사실이 이토록 안타까울 수 없어."

달콤하게 달라붙는 낮은 목소리. 귓가를 진득하게 쓰다듬는 저음이 몸 안의 열기를 한층 부추겼다.

목련은 작게 숨을 들이마셨다. 머릿속이 점점 멍해진다. 들숨날숨을 내뱉을 때마다 집 안의 공기도 그만큼 달아올랐다.

"눈앞에 이리 군침 도는 먹잇감이 있는데 참아야만 하다니……."

그가 말하는 먹잇감이란 자신을 가리키는 걸까. 그렇다면 독귀가 사람을 잡아먹는다는 소문이 진짜인 걸까.

머릿속이 혼란스럽다. 이런저런 생각들이 뒤죽박죽 뒤엉켜 사고를 흩트렸다.

온몸이 가렵다. 미칠 듯한 가려움이 아까부터 자꾸만 사타구니를 괴롭혔다.

따끔한 무언가가 몸 안 깊숙한 곳을 찌르는데, 그것이 무척이나 감질나서 제발 누가 벅벅 긁어주었으면 할 정도였다. 가휴의 속삭임이 계속 이어졌다.

"참으로 야들야들하겠지. 한 번도 맛보지 못한 하얀 살은 얼마나 맛있을까. 그 안에 흐르고 있는 체액은 또 어떻고. 혀를 녹일 듯 더없이 달콤하겠지. 한입 깨물면 입 안 가득 차오르는 감미로운 즙이란……."

"그, 그만……."

귓가를 간질이는 가휴의 숨결이 데일 듯 뜨거웠다.

"목련……."

단지 그와 몸이 닿기만 했는데도 정신이 아득해질 만큼 흥분되었다. 게다가 잔뜩 성이 나 꿈틀거리는 존재가 너무도 생생히 느껴져 눈앞이 아찔해졌다.

"단단히 봉우리를 닫고 있어도 꽃은 향기를 뿜어내기 마련이지. 다른 이는 몰라도 내겐 느껴져. 코가 마비될 만큼 아찔하고 진한 향기가……."

어쩌면 이리도 달콤할까. 어쩌면 이리도 향긋할까. 그에게서 나는 체향이, 아련한 목소리가, 몸에서 전해지는 열기가, 마치 왕을 타락시킨 요부의 그것처럼 목련의 정신을 마구 홀렸다.

정말 이 남자가 평소 얼빠진 듯 웃고 다니던 남자가 맞는 걸까. 실없는 소리나 툭툭 해대며 한량처럼 어슬렁대던 남자가 맞는 걸까.

목련의 눈동자가 흐릿해졌다. 아무리 냉철하게 이성을 차리려 안간힘을 써도 이미 모든 감각이 가휴를 향해 한계까지 열려 있었다.

거부하고 싶어도 머릿속과 달리 그녀의 몸은 알 수 없는 기대감과 흥분에 잘게 떨기 시작했다. 발끝까지 관통하는 기묘한 감각에 온몸의 솜털이 곤두설 정도였다.

목련의 몸에서 점점 힘이 빠지는가 싶더니 이내 축 늘어졌다. 그 순간, 가휴의 눈동자가 번쩍 빛났다.

씨익, 붉은 입술을 끌어올린 그는 천천히 손을 올려 목련의 가는 목을 쓰다듬었다. 살짝 땀이 밴 피부는 서늘하고 부드러웠다.

목련의 긴장이 손끝을 통해 고스란히 전해졌다. 얇은 피부 밑에 숨겨진 열기와 급속도로 빨라진 혈류까지 느껴질 정도였다. 가휴의 목울대가 크게 출렁였다.

입 안에 침이 고이기 시작했다. 한동안 감춰두었던 예리한 본능이 몸 중심에서부터 서서히 타오르고 있었다.

가휴의 손이 목련의 몸 위에서 유려하게 움직이기 시작했다. 마치 우아한 춤사위를 내보이듯 그의 손길이 스쳐 지나갈 때마다 철옹성처럼 그녀를 둘렀던 두꺼운 옷들이 하나둘씩 무너져내리며 숨겼던 하얀 속살을 드러냈다.

가휴는 탄성 섞인 한숨을 내쉬었다. 상상했던 것보다 훨씬 자신의 취향에 들어맞는 몸이 아닌가.

지금껏 아름다운 여인들을 수없이 봤지만 여인의 벗은 몸을 보고 홀릴 듯한 기분이 든 것은 목련이 처음이었다.

단순히 아름답다는 차원이 아니었다. 목련에게서만 느껴지는 싱그러운 자연의 냄새와 꾸미지 않은 순수함이 누구보다 그를 강렬하게 이끌었다.

가휴는 고개를 숙여 목련의 맨살에 코를 가져갔다. 쿵쿵, 살갗을 통해 전해지는 심장박동. 향긋한 풋내가 물씬 풍기는 부드러운 피부.

가휴는 입맛을 쩍 다셨다. 오랜만에 만난 최상의 먹잇감.

더 이상 참을 수 없는 지경에 이른 가휴는 재빠르게 목련의 몸을 살폈다. 눈에 잘 띄지 않는 작은 상처라도 있지는 않은지 꼼꼼하게 살폈다. 자칫 자신의 체액이 상처를 통해 몸 안으로 들어가게 된다면 큰 탈이 나기 때문에 각별히 신경 써야 했다.

별다른 상처가 보이지 않자 그제야 만족스러운 미소를 지은 그는 봉긋하게 솟아오른 탐스러운 젖가슴을 한입에 삼켰다.

"하앗!"

목련의 입에서 작은 신음이 터졌다. 가휴는 혀를 뾰족하게 세워 단단해진 젖꼭지를 부드럽게 애무했다.

점막에 닿는 달콤한 살 냄새. 보드랍고 향기로운 여인의 살맛에 입 안에서 침이 샘솟듯 흘러나왔다.

가휴의 미간이 설핏 일그러졌다. 여인과 살을 맞댄 지 오래된 탓일까. 코와 입속을 파고드는 여인의 달콤한 살 냄새에 한순간 이성을 놓을 뻔했다.

"하아!"

가휴는 번쩍 고개를 들고 크게 심호흡을 했다. 목을 뒤로 한껏 젖히고 뾰족한 송곳니를 혀로 훑었다.

송곳니에 찔린 혓바닥에서 핏물이 배어나왔다. 비릿한 피 냄새에 폭발할 것처럼 치솟던 흥분이 살짝 누그러졌다. 그는 천천히 고개를 숙였다.

달뜬 숨을 내쉬며 눈을 꼭 내리감은 목련이 보였다. 먹음직스럽게 붉어진 여인의 나긋한 몸과 자신의 타액으로 반질거리는 아담한 젖가슴을 보자 그렇지 않아도 힘이 들어간 양물이 하늘을 향해 더욱 꼿꼿이 고개를 쳐들었다.

가휴는 작게 탄성을 내뱉었다. 도대체 이런 감각을 느껴본 적이 언제인지 모르겠다. 그는 다시 목련 위로 천천히 엎드렸다.

나긋하게 달라붙는 부드러운 몸. 둘 사이를 가로막은 천은 더 이상 걸림돌이 되지 못했다.

가휴는 환히 드러난 목련의 나신을 부드럽게 쓰다듬으며 차츰차츰 손을 아래로 가져갔다.

목구멍이 뻣뻣하다. 급격한 갈증을 느낀 가휴는 혓바닥으로 입술을 한 번 핥고는 이내 그녀의 허벅지 사이로 손을 집어넣었다.

놀란 목련이 거세게 몸을 비틀었지만 그는 가볍게 두 다리로 그녀의 움직임을 봉쇄했다.

아무도 침입한 적 없는 수풀을 커다란 손이 무례하게 헤집었다. 굵고 기다란 손가락이 거침없이 숲을 가르고 숨어 있는 계곡 안으로 파고들었다.

목련의 신음이 커졌다. 두려움이 섞인 젖은 목소리는 한층 가휴를 흥분시켰다.

"하, 하지…… 마세요."

잔뜩 붉어진 목련의 눈초리에 눈물이 맺혔다. 가휴는 혀를 내밀어 천천히 눈가를 핥았다. 젖은 속눈썹과 그 사이사이 방울진 눈물까지 남김없이 핥았다.

그러는 사이 목련의 하초를 파고든 손가락은 더욱 깊숙한 곳에 도달해 있었다. 뜨겁게 달아오른 속살은 촉촉하게 젖어 있었다.

가휴의 입매가 반달처럼 휘어졌다. 자신의 손길에 솔직하게 반응하는 목련이 너무나 사랑스러웠다.

그는 흠뻑 젖은 계곡 사이를 부드럽게 쓸다가 단단하게 오뚝 솟은 음핵을 문질렀다.

목련의 허리가 낭창낭창 휘었다. 벌어진 입에선 가쁜 숨이 쏟아졌고 갈 곳 몰라 하던 작은 손이 가휴의 옷자락을 힘껏 거머쥐었다.

"미치겠군."

이렇게나 먹음직한 먹이를 눈앞에 두고 만지기만 해야 한다니. 고문도 이런 고문이 없다.

질끈 어금니를 깨문 가휴는 팽팽하게 발기된 양물을 목련의 사타구니에 정신없이 비벼댔다. 금방이라도 옷을 찢고 나올 듯 팽팽해진 양물은 몸부림치는 여린 몸에 자신의 흔적을 진하게 새겼다.

"빌어먹을!"

가휴는 작게 욕설을 읊었다. 당장에라도 목련의 안으로 들어가고 싶었다. 순결한 몸을 단숨에 가르고 그곳에서 흐르는 여인의 체액과 달콤한 피를 모조리 삼키고 싶었다.

처음에는 목련을 조금 놀려줄 요량으로 장난을 친 것이 시간이 갈수록 기이한 욕망으로 변질되어가고 있었다. 급속도로 커진 욕망은 금방이라도 그의 이성을 삼켜버릴 듯 사납게 으르렁댔다.

가휴는 목련을 모로 눕히고 허벅지 사이로 양물을 끼웠다. 그리고는 달콤한 체향이 물씬 풍기는 목덜미에 코를 묻고 정신없이 추삽질을 시작했다.

가는 몸을 꽉 끌어안고 하얀 허벅지가 벌겋게 달아오르도록 격렬히 양물을 비벼댔다. 말랑하고 부드러운 허벅지살이 가휴의 것을 꽉 물자 눈앞이 아득해졌다.

가휴의 몸짓이 거칠어질수록 낡은 침상도 덩달아 요란하게 비명을 내질렀다.

그는 혀를 길게 빼어 목련의 목덜미를 핥았다. 날카로운 이를 하얀 살 속에 박아 넣고 싶은 충동과 치열하게 싸우며 그녀의 몸 곳곳에 자신의 흔적을, 체취를 진하게 새겼다.

"크흑!"

눈앞에 빛이 터지면서 극렬한 절정이 찾아왔다. 커다랗게 한 번 허리를 퉁긴 가휴는 억눌린 신음을 토해내며 목련을 와락 끌어안았다.

그 순간, 뜨겁고 진한 정이 샘물처럼 뿜어져 나왔다. 질끈 눈을 감은 가휴는 이를 악물었다.

수컷의 진한 욕망이 꾸물꾸물 끝도 없이 쏟아졌다. 목련의 가는 허벅지를 물들이고도 모자라 이불까지 축축하게 적셨다.

파르르 경련을 일으키며 마지막 한 방울까지 모조리 짜낸 가휴는 긴 탄성과 함께 목련의 몸 위로 쓰러졌다.

온몸에 오싹 소름이 돋는다. 마치 높은 절벽에서 단숨에 추락했다가 다시 떠오른 기분이었다.

넋이 나갈 듯한 아찔한 절정. 손발이 떨리고 숨이 턱턱 막힐 정도로 엄청난 쾌감이었다. 가휴는 자기도 모르게 헛웃음을 지었다.

도저히 믿기지 않는다. 이런 극렬한 쾌감이라니. 본격적인 정사도 아니고 단지 유사행위에 불과한 것임에도 그 어떤 여인과 가졌던 잠자리와 비교도 할 수 없을 만큼 엄청난 절정을 느끼고 말았다.

처음 여인을 경험하는 소년도 아닐진대 이 무슨 황당한 일인지 모르겠다.

가휴는 숨을 고르며 천천히 고개를 들었다. 잔뜩 흐트러진 채 가늘게 숨을 할딱이는 목련이 보였다.

도화처럼 예쁘게 물든 그녀를 보니 다시금 아랫배가 지끈 저리며 신호가 왔다. 아직 한참 모자라다. 이 정도로 욕망을 풀기에는 턱없이 부족하다.

그는 아래턱에 힘을 꾹 주었다. 지금껏 이렇게 자신의 인내심을 시험당한 순간이 있었던가. 여자는 물론 모든 일에 있어서 참아본 적이 별로 없는 가휴로서는 머리가 돌아버릴 만큼 힘든 순간이 아닐 수 없었다.

하지만 여기에서 멈추지 않으면 목련이 위험하다. 그는 빠드득, 이를 갈며 필사적으로 들끓는 욕망을 다스렸다.

두 눈을 질끈 감으며 긴 한숨을 탁, 내뱉은 가휴는 느릿하게 몸을 일으켰다.

침상에서 내려온 그는 화로 위에 놓인 차 주전자에서 따뜻한 물을 따라 천을 적셨다.

다시 침상으로 간 가휴는 축 늘어진 목련을 품에 안고 조심스레 몸을 닦아주기 시작했다.

목련이 움찔 놀라며 몸을 바르작거렸다. 가휴가 괜찮다 속삭이며 토닥여주자 차츰차츰 얌전해진다.

조심스러운 그의 손길이 기분 좋았을까. 목련의 눈꺼풀이 파르르 떨리더니 이내 차분히 가라앉았다.

그녀가 다시 잠에 빠져든 것을 확인한 가휴는 깨우지 않도록 조심하며 살살 손을 움직였다.

그의 손이 부드러운 살갗을 스칠 때마다 아직 온전히 욕구를 풀지 못한 양물이 움찔움찔 떨렸다.

특히 자신의 체액으로 더럽혀진 허벅지를 닦을 때는 필사적으로 시선을 외면하며 재미없기로 유명한 수양의 논학 한 페이지를 연방 읊어야만 했다.

우여곡절 끝에 몸을 다 닦은 가휴는 옷을 단정히 입히고 이불까지 덮어준 뒤에야 기나긴 한숨을 내뱉었다.

"이거야 원 고문이 따로 없군."

가휴는 잠든 목련을 물끄러미 내려다보며 천천히 그녀 옆에 몸을 실었다.

부챗살처럼 곱게 퍼진 눈썹과 아직 홍조가 남은 뺨, 과실처럼 조그맣고 먹음직한 붉은 입술. 그는 작게 입맛을 다셨다.

덥석 물면 얼마나 달콤한 맛이 날까. 입맞춤조차 제대로 할 수 없는 이 상황이 이렇게나 안타까울 줄이야.

젖은 머리카락을 가만가만 넘겨주다 보니 왠지 모르게 슬슬 졸음이 쏟아지기 시작했다.

가휴는 반쯤 감긴 눈으로 목련을 한참 응시하다가 그녀를 품에 꼭 끌어안고 깊은 수마에 빠져들었다.

미려는 도저히 분을 참을 수 없었다. 태어나서 이런 모욕과 굴욕감을 느낀 적은 처음이라 온몸이 부들부들 떨리고 심장이 쉴 새 없이 펄떡거렸다.

그녀는 씩씩거리며 연방 집 안을 왔다 갔다 했다. 감정을 가라앉히려 아무리 애를 써도 시간이 지날수록 가라앉기는커녕 불에 기름을 부은 듯 더 격렬히 타올랐다.

"아악!"

한계에 다다른 미려는 끝내 머리를 쥐어뜯으며 비명을 내질렀다. 찬간에 있던 점남이 기겁을 하며 뛰쳐나왔다.

"에구머니, 이게 뭔 소리야?"

튀어나올 듯 두 눈을 크게 치뜬 점남이 산발을 한 채 씩씩대고 있는 딸을 발견하고는 입을 딱 벌렸다.

"대체 무슨 일이야, 응?"

점남이 다급히 물었지만 미려는 잔뜩 붉어진 얼굴로 어딘가를 노려보며 웅얼거리기만 할 뿐이었다.

딸의 상태가 심상치 않아 보이자 점남이 얼른 다가와 미려의 팔을 와락 붙잡았다.

"미려야! 무슨 일이야, 응? 대체 무슨 일이기에 이 난리인 게야?"

그제야 미려의 시선이 점남에게로 향했다.

"엄마……."

미려의 고운 얼굴이 차츰차츰 일그러진다 싶더니 이내 큰 두 눈에 그렁그렁 눈물이 차올랐다.

점남은 심장이 철렁했다. 자신을 닮아 다소 성정이 드세기는 하지만 한없이 착하고 고운 딸이었다. 웬만한 일로는 도통 눈물을 보이지 않는 딸이 삶은 나물처럼 축 처진 것을 보니 보통 심각한 일이 아닌 듯했다.

펄떡대는 가슴을 애써 진정시킨 점남은 미려를 의자에 앉히고 차를 한 잔 따라주었다.

"무슨 일이야, 응? 엄마한테 다 말해 봐."

"엄마…… 흑."

미려의 뺨 위로 굵은 눈물방울이 또르르 흘러내렸다. 애가 탄 점남은 딸을 재촉했다.

"빨리 말해 봐! 말을 해야 이 엄마가 해결을 해주든 말든 할 게 아니야?"

차를 한 모금 마신 미려가 눈물을 훔치더니 어렵사리 입을 떼었다.

"흑, 아까 객잔에 갔었는데……."

그 말에 점남의 눈매가 대번에 뾰족해졌다.

"니가 거길 왜 가?"

미려가 울상을 지었다.

"무슨 일 있었는지 말하라며!"

아차 싶었던 점남은 객잔에 갔던 일은 나중에 추궁하기로 하고 딸을 살살 달랬다.

"아, 알았어. 계속 얘기해 봐."

뾰루퉁한 표정을 짓고 있던 미려가 그제야 이야기를 이어갔다.

"대수 아저씨한테 인사도 드릴 겸 객잔에 갔었거든. 근데 거기에 어제 봤던 그 손님이 계시지 뭐야."

"손님?"

순간 점남의 머릿속에 한 남자가 떠올랐다. 얼마 전에 마을에 온 그 남자. 싱글벙글 웃음을 뿌리며 마을을 휘젓고 다니는 한량 같은 사내.

점남의 얼굴이 와락 일그러졌다. 미려가 뭣 때문에 객잔에 간 건지 눈치챘기 때문이다.

그녀는 한소리 하고 싶어 목구멍이 간질간질했지만 그랬다가는 미려가 아예 입을 다물어버릴 것 같아 꾹 참았다.

"얼마 전에 마을에 온 그 손님 말이야?"

"응."

조금 전까지 하늘이 무너진 것처럼 울상을 짓던 미려의 표정이 헤실헤실 풀어졌다. 점남은 하마터면 욕설을 내뱉을 뻔했다.

'이년이 결국 그 남자가 목적이었구먼.'

자신의 딸이지만 어쩌면 이리도 철딱서니 없을까. 정체도 알 수 없는 외지인의 어딜 보고 첫눈에 반한 건지 도무지 이해가 가지 않았다.

어릴 때야 그럴 수 있다 쳐도 나이를 이만큼 먹고서도 변하지 않는 딸이 너무나 한심했다. 점남은 부글부글 끓는 속을 필사적으로 내리누르며 딸의 이야기에 집중했다.

"우리 마을에 온 손님이니 극진히 대접하는 게 마땅한 도리 아니겠어? 더구나 난 대대로 촌장을 해온 유서 깊은 가문의 외동딸이라는 위치가 있으니 더더욱 그래야 하고."

'핑계도 좋다, 이년아.'

점남은 속으로 한숨을 삼켰다. 언제 울었냐는 듯 뺨을 붉히는 딸의 머리통을 한 대 쿡 쥐어박고 싶은 마음이 굴뚝같았다.

"그래서 마을을 대표해 그 손님한테 인사를 드렸지. 참, 그 손님 이름이 뭔지 알아? 가휴래. 이름도 멋지지 않아? 후후."

'멋지긴 개뿔. 기생오라비같이 생겼더구만.'

물론 객관적으로 볼 때 상당히 잘생긴 남자라는 것은 점남도 인정하고 있었지만, 그녀는 기본적으로 외지인을 믿지 않았다. 언제고 금방 마을을 떠나면 그만인 외지인을 믿느니 차라리 마을 똥개를 믿는 게 훨씬 나았다.

"아무튼 내가 가휴 님께 마을에 대해 이것저것 얘기를 해주고 있었거든. 그런데……."

갑자기 생글생글 웃던 미려의 얼굴이 험악해졌다. 그 급격한 변화에 점남은 한순간 움찔했다.

"그 계집애……. 목련만 나타나지 않았어도!"

미려가 뿌드득 이를 갈았다. 목련이란 이름이 나오자 점남의 안색이 확 굳어졌다.

"그 애가 왜? 혹, 너한테 무슨 짓이라도 했어?"

미려가 억울하다는 듯 점남을 애처롭게 쳐다보았다.

"그것이 나한테 어떻게 한 줄 알아? 사람들 다 있는 데서 날 모욕했다고! 난 그저 오랜만에 만난 게 반가워서 인사만 했을 뿐인데…….."

미려가 입술을 잘근잘근 깨물며 눈물을 글썽였다. 점남의 눈동자가 새파 랗게 타올랐다.

설마 딸이 눈물을 보인 이유가 목련 그 아이 때문일 줄이야. 가슴 속에서 뜨거운 것이 와락 솟구쳐 올랐다.

"그것이 감히 네게 그랬단 말이지?"

"그것뿐인 줄 알아? 가휴 님 앞에서도 얼마나 창피를 당했다고! 그런데도 그것은 눈 하나 깜짝 않고 날 비웃으며 나가더라고. 진짜 죽고 싶은 심정이 었어."

사실 미려가 분노했던 것은 단순히 목련과의 말다툼 때문이 아니었다. 목 련에게 친근하게 말을 건 것도 모자라 자신을 내버려 두고 가휴가 그녀를 쫓아갔기 때문이다.

미처 말을 걸 새도 없이 쌩하니 가버린 가휴를 보면서 얼마나 기가 막혔 는지 몰랐다. 덩그러니 객잔에 홀로 남겨진 자신이 그렇게 창피할 수 없었 다.

얼굴이 뜨거워진 그녀는 허둥지둥 객잔을 나와 무작정 집으로 달렸다. 이 런 굴욕은 처음이라 아무 생각도 나지 않았다.

집에 도착하고 나서야 겨우 정신이 들면서 뒤늦게 분노가 솟구쳤다. 하 지만 그녀는 이런 사실을 쏙 빼놓고 자신에게 유리한 쪽으로만 말을 지어냈 다.

"그런데도 가휴 님은 날 돌아보지도 않고 걔를 쫓아가는 거 있지? 목련 그 것이 가휴 님께 꼬리를 친 게 틀림없어! 그렇지 않고서야 어떻게 날 두고 걜 쫓아갈 수 있어?"

"그년이 기어코……."

점남은 험상궂은 표정으로 나지막이 으르렁거렸다. 겨우 잊고 있었던 악몽이 다시금 스멀스멀 기어나오는 듯한 기분에 오싹 소름이 돋았다.

"엄마. 목련네를 계속 이대로 둘 거야? 우리도 할 만큼 했잖아."

점남은 딸의 붉은 눈가를 보며 어금니를 질끈 깨물었다. 죽은 남편에 대한 원망이 새삼스레 또다시 뭉글뭉글 올라왔다.

"그래도 아버지 유언인데 함부로 어겨선 안 되는 거다. 조그만 산골 마을이지만 오랫동안 마을을 책임졌던 촌장님 아니셨니? 우린 네 아버지 뜻을 이을 의무가 있어. 비록 그것이 우리 마음에 들지 않는다고 해도 말이야."

미려가 입술을 꼭 깨물었다.

"그럼 이대로 쭉 지켜보기만 해야 하는 거야? 난 싫어! 걔 얼굴 보는 것도 싫고, 근처에 살고 있는 것도 싫어! 아버진 왜 목련네를 쫓아내지 않은 거야? 그런 마을의 수치를 왜 살 곳까지 내어주며 보살펴줘야 하냐고!"

"……묘진, 그 아이의 조모 때문이겠지."

점남의 목소리가 힘없이 흘어졌다. 그래. 처음엔 그리 생각했다. 아니, 그리 믿고 싶었다. 백계에서 나고 자란 묘진을 위해 마을에서 내쫓지 않고 산속 오두막을 내어주었다고.

하지만 아니었다. 인정하고 싶지 않은 진실은 그 모습을 드러낼 때 더욱 잔혹해지는 법이다.

점남은 두 눈을 질끈 감으며 가슴을 쓰다듬었다. 세월이 오래 흘렀음에도 그때의 상처는 조금도 나아지지 않았다. 단단하고 두꺼운 딱지가 생겨도 그속에서는 여전히 소리 없이 피가 흐르고 있었다.

"……엄마?"

괴로운 표정으로 상념에 빠져 있는 점남을 미려가 의아한 듯 쳐다보았다.

퍼뜩 정신이 든 점남은 피곤한 기색이 가득한 얼굴을 한 차례 쓸어내렸다.

"일단 저녁부터 먹자. 그다음 일은 엄마가 생각해보마."

미려는 비척비척 찬간으로 들어가는 모친의 등을 멍하니 쳐다보았다.

조금 전까지만 해도 당장 목련을 요절낼 듯 분노하던 모친이 시들해진 잡초처럼 생기를 잃어버린 모습이 어딘가 모르게 이상했다. 그녀는 무어라 말하려다 입을 다물었다.

"이게 다 그 계집애 때문이야."

꾸미지 않아도 청초한 매력을 내뿜는 목련이 그리 미울 수 없다. 산속에서 외톨이처럼 살아도, 약초를 캐며 근근이 연명해가는 처지라 해도 목련은 아름다웠다.

마을 사람들이 그녀를 아무리 배척해도 마을 내 젊은 남자들은 목련을 함부로 대하지 못했다. 수컷으로서의 본능이 그렇게 만드는 것이다.

점남이 진국이라며 미려와 짝지어주려는 준구도 목련을 보면 얼굴을 붉혔다. 단지 마을 분위기상 다가가지 못할 뿐 은연중에 목련에게 호감을 보이는 이들이 적지 않은 것이다.

미려는 그런 사실이 죽도록 싫었다. 녹담에 유학을 갔다 와도, 귀족들과 어울려 지내도, 온갖 장신구로 자신을 꾸며도 이상하게 목련 앞에만 서면 그 모든 것이 부질없게 느껴졌다.

맑고 담담한 까만 눈동자가 자신을 지그시 응시할 때면 온몸이 발가벗겨진 것처럼 부끄럽고 비참했다. 그럴수록 목련에 대한 거부감은 커졌고, 그것은 이내 증오로 바뀌었다.

"그래. 다 그 애 때문이야."

미려는 허공을 향해 두 눈을 매섭게 부릅떴다. 눈앞에 목련이 있기라도 하듯 몇 번이나 되뇌었지만 그녀의 말은 허공 속으로 힘없이 사라졌다.

9장.
독귀와 악귀

밤새 잠을 이루지 못한 점남은 해가 중천에 뜬 후에도 일이 손에 잡히지 않아 멍하니 창밖만 바라보았다.

이미 조반 시간은 훌쩍 넘었건만 집 안에선 밥 짓는 냄새는커녕 싸늘한 적막만이 감돌고 있었다.

점남은 아직 깨지 않은 딸을 생각하며 깊은 한숨을 내쉬었다. 어지간히 피곤했는지 일어날 시간이 훨씬 지났음에도 딸의 방에선 아무런 기척이 느껴지지 않았다.

그녀는 갑갑한 목구멍으로 연방 찬물만 들이부었다. 잠을 못 잔 탓에 두 눈은 충혈되었고 머릿속도 멍했지만 가슴속은 여전히 여러 가지 감정들이 혼탁하게 얽혀 부글대고 있었다.

다시금 찬물 한 잔을 벌컥벌컥 들이켠 점남은 자리에서 벌떡 일어섰다.

조심스레 집을 나선 그녀는 그 길로 객잔으로 향했다. 객잔 안에는 마을 사람 몇 명과 외지 손님이 한데 섞여 늦은 조반을 먹고 있거나 낮술을 마시고 있었다.

객잔 특유의 텁텁하고 시큼한 찌든 내에 점남은 슬쩍 미간을 찌푸렸다.

때마침 음식 그릇을 들고 나오던 대수가 그녀를 발견하고 반갑게 인사했다.

"아이고, 웬일이십니까? 식사는 하셨어요?"

대수가 재빨리 음식을 손님에게 가져다주고 얼른 다가왔다. 점남은 고개만 까딱하고는 이내 주변을 두리번거렸다.

"누구 찾는 사람 있으세요?"

"아, 아니. 꼭 그런 건 아니고……."

"여기서 이러지 마시고 잠깐 앉으세요."

대수가 구석 자리로 점남을 안내했다. 못 이기는 척 자리에 앉은 점남은 그가 내온 차를 홀짝홀짝 마시며 연방 사람들을 살폈다.

"무슨 일 있으세요? 객잔엔 도통 발도 안 내미시는 분이……."

"왜. 내가 못 올 데라도 왔는가?"

"아이고, 그런 말이 아니라, 너무 오랜만에 오셔서 반가워서 그러지요. 하하!"

살짝 그를 흘겨본 점남은 2층에서 내려오는 덩치 큰 남자를 유심히 보다가 이내 심드렁한 표정으로 차를 마셨다. 내심 미려가 말한 사내가 아닐까 싶었는데 다른 사람이었다. 점남은 조금 망설이다 넌지시 말을 꺼냈다.

"저기 말이야."

"예?"

"그…… 얼마 전에 온 손님 있잖나. 그 왜, 키 크고 멀끔히 생긴 남자 말일세."

대수가 눈을 또르르 굴리더니 손바닥을 탁 쳤다.

"아! 눈이 엄청 많이 내렸던 날에 온 손님들 말이죠?"

"그래, 맞네. 그 손님에 대해 뭣 좀 아는 거 있나?"

"둘 중 누구를 말씀하시는 겁니까?"

점남은 인상을 찡그렸다.

"키 크고 툭하면 연초 물고 다니는 양반 말일세. 쓸데없이 계속 싱글벙글 웃고 다니는……."

"아, 그 씀씀이 큰 손님 말이군요? 에, 이름이…… 가휴라고 했던가?"

점남은 반색했다. 분명 미려가 알려주었던 것 같은데 막상 그 이름이 생각나지 않았던 것이다.

"맞네, 맞아! 분명 가휴라는 이름이었어. 그 양반에 대해 아는 것 좀 있나?"

"흠, 글쎄요. 잘은 모르지만 지금껏 봐왔던 외지인들과는 좀 다른 것 같긴 합니다."

점남의 안색이 확 밝아졌다.

"그래? 어떤 점이 다른데?"

"겉으론 한량처럼 보여도 자세히 살펴보면 돈깨나 있는 양반 같거든요."

대수의 말에 점남의 눈이 번쩍 뜨였다.

"진짜? 그 손님이 진짜 돈 좀 있어 보이나?"

"제가 눈썰미 하나 기막히잖습니까? 가만 보아하니 그 양반이 입은 옷이며 신발이며 죄다 고급품이더라고요. 도시에서도 그만큼 질 좋은 가죽은 보기 힘들 걸요. 산골 촌놈들이야 어쩌다 사냥을 해도 가죽 아까워서 발등이나 밑창에만 겨우 한 겹 덧댈 뿐이잖아요? 근데 그 양반은 죄다 가죽이더라고요. 그것도 몇 겹으로 정성껏 무두질한, 엄청나게 정성이 들어간 최상품 말입니다."

대수가 잘난 척 턱을 추켜들었다.

"그런 물건은 말이죠. 제가 양린에 가서도 쉽게 볼 수 없었던 겁니다. 한 달 내내 뭣 빠지게 일해도 그 양반이 신은 신발 한 짝이나 살 수 있을지 모르겠네요."

대수의 말이 이어질수록 점남의 눈동자가 탐욕스럽게 번들거렸다.

"그뿐인가요? 그 양반이 종종 자기가 가져온 차나 음식을 먹곤 하는데, 그게 또 이런 산골에선 맛보기 어려운 귀한 것들이란 말이죠. 지난번에도 구수하고 달큼한 냄새를 풍기는 차랑 당과를 먹고 있길래 내심 한입 주지 않을까 싶어 근처를 서성댔는데, 눈치가 없는 건지 구두쇠인 건지, 지 혼자 홀랑 다 먹어버리더라고요."

대수가 무엇을 떠올리는지 인상을 찌푸리며 쩝쩝 입맛을 다셨다. 어느새 그의 옆구리에 착 달라붙은 점남은 두 눈을 샐쭉 접으며 넌지시 물었다.

"어쨌든 그 손님이 돈 한 푼 없는 사냥꾼이나 보따리장사꾼하곤 다르단 얘기 아닌가, 지금?"

"아무렴, 다르고말고요. 제가 그 귀한 금호털까지 보여줬거든요? 다른 사람들은 엄청 신기해하며 한 번이라도 더 보려고 난리 치는데, 그 양반은 심드렁한 얼굴로 힐끗 보기만 하더라고요. 마치 이게 별거냐, 이런 반응 있잖습니까? 아주 김샜지요. 내 두 번 다시 보여주나 봐라."

가보나 다름없는 금호의 털을 무시당했다고 여겼는지 대수가 불쾌한 표정으로 투덜거렸다.

점남의 마음에 욕심이 무럭무럭 자라기 시작했다. 별 볼일 없는 상인 나부랭이나 실속 없는 한량인 줄 알았는데, 뜻밖에 알짜배기였던 모양이다.

'그럼 우리 미려와 엮어줘도 손해날 일은 아니란 소린데.'

점남의 머릿속이 그 어느 때보다 재빠르게 돌아갔다.

사실 그녀도 자신의 외동딸을 이런 산골에 썩게 내버려 두는 것이 영 내키지 않았다. 그렇다고 험한 외지에 딸을 마냥 혼자 둘 수는 없어 어쩔 수 없이 붙잡아두고는 있었지만 평범한 마을 남자에게 내어주기엔 상당히 아까웠다.

그런데 뜻밖에 돈 냄새 풀풀 풍기는 젊고 잘생긴 남자가 떡하니 나타났으니 이런 기회가 또 어디 있을까.

물론 조금 더 알아볼 필요는 있겠지만 오랫동안 외지인들을 상대해온 대수의 말이니 믿어도 될 듯싶었다.

"그런데 그 손님 말입니다. 잘은 몰라도 목련한테 관심이 많은 것 같더군요."

점남은 깜짝 놀랐다.

"그게 무슨 소린가?"

대수가 고개를 갸웃했다.

"둘 사이에 무슨 일이 있는지 모르지만 같이 있는 걸 몇 번 봤거든요. 지난 번엔 목련이 장을 보는데 뒤를 졸졸 쫓아다니더라고요. 목련인 귀찮아하는 기색이 역력했는데 그 손님은 아랑곳하지 않고 계속 수작을 부리더군요."

점남의 인상이 사납게 일그러졌다. 사람들 앞에서 미려를 모욕한 것도 모자라 딸이 점찍은 남자까지 홀리다니. 역시 미려의 말이 맞았다.

'누가 그년 딸 아니랄까 봐……'

그때도 그랬다. 백계로 시집왔을 때부터 지금까지 줄곧 자신을 괴롭혔던 그 여자.

그녀의 죽음으로 질긴 악연이 비로소 끝나나 싶었는데 아니었다. 이제는 그 여자의 딸이 자신은 물론 하나밖에 없는 딸 미려까지 괴롭히고 있었다. 점남은 뿌드득 이를 갈았다.

'이번엔 안 돼. 절대 그때처럼 당하지 않을 거야!'

점남의 얼굴 위로 시퍼런 살기가 떠올랐다 사라졌다.

"뭐, 그 손님 심정도 이해 안 가는 건 아니지요. 마을에 젊은 처자가 그리 많은 것도 아닌 데다 목련 정도면 어디 내놔도 빠지지 않는 외모……. 헛!"

끝도 없이 나불대던 대수의 입이 한순간에 딱 닫혔다. 싸늘하게 두 눈을 희번덕거리는 점남을 발견했기 때문이다. 당황한 대수가 험험, 헛기침을 하며 시선을 피했다.

"하하, 미모로 따지면 미려를 따라올 처자가 없지요, 암! 어디 목련 같은 아이가 미려 발꿈치라도 따라올 수 있겠습니까? 암, 그렇고말고. 아차차! 국솥 올려놓은 걸 깜박했네. 저, 전 이만 들어가 보겠습니다."

점남은 허둥지둥 찬간으로 사라지는 대수를 못마땅하게 노려보았다.

'저 인간이 점점 간이 부어가는군.'

남편이 세상을 뜬 이후로 가세가 기울긴 했지만 그래도 자신은 백계를 대표해 대대로 촌장을 해왔던 가문의 주인이었다.

아들 하나 없이 달랑 딸 미려 하나만 둔 것이 천추의 한이 되었지만, 여전히 백계에서는 그녀의 말 한 마디에 대소사가 결정될 정도로 영향력이 컸다.

죽은 남편이 지금까지 마을 사람들의 존경을 받고 있는 것도 모두 암암리에 뒤에서 힘을 쏟은 자신 덕분이었다.

'누구도 나와 내 딸을 무시하면 용서 못해!'

만약 자신을 거스르는 이가 있다면 당장 마을에서 쫓아내 두 번 다시 돌아오지 못하게 만들 것이다. 누군가에게 경고하듯 점남의 눈빛이 기이하게 번뜩였다.

목련은 천천히 눈을 떴다. 초점이 맞지 않는 눈을 몇 번 깜박인 그녀는 낡은 창문 틈으로 새어 들어오는 가느다란 빛줄기를 멍하니 쳐다보았다.

무척이나 오랫동안 잠들어 있었던 것 같은데 시간이 얼마나 흐른 걸까.

목련은 무뎌진 감각을 깨우려고 안간힘을 썼다. 정신이 조금씩 맑아지자 그제야 자신이 아직도 움집에 머물고 있다는 사실을 깨달았다. 놀란 그녀는 벌떡 몸을 일으켰다.

"윽……."

묵직한 통증과 함께 눈앞이 한순간 핑 돌았다. 두 눈을 꾹 감은 목련은 어지러움이 가시길 기다렸다가 천천히 눈을 떴다.

"하아……."

그녀는 깊은 한숨을 내쉬며 이마를 짚었다. 대체 이곳에 얼마나 머물러 있었던 걸까. 집에서 자신을 기다리고 있을 할머니를 생각하자 갑자기 초조해졌다.

목련은 욱신거리는 통증을 참으며 서둘러 몸을 일으켰다. 순간, 그녀는 흠칫 놀랐다. 바로 옆에 누군가가 누워 있었다.

커다란 몸을 잔뜩 웅크린 채 잠들어 있는 남자. 가휴였다. 안도의 한숨을 내쉰 목련은 조심스레 가휴를 살폈다.

잠이 든 그를 가만히 보고 있으려니 뒤늦게 그와 있었던 일이 떠올랐다. 돌연 목련의 얼굴이 확 붉어졌다.

"맙소사……."

자신이 대체 무슨 짓을 한 걸까. 차라리 기억을 잃었으면 좋았을 텐데. 부끄러움에 몸부림칠수록 그와 했던 소소한 행동 하나하나가 더욱 또렷이 기억났다.

가휴의 숨소리. 귓가에 울리던 낮고 다정한 음성. 자신을 잡아먹을 듯 덮쳐오던 뜨거운 열기. 전신을 세심하게 어루만지던 크고 단단한 손과 처음 맞닿은 남자의 몸.

한 번도 겪어보지 못한 경험에 두려움이 밀려왔지만 그럼에도 타오르는 정념은 그녀의 온몸을 폭풍처럼 휘감으며 열에 들뜨게 했다.

그 격정에 휘말려 정신마저 잃어버린 자신을 돌아보니 민망함에 쥐구멍을 찾고 싶었다.

목련은 다시금 뜨거워지기 시작하는 몸을 감싸 안으며 자신을 마구 질책했다.

"미쳤어······."

지금껏 누군가에게 이런 식으로 자신의 몸을 내맡긴 적은 한 번도 없었다. 머릿속이 새하얘질 정도로 쾌감에 떤 적도 처음이었다.

이대로 하나가 되고 싶다는 생각도, 그의 숨결 속으로 녹아들고 싶다는 욕망 역시 처음이었다.

목련은 홧홧해진 얼굴을 몇 번이나 쓸어내렸다. 물주머니는 이미 이불 속에서 차갑게 식어 있었지만 뜨거운 물주머니를 품고 있을 때보다 더 후끈한 열기가 그녀의 중심을 달구었다.

목련은 저릿한 아랫배를 살며시 감쌌다. 마치 그와 격렬한 정사를 치른 것처럼 은밀한 곳이 콕콕 쑤시고 얼얼한 느낌이 들었다.

태어난 순간부터 지금까지 남자와의 접촉은 물론이고 관심조차 없었는데 이런 격한 감정들은, 거침없는 욕구는 어디에서 솟아난 걸까.

그녀는 열에 잔뜩 달궈진 뺨을 쓰다듬었다. 몸을 뒤척일 때마다 아랫도리가 젖어 있는 느낌이 들어 부끄럽고 민망했다.

목련은 천천히 가휴를 돌아보았다. 아이처럼 몸을 돌돌 말고 잠들어 있는 그의 얼굴은 참으로 평화로워 보였다.

정말 이 남자가 독귀인 걸까. 몇 번을 봐도 믿기지 않는다. 인간보다 더 인간다운 이 아름다운 존재 안에 닿기만 해도 치명적인 독이 숨어 있다니. 아니, 그렇기에 더 신비롭게 느껴지는 걸까.

목련은 가휴의 얼굴에 손을 가져가려 몇 번이나 망설였지만 끝내 손을 거두고 말았다.

무섭다. 이 이상 그에게 다가가면 자신이 송두리째 바뀔까 무서웠다. 그에게 살점 하나 남기지 않고 모조리 빼앗길까 두려웠다.

목련은 가휴를 물끄러미 바라보다가 조심스레 침상에서 내려왔다. 그때였다. 부드러운 온기가 그녀의 손목을 감쌌다.

"실컷 구경만 하다 가는 거야?"

가슴이 철렁 내려앉은 목련은 그대로 굳어버렸다. 부스럭, 소리와 함께 침상이 작게 출렁거렸다.

등 뒤로 열감이 느껴진다 싶더니 한껏 낮아진 목소리가 그녀의 귓가를 간질였다.

"난 또 입이라도 맞추려는 줄 알고 엄청 기대했잖아."

잔뜩 당황한 목련은 고개를 푹 숙였다.

"깨, 깨어계신 줄 몰랐습니다."

가휴가 잔뜩 긴장한 목련의 어깨에 가만히 코를 묻었다. 그녀의 몸이 움찔 떨렸다.

"목련에게선 기분 좋은 냄새가 나. 풀냄새, 흙냄새, 햇빛냄새……. 저절로 잠이 올 만큼 편안하고 행복한 냄새야."

목련은 숨을 죽였다. 쿵쿵거리는 심장 고동소리를 들킬까 싶어 제대로 숨을 쉴 수가 없었다.

어깨가 뜨겁다. 가휴의 숨결이, 입술의 온기가 고스란히 전해져서 심장이 저릿해졌다.

"그, 그만 가봐야 할 것 같습니다."

계속 있다가는 또다시 그에게 휩쓸려버릴 것 같아 목련은 허둥지둥 일어섰다.

겨우 가휴의 온기가 떨어졌다. 안도와 함께 묘한 아쉬움이 밀물처럼 차올랐다가 사라졌다.

"데려다줄게."

"괜찮습니다."

"아직 몸이 회복되지 않았어. 내 책임이 크니 이 정도는 허락해줘."

목련은 다시금 괜찮다고 말하려다 입을 다물었다. 별것 아닌 일로 실랑이를 하기보다 그의 요구대로 순순히 따르는 게 시간적으로도 정신적으로도 훨씬 이롭다는 사실을 이미 잘 알고 있었다.

그녀는 작게 고개를 끄덕였다. 가휴가 씨익 웃더니 침상에서 훌쩍 내려왔다.

"참, 약을 가져와야 하는데 잠깐 객잔에 들러도 될까? 용이한테 물주머니도 돌려줘야 하거든. 그 녀석, 목련이 어지간히 좋은가 봐. 자신이 쓰던 걸 선뜻 내준 걸 보면."

목련의 눈이 살짝 커졌다. 물주머니가 태용의 것인지 미처 몰랐다. 아이의 마음이 고맙긴 했지만 괜스레 폐를 끼친 것 같아 몹시 미안해졌다.

"그럼 물주머니는 제가 용이한테 돌려줄게요."

가휴가 미소를 짓더니 이불 안에서 물주머니를 꺼내 목련에게 건네주었다.

"참 착한 아이지?"

"……예."

고개를 끄덕이는 목련의 입가에 어느새 미소가 배었다. 수줍은 표정으로 자신이 건넨 엿을 받아들던 아이가 다시금 떠올랐기 때문이다.

형제자매 없이 외롭게 자란 터라 태용을 보면 꼭 동생 같은 느낌이 들었다. 다른 사람들과 달리 자신에게 살갑게 대해주는 아이가 고마웠고, 그래서인지 자꾸만 마음이 갔다.

움집을 나선 목련은 어느새 해가 서쪽으로 기울어져 있는 걸 발견하고는 작게 한숨을 내쉬었다. 혼절했다고는 하지만 반나절이 넘게 마을에 머무른 적이 없었던지라 괜스레 불안해졌다.

"너무 걱정하지 마. 조모님껜 내가 잘 말씀드리지."

움찔한 목련은 멋쩍게 얼굴을 쓰다듬었다. 저 남자는 어째서 자신의 속내를 이리도 잘 집어낼까. 민망하면서도 한편으로는 묘하게 마음이 놓였다.

목련은 물주머니를 꼭 품에 안은 채 가휴의 뒤를 쫓았다.

여전히 목구멍은 따끔하고 움직일 때마다 전신이 욱신거렸지만 가휴의 보살핌 덕분인지 내딛는 발걸음이 한결 가뿐해졌다.

객잔에 도착하자 가휴가 그녀를 돌아보았다.

"금방 올 테니 목련은 여기서 잠깐만 기다려줘."

"예."

목련은 가휴가 2층으로 올라가는 것을 지켜보다 이내 태용을 찾아 주변을 두리번거렸다. 몇몇 사람들이 목련을 힐끔거렸지만 그녀는 신경 쓰지 않았다.

예전이라면 객잔에 들어오는 것 자체를 꺼렸겠지만 가휴가 이곳에 묵기 시작하고, 또 태용과 가까워진 이후로는 마음의 부담이 한결 줄어들었다.

두 사람이, 아니, 꼬마 한 명과 두 독귀가 자신을 이만큼 변화시킨 것이다.

찬간 쪽을 기웃대는 그녀의 시선 끝에 문득 조그마한 머리통 하나가 들어왔다. 저절로 미소가 떠오르는 것을 애써 억누른 목련은 천천히 찬간으로 걸어갔다.

그녀가 막 태용을 부르려던 찰나, 갑자기 등 뒤로부터 오싹한 한기가 느껴졌다. 자신을 향한 적의를 본능적으로 눈치챈 목련은 휙 뒤를 돌았다.

보일 듯 말 듯 온화한 미소가 감돌던 그녀의 얼굴이 딱딱하게 굳었다.

저만치 앞에 결코 마주치고 싶지 않았던 사람이 독기 어린 시선으로 목련을 노려보고 있었다.

목련은 가만히 숨을 들이마시며 주먹을 꼭 그러쥐었다. 먹이를 노리는 뱀처럼 섬뜩한 눈빛. 그녀는 저 눈빛을 전에도 본 적이 있었다.

어린 시절. 어머니가 돌아가시고 난 후 장례식에서 바로 저 눈빛을 보았다. 선대 촌장과 그의 부인, 조모인 묘진과 어린 목련만이 전부였던 초라한 장례식이었다.

아무것도 몰랐던 시절이었음에도 목련은 촌장을 싫어했다. 촌장이 다녀갈 때면 어김없이 어머니는 앓아누웠기 때문이다.

특별히 몸에 이상이 있는 것도 아닌데 어머니는 밤새 헛소리를 하며 고열에 시달렸다.

걱정이 된 목련은 어머니의 손을 꼭 잡으며 눈물만 펑펑 쏟을 수밖에 없었다.

하루는 할머니에게 엄마가 왜 아픈지 물었지만 할머니는 슬픈 표정으로 마음의 병 때문이라고만 말해줄 뿐이었다.

어머니가 돌아가시자 촌장은 가족이 죽은 것처럼 통곡했다. 엄마를 아프게 한 사람이 저리 서럽게 운다는 것이 이해가지 않을 정도로 애통해했다.

혼란스러운 얼굴로 촌장을 바라보던 목련은 한 발짝 뒤에 서 있던 촌장 부인에게 시선을 옮겼다가 그만 깜짝 놀라고 말았다.

애도는커녕 눈물 한 방울 흘리지 않은 부인은 살기 가득한 눈으로 어머니의 묘를 노려보고 있었다. 그 기세가 어찌나 대단한지 어린 목련은 그만 속옷에 오줌을 지리고 말았다.

당장에라도 어머니를 무덤에서 파내버릴 듯한 지독한 증오가 그 눈빛 속에 담겨 있었음을 목련은 나중에야 깨달았다.

어린 목련의 가슴에 각인된 촌장 부인의 증오는 화인처럼 지워지지 않고 늘 따라다녔다. 그리고 지금 이 순간, 어머니에게 향했던 증오의 눈길은 이제 목련, 그녀에게로 향하고 있었다.

목련은 턱이 아프도록 어금니를 깨물었다. 어릴 때 맞닥뜨렸던 증오는 공포를 생산했고 지울 수 없는 상처를 남겼다.

지금 그녀는 세월을 뛰어넘어 다시금 맞닥뜨린 증오와 필사적으로 싸우고 있었다.

이제 자신은 어린애가 아니다. 공포에 오줌을 지리며 몇 날 며칠 앓아누웠던 계집아이가 아니다.

커다랗게 심호흡을 한 목련은 두 눈에 힘을 주고 점남을 똑바로 마주 보았다. 점남이 미간을 와락 일그러뜨리더니 낮게 욕설을 내뱉었다.

하지만 목련은 눈 하나 깜짝하지 않았다. 이상하게 점남의 독기가 바짝 오를수록, 험한 욕설을 내뱉을수록 오히려 그녀의 머릿속은 차가워졌다.

두 사람의 기이한 대치가 길어지자 사람들의 흥미 어린 시선들이 하나둘씩 질척하게 달라붙었다.

목련에게 결코 호의적이지 않은 수군거림이 파리처럼 귓가에 왱왱거렸다. 가시에 찔린 듯 살갗이 따끔거렸지만 목련은 꿋꿋이 참았다. 아니, 참을 수 있으리라 생각했다. 점남의 입에서 그 말이 나오기 전까지는.

"그 에미에 그 딸년이네. 하는 짓이 아주 똑같아. 하긴 화냥질하는 피가 어딜 가겠어?"

점남의 입에서 독살스러운 말이 쏟아져 나왔다. 그녀의 말을 듣는 순간, 목련은 머릿속이 하얗게 변했다.

그녀는 믿기지 않는다는 표정으로 멍하니 점남을 바라보았다. 지금 저 여자가 무슨 말을 한 걸까.

숨이 쉬어지지 않는다. 큰 충격을 받은 탓일까. 목련은 한동안 석상처럼 굳어서 아무 말도 하지 못했다.

두 사람을 지켜보고 있던 사람들이 킬킬 웃어댔다. 그 웃음소리에 목련은 겨우 정신을 차렸다.

아득해졌던 시야가 돌아오자 가슴 밑바닥에서부터 무시무시한 분노가 들끓기 시작했다.

"네가 어떻게 그 손님을 꾀었는지는 모르지만 주제를 알아야지. 그분이 너한테 가당키나 하니? 선대 촌장님이 선의를 베풀어 마을에 살게 해줬으면 조용히 숨죽이고 살진 못할망정 감히 누구를 넘보는 거야?"

비아냥대는 점남 뒤에는 어느새 모습을 드러낸 미려가 만면 가득 미소를 띤 채 목련을 바라보고 있었다. 의기양양한 그녀의 미소는 목련의 분노를 더욱 부채질했다.

"흡……."

목련은 가만가만 숨을 들이마셨다. 떨림이 손끝에서부터 몸 전체로 퍼져갔다.

머리를 뒤흔드는 심장소리. 차마 내지르지 못한 비명이 그녀의 몸속에서 처절하게 울렸다. 목련은 시퍼런 안광을 뿜어내며 점남을 노려보았다.

"하늘이 두렵지도 않습니까?"

"뭐?"

"하늘이 알고 땅이 알고, 돌아가신 촌장님이 알고 당신도 압니다. 물론 마을 사람들도 알 만한 사람들은 알고 있겠지요."

점남의 얼굴이 창백해졌다.

"저, 저것이 지금 무슨 말을 하는 거야?"

목련은 힘껏 이를 앙다물었다. 여린 속살들이 잇새에 씹혀 비릿한 핏물이 배어나왔다.

"부끄러운 줄 아십시오. 제가 지금껏 숨죽이며 조용히 살아온 것은 진실을 몰라서가 아니라 어머님을 위해서였어요. 누군 눈 없고 귀 없고 입도 없는 줄 아십니까? 여기 있는 사람들은 정말 진실을 몰라서 내게, 할머니에게, 죽은 어머니에게 계속 돌을 던지고 있는 겁니까!"

울분 가득한 목련의 외침이 처절하게 허공을 갈랐다. 점남은 당장에라도 쓰러질 듯한 표정으로 부들부들 떨었다.

"저, 저년이 뚫린 입이라고 감히……."

"손바닥으로 하늘을 가리지 못하는 법입니다."

목련은 자신을 향해 키득대던 마을 사람들을 한 명, 한 명 쳐다보았다. 그러나 그중 어느 누구도 목련과 똑바로 눈을 마주치는 이가 없었다.

"이제 더는 참지 않아요. 앞으로 또 어머니를 모욕하고 할머니에게 상처를 준다면, 그땐 저도 무슨 짓을 할지 모릅니다. 그러니 우리를 가만히 내버려 두세요!"

아무리 생각해도 이해가 가지 않았다. 피해자는 어머니인데 어째서 그녀가 비난을 받아야 하는가. 어머니를 처참하게 짓밟은 당사자는 피해는커녕 오히려 존경을 받으며 죽을 때까지 잘 살지 않았는가.

오장육부가 뒤집어지고 표현할 수 없는 뜨거운 울분이 몸을 활활 태웠지만 어느 누구에게도 호소할 수 없었다. 마을 사람들은 철저히 그의 편이었으므로.

그런데도 이 지독한 마을에서 떠나지 못하는 이유는 오직 할머니 때문이었다.

평생을 백계에서 살아온 묘진은 자신 때문에 많은 것을 희생했다. 그럼에도 그녀는 아무것도 원망하지 않고 목련을 지극정성으로 키워주었다. 그런 할머니에게서 고향마저 빼앗을 순 없다.

게다가 기력이 쇠한 할머니를 데리고 낯선 외지로 떠난다는 것은 큰 모험이었다. 끔찍한 현실이었지만 목련에게는 별다른 선택지가 없었다.

"이런, 무슨 재밌는 일이 있나 봅니다?"

그때였다. 팽팽하게 당겨진 긴장 너머로 누군가의 목소리가 툭 날아들었다. 목련은 움찔했지만 뒤돌아보지 않았다. 목소리의 주인공이 누구인지 알고 있기 때문이다.

터벅터벅. 바닥을 울리는 묵직한 발소리와 함께 익숙한 향기가 풍겨왔다. 몸의 긴장을 이완시키는 듯한 달콤하고 알싸한 향기.

그 향을 맡는 순간 돌연 안도감이 느껴지면서 울컥, 서글픈 감정이 명치를 때렸다. 목련은 필사적으로 어금니를 깨물었다.

'안 돼…….'

거친 숨을 몰아쉰 목련은 입 안에 고인 비릿한 액체를 꿀꺽 삼켰다.

등 뒤로 숨결이 느껴졌다. 따뜻하고 다정한 숨결이었다.

마음이 어지럽다. 눈앞이 뿌옇게 변하는 걸 느낀 그녀는 서둘러 고개를 내렸다.

"괜찮아."

귓가에 툭, 가볍게 내려앉는 다감한 목소리.

"괜찮아, 목련. 그대는 아무 잘못 없어."

목련은 두 눈을 질끈 감았다 떴다. 그동안 누군가 이런 말을 해주길 얼마나 바랐던가. 괜찮다고. 넌 아무런 잘못이 없다고. 그렇게 말해주길 얼마나 간절히 바랐던가.

자신은 패자가 아니다. 낙인을 찍히고 숨어 사는 죄인이 아니다. 편협하고 비굴하며 약한 이들에게 책임을 떠넘기는 비겁자들과 절대 똑같아지지 않을 것이다.

그녀를 지켜보던 가휴가 다시금 나지막이 속삭였다. 귓가에 달라붙는 매혹적인 음성에 목련은 잠시 숨을 멈추었다.

"죽여줄까? 그대를 함부로 대하고, 그대를 모욕하는 저 버러지들을 다 죽여줄까? 원하면 씨 하나 남기지 않고 다 없애주지."

무시무시한 말이 가휴의 입에서 흘러나왔지만 목련은 마치 꿈속에 있는 것처럼 모든 것이 아득하게 여겨졌다.

꿀처럼 짙고 달콤한 유혹. 이 순간만큼은 가휴가 독귀가 아니라 사람을 꾀는 마귀 같았다. 명민함을 잃어버린 왕을 홀리는 요부 같았다.

거부할 수 없는 질척한 교태에 가슴이 울렁거리고 배 속이 요동쳤다. 가휴의 속삭임이 계속 이어졌다.

"저들 집에 숨어 사는 쥐새끼 한 마리까지 다 없애줄게. 그대는 그냥 고개만 끄덕이면 돼. 잠깐 눈 감고 있으면 모든 게 끝나 있을 거야."

그냥 고개만 끄덕이면 된다 했다. 잠시 눈만 감고 있으면 된다 했다. 그러면 저 혐오스럽고 원망스러운 이들이 모두 사라져버린다 했다. 목련은 격동하는 감정을 힘겹게 추슬렀다.

온 산이 떠나가도록 비명을 지르고 싶다. 가슴 속에 켜켜이 쌓인 분노와 울분을 모조리 토설하고 싶었다. 그러면 좀 편해질까. 억울하게 돌아가신 어머니의 한이 풀어질까.

무엇보다 촌장이 미웠다. 그뿐만 아니라 그에게 속한 혈육과 가축들까지 모조리 원망스러웠다. 마음속으로 수도 없이 촌장을 죽였다. 둔탁한 그의 몸뚱이에 수십 번, 수백 번 칼을 꽂아 난도질했다.

[목련아.]

그 순간, 머릿속으로 어머니의 음성이 조용히 울렸다. 목련은 눈을 번쩍 떴다.

[내 사랑스런 아가…….]

'어머니…….'

정인에게 버림받고 괴물의 아이를 밴 채 마을에서 쫓겨나 결국 남은 생을 초라하고 낡은 오두막에 내버렸던 어머니.

고왔던 피부와 손이 바위처럼 거칠어지고, 윤기 흐르던 흑단 같은 머리가 온갖 고생으로 하얗게 세어버려도 어머니는 단 한 번도 누구를 원망한 적이 없었다. 오히려 숨을 거두는 순간까지 목련을 걱정했다.

어머니는 자신을 낳고 행복했을까. 자신을 겁간한 괴물의 아이를 사랑했을까.

진실을 알게 된 그날. 자신의 존재가 어머니를 괴롭혔던 악몽 그 자체였음을 알게 된 그날. 목련은 시커먼 나락으로 추락했다.

어떻게 그럴 수 있을까. 자신을 파탄으로 몰아넣은 사내의 아이에게 어떻게 그리 한결같이 웃어줄 수 있었을까.

모든 진실을 알고 나서 목련은 꼬박 며칠을 앓았다. 눈도 제대로 뜨지 못할 정도로 지독히 앓았다.

묘진의 말에 따르면 목련은 앓는 내내 어머니에게 미안하다고 중얼거렸다고 했다. 쉴 새 없이 눈물을 흘리며 사과하고 또 사과했다고 했다.

평생 흘릴 눈물을 그때 모조리 쏟아낸 탓일까. 간신히 회복된 이후로 목련은 웃음을 잃었고 우는 일도 없어졌다.

'죄송해요…… 죄송해요…….'

어머니가 살아계셨더라면 얼마나 좋았을까. 그랬다면 어떤 모욕이라도 감수하고 어머니를 위해 살았을 텐데. 후안무치한 괴물 대신 평생 속죄하며 살았을 텐데.

아니, 차라리 자신이 죽었어야 했다. 태어나자마자 그대로 차가운 땅속에 묻혔어야 했다. 그랬다면 어머니는 마을을 떠나 새로운 삶을 살 수 있었을 지도 몰랐다.

눈앞이 흐릿해졌다. 온몸이 신열이 오른 듯 후끈해졌고 입 안이 타는 것처럼 바짝 말랐다.

다 내려놓으면 편해질까. 이대로 눈을 감고 깊은 어둠에 몸을 맡기고 싶다. 그때였다.

"누님 괴롭히지 말아요!"

아이의 앙칼진 외침이 살기등등한 공기를 길게 찢었다. 사람들의 눈이 눈앞의 아이에게 와르르 쏠렸다.

"용아……."

양팔을 활짝 벌린 채 자신 앞에 서 있는 태용을 본 목련은 목이 콱 잠겼다.

"목련 누님은 나쁜 사람 아니에요! 좋은 사람이에요! 그러니 괴롭히지 마요!"

조그만 몸으로 필사적으로 자신을 보호하려는 태용이 왜 이리 커다랗게 느껴지는지 모르겠다.

살얼음 낀 가슴이 언제 그랬냐는 듯 스르르 녹기 시작했다. 힘껏 뻗은 아이의 팔이, 외침이, 많은 어른들 앞에 선뜻 나서준 용기가 단단하게 얼어붙은 마음을 녹여주었다.

"……괜찮아, 용아. 이제 됐어."

"누님……."

뒤를 돌아보는 태용의 빰이 흠뻑 젖어 있었다. 자신을 대신해 울어주는 착한 아이. 목련은 작게 미소 지었다.

"고맙구나."

"흥, 오갈 데 없는 거지들끼리 아주 보기 좋네."

점남의 비아냥거림이 주춤했던 사람들의 악의를 다시금 일깨웠다.

"천한 것들은 어쩔 수가 없어. 조금만 잘해주면 금세 간이고 쓸개고 다 빼주거든. 그래, 꼬맹아. 넌 저 애가 뭘 해줬기에 홀랑 넘어간 거니? 돈이라도 줬어? 아니면 먹을 걸로 꼬여내디?"

사람들이 일제히 킥킥댔다. 태용이 놀란 표정을 짓다가 이내 조그만 입술을 앙다물었다.

애먼 아이에게 쏟아지는 어른들의 저열한 행태에 목련은 분노를 넘어선 허탈감을 느꼈다.

"아, 아니에요. 누님은 좋은 사람이에요!"

태용이 필사적으로 항변했지만 아이의 말은 점남을 비롯한 어른들의 조롱에 부딪혀 산산이 부서졌다.

공연히 자신을 감싸주다 태용까지 비난을 당하자 목련은 참담한 심정이었다.

힘없이 고개를 숙인 그녀의 눈가를 타고 툭, 눈물이 떨어졌다. 아차 싶어 당황한 순간, 갑자기 시야가 어두워지면서 아무것도 보이지 않았다.

"버러지들에게 보이기엔 그대 눈물이 너무 아까워."

자신을 미치게 만들었던 목소리가 살갑게 귓전을 어루만졌다. 간질간질. 살랑살랑. 버들강아지가 춤을 추듯 목련의 마음을 어르고 달랬다.

위험하다. 이 독귀 남자는 너무나 위험하다. 은근슬쩍 자신 안의 옹벽을 야금야금 허물어버린다. 하지만 자꾸만 이 남자에게 의지하고 싶어지는 건 왜일까. 기대고 싶어지는 건 왜일까.

오장육부까지 파고들던 사람들의 악의가 순식간에 사라졌다. 한순간 산속 오두막에 와 있는 건 아닐까 싶을 정도로 고요한 적막이 그녀를 감쌌다.

목련은 깊게 숨을 내쉬었다. 대체 무슨 일일까. 궁금증이 일었지만 이젠 아무래도 좋았다. 자신을 괴롭히던 목소리들이 들리지 않는 것만으로도 숨통이 트이는 것 같았다.

"하아……."

목련은 다시 한번 깊이 숨을 들이마셨다가 내쉬었다. 여전히 시야는 어두웠지만 이상하게 마음은 점점 편안해졌다.

자신을 보호해주는 어둠 때문일까. 더없이 따뜻하고 커다란 손이 주는 온전한 어둠에 그저 한없이 몸을 맡기고 싶다.

"괜찮아, 목련. 한숨 푹 자도록 해."

익숙하고 다정한 목소리가 다시 한번 그녀를 위로했다.

목련은 안심했다. 그래, 이제 괜찮다. 이 목소리를, 이 온기를 믿고 조금만 쉬자. 그렇게 생각하자마자 촛불이 꺼지듯 의식이 툭 꺼졌다.

가휴는 힘을 잃고 기대오는 작은 몸을 조심히 품에 안았다. 이 가녀린 몸으로 저 질척한 악의들과 맞서 싸웠던 걸까. 그 오랜 세월 동안 홀로 외로운 싸움을 했던 걸까.

그는 한동안 잊고 있던 무언가가 살아나는 것을 느꼈다. 그것은 분노라는 순수한 감정이었다.

가휴는 꿀 먹은 벙어리가 되어 자신을 빤히 쳐다보는 마을 사람들을 향해 싱긋 미소를 지어 보였다. 단지 웃기만 했을 뿐인데 사람들은 사신을 본 것처럼 하얗게 질렸다.

"이곳은 참 흥미로운 곳이네요. 정말…… 지루할 틈이 없어."

분노는 바보처럼 헤실헤실 웃던 그의 얼굴을 순식간에 바꿔놓았다. 무예를 모르는 일반인들도 느낄 수 있을 만큼 엄청난 살기가 쏟아져 나왔다.

마을 사람들은 경악했다. 처음 느껴보는 압도적인 공포에 맨 앞에 서 있던 점남은 그 자리에 털썩 주저앉고 말았다.

어느 누구도 입을 여는 사람이 없었다. 그저 믿을 수 없다는 표정으로 새된 신음만 뱉으며 멍하니 가휴를 쳐다보고 있을 뿐이었다.

"사, 살려……."

누군가가 간신히 실낱같은 신음을 토해냈다. 순간, 흠칫한 가휴는 실소를 흘리며 살기를 거두었다. 그제야 막혔던 숨을 탁 토해낸 사람들은 새파랗게 질린 얼굴로 후다닥 뒤로 물러섰다.

태용도 물기가 남아 있는 두 눈을 커다랗게 치뜬 채 멍하니 가휴를 쳐다보았다. 다른 사람들처럼 두려워하는 표정은 아니었지만 늘 사람 좋게 웃던 손님이 야차 같은 모습을 보인 것에 적잖이 놀란 듯했다.

태용이 옷소매로 얼굴을 벅벅 닦아내더니 다시금 가휴를 뚫어져라 쳐다보았다. 그때, 2층에서 서요가 내려왔다. 그의 등장에 사람들이 또 한 번 놀라며 일제히 멀찍이 떨어졌다.

사람들의 반응에 멈칫한 서요가 눈썹을 비죽 올리며 주변을 돌아보았다.

"무슨 일 있습니까?"

서요는 잔뜩 겁먹은 사람들과 놀란 토끼 같은 표정을 한 태용을 차례대로 쳐다보다가 이내 가휴에게로 시선을 옮겼다.

그의 눈이 스르르 커졌다. 가휴의 품에 안겨 정신을 잃은 목련을 발견했기 때문이다.

서요는 재빨리 가휴에게로 달려갔다. 그의 움직임에 사람들이 기겁하며 출입문까지 후다닥 물러났다. 서요는 안색이 창백한 목련을 조심스레 살펴보았다.

"대체 어찌된 겁니까?"

물음에도 아무런 답이 없자 서요는 고개를 들었다. 순간, 그의 어깨가 움찔 떨렸다.

가휴가 처음 보는 표정을 하고 있었다. 자책과 실망감, 분노가 뒤엉킨 혼탁한 표정. 서요는 자기도 모르게 입을 벌렸다.

오랫동안 가휴 곁에 있었지만 저런 얼굴을 한 주인은 처음이었다. 대체 무슨 일이 있었던 걸까. 무슨 일이 있었기에 웬만해선 화를 내지 않는 주인이 저토록 분노하고 있단 말인가.

겁에 질린 사람들. 놀란 태용의 표정. 정신을 잃은 목련. 필시 이들 사이에 무슨 일이 생긴 것이 틀림없었다.

서요는 나지막이 한숨을 내쉬었다. 사정은 알 수 없지만 한 가지만큼은 확실했다. 그렇지 않아도 폐쇄적인 마을에서 더욱 고립될 위기에 처했다는 것.

"나 참, 그리 사고치지 말라 말씀드렸건만……."

서요는 머리를 긁적이며 불평을 쏟아냈다. 그는 목련을 꼭 안은 채 미동도 않고 서 있는 가휴를 툭툭 쳤다.

"목련 님을 방에 눕혀야 하지 않겠습니까?"

그제야 가휴의 시선이 서요에게로 향했다. 여전히 겁에 질려 있던 사람들이 서로 눈치를 보다가 이내 하나둘씩 앞다투어 객잔을 나갔다.

꽁지가 빠져라 도망치는 모습에 서요는 실소를 흘렸다.

"서요. 목련의 조모님께 다녀와 주겠어? 일 때문에 내일 아침에 돌아갈 테니 걱정 마시라 말씀드려줘."

서요는 별말 없이 고개를 끄덕였다.

"다른 시키실 일은 없습니까?"

가휴의 안색이 흐려졌다. 그는 목련을 물끄러미 내려다보다가 작게 한숨을 내쉬었다.

"뭐, 어떻게든 되겠지. 귀찮은 일은 나중에 생각하자고."

가휴는 텅 빈 객잔에 홀로 덩그마니 서 있는 태용을 바라보았다. 아이는 도망치진 않았지만 그렇다고 선뜻 다가오지도 않았다. 본의 아니게 태용에게 험한 꼴을 보인 것 같아 입맛이 썼다.

그는 목련을 보듬어 안고 2층으로 향했다. 그 모습을 물끄러미 지켜보던 서요가 객잔을 나섰다.

서요가 모습을 감추자 깊은 적막이 사위를 감쌌다. 그때까지 자리에 미동도 않고 서 있던 태용은 자리에 털썩 주저앉았다.

뒤늦게 심장이 절구 찧듯 쿵덕쿵덕 뛰기 시작했다. 태용은 옷자락을 꼭 움켜쥐며 2층을 쳐다보았다.

"누님……."

커다란 눈동자에 다시금 그렁그렁 물기가 맺혔다. 태용은 떨리는 두 다리를 주먹으로 쿡쿡 쥐어박았다.

갑자기 생긴 일로 머릿속은 엉망진창이었고 등은 식은땀으로 흠뻑 젖었다. 온몸을 아프게 찌르던 감각. 그것이 말로만 듣던 살기였을까.

자신에게 처음으로 친절을 베풀고 늘 다정하게 대해주던 손님이 그렇게 돌변하다니 지금도 믿을 수 없었다.

"하아……."

태용은 길게 한숨을 내쉬었다. 가휴의 모습에 충격을 받긴 했지만 생각보다 무섭지는 않았다. 살기가 무서웠던 것이지 가휴가 무서운 것은 아니었기 때문이다.

정작 태용을 두려움에 떨게 했던 것은 마을 사람들이었다. 그들의 말에, 눈빛에 깊이 스며든 악의가 너무나 무서워 오금이 저렸다.

용기를 내어 목련을 감쌌지만 힘없는 어린아이에 불과한 자신이 할 수 있는 일은 아무것도 없었다. 그들의 조롱과 모욕에 잔뜩 겁을 먹고 우는 것이 고작이었다.

뒤늦게 분함과 창피함이 밀려들었다. 목련을 지켜주지 못한 자신이 그리 한심할 수가 없었다. 만약 가휴가 없었다면 어찌 됐을까. 그 생각을 하니 눈앞이 아찔해졌다.

"죄송해요, 누님……."

태용은 목련이 걱정되어 당장에라도 2층에 올라가고 싶었지만 꾹 참았다.

"빨리 컸으면 좋겠다."

적어도 열다섯 살만 됐더라도 이렇게 힘없이 당하진 않았을 텐데.

정신을 잃은 목련을 떠올리자 울컥 눈물이 솟구쳤다. 태용은 손등으로 두 눈을 벅벅 문질렀다.

"괜찮아. 밥 잘 먹고 잠도 잘 자고 매일매일 산에 오르면 힘이 세질 거야."

덩치가 커지고 강해지면 아무도 자신을 무시하지 못하겠지. 그렇게 단단히 마음을 먹은 태용은 자리에서 발딱 일어섰다. 바들바들 떨리던 몸은 어느새 차분해졌고 미친 듯 널뛰던 심장도 조용해졌다.

커다랗게 숨을 들이마셨다가 내쉰 태용은 그 어느 때보다 씩씩한 표정으로 어지러워진 객잔을 청소하기 시작했다.

가휴와 서요가 산적일지도 모른다는 소문이 마을에 퍼지기 시작했다. 물론 소문의 출처는 그날 객잔에 있었던 마을 사람들이었다.

소문은 점점 부풀려져 산적도 모자라 현상금이 붙은 살인범이라는 말까지 떠돌았다.

본디 고립된 마을일수록 소문이 활개치는 법. 불안해진 마을 사람들은 대책을 강구하고자 삼삼오오 점남의 집에 모여들었지만 다들 소문의 진위를 확인하기보다는 가휴와 서요를 어떻게 할지에만 관심을 두는 모습이었다.

그들은 점남이 이 사태를 해결해주길 은근히 바랐지만 그녀라고 뾰족한 수가 있을 리 만무다. 사람들은 서로 언성만 높이며 다투다가 결국 아무런 소득도 올리지 못한 채 분분히 흩어졌다.

점남은 밤이 늦도록 잠을 이루지 못하며 골머리를 앓았다. 산적에 살인범으로 추정되는 두 남자가 행여 앙심을 품고 자신과 마을 사람들을 해칠까 싶어 몇 번이나 심장이 주저앉았다.

그런 점남과 달리 미려는 마냥 태평한 모습이었다. 그녀는 과일을 집어먹으며 끙끙대는 모친이 되레 이해가 안 간다는 듯 쳐다보았다.

"엄마도 참, 뭘 그리 걱정하고 그래?"

"지금 걱정 안 하게 생겼어? 너도 두 눈으로 똑똑히 봤잖아. 세상에, 그 섬뜩한 얼굴이라니……. 딱 봐도 사람을 수십 아니, 수백은 죽인 것 같은 살인자의 눈이었잖아?"

점남은 부르르 몸을 떨었다. 그 모습에 미려가 키득키득 웃었다.

"다 헛소문이라고. 지레 겁먹은 사람들이 퍼뜨리는 허황된 말을 정말 믿는 거야?"

점남은 두 눈을 매섭게 치뜨고 미려를 노려보았다.

"너야말로 번지르르한 겉모습에 속아 인생 망치기 싫으면 두 번 다시 그 작자 근처엔 얼씬도 말아! 알았어?"

미려가 불만스럽다는 듯 입술을 삐죽 내밀었다. 점남은 땅이 꺼져라 한숨을 내쉬었다.

"하아, 왜 하필 우리 마을에 온 거야? 가난한 산골 마을에 뭐 가져갈 게 있다고……."

"금호 때문에 왔다며. 어차피 허탕을 칠 게 뻔한데 다들 왜 그리 금호에 열을 올리는지 몰라."

"이게 다 그 애 때문이야. 그 애가 마을에 흉을 불러온 게야."

점남의 눈이 사납게 번뜩였다. 한순간 미려의 안색이 변했다. 그날, 객잔에서 목련의 편을 들어주던 가휴가 떠올랐기 때문이다.

그녀의 고운 얼굴 위로 분노가 서릿발처럼 내려앉았다. 미려는 뿌득, 이를 갈았다.

'어째서…….'

목련 뒤에 바짝 붙어 서서 무어라 속삭이던 가휴의 표정을 미려는 잊을 수 없었다.

너무나 다정하고 따스한 눈빛. 마치 연인이라도 된 듯 봄바람이 한껏 넘실거리는 부드러운 미소. 자신을 대할 때 짓던 형식적인 미소와는 전혀 다른 미소였다.

그뿐만 아니었다. 목련이 쓰러졌을 때, 깨질 듯 조심스레 그녀를 품에 안는 것을 본 순간, 미려는 가슴 밑바닥에서부터 무시무시한 질투가 끓어오르는 것을 느꼈다. 그것이 얼마나 놀랍고 낯선 경험이었는지 한동안 정신이 멍해서 아무 말도 할 수 없었다.

가휴가 내뿜는 살기에 객잔 내 사람들이 덜덜 떨며 도망치기 급급했을

때에도 정작 미려의 시선은 가휴의 품에 안겨 있던 목련에게서 떨어질 줄
몰랐다.

점남이 그녀를 붙잡아 객잔 밖으로 끌어내지 않았다면 계속 멍한 채로 하
염없이 두 사람을 쳐다보고 있었을 것이다. 미려의 얼굴이 와락 일그러졌
다.

"목련 말이야. 가휴 님과 무슨 사이야?"

점남이 무슨 뚱딴지같은 말이냐는 듯 쳐다보았다.

"대체 무슨 사이기에 가휴 님이 목련을 감싸고 도냐고."

"그걸 내가 어찌 알겠니? 그 여시 같은 년이 꼬리를 쳤는지 어쨌는지······.
하여간에 하는 짓마다 꼭 지 에미를 닮았어. 흥, 마을의 수치덩어리와 산적
의 조합이라니, 아주 천생연분이지 뭐니?"

미려가 탁자를 쾅, 내리쳤다.

"그걸 지금 말이라고 하는 거야? 엄마는 마을을 책임지고 있는 촌장이잖
아! 촌장이 사람들이 떠드는 헛소문에 휘둘리면 어쩌자는 거야? 그리고 그
렇게 사람 보는 눈이 없어? 세상에 어떤 산적이 눈 한 번 내리면 길이 끊기는
가난한 산골 마을에 오겠냐고! 엄마 말대로 가난한 마을에 뭐 훔쳐갈 게 있
다고! 안 그래?"

점남이 두 눈을 휘둥그레 뜬 채 미려를 쳐다보았다.

"아, 아니 왜 갑자기 성질은 내고 그러니?"

"이놈의 마을은 일 년이 지나도 뭐 하나 변한 게 없어! 정말 지긋지긋해!
이러니 내가 돌아오고 싶겠어?"

끝내 눈물을 보이는 딸의 모습에 점남의 기세가 슬그머니 누그러들었다.

"뭐, 뭘 그런 걸 가지고 울고 그러니······. 좀 진정하렴."

점남은 물 한 잔을 따라 얼른 미려의 손에 쥐어주었다.

"아, 알았어. 하지만 마을 사람들도 이해해줘야지. 다들 불안해서 그러는 거잖아. 몇 년에 한 번 바깥에 나갈까 말까 하는 촌사람들이 뭘 알겠니? 외지인이 와도 늘 보던 사냥꾼 아니면 도부꾼이 전부였는데, 그 양반들은 어딘가 모르게 좀 달라 보이잖니."

점남은 작게 한숨을 내쉬었다.

"안 그래도 네 말이 신경 쓰여 대수한테 물어보러 간 거였다. 뭐하는 사람인진 알아야 이 엄마도 마음을 놓을 것 아니겠니?"

그 말에 미려가 힐끔 점남을 돌아보았다.

"대수 말론 돈깨나 있는 양반 같다더라. 딱히 수상쩍은 면도 없다 하고……."

점남은 말끝을 흐렸다. 딸이 이리 펄펄 뛰니 더 이상 뭐라 하기도 어렵고 그저 속만 답답해 미칠 지경이었다. 미려가 잠시 머뭇거린다 싶더니 조심스레 입을 열었다.

"저기, 그럼 엄마. 내가 가휴 님이 어떤 분인지 좀 더 알아보면 안 될까? 이미 소문이 퍼져서 한동안 객잔 근처엔 사람들이 얼씬도 하지 않을 게 뻔하고, 엄마도 좀 껄끄럽잖아?"

"뭐어? 너도 그 자리에 있었잖아. 그 광경을 보고도 또 찾아가겠다고?"

"난 이미 그분과 인사도 나눴고, 또 그날 일에 대해 마을을 대표해 사과한다고 하면 분명 괜찮을 거야."

점남은 심란한 표정으로 딸을 바라보았다.

"너, 정말 그 남자가 좋은 거니? 그냥 가벼운 마음으로 그러는 거라면……."

"사실, 처음엔 호기심으로 접근하긴 했어. 마을을 찾는 외지인 중에 가휴 님 같은 남자는 처음이었으니까. 하지만 막상 만나서 얘길 나눠보니 정말 좋은 분인 것 같더라고. 물론 나도 성급하게 굴긴 싫어. 그러니 좀 더 알아보자는 거잖아?"

"하아, 엄만 영 내키지 않는구나. 너도 그날 봤잖아. 난 태어나서 그렇게 무서운 살기는 처음 경험했다. 약초 캐다 집채만 한 멧돼지와 부딪혔을 때도 그만큼 무섭진 않았어."

"엄만 아직도 그런 거짓말을……. 아, 아니 그게 아니라……."

점남의 눈초리가 좋지 않자 미려가 얼른 말머리를 돌렸다.

"아, 맞다! 가휴 님 말이야. 혹시, 무사가 아닐까? 내가 녹담에서 귀족들과 자주 어울려 봐서 아는데, 내공이 높은 무사는 살기만으로도 곰을 쫓고 사람도 너끈히 죽일 수 있대. 황제를 모시는 고위 귀족 가문에 그런 무사들이 많다 하더라고. 엄마도 봤잖아. 그렇게 무시무시한 살기를 풍겼어도 누구하나 죽은 사람 있어? 죽이려고 마음먹었으면 아무도 살아남지 못했을 거야. 그것만 봐도 가휴 님이 어떤 분인지 충분히 짐작할 수 있지 않아?"

점남은 고개를 갸우뚱했다. 무언가 그럴 듯하기도 하고 아닌 것 같기도 한 얘기였다.

"알아보고 아니다 싶으면 깨끗이 포기할게."

점남은 자신의 손을 꼭 잡는 미려를 착잡하게 바라보았다. 이렇게까지 간청하는 딸을 보니 가휴란 남자에게 진심인 것 같았다.

"좋아. 하지만 알아보기만 하는 거야. 그 이상은 안 돼. 내 말 어기고 허튼짓하면 그땐 그 남자는 물론이고 너도 마을에서 쫓겨날 줄 알아!"

미려가 뛸 듯이 기뻐했다.

"나만 믿으라니까! 내가 언제 엄마 실망시킨 적 있어?"

점남은 수도 없이 많다고 말하려다 입을 다물었다.

'뭐, 별일 없겠지.'

여전히 마음 한구석에는 찜찜함이 남아 있었지만 자신이 두 눈 부릅뜨고 지켜보면 괜찮으리라 여긴 점남은 다시금 깊이 한숨을 내쉬었다.

마을 내에 떠도는 소문 때문인지 마을 사람들의 객잔 출입이 뚝 끊겼다.
가휼는 부쩍 썰렁해진 객잔 안을 둘러보며 쓴 입맛을 다셨다. 이맘때쯤이면 어슬렁어슬렁 나타나 자리를 꿰차고 낮술과 조반을 즐기던 마을 사람들이 며칠 전부터 코빼기도 보이지 않았기 때문이다. 정확히는 사흘 전, 목련을 둘러싼 불미스러운 일이 있고 난 후부터였다.
지금 객잔에서 태연히 식사를 하고 있는 사람은 그날 사건을 목격하지 않은 외지 손님들뿐이었고, 나머지 손님들은 서둘러 마을을 떠나거나 가급적 가휼와 맞닥뜨리지 않으려 조심하는 눈치였다.
괜스레 자신 때문에 객잔에 폐를 끼치게 되자 가휼는 미안한 마음에 한 달 치 요금을 더 지불해주었다. 그 때문인지 대수는 다른 사람들처럼 노골적으로 피하지는 않았지만 조금은 경계하는 눈치였다.
그는 음식을 만들 때를 제외하고는 가휼 앞에 나서지 않았고, 접객은 대부분 어린 태용에게 시켰다.
"이거 참, 조용해서 좋다만 다들 상대를 안 해주니 영 심심하군."
서요는 여상한 표정으로 태용이 가져온 차를 호로록 마셨다.
"제가 성질 좀 죽이라 그리 말씀드렸잖습니까?"
"어디 그게 내 맘대로 돼야 말이지, 하핫!"
태평하게 웃는 가휼를 보며 서요는 고개를 내저었다. 오늘따라 차 맛이 참 쓰다.
그나마 태용 덕분에 아직까지는 생활에 큰 불편함이 없다는 것에 감사해야 하는 걸까. 벌써 다섯 잔째 차를 들이켜던 가휼가 고개를 갸웃했다.

"그런데 용이 녀석 말이야. 다들 우릴 피하기 바쁜데 왜 그 녀석만 멀쩡한 거지? 무서워하긴커녕 되레 산적은 어떻게 됐냐는 둥, 진짜 사람을 죽여 봤냐는 둥, 그동안 돈은 얼마나 많이 모았냐는 둥, 뭐 이런 거나 꼬치꼬치 캐묻고 있잖아. 그 녀석, 진짜 우리가 산적인 줄 아나 봐."

그 말에 서요는 또랑또랑한 눈망울을 한 태용을 떠올렸다.

아닌 게 아니라 그 맹랑한 꼬맹이는 뭘 잘못 먹었는지 두 남자를 귀찮으리만치 쫓아다녔다. 그것도 모자라 틈만 나면 상기된 얼굴로 질문을 줄줄 해대니 여간 성가신 게 아니었다.

어려서 잘 몰라서 그런 걸까 싶다가도 두 남자와 눈이라도 마주치면 울음을 터뜨리기 바쁜 다른 아이들을 보면 꼭 그런 것만도 아닌 듯싶었다.

"뭐, 백에 하나쯤은 특이한 아이도 있는 법이죠. 그러고 보니 그 아이, 부모가 없다면서요?"

"그렇다더군. 부친은 오래전에 마을을 떠난 후 소식이 끊겼고, 모친은 용이가 태어나고 얼마 안 돼 병으로 죽었다더군. 마을 사람들이 몇 달씩 돌아가며 애를 돌봐준 모양이던데, 그래서 그런지 철이 일찍 든 것 같아. 우릴 두려워하지 않는 것도 어쩌면 태어나면서부터 겪어왔던 가혹한 현실 때문인지도 모르지."

갑자기 차 맛이 더 쓰게 느껴진 서요는 한숨을 삼키며 찻잔을 내려놓았다.

"그런 것치곤 성격도 밝고 씩씩하게 잘 자랐네요."

"착한 녀석인 건 틀림없어. 일찌감치 세상 밖에 나온 탓에 또래보다 많이 영악하고 잇속이 밝긴 하지만, 그 정도는 돼야 혼자 살아갈 수 있었겠지."

가휴는 양팔을 벌리고 목련 앞을 야무지게 막아서던 태용을 잊을 수 없었다. 아무리 영악하다 해도 어린아이에 불과한 태용이 적의로 가득찬 사람들

앞에 용기 있게 나서리라고는 생각하지 못했다.

"그 녀석이라면 왠지 우리의 진짜 정체를 알아도 똑같이 굴 것 같아."

그 말에 서요가 피식 웃었다.

"그런데 언제까지 이곳에 머무를 작정이십니까?"

"응? 언제까지라니?"

"시치미 떼지 마시고 진지하게 생각해주세요. 금호 핑계도 대지 마시고요. 대체 왜 굳이 이 산골까지 온 겁니까? 단지 몸을 숨길 목적이었다면 다른 곳도 많았을 텐데요."

가휴는 제법 심각해 보이는 서요를 보며 히죽 웃었다.

"인상 펴, 서요. 그러다 주름질라."

여전히 느물거리며 농담으로 넘기려는 그의 모습에 서요가 짜증을 냈다.

"농담할 기분 아닙니다. 가뜩이나 마을 분위기도 뒤숭숭한데 더 큰 문제를 일으키고 싶지 않습니다."

"그렇게 여기가 싫어?"

서요가 한숨을 푹 내쉬었다.

"처음부터 마음에 들지 않았습니다. 뭐랄까. 여긴 다른 마을에 비해 지나치게 폐쇄적이에요. 이런 곳에 오래 머무는 건 좋지 않습니다."

"그건 경험에서 나온 말인가?"

"아니라고 할 순 없지요. 인간이 사는 곳이라면 늘 문제가 일어나기 마련이지만, 백계처럼 눈 한 번 내리면 고립되어버리는 마을에선 무슨 일이 일어날지 짐작하기 어렵거든요."

"흐음, 엄청나게 비관적이네. 하긴, 넌 예전부터 인간들을 싫어했지. 인간들 상대하는 일이 대부분인 상단에 있으면서 말이야."

자신을 놀리는 듯한 가휴의 말투에 서요가 인상을 찌푸렸다.

"그 때문에 인간 혐오가 더 깊어진 것인지도 모르죠."

가휴는 손가락으로 찻잔 테두리를 따라 천천히 원을 그렸다.

"문제는 어디서든 일어나. 인간이 있는 곳에도, 독귀가 있는 곳에도. 봐, 나도 사고 한 번 거하게 치고 도망치는 중이잖아?"

서요가 기가 막힌다는 듯 혀를 찼다.

"그걸 지금 자랑이라고 말씀하시는 겁니까?"

"생명이 존재하는 곳은 어디든 마찬가지란 얘기야. 정도의 차이는 있을 수 있겠지만 근본은 똑같다는 거지."

가휴는 불퉁한 표정을 한 서요를 보고 킥킥 웃었다.

"인정하기 싫다는 표정이네. 어쨌든 조금만 더 지켜보자고. 목련을 끌어들인 책임은 져야 하지 않겠어?"

"전 정말 주인님의 마음을 모르겠습니다. 혹, 목련 님께 무슨 감정이 생겼다거나 하는 건 아니겠죠?"

가휴의 눈매가 사르르 반달처럼 휘었다.

"글쎄…… . 어떨까?"

"주인님의 사생활엔 가급적 관여하지 않으려 하지만, 목련 님은 그만두는 게 좋을 겁니다. 자칫 깊은 상처를 줄 수 있습니다."

"독귀와 인간이라서?"

"물론 그 이유가 가장 크겠지요. 자유분방한 주인님이라 할지라도 마노국의 규율을 피해갈 수는 없습니다."

"그래…… . 그렇겠지."

눅진한 어둠이 찰나적으로 가휴의 얼굴을 스치고 지나갔다.

너무 신랄하게 말했나 싶어 약간 후회가 된 서요가 막 입을 열려던 찰나, 객잔 문이 열리더니 한 여인이 성큼성큼 들어섰다. 두 남자의 시선이 동시에 출입문으로 쏠렸다.

일순간 서요의 눈살이 슬쩍 찌푸려졌다. 반갑지 않은 손님이 등장한 탓이다.

만면 가득 화사한 미소를 머금은 채 살랑살랑 걸어오는 미려를 보자 서요는 없던 두통이 생기는 기분이었다.

"저는 잠시 바람 좀 쐬고 오겠습니다."

슬그머니 자리에서 일어서는 서요를 향해 가휴가 의뭉스러운 미소를 지어보였다.

"귀찮은 일은 나한테 떠맡기고 갈 심산인가?"

"자신이 뿌린 씨앗은 자신이 거둬들이는 법입니다."

"너무하는군."

"자업자득이죠."

서요가 보란 듯이 가휴에게 씨익 웃어보이고는 잽싸게 객잔 뒷문으로 사라졌다. 평소엔 느긋한 녀석이 이럴 땐 어찌나 빠른지 모르겠다.

멍하니 사라진 서요의 궤적을 좇고 있던 그때, 방울처럼 낭랑한 목소리가 가휴의 귓전을 톡 울렸다.

"가휴 님, 그동안 별고 없으셨는지요?"

가휴는 생글생글 웃음 짓고 있는 미려에게 살짝 목례를 건넸다.

"나야 늘 별 탈 없이 잘 지내지. 되레 심심해 죽을 지경이야."

그 말에 미려가 호호, 웃음을 터뜨렸다.

"잠깐 실례해도 될까요?"

"물론."

가휴가 옆자리를 가리키자 미려가 수줍은 표정으로 살포시 의자에 몸을 실었다.

그녀가 움직일 때마다 진한 향유 냄새가 코를 찔렀다. 재채기가 나올 만큼 자극적인 향에 가휴는 보일 듯 말 듯 인상을 찌푸렸다.

그는 차를 마시는 척하며 슬그머니 거리를 벌렸다.

"실은, 가휴 님께 사죄를 드리고 싶은 일이 있어 이리 찾아뵀었답니다."

"사죄?"

미려가 주변을 한 번 살피더니 조심스레 입을 열었다.

"저, 괜찮다면 조용한 장소에서 말씀드리고 싶은데……."

"아……."

미려가 원하는 것이 무엇인지 눈치챈 가휴는 작게 고개를 끄덕였다.

"마침 일행이 외출해 방이 비었으니 그리로 올라가지."

그 말에 미려의 얼굴이 확 밝아졌다.

"그럼, 잠시 실례할게요."

못 이기는 척 자리에서 일어서는 미려의 모습에 가휴는 슬쩍 웃음을 삼켰다. 혼인도 안 한 처녀가 외간 남자의 방에 가는 것에 일말의 주저함도 없는 걸 보니 무언가 꿍꿍이가 있는 것이 틀림없었다.

대체 무슨 속셈인 걸까. 어렴풋이 짐작이 갔지만 가휴는 내색하지 않았다. 마침 심심했던 참이라 잠시 그녀의 장단에 맞춰주는 것도 나쁘지 않을 것 같았다.

방으로 올라간 가휴는 다소곳이 뒤따라 들어오는 미려에게 자리를 권하고는 차 한 잔을 따라주었다. 수줍게 찻잔을 집어든 미려의 뺨이 어느새 발그레 도홧빛으로 물들었다.

차 한 모금을 마신 그녀가 찻잔을 살며시 내려놓고는 가휴를 힐끔 쳐다보았다. 머뭇거리는 미려의 모습에 가휴는 눈치 빠르게 먼저 말문을 열었다.

"그래, 사죄하고 싶다는 건 무슨 뜻이지?"

미려가 살짝 시선을 내리며 망설이는 듯하다가 이내 결심한 듯 가휴를 똑바로 마주 보았다. 몸짓 하나, 시선 하나까지 참으로 그럴듯한 연기처럼 보여 내심 웃음이 났다.

"지난번에 객잔에서 일어났던 불미스러운 일에 대해서 사죄를 드리고 싶어요."

"불미스러운 일?"

가휴는 짐짓 모르는 척 눈을 동그랗게 떴다.

"그러니까, 그…… 목련과 마을 사람들 사이에 약간의 다툼이 있었던 그 일 말입니다."

가휴의 눈이 가늘어졌다.

'약간의 다툼이라…….'

참으로 가소롭지 않은가. 누가 봐도 그날 일은 목련을 향한 마을 사람들의 무조건적인 폭력이었다. 물리적인 폭력은 없었을지라도 정신적으로 돌이킬 수 없는 상처를 주었다.

그런데 그것을 저 여자는 약간의 다툼이라는 말로 희석시키고 있었다. 아무렇지 않은 얼굴로 천연덕스럽게.

"아, 그 일 말이군."

가휴는 이제야 생각났다는 듯 탁자를 톡 쳤다. 미려가 고개를 끄덕이며 미소를 지었다.

"본의 아니게 그런 모습을 보여드리게 돼서 가휴 님께는 참으로 부끄럽기 짝이 없네요. 괜히 그 때문에 가휴 님에 대해 이상한 소문이 떠돌게 돼서 얼마나 속상한지 모르겠어요. 마을 사람들을 대신해 제가 사죄드릴게요. 따분한 산골 마을이라 조그만 일에도 호들갑을 떨고 소문 만들기를 좋아하거든요."

가휴는 기가 찼다. 사죄를 하러 온 이유가 목련과 있었던 일 때문이 아니라 자신에 대한 헛소문 때문이라니.

알 수 없는 감정이 가슴 밑에서부터 뭉근히 끓어올랐다. 이것은 짜증일까. 분노일까. 아니면 혐오감일까. 어쩌면 셋 다일지도 몰랐다.

불쾌감이 시시각각 깊어질수록 가휴의 얼굴에는 점점 화사한 웃음이 자리를 잡았다.

"사죄까지 할 필요는 없는데……. 이런 마을에선 충분히 있을 수 있는 일이라 생각하고 있어."

"어머, 역시 가휴 님은 이해심도 남다르시네요. 사실…….."

미려가 머뭇거리며 말끝을 흐리더니 이내 조심스레 입술을 떼었다.

"전 가휴 님이 어떤 사람이든 상관없답니다."

"호오, 정말?"

미려가 눈매를 휘며 수줍게 웃었다.

"그럼요."

"산적에 살인자라는 말까지 도는데도?"

"어차피 소문일 뿐인 걸요. 설령 그렇다 해도 괜찮아요. 오히려 사내답고 멋지다 생각하고 있답니다."

가휴는 요염하게 눈웃음 짓는 미려를 말없이 바라보았다.

그는 이런 얼굴을 잘 알고 있었다. 진한 암컷 냄새를 풍기며 자신을 탐욕스럽게 바라보는 얼굴. 저 조그만 머리로 무슨 생각을 하고 있는지 훤히 보여 웃음이 났다.

빙긋이 웃은 가휴는 미려의 뺨을 한 손으로 감쌌다.

"대담하네. 웬만한 사람들은 그런 소문을 들으면 무서워서 근처에도 오려 하지 않는 데 말이지."

"어머, 전 그렇게 소심하고 비겁한 사람이 아니랍니다. 가휴 님을 향한 제 마음이 어떤지 보여드릴 수 있다면 좋을 텐데……."

가휴는 말없이 미소만 지었다. 이 여인은 지금쯤 무슨 생각을 하고 있을까. 녹담으로 돌아가 친구들에게 들려줄 무용담이라도 떠올리고 있는 걸까. 어쩌면 답답한 마을을 떠나 신나게 모험을 하는 환상에 빠져 있는지도 모르겠다.

그의 미소가 진해졌다. 순간, 미려의 눈이 아득한 곳을 바라보듯 멍해졌다.

"이상하네요."

"뭐가 말이지?"

"어디선가…… 향기가 나요."

"……그래?"

미려가 힘없이 고개를 끄덕였다.

"네. 엄청 좋은 향기가……."

한순간 미려의 몸이 휘청거리더니 스르르 앞으로 쏠렸다. 그녀를 가볍게 받아 안은 가휴는 축 늘어진 가는 몸을 품으로 이끌었다.

단단한 가슴에 머리를 기댄 미려가 탄성 섞인 한숨을 내뱉으며 두 눈을 지그시 감았다.

"기분이…… 이상해요."

"괜찮아. 그냥…… 잠시 꿈을 꾸는 거라 생각해."

작게 속삭이는 가휴의 입술이 부드럽게 호를 그렸다.

미려의 몸은 더 이상 아무런 움직임을 보이지 않았다. 조금 전까지 수줍게 빛나던 눈동자는 굳게 감겼고, 조잘대던 조그만 입술은 핏기를 잃고 창백하게 굳었다.

잠이 든 듯 조용해진 미려를 내려다보는 가휴의 눈빛이 피를 머금은 듯
붉게 빛났다.

"응? 얘가 벌써 왔나?"

조반을 먹자마자 부리나케 나간 미려가 어느새 방에 돌아와 있는 것을 본
점남은 놀랐다. 문 여는 소리도 못 들었는데 언제 돌아온 걸까.

"미려야, 자니? 얘가 아직 해도 떨어지지 않았는데……."

점남은 슬쩍 눈썹을 찌푸렸다. 침상에 누워 꼼짝도 하지 않는 걸 보니 또
무언가 일이 제 마음대로 되지 않은 모양이었다. 그녀는 작게 혀를 찼다.

"자더라도 밥은 먹고 자렴."

미려에게서는 아무런 대답이 없었다. 쥐죽은 듯 미동도 없는 딸의 모습에
점남은 한숨을 내쉬었다.

"그러게 내가 쓸데없는 일은 하지 말라 그랬잖니?"

자기한테 다 맡기라며 큰소리 탕탕 칠 때부터 왠지 느낌이 좋지 않더라
니.

점남은 당장 미려를 두드려 깨워 자초지종을 물어보고 싶었지만 꾹 참았
다. 우격다짐으로 밀어붙여봤자 또 서로 싸움만 할 게 뻔했다. 길게 한숨을
내쉰 그녀는 조심히 방문을 닫았다.

'하룻밤 자고 나면 괜찮아지겠지.'

어릴 때부터 제 맘대로 되지 않으면 온종일 성질부리고 삐쳐 있다가도 하
룻밤 지나면 다시 아무 일 없었다는 듯 생글생글 웃던 딸이 아니던가.

성질은 좀 괴팍한 면이 있지만 길게 고민하거나 우울해하는 아이는 아니
었다. 이번에도 뭔가 뜻대로 안 돼 저리 삐쳐 있지만 내일이면 언제 그랬냐
는 듯 두 눈을 뾰족이 세우고 자신에게 성질을 부릴 것이 틀림없었다.

하지만 그런 점남의 예상은 얼마 가지 않아 산산이 깨지고 말았다. 다음 날이 되어도 미려는 깨어나지 않았기 때문이다.

처음에는 딸이 장난치는 것이라 여겼다. 하지만 시간이 지나도 좀처럼 깨어날 기미가 보이지 않자 슬슬 불안해지기 시작했다.

점남은 화를 내며 미려를 흔들어 깨웠다. 귀가 따가울 정도로 고함을 지르고 어깨를 붙잡고 마구 흔들었지만 딸은 요지부동이었다. 심지어 뺨을 찰싹찰싹 때려도 보았지만 미려는 죽은 사람처럼 축 늘어진 채 꼼짝하지 않았다.

그제야 딸에게 심각한 문제가 벌어졌다는 것을 깨달은 점남은 허겁지겁 집을 뛰쳐나갔다.

마을에서 약초 지식이 가장 많은 장 노인 집으로 헐레벌떡 달려간 그녀는 막 조반을 먹으려던 장 노인을 붙잡아 그대로 자신의 집으로 끌고 갔다.

영문도 모른 채 점남에게 붙들려 질질 끌려간 장 노인은 창백한 얼굴로 침상에 누워 있는 미려를 보고서야 무슨 일이 생겼음을 직감했다.

소소한 배탈이나 고뿔, 가벼운 상처라면 모를까, 이런 원인도 모르는 증상은 장 노인도 어쩔 도리가 없었다.

장 노인이 울상을 지으며 고개를 젓자 점남은 하늘이 무너지는 것 같았다. 어제 집을 나설 때까지만 해도 멀쩡하던 아이가 갑자기 왜 반송장이 되었단 말인가.

온몸이 사시나무 떨리듯 벌벌 떨리고 머릿속이 새하얘졌지만 이대로 주저앉아 있을 수만은 없었다.

점남은 장 노인에게 미려를 부탁하고 급히 의원이 있는 용화마을로 향했다. 백계에서 가장 가까운 마을이었지만 말로 반 시진이나 걸리는 곳이라 점남의 마음은 시시각각 타들어갔다.

그렇게 어렵사리 의원을 데리고 왔지만 그에게서 들은 건 원인을 알 수 없는 가사假死 상태라는 말뿐이었다.

점남은 의원에게 삿대질을 하며 욕설을 퍼붓다 그 자리에 주저앉아 엉엉 울음을 터뜨렸다.

남편이 죽고 오직 딸 미려만 보고 살았는데, 졸지에 딸이 의식불명이 되었으니 하늘이 무너지는 것 같았다.

대체 왜 자신에게 이런 일이 일어났는지 도무지 이해할 수 없었다. 점남은 넋이 나간 채 미려 옆에서 한참을 흐느끼다가 갑자기 자리에서 벌떡 일어섰다.

"맞아. 그 사내 때문이야. 미려가 그 인간을 만나러 간 다음에 이렇게 된 거야!"

딸이 만나러 간다던 가휴를 떠올린 점남은 그길로 객잔으로 달려갔다. 속이 타서 그런지 얼마 되지 않는 거리가 마치 천 리 길처럼 멀게 느껴졌다.

"어디 있어! 그 인간 어디 있어!"

객잔에 들어서자마자 점남이 귀청이 찢어질 듯 소리를 질렀다. 그에 놀란 대수가 부리나케 달려나왔다.

"초, 촌장님! 무슨 일이십니까?"

점남은 대수가 가휴라도 되는 듯 그에게 달려가 멱살을 부여잡았다.

"그 인간 어디 있어! 가휴라는 사내 말이야! 당장 나오라고 그래!"

대수가 황망한 표정으로 어쩔 줄 몰라 했다.

"그, 그 손님은 아마 방에 계실……."

"어디야! 당장 데려와!"

"아, 아니 대체 무슨 일인지 말씀을……."

다짜고짜 난리를 피우는 점남 때문에 객잔 안이 소란스러워졌다. 그녀가 이렇게 화를 내는 모습을 본 적이 없던 대수는 두 눈을 휘둥그레 뜬 채 멍하니 점남을 쳐다보았다.

"촌장님! 제발 진정하시고……."

"진정? 내가 진정하게 생겼어? 지금 내 딸이……."

그 순간 점남의 말이 뚝 끊겼다. 그녀의 시선이 어딘가에 고정되었다.

지켜보던 몇몇 사람들이 점남을 따라 고개를 돌렸다. 그 시선 끝에 한 남자가 서 있었다. 막 2층에서 내려오고 있던 가휴였다.

"무슨 일 있습니까? 오늘따라 유난히 소란스럽네요."

점남의 눈에 시퍼런 빛이 번뜩였다. 대수의 멱살을 거칠게 놓은 그녀는 단숨에 가휴를 향해 달려갔다. 무서운 기세로 달려가는 그녀를 사람들이 긴장한 표정으로 지켜보았다.

"당신!"

가휴가 점남을 발견하고 살짝 목례를 건넸다.

"아, 촌장님. 또 뵙는군요."

반갑게 인사하는 가휴의 모습에 점남은 멈칫했다. 그를 보자마자 멱살을 잡고 마구 추궁할 생각이었는데, 이상하게 막상 가휴와 맞닥뜨리자 쉽사리 입이 떨어지지 않았다.

그녀는 마른침을 꿀꺽 삼키며 마음을 다잡았다. 집에 있는 미려를 생각하니 주저했던 마음이 사라지면서 다시금 용기가 생겨났다. 점남은 고개를 번쩍 들고 가휴를 매섭게 노려보았다.

"당신이지. 당신이 우리 미려를 그렇게 만든 거지?"

가휴가 고개를 갸웃했다.

"예? 그게 무슨 말씀입니까? 미려 낭자에게 무슨 일 있습니까?"

"거짓말하지 마! 우리 미려가 당신을 만나러 나간 다음에 갑자기 반송장이 돼서 돌아왔다고!"

가휴의 눈이 휘둥그레졌다. 놀란 것은 다른 사람들도 마찬가지였다. 객잔 안이 다시금 소란스러워졌다.

"미려 낭자가 반송장이 되다니요? 대체 그게 무슨 말씀입니까?"

걱정스럽게 되묻는 가휴의 모습에 점남은 점점 화가 나기 시작했다.

"지금 시치미를 떼는 거야? 우리 미려가 분명 당신을 만나러 간다고 했다고! 근데 이제 와서 모른 척하려고?"

가휴가 심각한 표정으로 고개를 내저었다.

"대체 이게 무슨 일인지……. 미려 낭자에게 정말 무슨 일이 생긴 겁니까?"

점남의 얼굴에 의아한 빛이 떠올랐다. 미려를 걱정하는 가휴의 모습에는 한 치의 거짓이 보이지 않았다. 사납게 드높았던 점남의 목소리가 차츰차츰 수그러졌다.

"저, 정말 당신은 몰랐단 말이야? 미려가 분명 당신을 만나러 간다 했는데……."

점남은 목이 콱 잠겨 차마 말을 이을 수 없었다. 바들바들 떨며 울먹이는 그녀를 향해 가휴가 천천히 다가왔다.

"심려가 크시겠습니다. 어제 미려 낭자를 만난 건 사실이나, 일이 바빠 인사만 하고 바로 헤어졌습니다. 하아, 갑자기 이게 무슨 일인지……."

가휴가 한숨을 푹 내쉬며 안타까운 표정을 지었다.

"그럼 저 애가 왜 저러는 거지. 왜 죽은 것처럼 안 깨는 건지……."

점남은 끝내 울음을 쏟아냈다. 그런 그녀의 어깨를 가휴가 부드럽게 잡았다.

"어쩌면 독초나 벌레에 쏘인 것인지도 모릅니다. 의원에겐 보이셨습니까?"

"그, 그게 의원도 원인을 알 수 없다고……."

점남은 눈물을 뚝뚝 흘리며 가휴를 올려다보았다.

"우리 미려 어떡합니까? 어떡해요……."

가휴가 작게 한숨을 내쉬었다. 그는 턱을 매만지며 잠시 고민하는 듯하다가 어렵사리 입을 떼었다.

"도움이 될지는 모르겠지만 제가 미려 낭자를 한 번 살펴보겠습니다."

점남의 눈이 커다래졌다. 그녀는 간절한 표정으로 가휴의 옷자락을 덥석붙잡았다.

"그, 그게 정말인가요?"

"장사치로 전국을 떠돌다 보니 이런저런 경우를 자주 봐왔답니다. 벌레나 독초에 쏘인 거라면 며칠 있다 깨어나기도 하니 일단 지켜보기로 하지요."

한줄기 가느다란 희망을 발견한 점남은 필사적으로 그에게 매달렸다.

"제발…… 제발 우리 미려 좀 살려주세요!"

"너무 걱정 마시고 촌장께선 미려 낭자 옆을 떠나지 마시고 잘 보살펴 주십시오."

"흑, 감사합니다. 감사합니다!"

점남은 머리가 땅에 닿도록 절을 하며 흐느꼈다. 조용한 객잔 안으로 그녀의 울음소리가 힘없이 퍼져갔다.

그런 점남을 말없이 내려다보는 가휴의 눈빛은 부드러운 표정과 달리 한없이 차고 어두웠다.

10장.
금호金狐

미려가 원인을 알 수 없는 병으로 의식불명이 되었다는 소문은 금세 마을에 퍼졌다. 그리고 그 소문은 어김없이 목련에게도 날아들었다.

뜻밖의 소식에 그녀는 적잖이 놀랐지만 그렇다고 미려에게 동정은 가지 않았다.

감정의 골이 깊은 탓일까. 언제부터 이리 감정조차 삭막하게 말라버렸는지 모르겠다. 애써 씁쓸함을 삼킨 목련은 오두막을 나와 소추 계곡으로 향했다.

그날. 객잔에서 점남과 미려, 마을 사람들과 부딪혔던 그날 이후로 그녀는 한동안 마을 출입을 하지 않았다. 사람들과 맞닥뜨리는 것이 두려웠고, 더 이상 그들 앞에서 아무렇지 않은 척 연기를 할 자신이 없었다.

까마득한 절망 속에서 유일하게 그녀를 붙잡아준 것은 오직 가휴와 어린 태용뿐이었다. 그들 덕분에 다시 일어설 수 있었고, 증오에 사로잡힐 뻔한 자신을 추스를 수 있었다.

울퉁불퉁한 산길을 내딛는 목련의 입가에 엷은 미소가 떠올랐다. 그런 일이 있었음에도 변함없이 자신을 살갑게 대해주는 태용을 생각하니 스산했던 마음에 조금 온기가 돌았다.

"아, 맞다."

무언가 생각났다는 듯 목련은 발길을 돌려 서둘러 집으로 달려갔다. 얼마 후, 오두막에서 나온 목련의 팔에는 먹음직한 율과가 담긴 망태가 들려 있었다.

율과는 겨울에 흔히 볼 수 있는 과일로, 고뿔이나 피로회복에 좋다고 알려져 있었다.

"좋아할지 모르겠네."

얼마 전에 약초를 캐러 나갔다가 운 좋게 큰 율과나무를 발견한 목련은 제일 먼저 태용을 떠올렸다.

아이가 자신에게 해준 것에 비해 너무 보잘것없는 선물이었지만 이렇게라도 태용에게 고마움을 전하고 싶었다.

산을 내려온 목련은 잰걸음으로 객잔으로 향했다. 빨리 전해주고 싶은 마음 때문인지 자꾸만 발이 빨라졌다.

그녀가 막 마을 안으로 들어섰을 때였다. 저만치 앞에 낯익은 아이가 종종 걸어오는 모습이 보였다. 목련의 얼굴에 환한 미소가 떠올랐다.

"용아!"

"어, 누님!"

목련을 발견한 태용이 한달음에 달려왔다.

"어디 가는 길이니?"

"마침 누님을 만나러 가려던 참이었어요!"

목련은 내심 놀랐다.

"날 만나러?"

태용이 고개를 힘차게 끄덕였다. 아이의 뒷머리에 삐죽 솟구친 머리카락이

고갯짓에 따라 갯버들처럼 살랑거린다. 그 모습이 귀엽고도 우스꽝스러워 목련은 품, 웃음을 터뜨렸다.

"어찌 찾아오려고 혼자 나선 거야?"

"에이, 제가 누님 집도 못 찾아갈까 봐요?"

태용이 어깨를 으쓱하며 히히 웃었다. 그런 아이가 또 귀여워 목련은 슬쩍 손을 내밀어 고슬고슬한 머리카락을 쓰다듬었다.

"하마터면 길이 엇갈릴 뻔했구나. 나도 마침 널 만나려고 왔거든."

"예에? 저를요? 무슨 일 있으세요?"

"그건 아니고, 이걸 주려고……."

목련은 들고 있던 율과 주머니를 내밀었다. 아이가 망태 가득 들어 있는 율과를 보더니 눈을 휘둥그레 떴다.

"와아, 이거 율과 아니에요?"

"얼마 전에 운 좋게 커다란 율과나무를 발견했지 뭐니. 그래서 네게 나눠 주려고 가져왔단다."

"우와, 고맙습니다! 율과는 오랜만에 보네요."

태용이 입맛을 쩝쩝 다시며 망태에 손을 뻗었다.

"무겁지 않겠니?"

"저 힘 무지 세요!"

행여 목련이 도로 가져갈세라 태용이 얼른 망태를 덥석 품에 안았다.

"잠깐만요. 이거 방에 놓고 올 테니 조금만 기다려주세요! 그냥 가면 안 돼요!"

목련은 달려가려는 태용을 얼른 붙잡았다.

"오늘은 내가 일이 있어 집을 종일 비울 것 같구나. 그러니 다음에 놀러오렴."

독귀의
여자

"에? 어디 가세요?"

태용이 시무룩한 표정을 지었다. 괜스레 미안한 마음이 든 목련은 아이의 뻗친 머리카락을 슬쩍 매만졌다.

"미안하구나. 나도 널 집에 초대하고 싶은데, 덫을 살피러 가야 해서 오늘은 안 될 것 같아."

"덫이요? 아, 혹시 금호를 잡으려고 놓은 덫 말인가요?"

언제 시무룩했냐는 듯 태용의 눈이 초롱초롱해졌다.

"그래, 맞아."

"어, 저기, 저기 누님!"

태용이 오줌 마려운 강아지처럼 발을 동동 굴렸다.

"누님, 저도 따라가면 안 될까요?"

"뭐?"

"금호를 어떻게 잡는지 보고 싶어요. 따라가게 해주세요, 네?"

목련은 드물게 떼를 쓰는 태용을 보며 곤란한 표정을 지었다.

"가휴 님을 돕고는 있지만 사실상 금호를 잡는 건 불가능하단다. 그건 너도 잘 알고 있지 않니? 게다가 소추 계곡은 너처럼 어린아이가 가기엔 너무 위험해."

"금호를 못 봐도 좋으니 따라가게 해주세요. 절대 방해 안 할게요, 네?"

"그래도 안 돼. 대신 일이 끝나면 꼭 오두막에 초대할게."

목련이 단호하게 나오자 아이의 어깨가 축 처졌다. 목련은 낮게 한숨을 내쉬었다.

"거긴 어른에게도 위험한 곳이란다. 자칫 발이라도 헛디디면 크게 다치거나 죽을지도 몰라. 정 가고 싶으면 눈이 녹을 때까지만이라도 기다리렴. 그럼 그때 데려가 주마."

"눈이 녹을 때까진 아직 한참 남았잖아요."

태용이 고개를 푹 숙인 채 입을 내밀었다. 잔뜩 풀이 죽은 것이 여간 실망한 게 아닌 모양이었다. 목련은 아이의 머리를 살며시 쓰다듬었다.

"미안하구나."

"아니에요. 그렇게까지 말씀하시면 할 수 없죠."

"이해해주니 고맙구나. 그럼 나중에 보자."

목련이 태용의 어깨를 가볍게 토닥이고는 이내 몸을 돌려 산으로 향했다.

시무룩한 표정으로 멀어지는 그녀를 물끄러미 지켜보던 태용이 갑자기 부르르 고개를 털어내더니 양 뺨을 찰싹 때렸다.

"이 정도로 포기할 내가 아니지!"

언제 그랬냐는 듯 아이의 눈이 초롱초롱 빛났다. 태용은 목련이 완전히 모습을 감출 때까지 숨어서 지켜보다가 그녀가 사라지자 재빠르게 뒤를 쫓았다.

산을 타는 아이의 모습이 마치 다람쥐처럼 날래고 가볍다. 어렸을 때부터 산을 놀이터 삼아 자라온 탓인지 울퉁불퉁한 산길을 내딛는 태용의 발은 거침이 없었다.

"딴 건 몰라도 산 타는 거 하나는 자신 있단 말이지."

깊은 산속까진 가보지 못했지만 마을 인근 산속은 앞마당처럼 훤히 꿰고 있었다.

오늘도 모처럼 허락을 받고 목련의 집을 몰래 찾아가 놀래줄 심산이었는데, 그만 허사가 되어 여간 서운한 게 아니었다.

"누님은 날 너무 아이 취급한단 말이야. 약초꾼들도 잘 모르는 샛길도 몇 개나 알고 있는데."

태용은 코끝에 송골송골 배어나온 땀방울을 소매로 훔쳐내며 연방 입을 삐죽거렸다.

"소추 계곡 정돈 눈감고도 찾아갈 수 있다구."

두 해 전에 계곡 근처까지 가본 적은 있었으나 버려진 폐광이 있는 데다 짐승들만 들락날락하는 황량한 계곡에 차마 혼자 갈 용기가 생기지 않아 슬그머니 발길을 돌렸다는 건 혼자만의 비밀이었다.

하지만 이제 자신도 많이 컸다. 그깟 계곡쯤은 얼마든지 혼자서도 갈 수 있는 것이다.

"몰래 따라온 걸 알면 혼나려나? 아냐, 누님이라면 꿀밤 한 대 콕 쥐어박고 그냥 웃어주실 거야."

다른 사람은 몰라도 자신한테만큼은 다정한 목련이 아니던가. 조금 혼이 날지언정 별일은 없을 거라 생각한 태용은 어느새 슬쩍 삐져나온 콧물을 훌쩍 들이켰다.

"그나저나 정말 금호가 잡힐까? 잡히면 좋겠는데……."

태용은 내심 목련이 금호를 잡아서 마을 사람들을 놀래주기를 바랐다. 대수 아저씨는 고작 털 몇 가닥 가진 것으로 그리 자랑을 하지 않던가.

목련이 금호를 산채로 잡기만 하면 어느 누구도 그녀를 무시하지 못할 것이다. 두 번 다시 상처받고 눈물 흘리는 일은 없을 것이다.

객잔에서 있었던 그날을 떠올린 태용은 조그만 입술을 꼭 깨물었다.

산을 오른 지 반 시진쯤 되었을까. 소추 계곡으로 향하는 샛길로 막 접어들었을 무렵이었다.

어디선가 끼잉, 하는 짐승 울음소리가 희미하게 들려왔다. 멈칫한 태용은 주변을 둘러보았다.

"무슨 소리가 들린 것 같았는데……."

고개를 갸웃한 태용이 다시 발을 떼려는 순간, 또다시 짐승 울음소리가 짧게 울렸다.

두 눈이 휘둥그레진 태용은 그 자리에 엉거주춤 섰다. 이번엔 착각이 아니다. 분명 짐승 울음소리가 틀림없었다.

"뭐지?"

다소 주눅이 든 태용은 소리가 들려온 방향으로 조심스레 걸어갔다.

몇 발짝 채 움직이지 않았는데 다시 또 울음소리가 들려왔다. 무언가 광장히 고통스러워하는 것 같은 울음소리에 불현듯 호기심이 일었다.

소리는 바위 너머 덤불이 우거진 쪽에서 들려오고 있었다. 주춤거리며 다가가자 인기척을 느꼈는지 돌연 울음소리가 뚝 끊겼다.

더욱 궁금해진 태용은 허리를 굽히고 슬금슬금 덤불을 헤치며 안으로 쏙 몸을 집어넣었다. 그 순간, 태용의 눈이 튀어나올 듯 커졌다.

저만치 앞에 자그마한 짐승 한 마리가 야트막한 구덩이 벽에 바짝 몸을 붙인 채 바들바들 떨고 있는 것이 보였다.

우려했던 것과 달리 울음소리의 주인공이 작은 짐승임을 알게 된 태용은 그제야 긴장을 풀었다.

"와아, 넌 누구니?"

무릎걸음으로 슬금슬금 다가가자 짐승이 잔뜩 몸을 움츠리며 경계를 했다. 귀가 완전히 접히고 꼬리가 바짝 오그라든 것으로 보아 엄청 겁을 먹은 모양이었다.

"어?"

태용은 다시 한번 놀랐다. 가까이서 보니 짐승 몸뚱이에 낡은 올무가 감겨 있었다. 올무 끝에 작은 고기조각이 달려 있는 것으로 보아 그것을 먹으려다 걸린 것 같았다. 태용은 이맛살을 찌푸렸다.

"또 허락 없이 마구잡이로 덫을 쳐놨네. 정말 사람들이 왜 그리 말을 안 들어먹는 거야?"

분명 외지에서 온 사냥꾼 중 하나가 저지른 일이라 확신한 태용은 연방 구시렁거렸다.

마을 사람들은 이렇게 무분별하게 덫을 설치하지 않는다. 정해진 구역에만 덫을 설치해야 한다는 암묵적인 규칙이 있기 때문이다. 하지만 외지인들은 아무리 규칙을 알려줘도 무시하기 일쑤라 종종 골치를 앓곤 했다.

"걱정하지 마. 내가 구해줄게."

태용은 아기를 어르듯 짐승을 달래며 조심스레 손을 뻗었다. 짐승이 끼잉, 울며 사시나무 떨 듯 떨었다.

"괜찮아, 괜찮아."

태용은 둘러멘 망태에서 약초 캘 때 쓰는 칼을 꺼냈다. 소추 계곡에 따라갈 요량으로 이것저것 챙겨온 것이 참 다행이었다.

태용은 짐승이 다치지 않도록 최대한 조심하며 칼로 올무를 끊기 시작했다. 설치해둔 지 꽤 시간이 흐른 탓인지 다행히 올무는 큰 수고를 들이지 않아도 쉽게 끊어졌다.

짐승의 몸을 잔뜩 옥죄던 올무가 하나씩 끊겨 나가자 웅크려 있던 짐승의 떨림이 조금씩 줄어들기 시작했다.

"자, 다 됐다!"

마침내 낡은 올무가 다 끊겼다. 칼을 다시 망태에 넣은 태용은 조심스레 손을 뻗어 짐승을 품에 안았다.

잠시 바르작거리며 저항하던 짐승은 기력이 빠진 건지 이내 얌전히 태용의 품에 안겼다. 벌어진 입을 다물지 못한 아이는 짐승을 품에 꼭 안은 채 덤불을 벗어났다.

"우와!"

태용의 입에서 탄성이 터져 나왔다. 햇빛을 받은 짐승의 털이 황금색으로 반짝이고 있었다.

덤불 아래 있었을 땐 이렇게 아름다운 털을 가지고 있을 줄 상상도 하지 못했다. 게다가 자신을 빤히 올려다보는 짐승의 눈은 산딸기처럼 새빨간 색이었다.

태용은 벌어진 입을 다물지 못하고 멍하니 짐승을 바라보았다.

태어나서 이렇게 아름다운 짐승은 처음 보았다. 눈부실 만큼 아찔한 황금색 털에 붉은 눈동자.

게다가 꼬리는 양 갈래로 갈라져 있는 특이한 모양새였다. 꼭 마을 입구에 있는 금호 석상과 닮지 않았는가.

"석상?"

무언가가 번개처럼 머릿속을 스쳐 지나갔다. 태용은 눈을 끔벅이며 품 안의 짐승을 내려다보았다. 아무리 봐도 금호 석상과 똑 닮았다. 다른 점이라고는 몸집이 훨씬 작다는 것뿐이었다.

"설마, 진짜 금호?"

심장이 두 근 반 세 근 반 뛰기 시작했다.

"새낀가?"

태용은 신기한 표정으로 연방 금호 새끼를 쓰다듬었다. 품 안에서 꼬물거리는 작은 짐승이 몹시 귀여워서 태용의 입가에는 웃음이 떠나지 않았다.

"너, 진짜 금호니? 어쩌다 올무에 걸린 거야?"

인간의 욕심으로 놓은 덫에 금호 새끼가 다친 것을 보니 마음이 아팠다. 태용은 망태에서 연고를 꺼내 상처에 발라주었다.

처음엔 움찔하며 거부반응을 보이던 금호는 자신에게 해가 되지 않는다는 걸 알았는지 이내 얌전히 몸을 맡겼다. 그 모습에 다시금 태용의 얼굴이 헤실헤실 풀어졌다.

"와아, 금호를 발견하다니! 아무도 안 믿겠지?"

문득 아이의 머릿속에 목련이 스쳐 지나갔다.

"누님이 이 사실을 알면 얼마나 기뻐하실까?"

그렇지 않아도 금호를 잡으려고 온갖 고생을 하고 있는 목련이 아닌가. 그녀에게 금호 새끼를 보여주면 큰 도움이 될 것 같았다. 입이 귀밑까지 걸린 태용은 금호 새끼를 안고 서둘러 자리를 떴다.

그때였다. 돌연 이상한 기운을 느낀 태용은 우뚝 걸음을 멈추었다.

등덜미를 덮치는 오싹한 한기. 뼛속까지 찌르는 냉기에 온몸의 털이 거꾸로 서는 것 같았다.

태용은 마른침을 꿀꺽 삼켰다. 산골 마을에 사는 사람이라면 한두 번쯤 겪었을 법한 이 느낌은 분명 살기였다. 그것도 포악한 맹수의 살기.

태용의 몸이 차츰차츰 떨리기 시작했다. 움직이고 싶었지만 이상하게 다리에 뿌리가 내린 것처럼 움직일 수 없었다.

태용은 천천히 뒤를 돌았다. 극심한 두려움이 작은 어깨를 바윗돌처럼 짓눌렀지만 도저히 돌아보지 않고선 견딜 수 없었다.

태용은 덜덜 떨리는 턱에 힘을 꽉 주며 겨우 고개를 돌렸다. 그런 태용의 눈에 시뻘건 두 점이 보였다. 형형하게 타오르는 불꽃 같은 붉은 점이 허공에 둥둥 뜬 채 아이를 노려보고 있었다.

"으아아악!"

태용의 찢어질 듯한 비명이 적막한 산속으로 넓게 퍼져나갔다.

목련은 걸음을 뚝 멈추었다. 어디선가 희미하게 메아리치는 비명을 들은 것 같다. 그것은 어린아이의 목소리와 닮아 있었다. 그럴 리 없다 치부하며 다시 발길을 돌리려 했지만 이상하게 불길한 느낌이 들었다.

한 발짝 떼었다가 다시 걸음을 멈춘 목련은 뒤를 돌았다.

뭘까. 왜 이렇게 기분이 싸늘할까. 꼭 무슨 일이 벌어질 것만 같은 느낌이 들었다. 그녀의 머릿속에 누군가가 스쳐 지나갔다.

"설마……."

아니다. 그렇게 단단히 일러두었는데 그 아이가 예까지 따라올 리 없다. 몇 번이고 부정하려던 그때, 멀리서 다시금 비명이 들려왔다. 조금 전 들었던 바로 그 소리였다.

한순간 가슴이 서늘해졌다. 목련은 지체 없이 왔던 길을 되짚어 달리기 시작했다.

달음질을 할수록 불안감은 점점 깊어졌다. 제발 자신의 생각이 틀리기를 간절히 바라면서 그 어느 때보다 민첩하고 빠르게 발을 놀렸다.

숨이 턱까지 차오르고 땀이 줄줄 흘러내릴 때쯤, 갑자기 목련의 눈이 휘둥그레졌다. 저 멀리서 낯익은 작은 소년이 빠르게 달려오고 있었다.

"태용아!"

목련은 커다랗게 아이를 불렀다. 태용의 얼굴은 멀리서 봐도 하얗게 질린 것이 잔뜩 겁을 먹은 것 같았다.

그녀가 부르는데도 듣지 못한 것인지 아이는 정신없이 달음박질을 하고 있었다.

"용아!"

목련은 다시 한번 목청을 높여 태용을 불렀다. 그제야 소리를 들었는지 태용이 고개를 들었다. 목련을 발견한 태용이 찢어질 듯 고함을 질렀다.

"누, 누님! 피하세요! 도망치세요!"

아이의 말에 채 의문을 느낄 새도 없이, 돌연 눈앞이 번쩍하더니 커다란 황금색 덩어리가 수풀을 뚫고 뛰쳐나왔다.

심장이 멎을 정도로 놀란 목련은 그 자리에 멈춰 섰다. 휘둥그레 치뜬 그녀의 눈동자가 갑자기 나타난 존재를 황망히 쫓았다.

"이럴 수가……."

온몸의 피가 모조리 발밑으로 빠져나가는 기분이다. 지금껏 숱하게 산을 오르락내리락하면서 많은 짐승과 맞닥뜨렸지만 맹세코 지금처럼 공포에 사로잡힌 적은 한 번도 없었다.

목련의 안색이 백지장처럼 하얗게 변했다. 눈앞에 펼쳐진 광경을 도무지 믿기 어려웠다. 왜 하필 지금 이 순간에, 이런 장소에 금호가 출현한단 말인가.

"누님!"

태용의 비명에 가까운 외침에 목련은 퍼뜩 정신을 차렸다. 일의 정황을 파악할 새도 없이 그녀는 본능적으로 등을 더듬었다.

'아차!'

목련의 등 뒤로 식은땀이 흘렀다. 하필 오늘따라 활을 두고 왔다. 다른 때처럼 사냥을 온 것이 아니었기에 기본적인 장비만 챙겨온 것이다.

어금니를 질끈 깨문 목련은 허리춤에 넣어둔 단검을 꺼내 손에 꼭 거머쥐었다. 무기라고는 고작 단검과 지팡이뿐이라 여간 난감한 게 아니었다.

머릿속으로 끊임없이 이 난관을 어찌 헤쳐 나가야 할지 생각했지만 금호와의 거리가 가까워질수록 머릿속이 하얗게 비워졌다.

태용이 바로 코앞까지 다가왔다. 눈물 콧물로 더럽혀진 아이의 얼굴은 하얗다 못해 새파랗게 변해있었다.

그때, 목련의 눈에 무언가가 띄었다. 태용이 꼭 안고 있는 작은 생물체. 햇빛 아래 금색으로 반짝이는 작은 털뭉치는 크기만 작을 뿐 저 앞에 무서운 기세로 달려오고 있는 금호와 똑 닮아 있었다.

'새끼!'

짧은 순간에 모든 정황이 비로소 이해되었다. 금호가 저리 잔뜩 성이 나 쫓아오는 이유. 그것은 전부 새끼 때문이었던 것이다.

"용아! 새끼를 버려!"

"누님! 엉엉!"

"새끼를 버리라고!"

목련은 목이 터져라 외쳤다. 눈이 댕그래진 태용이 그제야 자신이 꼭 안고 있는 금호 새끼를 보더니 얼른 바닥에 떨어뜨렸다.

"캥!"

금호 새끼가 짧게 울음을 토해내자 맹렬한 기세로 달려오던 어미 금호의 기세가 한순간 주춤했다. 그 틈에 목련은 잽싸게 태용의 팔을 붙들고 달리기 시작했다.

"어서 뛰어!"

"누, 누님!"

금호가 새끼를 보고 있는 틈에 최대한 멀리 도망가야 했다.

목련은 태용의 팔을 우악스레 거머쥐고 마을로 향하는 지름길을 찾아 정신없이 내달렸다. 아이가 그녀의 속도를 따라가지 못하고 비틀거리자 목련은 태용을 덥석 업고 다시 달리기 시작했다.

"헉, 헉!"

땀이 비 오듯 흐르고 입에선 단내 나는 거침 숨결이 끊이지 않고 뿜어져 나왔다. 하지만 목련은 잠시도 쉴 수 없었다.

금호는 재빠른 짐승이었다. 먹이를 쫓을 때는 평소보다 두 배는 더 빨리 달릴 수 있다 들었다. 그러니 최대한 멀리 도망쳐야 했다. 적어도 자신의 오두막까지는 가야 했다.

오두막에는 산짐승을 막기 위한 울타리가 있고 무기도 있다. 거기까지만 가면 어떡하든 살아남을 가능성이 있었다.

'조금만 더, 조금만 더!'

목련은 꺾일 것 같은 무릎에 힘을 주고 이를 악물었다.

"크아앙!"

그때, 날카로운 울음소리와 함께 머리 위로 그늘이 드리워졌다. 커다란 그림자가 목련 위로 휙 지나간다 싶더니 이내 커다란 짐승이 두 사람 앞을 가로막았다.

깜짝 놀란 목련은 서둘러 멈추려다 그대로 콰당, 미끄러지고 말았다. 업혀 있던 태용도 땅바닥에 내동댕이쳐져 몇 바퀴를 데굴데굴 굴렀다.

"윽!"

목련은 넘어진 충격으로 잠시 비틀대다가 이내 힘겹게 몸을 일으켜 태용을 찾았다.

다행히 몇 발짝 떨어진 곳에 태용이 있었다. 넘어진 여파로 신음을 흘리고 있었지만 움직이고 있는 걸 보니 다행히 크게 다친 것 같진 않았다.

목련은 절뚝거리며 서둘러 태용에게 달려갔다. 아이를 뒤로 숨긴 그녀는 단검을 손에 꼭 쥐고 금호를 노려보았다.

이마를 타고 뜨듯한 것이 흘러내린다. 손등으로 슥 닦아내자 핏물이 묻어났다. 조금 전에 넘어질 때 어딘가에 찢긴 모양이었다.

목련은 금호의 주변을 살폈다. 새끼가 보이지 않는 것으로 보아 어딘가에 숨긴 모양이었다.

새끼를 돌려주면 바로 사라질 줄 알았는데 끝까지 쫓아오다니. 사냥이 목적인지 복수가 목적인지 모호했다. 어쩌면 둘 다 일지도 몰랐다.

"용아, 내가 주의를 끄는 동안 넌 얼른 오두막, 아니, 마을로 도망쳐라!"

"누, 누님……."

태용이 목련의 옷자락을 거머쥔 채 작게 울먹였다. 아이의 손이 잘게 떨리는 것을 보니 한순간 마음이 약해졌지만 더 이상 지체할 시간이 없었다. 목련은 매섭게 아이의 손을 뿌리쳤다.

"어서 가!"

"누님!"

"네가 있으면 방해만 될 뿐이야! 어서 가!"

목련의 매서운 일갈에 태용이 결국 몸을 돌려 마을을 향해 달리기 시작했다. 애써 울음을 참으며 달려가는 뒷모습이 왜 이렇게 애처로운지 모르겠다.

그녀는 지끈거리는 가슴을 억누르며 태용이 무사히 마을로 돌아가길 간절히 빌었다. 그때였다. 서늘한 바람 한 줄기가 맞은편에서부터 소리 없이 밀어닥쳤다.

'아차!'

태용에 대한 걱정으로 잠시 경계를 소홀히 한 목련은 정신이 번쩍 들었다.

재빨리 고개를 돌린 그녀의 눈에 보인 것은 하늘을 나는 시커먼 짐승의 그림자였다.

빈틈을 노린 금호가 허공으로 높이 뛰어오르더니 호를 그리며 순식간에 목련을 향해 달려들었다.

짐승의 울부짖음이 찬 공기를 날카롭게 가르는 순간, 몸이 뒤로 벌렁 넘어갔다. 목련은 커다랗게 입을 벌렸다.

"아악!"

불로 지지는 듯한 엄청난 통증이 목덜미를 덮쳤다. 정신을 잃을 만큼 지독한 고통이었지만 목련은 이를 악물며 허리춤에서 단도를 꺼내 휘둘렀다.

"크아앙!"

금호가 가소롭다는 듯 여유롭게 단도를 피하며 멀찍이 물러섰다.

"헉, 허억!"

목련은 바닥에서 힘겹게 몸을 일으켰다. 눈과 흙이 섞인 언 땅 위로 시뻘건 핏물이 후드득 떨어져 내렸다.

'빌어먹을!'

맹수 앞에서 한눈을 팔다니. 태용 때문에 흐트러진 모습을 보인 것이 큰 실수였다.

목련은 곁눈질로 태용이 달려간 길을 살폈다. 다행히 아이의 모습은 보이지 않았다.

그녀는 후드득 떨어지는 땀을 옷소매로 훔쳤다. 조금만 더 시간을 끌자. 아이의 뜀박질 속도로 마을까진 대략 한 식경 정도 걸릴 것이다. 태용은 몸이 날래니 어쩌면 그보다 더 빠를 수도 있었다.

'다행이야.'

목련은 태용을 구했다는 사실에 안도했다. 자신의 눈앞에서 아이가 당했다면 죽을 때까지 죄책감을 안고 살아야 했을 것이다.

그녀는 자꾸만 흐려지는 두 눈을 부릅뜬 채 금호를 노려보았다.

하얀 이빨을 드러낸 채 자신의 움직임 하나하나를 집요하게 노려보는 아름다운 야수.

금호는 상상했던 것 이상으로 아름다웠다. 햇빛에 반짝반짝 빛을 발하는 금빛 털. 맑고 투명한 홍보석을 닮은 붉은 눈동자. 천상의 생물이 저런 모습일까.

아무도 없는 숲에 홀로 고고히 서서 자신을 빤히 쳐다보고 있는 짐승은 눈물이 날 만큼 아름다워서 목숨이 풍전등화인 순간에도 저절로 감탄이 흘러나왔다.

"하……."

목련은 피식 웃었다. 그토록 고대하던 금호를 겨우 만났는데 채 기쁨을 만끽하기도 전에 너덜너덜 찢겨 죽게 생겼다. 그녀는 단단히 턱을 다물고 금호를 똑바로 마주 보았다.

온몸은 짐승이 뿜어내는 살기에 반응해 바들바들 떨리고 있는데, 이상하게 두려운 마음은 들지 않았다. 오히려 저 아름다운 짐승에게 조금 더 가까이 가고 싶다는 묘한 열망이 솟구쳤다.

미세한 움직임만 보여도 다시금 금호의 송곳니가 목덜미를 꿰뚫어버릴 것임을 알면서도 죽음에 대한 공포보다는 묘한 그리움과 동경심이 가슴을 바짝 욱죄었다.

목련은 강렬한 붉은빛을 내뿜는 금호의 눈동자를 홀린 듯 바라보았다. 순간, 누군가의 얼굴이 홀연히 떠올랐다.

"아……."

그녀는 작게 탄성을 내뱉었다. 그래. 저 아름다운 눈동자는 꼭 그를 닮았다.

눈을 맞으며 자신을 물끄러미 바라보던 남자의 눈동자는 지독히도 아름다웠다. 바라보고 있으면 한없이 빠져들 것만 같은 깊고 고요한 눈동자.

길들여지지 않는 날것 그대로의 눈동자는 범접하기 어려운 신비함을 품고 있었다. 꼭 저 금호처럼.

"하아, 말도 안 돼……."

왜 하필 지금일까. 미처 인지하지 못했던 감정들이 왜 하필 지금 한꺼번에 밀려드는 걸까. 목련의 얼굴이 울 듯 일그러졌다.

"정말…… 재수도 없지."

목련은 턱이 얼얼하도록 어금니를 깨물었다.

'한 번만 더, 그 눈을 볼 수 있다면…….'

목련은 단도를 꽉 거머쥐었다. 눈앞이 흐려졌다 맑아지길 반복하기 시작했다. 위험 신호다.

한차례 심호흡을 한 그녀는 나무에 천천히 몸을 기댔다. 그 와중에도 금호를 향한 시선은 절대 거두지 않았다. 눈을 돌리는 순간 짐승은 마지막 일격을 가하려 달려들 것이 분명했다.

목련은 단도를 앞으로 내밀었다. 지금으로선 마지막 희망은 태용이 마을에 달려가 자신의 위험을 알리는 것뿐이었다.

하지만 누가 자신을 위해 달려와 줄 것인가. 한 가닥 지푸라기라도 잡으려는 듯 피 묻은 단도를 부여잡은 그녀의 손이 가늘게 떨렸다.

'안 돼. 제발 조금만…….'

정말 여기서 끝이란 말인가. 자신만을 바라보며 질긴 목숨을 겨우 이어간 조모는 어찌한단 말인가. 끝내 목련의 눈가를 타고 한 줄기 눈물이 흘러내렸다.

그녀의 동요를 느꼈는지 금호의 갈라진 꼬리가 허공에서 부드럽게 너울거렸다. 금빛 꼬리의 움직임은 더없이 유려했지만 목련에게는 사신의 손짓처럼 보였다.

노도처럼 밀려드는 절망감에 목련은 그만 두 눈을 질끈 감았다.

"촌장 딸 말입니다. 주인님이 하신 거죠?"

"응? 뭘 말이야?"

서요는 태연스러운 표정으로 차를 홀짝홀짝 마시는 그를 의심스럽게 바라보았다. 분명 어제 멀쩡하게 객잔을 찾아왔던 여인이 가휴를 만나고 나서 의식불명에 빠졌다는 사실이 영 께름칙했던 것이다.

"인간의 일에 지나치게 관여하시면 안 됩니다."

"난 네가 무슨 말을 하는지 당최 모르겠는걸."

서요는 작게 한숨을 내쉬었다. 설령 가휴가 무슨 짓을 했다 해도 이미 벌어진 일이다. 게다가 저리 시치미를 딱 떼는 것은 필시 입에 올리지 말라는 무언의 경고일터.

다시금 터지려는 한숨을 집어삼킨 서요는 가만히 찻잔을 들어 올렸다.

'뭐, 생명에 지장은 없겠지만······.'

자신의 생각이 맞는다면 미려가 깨어난다 해도 적잖은 후유증에 시달릴 것이다. 작게는 기억력 감퇴에서부터 크게는 팔다리가 마비되는 경우도 있었다.

하지만 영구히 문제가 되는 것은 아니라 본인의 의지에 따라 얼마든지 정상으로 돌아올 수 있었다. 서요가 궁금한 것은, 가휴가 무엇 때문에 굳이 그런 번거로운 방법을 썼냐는 것이었다.

'설마······.'

어렴풋이 원인을 알 것도 같았지만 서요는 입 밖에 내지 않았다.

'너무 지나치게 빠지지 않았으면 좋겠는데.'

자신이 아는 한 독귀와 인간의 말로는 그다지 좋지 않다. 그것은 차류왕만 봐도 알 수 있었다.

서요는 한동안 착잡하게 가휴를 바라보았다. 그때였다. 갑자기 가휴가 번쩍 고개를 들어 어딘가를 응시했다.

"서요. 어디서 피 냄새가 나지 않아?"

"예?"

서요가 무슨 뚱딴지같은 소리를 하냐는 듯한 표정으로 그를 쳐다보았다.

"피 냄새 말이야."

"대체 무슨 피 냄새가 난다 그러십니까?"

"그래? 내 코가 이상해진 건가."

가휴는 고개를 갸웃했다. 분명 조금 전에 희미하게나마 피 냄새가 느껴졌는데 착각인가.

"어디서 짐승을 잡나보죠."

"짐승 피와는 다른 것 같은데……."

"괜히 딴청 피우지 마세요."

서요가 불퉁한 표정으로 핀잔을 주었다.

"아니, 진짜로 난다니까?"

가휴는 억울했다. 이젠 무슨 말을 해도 쉬이 믿으려 하지 않는 서요를 보니 자신이 이렇게나 신용을 잃었나 싶어 서운하고 허탈했다.

그는 입맛을 쩝쩝 다시며 찻잔을 집어 들었다. 그때였다. 차를 마시려던 가휴의 손이 한순간 멈칫했다. 조금 전보다 짙어진 피 냄새.

흠칫한 가휴는 휙 고개를 돌렸다. 그의 시선이 마을 입구 쪽으로 향했다. 가휴는 눈을 가느스름하게 떴다.

얼마 후, 저 멀리서 누군가가 달려오는 모습이 보였다. 비틀거리면서도 안간힘을 다해 비척비척 달려오고 있는 사람은 다름 아닌 태용이었다. 가휴는 자리에서 벌떡 일어섰다.

"가휴 님?"

서요가 의아하게 쳐다봤지만 가휴는 그를 돌아보지도 않고 그대로 태용에게 달려갔다.

아이에게 다가갈수록 피 냄새가 짙어졌다. 명치를 묵직하게 치는 비릿한 피 냄새. 조금 전까지 가볍게 싱글대던 그의 얼굴이 딱딱하게 굳어졌다.

태용이 가휴를 발견하고는 움직임을 멈추었다. 아이가 하얗게 탈색된 얼굴로 숨을 헐떡이더니 이내 그 자리에 풀썩 쓰러졌다. 가휴는 잽싸게 태용을 받아 안았다.

"헉, 헉! 나, 나리……."

"무슨 일이냐?"

태용이 금방이라도 숨이 멎을 듯한 얼굴로 힘겹게 가휴를 올려다보았다.

"나, 나리! 헉헉, 살려, 헉, 살려……."

가휴는 아이가 편히 숨 쉴 수 있도록 연방 가슴을 쓰다듬었다. 뒤따라온 서요가 태용의 심상치 않은 상태를 보고 얼른 물을 가져왔다.

가휴는 태용에게 물을 먹이려 했지만 아이는 필사적으로 거부하고 계속 말을 이었다.

"빠, 빨리 가야……. 하아, 하아!"

"물 먼저 마셔라."

태용이 한사코 고개를 내젓더니 가휴의 앞섶을 덥석 부여잡았다.

"빨리, 하아, 가야 합니다! 누, 누님이……."

태용이 흐느끼기 시작했다. 아이의 입에서 누님이라는 말이 나오자 가휴는 가슴이 덜컹 내려앉았다.

"목련에게 무슨 일이 생긴 것이냐?"

목련의 이름이 나오자 태용의 울음이 더욱 커졌다.

"엉엉, 나리! 누님을 살려주세요!"

"용아, 대체 무슨 일이냐?"

"흐엉! 그, 금호가……. 빨리 가지 않으면 누님이……. 허엉!"

더 생각할 것도 없었다. 가휴는 태용을 서요에게 맡기고 달리기 시작했다. 서요가 다급히 그를 불렀지만 가휴의 귀에는 아무것도 들리지 않았다.

늘 느긋하게 여유 부리던 가휴의 몸이 바람처럼 신속하게 움직였다. 그 속도가 얼마나 빠른지 그가 지나간 자리에 작은 회오리바람이 일 정도였다.

목련이 어디 있는지 굳이 물어볼 필요가 없었다. 달음질을 할수록 점점 피 냄새가 요동치고 있었으니까.

역한 짐승의 피 냄새가 아니다. 달큼하고 싱그러운 혈향. 그녀의 것이 틀림없었다.

심장이 격렬하게 요동치며 온몸의 피가 빠르게 돌기 시작했다. 지금껏 이렇게 초조했던 적이 있을까. 심장이 터질 듯 불안했던 적이 있을까.

목에 예리한 단검이 닿았을 때도 이렇게 두렵지 않았다. 배신을 당해 배에 구멍이 뚫렸을 때도 이렇게 두렵지 않았다.

그런데 태용의 말을 듣는 순간 머릿속이 하얘졌다. 피가 모조리 아래로 쏠리며 한순간 숨이 쉬어지지 않았다. 피 냄새를 맡았을 때부터 느꼈던 불안감이 이런 식으로 실체를 드러낼 줄이야.

가휴는 제발 늦지 않았기를 간절히 바라며, 태어난 이후 가장 필사적으로, 온 힘을 다해 달렸다. 어느덧 그의 이마에 땀이 송골송골 맺혔다.

"빌어먹을!"

가휴는 옷소매로 거칠게 땀을 닦아냈다. 시야를 방해하는 땀이 오늘따라 무척 거추장스러웠다.

그는 모든 감각을 최대치로 열었다. 안력이 높아지고 청력과 후각이 예민해졌다.

"큭!"

잔뜩 예민해진 후각으로 짙은 피 냄새가 와르르 몰려들었다.

그는 인상을 와락 일그러뜨렸다. 오랜만에 맡은 짙은 혈향에 목구멍이 뻣뻣해지고 피가 들끓었다. 어금니를 꽉 깨문 가휴는 마지막 박차를 가했다.

그때였다. 저 앞에서 무언가가 번쩍 빛났다. 부릅뜬 시야 안으로 두 존재의 형상이 선명하게 들어왔다. 드디어 찾았다.

가휴는 돌멩이 하나를 낚아채 그대로 힘껏 던졌다. 쉬잉, 날카로운 파공음과 함께 돌멩이가 화살처럼 날아갔다.

픽!

"크항!"

간발의 차이로 돌멩이를 피한 금호가 커다랗게 울부짖었다.

커다란 충격에 나무가 위태롭게 흔들리더니 이내 우지끈, 소리를 내며 스르르 뒤로 넘어갔다. 흉물스럽게 속살을 드러낸 그 나무 아래에 목련이 쓰러져 있었다.

"목련!"

가휴는 얼른 목련에게 다가가 그녀를 품에 안았다. 정신을 잃은 목련은 온몸이 피투성이였다.

그는 재빨리 목련의 맥을 짚었다. 옅게 뛰는 맥을 읽은 가휴는 조금 안도했다. 됐다. 아직 늦지 않았다.

"하아, 심장 멎을 뻔했네."

전신이 땀으로 흠뻑 젖었음에도 오한이 들었다. 가휴는 재빨리 겉옷을 벗어 목련을 감쌌다. 품에 안은 가녀린 몸이 너무 차가워서 가슴 속이 선뜩했다.

얼마나 이렇게 있었을까. 다친 곳은 어느 정도일까. 이런저런 생각에 머릿속이 터질 것 같았다.

"크르르……."

팽팽한 공기를 울리는 나지막한 짐승의 울음소리. 허리를 편 가휴는 불과 열 발짝도 안 되는 거리에서 그를 뚫어져라 노려보고 있는 금호를 발견하고 피식 웃었다.

일견 차분해 보였지만 그는 알 수 있었다. 자신을 향한 짐승의 흉포한 분노와 살기를. 가휴는 목련을 바짝 끌어안았다.

"이 여자는 안 돼."

가휴는 잘 벼린 검처럼 선뜩한 빛을 뿜어내는 금호의 눈동자를 똑바로 마주 보았다. 비슷한 듯하면서도 확연히 다른 두 붉은 눈동자가 허공에서 맹렬히 맞부딪혔다.

"다른 먹잇감을 찾아봐. 이 여잔 내 거야."

금호가 이빨을 드러내며 자세를 낮추었다. 그러자 전신의 털이 부풀어 오르면서 아찔할 만큼 선명하고 농도 짙은 금빛이 사방에 흩뿌려졌다. 마치 허공에 금가루를 뿌린 듯한 느낌에 가휴는 자기도 모르게 탄성을 내뱉었다.

어떤 말로도 눈앞의 금호를 표현하기가 어려웠다. 이렇게 아름다우니 사람들이 눈이 멀어 금호를 미친 듯이 사냥해댔던 거겠지.

인간들에게 배신당하고 안식처로부터 쫓겨난 짐승에게 동정심이 일었지만 안타깝게도 지금은 사냥 상대를 잘못 잡았다.

"네 보금자리로 돌아가거라."

가휴의 말에도 금호는 여전히 움직이지 않았다. 목련에게 미련이 남은 걸까.

금호의 먹이가 무엇인지에 대해서는 아는 바가 없었지만, 확실한 건 금호가 육식동물이라는 사실이었다.

개체수가 줄어든 데다 한겨울에는 먹이도 구하기 힘들 테니 사람이라고 잡아먹지 말라는 법은 없었다. 가휴의 동공이 뾰족해졌다.

"먹잇감은 얼마든지 있잖아. 남의 걸 탐내면 못써."

가휴의 말에 금호가 꼬리를 바짝 추켜올렸다.

"왜, 기분이 나쁜 것이냐? 나와 싸워서 좋을 거 없어. 알잖아. 난 보통 인간이 아니라고."

가휴는 씨익 웃었다. 과연 금호와 싸우면 어떻게 될까. 궁금증과 함께 왠지 모를 호승심이 불끈 솟구쳤다.

"여잘 놔두면 나도 너와 네 새끼는 건드리지 않으마. 너도 새끼가 위험해지는 모험을 감수할 만큼 어리석진 않겠지?"

금호가 멈칫하더니 조금 전보다 차분해진 눈으로 가휴를 물끄러미 쳐다보았다. 역시 예상대로 금호는 보통 짐승이 아니었다. 가휴의 미소가 짙어졌다.

"내 코가 꽤 예민하거든. 젖 냄새가 아직 가시지 않은 걸 보면 태어난 지 얼마 안 된 어린놈인 게지. 그렇지?"

금호가 낮게 으르렁댔다. 하지만 조금 전처럼 노골적으로 살기를 드러내지는 않았다.

가휴는 새삼 감탄했다. 정말 자신의 말을 모두 알아듣다니. 상황이 이 지경만 아니라면 덥석 포획해 데려가고 싶을 만큼 탐이 났다.

"말귀를 잘 알아듣는구나. 역시 영물이야."

금호를 사냥하겠다고는 했지만 사실 반은 농담이었다. 목련 말대로 소문만 무성한 금호를 잡을 수 있을지 확신이 서지 않았고, 잡는다 하더라도 이런 산골에서 도시까지 운반하는 것도 큰 문제였기 때문이다.

물론 홍마단 정도의 대상단이라면 어떻게든 방법을 마련할 수 있겠지만, 문제는 가휴가 현재 도망자 신세라는 사실이었다.

짐승 한 마리와 독귀 한 명의 대치가 팽팽하게 이어졌다. 금호는 탐색하듯 자세를 바짝 낮춘 채 가휴에게서 시선을 떼지 않았다.

그렇게 얼마나 있었을까. 이윽고 금호가 천천히 몸을 펴더니 느릿하게 물러났다. 그 와중에도 눈은 계속 가휴에게 머물러 있었다.

그렇게 한 발짝씩 뒤로 물러가던 금호가 이윽고 숲 너머로 사라졌다.

금호가 물러가고 숲에는 예전의 평화가 찾아왔다. 팽팽했던 공기는 느슨해졌고, 들리지 않았던 새소리도 기다렸다는 듯 사방에 울려 퍼졌다.

"하아……."

가휴는 길게 숨을 내쉬었다. 덤벼들면 어쩌나 싶었는데, 역시 새끼를 건드린 것이 주효했던 모양이었다.

오늘 만난 금호가 새끼를 낳은 지 얼마 안 된 암컷이길 천만다행이었다. 그렇지 않았다면 무사할 수 있을지 장담하지 못했으리라.

"그대를 만난 후로 하루하루가 참 흥미진진하군."

가휴는 목련을 내려다보며 나지막이 속삭였다. 이 작고 가는 몸으로 그 사나운 짐승과 맞서 싸웠던 걸까. 그 모습을 상상하니 문득 가슴 한구석이 찌르르 울렸다.

살짝 미간을 찡그린 그는 목련을 안고 벌떡 일어섰다. 이러고 있을 틈이 없다. 한시라도 빨리 마을로 내려가 치료를 해야 했다.

가휴는 아이를 안 듯 목련을 보듬어 안고 달리기 시작했다. 가급적 충격이 덜 가게끔 조심하면서 최대한 빨리 달렸다.

품에 안은 몸이 왠지 모르게 점점 차가워지는 것 같아 초조해졌다. 그런 그의 마음을 대변하듯 어느새 구름이 잔뜩 낀 하늘에선 진눈깨비가 날리기 시작했다.

11장.
금계禁界를 깨뜨리다

가휴는 사람들의 눈을 피해 움집으로 목련을 데려갔다. 축 늘어진 그녀를 침상에 눕히고 피에 젖은 옷을 벗긴 다음 상처를 살폈다.

자잘한 상처가 많았지만 그중에 가장 심한 곳은 어깨였다. 움푹 파여 살점이 떨어져 나간 어깻죽지에서 피가 끊임없이 흐르고 있었다.

가휴는 허리춤에서 지혈제를 꺼냈다. 상처가 보이지 않을 만큼 지혈제를 듬뿍 뿌리고 천을 잘게 찢어 어깨를 동여맸다.

그다음에 한 것은 깨끗한 물을 적신 천으로 목련의 이마와 몸을 닦는 일이었다. 자잘한 상처에는 연고를 바르고, 다시 깨끗한 천을 찢어 상처를 감쌌다.

어깨 상처에서 흐르는 피가 어느 정도 멈춘 것을 확인한 가휴는 상처를 술로 깨끗이 소독하고 연고를 듬뿍 얹었다. 워낙 상처가 깊어서 살이 돋아나려면 꽤 시간이 걸릴 것 같았다.

아낌없이 연고를 쓴 탓인지 움집 안이 진한 약초 냄새로 가득하다. 다시 깨끗한 천으로 어깨와 가슴을 빈틈없이 감싼 가휴는 일련의 과정을 모두 끝내고 작게 한숨을 내쉬었다.

"후우⋯⋯."

겉으로 보이는 상처는 어느 정도 치료했지만 금호에게 물린 어깨 상처는 몸에 어떤 영향을 미칠지 모르기에 계속 지켜볼 필요가 있었다.

가휴는 이불을 꼼꼼하게 덮어주고 침상 옆에 앉았다. 여전히 핏기 하나 없는 얼굴로 정신을 잃은 목련은 금방이라도 사라질 것처럼 보였다.

아까부터 쉴 새 없이 지끈거리는 그의 가슴 통증이 조금 더 심해졌다.

"가휴 님!"

돌연 문이 벌컥 열리며 서요가 들어왔다. 가휴는 그를 향해 조용히 하라는 듯 손가락을 입술에 댔다. 서요가 움찔하더니 조심스레 문을 닫고 다가왔다.

"대체 어찌된 일입니까?"

서요가 황망한 표정으로 가휴와 목련을 번갈아 바라보았다.

"용이는?"

"충격이 꽤 심했는지 한참을 울다가 조금 전에 겨우 잠들었습니다."

"어디 다친 곳은 없고?"

"자잘한 생채기는 있지만 크게 다친 곳은 없었습니다. 상처는 약을 발라 잘 치료해두었습니다."

"그래."

가휴는 작게 고개를 끄덕였다. 야무지다 해도 아직 어린아이다. 그런 아이가 금호와 맞닥뜨리고 생명의 위협을 느꼈으니 얼마나 충격이 컸을까.

게다가 목련을 뒤에 남겨두고 왔으니 아이의 고통이 이만저만이 아니었을 것이다.

"깨어나면 초환을 개어 먹여. 심신이 많이 상했을 테니 며칠간 지켜봐야 할 거다."

"알겠습니다."

서요는 착잡한 얼굴로 가휴를 바라보았다. 그에게서 느껴지는 침통한 분위기에 이번만큼은 서요도 쉽사리 말을 걸기가 어려웠다.

"서요."

"예."

눈치를 보던 서요가 얼른 대답했다.

"당장 동량으로 내려가 무경에 해청을 보내도록 해. 지금 있는 약과 식량으론 얼마 버티지 못할 거야. 이럴 줄 알았으면 네 말대로 무경에서 충분히 보충했어야 했는데……."

"주인님……."

"용이도 이번 일로 많이 놀랐을 테니 한동안 우리가 보살펴줘야 할 거야."

숨넘어갈 듯 울다가 혼절해버린 아이를 떠올린 서요가 어두운 표정으로 고개를 끄덕였다.

"알겠습니다. 해청을 보내면 늦어도 사흘 안에 도착할 겁니다."

"고맙다."

"무슨 말씀을요. 당연히 제가 해야 할 일인 것을요. 그럼 다녀오겠습니다."

고개를 꾸벅 숙인 서요가 신속하게 움집을 나갔다.

가휴는 사라진 서요의 궤적을 가만히 쫓다가 이내 자리에서 일어섰다. 그는 잠시 목련을 내려다보다가 천천히 움집을 나와 객잔으로 향했다.

태용은 서요의 말대로 크게 다친 곳은 없어 보였다. 다만 충격이 커서 며칠 앓게 될지도 몰랐다.

아이의 젖은 머리를 살며시 쓸어 넘긴 가휴는 처음으로 이곳에 온 것을 후회했다. 두 사람이 이리된 것이 모두 자신의 탓처럼 여겨졌다.

"미안하구나."

자신이 이곳에 오지 않았다면, 금호를 잡겠다고 설치지 않았다면 목련과 태용이 이리 다치는 일은 없었을 텐데.

창백한 아이의 뺨을 조심스레 매만진 가휴는 이내 약과 필요한 물품을 챙겨 방을 나섰다.

움집으로 가기 전에 그는 객잔 주인 대수에게 금화를 건네며 태용이 완쾌될 때까지 편히 쉴 수 있게 해달라 부탁했다. 물론 대수에게는 태용이 산에서 굴러서 다쳤다고만 알렸기에 별다른 의심은 사지 않았다.

대수는 고작 사환 한 명이 다쳤다고 금화를 내어놓는 가휴를 이해하지 못하는 표정이었지만, 태용 덕분에 횡재를 한 그로서는 가휴의 부탁을 거절할 이유가 없었다.

움집으로 돌아온 가휴는 목련의 상처를 살폈다. 여전히 얼굴은 핏기 하나 없이 창백했고, 입술은 파르스름한 빛을 띠고 있었다. 그럼에도 전신은 식은땀으로 푹 젖어 있다. 가휴의 눈매가 가느스름하게 접혔다.

"이건……."

아무리 봐도 목련의 상태는 중독 증세와 흡사했다. 내뿜는 숨결에도 희미하게 단내가 풍기는 것을 보니 더 확신이 들었다.

가휴는 챙겨온 약을 뒤져 해독제를 꺼냈다. 조그만 병에 가루 형태로 든 해독제는 모두 다섯 병이었고, 웬만한 독은 이 해독제들로 치료할 수 있었다.

가휴는 첫 번째 해독제부터 신중하게 양을 조절해 목련에게 먹이기 시작했다. 어떤 독에 중독된 건지 알 수 없었기에 소량부터 시작해 차근차근 반응을 살폈다.

어느덧 해가 지고 주변이 칠흑 같은 어둠에 휩싸였다. 해독제에 온정신을 집중한 탓인지 뒤늦게 주변이 어둡다는 것을 인지한 가휴는 기름등에 불을 붙였다. 기름 심지가 파지직, 소리를 내며 불꽃을 피우자 맵싸한 기름 냄새가 엷게 퍼졌다.

"하아……."

가휴는 땀이 송골송골 밴 얼굴을 훔쳐내며 의자에 기댔다. 이렇게 몸이 무거웠던 적이 있었던가.

독귀 중에서도 꽤 강한 축에 든다 자부하고 있었는데, 이렇게 온몸이 물 먹은 솜처럼 축 늘어진 적은 처음이었다.

숨이 턱에 찰 정도로 달린 것도, 누군가를 위해 필사적이 된 것도, 이렇게 매 순간마다 가슴이 바짝 타는 경험도, 한결같이 낯선 것들이었다. 일말의 두려움마저 느껴질 만큼.

가휴는 잠든 목련을 착잡한 심정으로 바라보았다. 아까부터 쉴 새 없이 지끈거리던 가슴 통증은 줄어들기는커녕 시간이 갈수록 점점 심해지고 있었다.

그는 이맛살을 찌푸리며 가슴 언저리를 세게 문질렀다. 정말 이상하다. 왜 괴로워하는 목련을 볼수록 이리 아픈 건지. 왜 마음이 타는 것처럼 졸아 드는 건지 알 수 없었다.

목련을 응시하는 그의 눈빛이 어둡게 잠겼다. 가휴는 조금의 미동도 없이 그녀를 지켜보고 또 지켜보았다.

그렇게 밤이 지나고, 어느새 날이 밝았다. 꼬박 밤을 새운 그의 얼굴에는 어느새 짙은 절망감이 어둠처럼 드리워졌다.

한 줄기 희망을 품고 계속 목련을 지켜봤지만 결국 우려했던 대로 해독제는 효과가 없었다. 가휴는 지독한 무력감에 빠졌다.

지금껏 자신의 힘으로 해결하지 못했던 일이 없었는데, 목련의 일만큼은 손도 써보지 못한다는 사실이 기가 막혔다.

가휴는 한숨을 내쉬며 얼굴을 쓸어내렸다. 어떡하면 좋을까. 해독제들도 모두 소용이 없다면 대체 어찌해야 한단 말인가. 그저 이렇게 무기력하게 지켜봐야만 하는 걸까.

그는 들썩이는 감정을 애써 다독이며 차분히 생각을 하기 시작했다.

상황이 긴박할수록 당황하면 안 된다는 것을 그는 누구보다 잘 알고 있었다. 홍마단을 이끌면서 가장 중요시했던 것이 바로 감정이 휘둘리지 않는 것이었다.

한 차례 심호흡을 한 가휴는 차분히 일의 정황을 파악하기 시작했다.

목련은 금호와 싸우다가 어깨를 물려 크게 다쳤다. 상처 자체는 사실 심각한 건 아니었다. 시간이 지나면 충분히 회복되기 때문이다.

하지만 중독은 다르다. 독에 따라 하루 만에 죽는 경우도 있기 때문에 최대한 빨리 중독의 원인을 밝히고 치료를 해야 했다.

'금호……'

가휴는 금호에게 물렸다는 사실에 집중했다. 산짐승에게 물렸다고 중독되는 것은 상당히 드문 일에 속한다. 뱀이나 벌레라면 몰라도 금호 정도의 커다란 짐승에게 물려서 중독된다는 것은 금호에게 어떤 독성이 있다는 것을 뜻했다.

'대체 뭘까. 금호에게만 있는 그 독이란 게……'

가휴는 밤이 깊어가는 것도 모른 채 하염없이 자리에 앉아 턱을 괴고 깊은 생각에 잠겼다.

흐릿한 기름등 불빛이 아른아른 흔들리며 그의 얼굴에 깊은 그림자를 만들어냈다.

머릿속이 하얗고 눈앞이 아득해졌다. 이곳이 어디인지, 지금 시간이 얼마나 흘렀는지 알 수 없다.

온몸이 불덩이에 감싸인 것처럼 뜨겁다. 그 열기에 숨이 턱턱 막히고 목이 바짝 말랐다. 이대로 죽는 것인가. 이렇게 허무하게 죽고 마는 것인가.

"하아, 하아……."

거친 숨과 함께 눈물이 주르륵 뺨을 타고 흘렀다.

'안 돼…….'

이렇게 죽을 수는 없다. 지금껏 어떻게 버텼는데 이리 허망이 죽을 수는 없다.

목련은 커다랗게 입을 벌렸다. 가는 팔을 바르작거리며 허공을 더듬었다. 제발 누군가 도와달라고, 살려달라고 소리 없이 외치며 필사적으로 팔을 뻗었다.

그때, 누군가의 온기가 느껴졌다. 상냥하게 다독이는 부드러운 온기. 그러면서 단단히 그녀를 붙잡아주는 힘에 불안했던 마음이 조금씩 가라앉았다.

"하아……."

나지막이 한숨을 내쉰 목련은 바싹 마른 목구멍으로 힘겹게 침을 삼켰다. 입 안도, 목도 타는 듯이 아프다.

그런 그녀의 상태를 눈치챘는지 시원한 물이 입술에 닿았다. 목련은 허겁지겁 물을 빨아들였다.

"쉬잇, 천천히……."

허둥대는 그녀를 다정한 목소리가 다독였다. 눈을 뜰 수는 없었지만 왠지 그 목소리만으로도 훨씬 심신이 안정되는 느낌이었다.

목련은 목소리가 이끄는 대로 천천히 물을 마셨다. 입에 들어가는 것보다 흐르는 양이 더 많았지만, 물기가 닿은 것만으로도 홧홧한 열기가 조금 사그라지는 느낌이었다.

어렵사리 갈증을 채운 목련은 작게 신음을 흘리며 침상에 몸을 기댔다. 잊고 있던 통증이 뒤늦게 바윗돌처럼 전신을 짓눌렀다. 목마름을 해소하니 통증이 뼛속까지 스며들었다.

또다시 터지려는 신음을 억누르려 그녀는 지그시 입술을 깨물었다. 그때 다시금 다정한 목소리가 들려왔다.

"괜찮아……."

깃털처럼 포근한 음성. 괜찮다고 끊임없이 되뇌며 조심스레 입술을 어루만지는 손길에 이상하게 눈두덩이 시큰해졌다.

목련은 입술을 벌렸다. 무슨 말이라도 하고 싶은데, 나오는 것이라곤 쇳소리 섞인 신음뿐이었다. 입술을 매만지던 손이 이내 목련의 뺨을 쓰다듬었다.

"옆에 있을 테니 마음 놔도 돼."

그녀를 위로하듯 쉴 새 없이 이어지는 상냥한 음성. 크게 숨을 들이마셨다가 내쉰 목련은 그 음성을 생명줄처럼 붙잡고 천천히 수마에 빠져들었다.

"그래……. 괜찮아, 목련. 절대 그대를 죽게 내버려 두지 않겠어."

가휴는 잠든 목련을 가만히 바라보았다. 손끝에 닿은 그녀의 뺨이 너무나도 차갑다. 돌연 가슴속이 선뜩해졌다. 오싹 한기가 칼날처럼 몸속을 파고들었다.

흠칫 놀란 그는 가만히 주먹을 거머쥐었다. 무언가를 결심한 듯 가휴의 자색 눈동자가 결연히 빛났다.

그는 잠시 목련을 바라보다가 이윽고 홀연히 방을 빠져나갔다.

목련은 힘겹게 눈꺼풀을 들어 올렸다. 미세하게 열린 시야 사이로 희미한 불빛이 너울처럼 어른거렸다. 정신이 흐릿한 탓인지 이곳이 어디인지, 지금이 밤인지 낮인지 가늠하기가 어려웠다.

한 번 눈을 감았다 뜨자 차츰차츰 시야가 맑아졌다. 낯익은 천장과 기둥, 희미한 건초 냄새. 그제야 목련은 이곳이 가휴와 자주 만나던 움집임을 깨달았다.

"하아……."

그녀는 낮게 한숨을 내쉬었다. 낯익은 장소라는 사실에 마음이 조금 놓였지만, 정신을 잃었다가 움집에서 깨어난 것이 벌써 두 번째라는 사실에 자괴감이 올라왔다.

힘겹게 두 눈을 감았다 뜬 목련은 몸을 뒤척였다. 살짝 움직였을 뿐인데 온몸을 자근자근 밟히는 것 같은 둔통이 느껴졌다.

"으으……."

목련은 작게 신음을 흘렸다. 그 순간, 부스럭거리는 소리와 함께 머리 위로 그림자가 드리워졌다.

"깼어?"

언제 왔는지 가휴가 머리맡에 서서 가만히 그녀를 내려다보고 있었다. 낯익은 얼굴이 보이자 안도감이 몰려왔다.

"……가휴 님."

그녀를 물끄러미 바라보던 가휴가 이내 천천히 자리에 앉았다.

"제가…… 얼마나 정신을 잃고 있었던 거죠?"

"하루 정도 지났어. 조모님께는 잘 말씀드려놨으니 걱정하지 마."

목련은 안도의 한숨을 내쉬었다. 그렇지 않아도 자신이 다친 걸 알면 할머니가 얼마나 놀랄까 싶어 걱정했는데, 가휴가 알아서 잘 말해줬다니 정말 다행이었다.

"고맙습니다. 가휴 님껜 늘 신세만 지네요."

"몸은 좀 어때?"

"……괜찮아요."

사실 전혀 괜찮지 않았지만 그녀는 애써 내색하지 않았다. 그 말에 가휴가 희미하게 웃었다. 안개가 낀 듯 묘하게 흐린 미소에 기분이 이상해졌다.

"그대는 정말 거짓말에 서투르군."

목련은 무슨 말을 해야 할지 몰라 입술만 달싹였다. 그러고 보니 가휴의 안색이 좋지 않다. 잠을 못 잤는지 얼굴도 까칠하고, 수염도 돋아나 있었다.

"많이 피곤해 보여요. 저 때문에 못 주무신 건가요?"

가휴가 또다시 희미하게 웃었다. 이상하다. 그가 저리 웃을 때마다 가슴속이 불안하게 덜거덕거렸다.

"응. 누구 덕분에 꼬박 밤을 새웠지."

"……죄송해요."

목련은 힘없이 중얼거렸다. 꼼짝없이 죽는 줄 알았던 자신이 이리 살아 있는 것을 보면 필시 태용이 무사히 마을에 도착해 그에게 알렸던 거겠지. 그리고 가휴가 바로 달려와 자신을 살려준 것일 게다.

그가 어떻게 금호에게서 자신을 구해냈는지는 크게 궁금하지 않았다. 가휴가 자신의 생명을 살려준 것. 중요한 것은 오직 그것뿐이었다.

"가휴 님은 괜찮으신가요? 혹시 어디 다치신 건……."

"난 괜찮아."

가휴가 천천히 몸을 굽혀 그녀에게 다가왔다. 얼굴이 가까워지자 목련의 가슴이 요동치기 시작했다.

언제 봐도 신비로운 눈동자. 피곤해 보이는 모습이었지만 그럼에도 그는 아름다웠다. 강하고 인간보다 더 따뜻한 마음을 가진 독귀.

두 사람의 눈이 가만히 맞닿았다. 깊이를 알 수 없는 자색 눈동자가 말없이 그녀를 응시했다. 몸의 통증도 잊을 만큼 감미롭고 다정한 시선. 가만히 보고 있으면 끝도 없이 빠져들 것만 같다. 가휴가 천천히 손을 내밀어 그녀의 뺨을 쓰다듬었다.

"이렇게…… 누군가를 위해 간절한 마음이 드는 건 처음이야."

조심스레 눈가를 더듬는 손길에 목련의 눈빛이 가늘게 흔들렸다.

"대체 이유가 뭘까. 그저 수많은 인간 중 하나일 뿐인데……."

가휴의 표정이 다채롭게 변했다. 슬쩍 일그러졌다가 무표정하게 변했다가, 다시 음울한 기색을 띠었다. 마치 어린아이처럼 어찌할 바를 모르는 듯한 모습.

가슴 속 서걱거림이 조금 더 강해졌다. 목련은 그를 물끄러미 바라보다가 입술을 떼었다.

"저…… 죽는 건가요?"

순간, 가휴의 표정이 급격하게 흔들렸다. 그 모습에 목련은 비로소 깨달았다.

그에게서 느껴지던 이질감. 낯선 표정. 그렇구나. 자신은 죽는 거구나.

어쩐지 너무 운이 좋다고 생각했다. 기적은 가휴가 자신을 구하러 와준 것. 딱 거기까지였던 것이다.

결론을 내리자 이상하게 오히려 마음이 차분해졌다. 흐릿했던 머릿속도 한층 맑아졌고, 예전처럼 냉철한 판단이 가능해졌다. 목련은 살며시 미소 지었다.

"힘들게 구해주셨는데……. 죄송해요."

"죽긴 누가 죽는다고 그래. 쓸데없는 소리 마."

가휴가 재빨리 표정을 갈무리했지만 이미 늦었다. 목련의 미소가 조금 더 짙어졌다.

그가 당황할수록 마음은 점점 평온해졌다. 몸의 통증도 왠지 아까 전보다 줄어든 것 같은 기분이 들었다. 죽을지 모르는 상황에 처했으면서도 이리 담담한 것이 스스로 생각해도 의아할 정도였다.

"거짓말 되게 못 하네요."

목이 타는지 가휴가 자꾸만 혀로 입술을 핥는다. 그 모습이 꽤 재미있어 문득 뱃속이 간지러워졌다.

목덜미에 칼날이 들어와도 절대 당황하지 않을 것 같은 남자가 말까지 제대로 못 하는 걸 보니 묘한 쾌감까지 일었다.

"당신은 죽지 않아. 내 말 믿어."

목련은 말없이 미소를 짓다가 이내 천천히 팔을 뻗어 가휴의 뺨을 쓰다듬었다. 조심스레 쓰다듬는 가녀린 손길에 가휴의 아름다운 자색 눈동자가 풍랑 속 작은 배처럼 격렬히 요동쳤다.

"처음 봤을 때부터 신기한 분이라 생각했어요. 그런데 당신이 독귀일 줄이야. 정말 꿈을 꾸는 것 같았답니다."

어느새 붉어진 목련의 눈가를 비집고 뜨거운 눈물이 툭 떨어져 내렸다. 동시에 가휴의 심장도 툭, 바닥을 알 수 없는 어딘가로 추락했다. 넋이 나간 듯 멍한 그의 얼굴을 목련이 힘겹게 감쌌다.

"이 붉은 눈이…… 혼을 앗아갈 것만 같은 이 눈이 너무 아름다워서 눈을 뗄 수 없었지요."

작은 새처럼 파르르 떨리는 그녀의 손끝이 가만가만 가휴의 눈가를, 뺨을 쓸었다. 가는 손끝이 스쳐 지나갈 때마다 그 자리에 화인이 새겨지는 것 같아 가휴는 두 눈을 질끈 감았다.

심장이 터질 듯 거세게 뛰었다. 숨이 차오르고 가슴이 들끓는다. 그는 인상을 찌푸리며 거친 숨결을 토해냈다.

"어차피 죽을 거라면…… 당신 품에 안긴 채 죽고 싶어요."

"……뭐?"

가휴는 자신이 잘못 들은 거라 생각했다. 심신이 극도로 허약한 상태라 필시 말이 허투루 나왔을 게다.

"당신은 죽지 않아."

"제발, 가휴 님……."

목련이 가휴의 옷자락을 힘껏 거머쥐었다. 중상을 입은 여인의 것이라고는 생각할 수 없을 정도로 강한 힘이었다.

"죽어가는 불쌍한 여인에게…… 자비를 베풀어주세요."

가슴이 울렁거린다. 뱃속 깊은 곳에서부터 뜨거운 덩어리가 울컥 치솟으면서 한순간 눈앞이 뿌옇게 흔들렸다. 대체 이 여자가 무슨 말을 하고 있는 것인가.

"안 돼, 목련."

그의 힘겨운 거부에도 목련은 필사적으로 가휴에게 매달렸다.

금호에게 물린 순간 이상하게도 머릿속에 떠오른 것은 돌아가신 어머니도, 집에서 자신을 애타게 기다리고 있을 할머니도 아니었다.

하얗게 눈이 내리던 그날. 홀연히 나타난 붉은 눈의 독귀. 오직 그만이 꺼져가는 의식을 잠식했다.

목련은 비로소 인정했다. 자신이 가휴를 마음에 품고 있음을. 처음 만난 순간부터 그가 자신도 모르게 마음속에 들어와 있었음을.

옷자락을 꽉 부여잡은 목련의 하얀 손가락이 가늘게 떨렸다.

태어나서 이렇게 간절한 마음이 든 적이 있었을까. 이렇게 무언가를 필사적으로 원한 적이 있었을까. 머리가 뒤흔들릴 정도로 심장이 쿵쿵 뛰고 숨이 가빠졌다.

갑자기 온몸의 힘이 빠지는 것을 느낀 목련은 두 팔을 축 늘어뜨리고 힘없이 가휴의 품에 쓰러졌다.

"으흑……."

괴로운 듯 인상을 찌푸리며 연방 신음을 토하는 그녀의 모습에 가휴는 무슨 문제가 생겼나 싶어 가슴이 덜컥 내려앉았다.

"목련, 괜찮아?"

"흐윽……."

가휴는 안절부절못했다. 역시 적요사도 효과가 없었던 걸까. 한줄기 가느다란 희망마저 툭 끊기는 느낌에 그는 심장이 터질 것 같았다.

"……간지러워."

"뭐?"

가휴의 눈이 휘둥그레졌다. 아픈 것이 아니라 간지럽다니. 적요사의 부작용인가. 아니면 증상이 악화된 것일까. 가휴는 점점 입술이 타고 애간장이 녹아들었다.

"흑…… 간지러워 미치겠어."

그는 몸을 비트는 목련을 얼른 품에 안았다. 할 수만 있다면 그녀의 고통을 모조리 자신에게 옮겨오고 싶은 심정이었다.

가휴는 땀에 젖은 목련의 머리카락을 쓸어 넘기며 그녀의 이마에 입술을 꾹 눌렀다.

"으음……."

목련이 작게 신음을 흘리며 가휴의 가슴에 얼굴을 푹 파묻었다. 그리고는 두 팔로 그의 허리를 휘감고 바짝 몸을 붙인다. 열에 들뜬 몸이 낭창하게 착

달라붙자 가휴는 당황했다.

"모, 목련!"

"가휴 님……."

목련이 아이처럼 자꾸만 품으로 파고들었다. 슬금슬금 전신을 감아오는 여체의 유혹에 가휴는 정신이 아득해졌다.

그는 슬쩍 목련을 밀어냈다. 하지만 그러면 그럴수록 그녀는 필사적으로 가휴에게 달라붙었다. 등에 식은땀이 나는 걸 느낀 가휴는 목련의 어깨를 붙잡고 달래기 시작했다.

"자아, 목련. 지금 당신은 많이 아파. 그러니까 진정하고 이대로 푹 자자, 응?"

"……싫어."

이 와중에 대답은 또 넙죽 잘한다. 가휴는 어찌할 바를 모르고 땀만 뻘뻘 흘렸다.

하늘이 정녕 자신을 시험하는 것일까. 아니면 오는 여자 막지 않고 가는 여자 막지 않았던 가휴에게 벌을 내리고 있는 걸까. 어느 쪽이든 괴로운 건 마찬가지였다.

"목련, 제발 부탁이야. 나 좀 살려줘."

그의 애원에도 목련은 요지부동이었다. 가휴는 나지막이 신음을 흘렸다. 폭 안긴 여인의 몸은 왜 이리도 낭창하고 부드러우며 뜨거운 것인가.

뒷목이 뻣뻣해지면서 급격하게 갈증이 일었다. 목련의 열이 고스란히 옮겨온 듯 전신이 화끈해지고 아랫배에 피가 몰린다.

필사적으로 억누르고 있던 양물이 점점 기지개를 켜고 있는 것을 느낀 가휴는 그만 울고 싶었다.

"당장 안 떨어지면 진짜 잡아먹을 거야."

그는 짐짓 화난 어조로 목련에게 속삭였다. 그러면서도 자신이 지금 정신 없는 여자에게 무슨 말을 하고 있는 건가 싶어 한심스러웠다.

작게 한숨을 내쉰 가휴는 목련의 어깨를 꽉 붙잡고 그녀를 떼어냈다. 겨우 마음을 놓으려는 순간, 돌연 목련이 흐느끼기 시작했다.

"흑, 가지 마세요……."

가휴는 고개를 푹 숙였다. 간신히 떼어냈더니 이젠 울기 시작한다. 그는 어찌해야 할지 몰라 연방 목련을 향해 손을 뻗었다 물렸다 반복했다.

"미치겠군."

언제나 냉철하던 목련이 왜 이러는지 모르겠다. 정말 적요사의 부작용인 걸까. 처음 겪는 일이라 산전수전 다 겪은 가휴도 어떻게 대처해야 할지 몰라 난감했다.

그때, 흐느끼던 목련이 고개를 들어 가휴를 바라보았다. 눈물에 흠뻑 젖은 커다란 눈을 보니 마음이 급속도로 약해졌다.

"제가 미천한 신분이라 그러시는 건가요? 보잘것없는 산골 여인이라, 그래서 안 된다 하시는 건가요?"

"모, 목련."

"아니면, 손도 대기 싫을 정도로 그리 제가 추한가요?"

"그, 그게 아니라……."

목련의 하얀 뺨 위로 굵은 눈물방울이 뚝뚝 떨어졌다. 크게 소리도 내지 못하고 서럽게 눈물만 흘리는 그녀의 모습에 가휴는 그만 울고 싶어졌다.

"어차피……. 어차피 죽을 목숨이잖아요. 정을 베풀어주시는 게 그리 힘든가요?"

목련이 애처롭게 가휴를 올려다보았다.

"가휴 님을 은애하고 있습니다."

심장이 쿵 떨어졌다. 가휴는 그대로 굳은 채 멍하니 목련을 바라보았다.

"금호에게 물린 순간 깨달았습니다. 한 번만 더……. 마지막으로 한 번만 더 당신을 보게 해달라고, 그리 빌었습니다. 그런데 기적처럼 가휴 님이 절 구해주셨지요."

목련의 고백에 가휴는 꿀 먹은 벙어리처럼 아무 말도 할 수 없었다.

전혀 생각지 못했다. 목련이 자신을 은애하고 있었다니. 주변에 철저히 벽을 치고 아무도 근접하지 못하게 냉정한 태도를 보이던 그녀가 아니던가.

금호사냥을 도와주고는 있지만 어디까지나 생계를 위해 어쩔 수 없이 받아들였다고 생각했다. 독귀인 자신을 두려워하고 혐오한다면 차라리 수긍했을 텐데 은애라니.

'목련이…… 나를 은애한다고?'

도저히 믿기 힘든 일이었다. 혹여 금호에게 물린 후유증으로 정신이 이상해진 건 아닌가 싶어 목련을 뚫어지게 살폈지만, 자신을 애처롭게 응시하는 커다란 눈동자는 한없이 맑기만 했다.

가휴의 심장이 튀어나올 듯 요란하게 뛰기 시작했다. 몸속 혈류가 미친 듯이 빨리 흐르면서 얼굴에 우르르 열기가 몰렸다.

"하아……."

가휴는 두어 차례 심호흡을 거듭하다가 겨우 입을 떼었다.

"목련. 난 독귀다. 온몸에 독혈이 들끓는 독귀야."

목련이 작게 고개를 끄덕였다.

"알고 있습니다."

"그럼 독귀와 접촉한 사람이 어찌 되는지도 알고 있어?"

"……짐작은 하고 있습니다."

"그런데도 내게 안기겠다고?"

목련이 눈물 가득한 눈으로 그를 올려다보았다.

"이대로 고통에 몸부림치다 죽는 것보다, 가휴 님 품에 안겨서 죽고 싶어요."

가휴는 입을 다물었다. 가슴이 울렁거린다. 너무나 간절하게 자신을 바라보는 목련 때문에 머릿속이 뜨거워지고 심장이 터질 것 같았다.

"후회할지도 몰라."

"은애하는 분의 품에 안기는데 어찌 후회를 하겠습니까?"

목구멍이 뜨겁다. 누군가 명치를 가격한 듯 숨이 막히고 눈앞이 흐릿해졌다.

가휴는 있는 힘껏 주먹을 거머쥐었다. 마지막 남은 이성이 그의 안에서 치열하게 싸움을 벌이고 있었지만 그것도 점점 한계에 다다르고 있었다.

그때, 목련이 힘겹게 몸을 일으키더니 가휴의 뺨을 두 손으로 감싸고는 천천히 입술을 겹쳤다. 그 순간, 위태롭게 흔들리던 가휴의 이성이 뚝 끊어졌다.

가녀린 몸을 거칠게 끌어안은 가휴는 그대로 목련의 입술을 덮쳤다. 반쯤 열린 작은 입술을 한입에 삼키고 그 안으로 쇠처럼 달궈진 혀를 집어넣었다.

목련의 입에서 가느다란 신음이 터져 나왔다. 가휴는 목련의 허리를 한쪽 팔로 휘감고, 남은 한 손으로는 그녀의 뒤통수를 감싸고는 잡아먹을 듯 입맞춤을 퍼부었다.

"달아."

머리가 띵할 정도의 단맛이었다. 닿기만 했는데도 이렇다니. 목련을 감싼 채 그대로 침상에 몸을 실은 그는 탐욕스럽게 눈앞의 입술을 집어삼켰다.

담의 차류왕이 홀딱 빠진 혼혈 여인 모란. 그녀의 입술을 훔쳤을 때보다 더 달고 진한 맛이 입 안을 가득 채웠다. 짐승의 울음소리처럼 목울대를 타고 기분 좋은 울림이 그르렁 흘러나왔다.

목련의 입술이 부어오를 만큼 물고 빤 가휴는 터질 듯 부풀어 오른 아랫도리를 해방시켰다. 하늘을 향해 곧추선 양물이 위용을 드러냈다.

마음이 급해진 그는 목련의 옷을 잡아 찢을 듯 벗겨냈다. 땀에 축축해진 얇은 백삼이 힘없이 떨어져 나가자 눈부신 나신이 드러났다. 가휴는 자기도 모르게 숨을 죽였다.

"그, 그렇게 보지 마세요……."

목련이 얼굴을 잔뜩 붉힌 채 이불을 끌어당겼지만 그것을 가만두고 볼 가휴가 아니었다.

그는 한 손으로 목련의 양 팔목을 단단히 그러쥐고는 그녀의 봉긋한 유방을 한입 가득 머금었다.

"아앗!"

깃털보다도 보드랍고 말랑한 감촉에 가휴는 머릿속이 아득해졌다. 한순간 동공이 가늘어지면서 눈동자가 타오를 듯 붉게 변했다.

그는 입가로 흘러내리는 타액을 혀로 핥으며 엷게 미소를 지었다.

몸속 혈류가 빨라질수록 반대로 머리는 점점 차가워졌다. 흥분이 하늘을 뚫을 듯 고조될수록 오히려 움직임은 느릿해졌다.

먹잇감을 포획하기 직전의 짐승처럼 가휴는 이를 드러낸 채 천천히 목련과 살을 맞대었다.

가늘게 떨리는 하얀 두 다리가 벌려지고 짐승의 몸이 자리를 잡았다. 구릿빛으로 꿈틀거리는 단단한 근육이 제 몸을 묻을 은밀한 곳을 향해 거침없이 파고들었다.

머리를 숙인 가휴는 잘게 떨리는 목련의 눈동자를 뚫어지게 응시하며 조용히 속삭였다.

"울어도 봐주지 않을 거야."

선명하게 빛나는 붉은 눈동자. 귀기마저 느껴지는 아찔한 시선에 목련이 부르르 몸을 떨었다.

"우, 울지 않아요."

눈에 띌 정도로 떨고 있으면서도 절대 굽히지 않는 맑은 눈동자. 가휴는 씨익 웃었다.

"그래. 그래야 목련답지."

가휴의 눈동자에 한순간 따뜻한 빛이 스친다 싶더니 이윽고 거대한 양물이 검은 숲을 헤집고 단숨에 안으로 침입했다.

"큭!"

생각보다 좁은 입구에 가휴는 슬쩍 눈살을 찌푸렸다. 가볍게 심호흡을 한 그는 목련의 허리를 꽉 부여잡고 있는 힘껏 허리를 추어올렸다.

용트림을 하며 사납게 꿈틀대던 사내의 것이 한 번도 열린 적 없는 순결한 문을 단숨에 뚫고 들어갔다.

목련의 입에서 자그마한 비명이 터져 나왔다. 잠시 그대로 움직임을 멈춘 가휴는 고통스러워하는 목련에게 깊이 입을 맞추었다. 가늘게 흘러나오는 신음이 가휴의 입 안으로 빨려 들어갔다.

그는 목련의 고통을 조금이나마 덜어주고자 계속 입을 맞추고 부드럽게 애무하며 경직된 몸을 달랬다.

어느 정도 몸이 풀린 것을 확인한 가휴는 그제야 천천히 움직이기 시작했다. 깊이 찔러 넣은 분신을 살짝 뺐다가 집어넣자 조금 유연해진 내벽이 그를 바짝 옥죄었다.

"윽……."

가휴는 탄성 섞인 신음을 내뱉었다. 머리가 어질어질하다. 독한 과실주를 몇 병이나 들이켠 듯한 기분이었다.

입을 쩍 벌린 그는 목련의 목덜미에 이를 박았다. 날카로운 송곳니에 여린 피부가 찢기면서 피가 배어 나왔다.

가휴는 혀를 내밀어 흘러내리는 피를 모조리 핥았다. 피 냄새를 맡자 점점 눈앞이 흐릿해지면서 광포한 본능이 활화산처럼 터져 나왔다.

"흐윽, 흑!"

목련은 몸을 둘로 가를 듯 거칠게 꿰뚫고 들어오는 불기둥을 힘겹게 받아 들였다.

하나로 꼭 맞붙은 중심이 타는 것처럼 뜨겁다. 격렬하게 파고드는 남자의 몸짓에 목련의 여린 살갗이 발갛게 변했다.

쿨쩍쿨쩍, 민망한 마찰음과 함께 쇳덩이처럼 단단한 양물이 그녀를 수도 없이 꿰뚫었다. 이러다 몸이 두 쪽으로 나뉘는 건 아닐까 싶을 정도로 포악스러운 몸짓에 목련은 작게 신음을 내질렀다.

의식이 점점 흐릿해지기 시작했다. 처음의 아픔도 어느새 모조리 날아가 버리고, 짐승 같은 남자가 일깨운 여자의 본능이 몸속에서 서서히 타올랐다.

무방비하게 찢긴 속살에서 흘러나온 핏물이 두 사람의 체액과 섞여 침상 위로 뚝뚝 떨어졌다. 눈처럼 하얀 이불에 툭, 점을 이룬 붉은 액체는 목련의 눈물처럼 서글프고 안타까웠다.

하지만 그녀는 아무런 아픔을 느끼지 못했다. 날카롭게 몸을 가르는 양물도, 전신에 빼곡히 흔적을 새겨 넣는 가휴의 날카로운 송곳니도 느껴지지 않았다. 아니, 오히려 오장육부를 들쑤시던 통증에 비하면 가휴가 주는 아픔은 시원하게 느껴질 정도였다.

크게 숨을 몰아쉰 목련은 가휴의 목덜미를 힘껏 껴안았다. 두 다리를 그의 허리에 단단히 감자 결합이 깊어졌다.

탁한 신음성을 터뜨린 가휴가 그녀를 짓누르다시피 하며 거칠게 자신을 박아 넣었다. 퍽퍽, 하는 격한 마찰음이 허공을 울렸다.

"아윽!"

내장까지 닿을 듯 깊이 치닫는 양물에 목련은 입을 쩍 벌렸다.

뜨겁다. 쇳물을 들이부은 것처럼 배 속이 절절 끓는 느낌이었다.

귀두까지 빠져나간 남근이 조금 전보다 더 깊이, 더 빠르게 짓쳐들어왔다.

그녀는 땀으로 번들거리는 단단한 등에 손톱을 깊이 찔러 넣었다. 손톱자국이 깊을수록 가휴의 것은 더욱 맹포하게, 탐욕스럽게 목련을 와그작와그작 씹어 삼켰다.

"흐윽, 윽!"

머릿속이 텅 비고 눈앞이 하얗게 변했다. 목련은 가휴에게서 떨어지지 않으려 필사적으로 매달렸다.

한쪽 팔로 그녀의 허리를 단단히 틀어쥔 가휴가 다리 위에 목련을 앉히고는 거세게 몰아붙였다. 침상이 금방이라도 부서질 듯 삐걱거리고 둘의 숨소리가 천장을 뚫을 듯 높아졌다.

아득해지는 의식 너머로 울음소리가 들렸다. 질겅질겅 살과 뼈를 씹어 삼키는 짐승의 기분 좋은 울음소리.

아. 자신은 잡아먹히고 있는 거구나. 흔들리는 목련의 눈가로 또르르 눈물 한 방울이 떨어져 내렸다.

짐승의 울음소리가 조금 더 커졌다. 거친 숨소리와 함께 기이한 감각이 몸 중심에서부터 퍼지기 시작했다.

목련은 목을 한껏 젖혔다. 눈앞에 하얀빛이 터지며 벼락과도 같은 아찔한 쾌감이 작렬했다. 그 순간, 몸 안으로 뜨거운 것이 와르르 밀려들었다. 하초를 모조리 태울 듯한 강포한 기세에 숨이 턱 막혔다.

이런 것이 운우지정이던가. 이리 강렬한 것이, 이리도 따뜻한 것이 연정이던가. 속속들이 치미는 깊은 여운에 자꾸만 몸이 떨린다.

목련을 왈칵 터지려는 울음을 애써 삼켰다. 가휴를 만나지 않았다면 평생 몰랐을 경험이었다. 그래서 기뻤다. 생의 마지막에 이런 귀한 선물을 준 그가 고마워서 자꾸 눈물이 났다.

"하아……."

깊이 숨을 몰아쉰 목련은 천천히 눈을 감았다. 몸 안 가득 퍼지는 따뜻함에 전신이 노곤해지면서 수마가 몰려왔다. 마치 엄마 배 속에 있는 듯한 안온한 기분.

살며시 미소를 지은 그녀는 자신을 부드럽게 감싸는 심장 소리를 들으며 서서히 잠에 빠져들었다.

가휴는 작게 코까지 골며 깊은 잠에 빠진 목련을 하염없이 바라보았다. 아직 그녀의 몸 안에 파묻은 분신이 남은 욕망을 토해내고 있었지만 이 이상 지친 목련을 힘들게 할 수는 없었다.

아쉬움에 작게 한숨을 내쉰 가휴는 그녀의 이마에 조심스레 입을 맞추었다. 아직 따뜻한 온기를 품고 있는 작은 몸이 무척이나 사랑스러워 가슴 한 구석이 지끈 저려 왔다.

"좋은 꿈 꿔, 목련……."

입술을 맞댄 채 몇 번이나 속삭인 그는 목련을 품에 꼭 껴안았다.

12장.
또 한 명의 독귀

"어떻게……."

목련은 믿을 수 없었다. 틀림없이 죽는 줄 알았는데 어떻게 살아 있는 걸까. 그녀는 멍하니 두 손을 쳐다보다가 뺨을 꼬집어보았다.

"아얏."

따끔한 통증이 느껴지는 것을 보니 죽은 것도, 꿈을 꾸는 것도 아닌 모양이었다. 게다가 몸 상태도 놀라우리만치 좋아져 있었다.

어제만 해도 창자가 끊어질 것처럼 고통스러웠는데, 통증도 많이 가라앉았고 기분도 한결 가뿐해졌다.

목련은 어리둥절했다. 정말이지 귀신이 곡할 노릇이 아닌가. 분명 죽을 것이라 확신하고 가휴에게 안겼는데, 죽기는커녕 당장 일어나 돌아다녀도 좋을 만큼 회복되었다.

"말도 안 돼……."

금호에게 물린 데다 독귀와 몸을 섞었는데도 멀쩡하다니. 아무리 생각해도 기적이라고밖에는 달리 설명할 길이 없었다. 그때, 문이 달칵 열리더니 가휴가 들어왔다.

"일어났네."

"……가휴 님!"

"님은 빼라고 했잖아."

목련은 두 눈을 끔벅이며 침상으로 다가오는 가휴를 바라보았다. 아직 머릿속이 멍해서인지 자신이 지금 현실 속에 있는 건지 꿈을 꾸고 있는 건지 선뜻 구분이 되지 않았다.

"저…… 안 죽었나요?"

"안 죽는다고 했잖아."

가휴가 핀잔을 주며 찻잔을 내밀었다.

"자, 마셔."

찻잔 안에는 진한 붉은색을 띤 차가 담겨 있었다.

"이게 뭔가요?"

"기력을 회복시켜주는 약이야. 차로 만들어서 그렇게 쓰진 않을 거야."

가휴는 그것이 적요사를 탄 차라는 사실을 숨겼다. 굳이 알지 않아도 될 일은 말하지 않는 편이 좋다.

잠시 머뭇거리던 목련이 천천히 찻잔을 집어 한 모금 마셨다. 맛이 이상한지 그녀의 이맛살이 살짝 찌푸려졌다.

그 모습에 가휴는 피식 웃었다. 찡그리는 것조차 왜 이리 예뻐 보이는지 모르겠다.

"……고맙습니다."

"천만에."

가휴 특유의 장난기 어린 웃음에 목련이 살짝 따라 웃었다.

"믿을 수가 없네요. 대체 어떻게 살아난 걸까요? 필시 죽을 거라 생각했는데……."

가휴는 그녀의 뺨을 아프지 않게 툭 쳤다.

"죽지 않아서 아쉬워?"

목련이 얼굴을 붉히며 고개를 저었다.

"아, 아니요."

"타고난 명줄이 긴가 보지. 그러니 천제께 감사하라고."

가만히 가휴를 쳐다보던 목련이 이내 작게 고개를 끄덕였다.

"그러네요. 정말 천제께 감사를 드려야겠습니다."

그녀는 찻잔을 어루만지며 잠시 침묵했다. 아직도 자신이 살아 있다는 것이 믿기지 않는다. 정말 꿈이라면 어쩌나 싶어 두렵기까지 했다.

"꿈꾸고 있는 건 아닌지 생각하는 거야?"

흠칫 놀란 목련은 두 눈을 동그랗게 치켜떴다. 가휴가 큭큭, 웃었다.

"말했잖아. 목련은 표정에 고스란히 다 드러난다고."

머쓱해진 그녀는 얼굴을 슥 매만졌다. 목련을 물끄러미 바라보던 가휴가 상체를 숙이더니 뺨에 쪽 입을 맞추었다. 목련의 눈이 튀어나올 듯 커다래졌다.

"자, 이제 꿈이 아닌 걸 알겠지?"

목련은 입만 벙긋거리며 아무 말도 하지 못했다. 그런 그녀의 얼굴은 열꽃이 핀 듯 잔뜩 붉어져 있었다.

새삼 지난밤이 떠올랐다. 뜨거운 정념에 사로잡혔던 순간들. 격렬히 자신을 탐하는 가휴에게 화답하듯 적극적으로 안겼던 자신을 생각하니 갑자기 미칠 듯이 부끄러워졌다.

"하, 하지 마세요."

"응? 뭘?"

"그, 그게……."

목련은 실실 웃는 가휴를 차마 마주 보지 못하고 이리저리 눈을 굴렸다.

"뭐야. 간밤엔 그렇게 적극적이더니, 다시 무뚝뚝한 목련으로 돌아왔네?"

자꾸만 자신을 놀리는 가휴가 얄미워 그녀는 이불 속으로 몸을 숨겼다. 이불 너머로 가휴의 웃음소리가 나지막이 들려왔다. 듣기 좋은 소성에 다시금 몸이 달아올랐다.

이런 자신이 신기하기도 하고 부끄럽기도 해 목련은 더더욱 이불 안으로 파고들었다. 얼마 후, 의자가 삐걱, 밀리는 소리가 들려왔다.

"배고프지? 먹을 걸 가져올 테니 잠시만 기다려."

문이 탁, 닫히고 방 안이 고요해졌다. 그제야 목련은 이불 밖으로 힐끔 고개를 내밀었다.

지난밤 이후로 묘하게 가휴가 더 상냥해진 것 같다. 깊어진 눈으로 자신을 부드럽게 응시하는 그의 눈동자를 떠올리니 아랫배가 저릿해지면서 심장이 빠르게 뛰었다.

그녀는 붉어진 눈가를 만지작거리며 작게 한숨을 내쉬었다. 온몸을 잠식한 이 열기가 사라지려면 아무래도 시간이 좀 걸릴 듯싶었다.

"목련 님은 괜찮습니까?"

문밖에 서 있던 서요가 가휴에게 물었다. 일을 마치자마자 곧바로 왔는지 서요의 차림새는 평소와 달리 많이 흐트러져 있었고, 얼굴에는 피곤한 기색이 짙게 드리워져 있었다.

"무경에 연락은 했나?"

"예. 해청을 보냈으니 늦어도 사나흘 안에 요청한 물품들을 보낼 겁니다."

가휴가 고개를 끄덕였다. 해청海青은 홍마단에서 기르고 있는 매로, 긴급한 일이 발생했을 때 이용하는 통신용 새였다. 이번처럼 부득이하게 직접

독귀의 여자

움직일 수 없는 상황이나 긴박한 일이 생겼을 때 요긴하게 쓰였다.

"수고했어."

"수고랄 게 있나요. 저야 동량에 맡겨둔 해청을 보낸 일밖엔 한 것이 없는 걸요."

"거기까지 가는 것도 큰일이지. 너처럼 허약한 샌님한테는."

끝까지 자신을 놀려먹는 걸 잊지 않는 가휴의 모습에 서요는 발끈하려다 이내 혀를 차며 고개를 내저었다. 이번 일로 자신도 적잖이 마음을 졸인 탓인지 동량에 다녀온 것만으로도 기운이 쭉 빠졌다.

"그래서 목련 님은요? 괜찮으신가요?"

"글쎄……. 어떨까."

미적지근한 대답에 서요는 갑자기 불안해졌다.

"상황이 좋지 않은 겁니까?"

거듭된 물음에도 가휴에게서는 여전히 대답이 없었다. 입을 꾹 다물고 어딘가를 멍하니 쳐다보고 있는 주인의 모습에 서요는 돌연 가슴이 덜컥거렸다.

"설마……. 가망이 없는 겁니까?"

걱정하는 기색이 가득한 서요를 힐끗 쳐다본 가휴가 희미하게 웃었다.

"목련을 싫어했던 게 아니었어?"

"주인님과 얽혀 있는 게 마음에 안 들었던 거지, 목련 님을 싫어하는 건 아닙니다. 게다가 잘못되기라도 하면 조모님 얼굴을 어찌 봅니까? 괜히 우리 때문에 위험에 빠뜨린 게 되잖아요."

"뭐야. 결국 그런 걱정이었어? 이야, 서요 너 진짜 매정한 녀석이었구나?"

"그, 그런……."

당황하는 서요의 모습이 재미있는지 가휴가 큭큭, 낮게 웃음을 뱉어냈다.

"너무 걱정하지 않아도 돼. 고비는 넘겼으니 괜찮을 거야."

그 말에 서요가 작게 안도의 한숨을 내쉬었다.

"다행이군요."

가휴는 피식 웃었다. 늘 입버릇처럼 인간의 일에는 간섭하지 말라 잔소리하던 서요도 실상은 목련과 태용이 잘못될까 싶어 전전긍긍하고 있었던 것이다.

"역시 해독제가 효력이 있었던 겁니까?"

가휴는 밤새 까칠하게 돋아난 수염을 슥슥 쓰다듬었다. 목련을 지켜보느라 한숨도 못 잔 탓인지 그의 눈 밑이 거뭇거뭇했다.

"아니. 해독제는 전부 소용없었어."

서요의 눈이 휘둥그레졌다.

"예에? 아니, 그럼 어떻게……."

서요가 어리둥절한 표정으로 가휴를 쳐다보았다.

"독은 독으로 치료한다는 말이 있지."

"그게 무슨……."

"밤새 곰곰이 생각해봤거든. 어째서 금호에게 독성이 생겼을까, 하고."

가휴는 뻑뻑해진 눈을 비비며 이야기를 이어갔다.

"목련이 그랬지. 금호는 적요사를 먹음으로 몸의 부족한 영양을 채우고 몸 안의 독기도 제거한다고. 자네도 알다시피 적요사는 쓸모없는 광물 중 하나야. 수산석을 캐는데 방해만 되는지라 사람들에게 천덕꾸러기 취급을 받지. 특유의 붉은색에 톡 쏘는 냄새가 나고 독성까지 있어 기껏 해충이나 쫓는 용도로밖에 쓰이지 않거든."

"그건 그렇지요."

"그런데 유일하게 금호만이 적요사를 먹지. 그래서 생각했어. 어쩌면 적요사가 금호의 독을 해독해줄 수 있지 않을까, 하고 말이야."

"아……."

서요가 작게 탄성을 내뱉었다.

"그렇다면, 설마 목련 님께 적요사를 먹인 겁니까?"

가휴는 언제 피곤했냐는 듯 눈을 반짝거리는 서요를 물끄러미 쳐다보았다.

"목련이 걱정돼서 동량에서 오자마자 달려온 게 아니었나?"

"무, 물론 걱정했지요. 당연한 걸 왜 묻는 겁니까?"

가휴의 눈이 게슴츠레해졌다. 또 그 호기심 병이 발동했나 보다.

"흐웅……."

"왜, 왜 그런 눈으로 보시는 겁니까?"

"목련이 고비를 넘겼다니, 이제 슬슬 다른 게 궁금한 거지? 진짜 적요사가 해독제 역할을 했는지, 어떻게 상태가 호전된 건지, 뭐 그런 것들 말이야."

흠칫 놀란 서요가 슬그머니 시선을 돌렸다.

"따, 딱히 그런 건……."

가휴는 살살 턱을 매만지며 히죽거렸다.

"아냐. 넌 지금 궁금해 죽기 일보 직전인 거야. 네 그 왕성한 호기심은 걸음마할 때부터 유명했거든."

"무, 무슨 그런 말씀을! 아닙니다! 전 순전히 목련 님이 걱정돼서……."

"호오, 정말?"

"지, 진짜라고요!"

어깨를 으쓱한 가휴는 고개를 끄덕였다.

"뭐, 그렇게까지 말하니 믿어주지."

"그, 그럼……."

"적요사가 진짜 효과가 있었냐고?"

"예!"

두 눈을 반짝반짝 빛내는 서요의 모습에 가휴는 요동치는 뱃가죽을 힘주어 눌렀다. 아아, 정말이지 수십 년을 함께 지내왔는데도 변함없이 질리지 않는 녀석이 아닌가.

"궁금해?"

"예!"

"정말 궁금해?"

"예!"

기대감으로 슬그머니 얼굴까지 붉히는 서요를 보고 있노라니 배를 잡고 데굴데굴 구르고 싶은 심정이었다.

"그건 말이지……."

가휴는 언젠가 서요가 말했던, 세상에서 가장 재수 없어 보인다던 미소를 얼굴 한가득 떠올렸다.

"궁금하면 개처럼 멍, 하고 짖어봐."

순간 서요의 몸이 얼음처럼 굳었다. 세 살 먹은 애도 안 칠 장난질에 넘어갔다는 것에 큰 충격을 받은 그는 한동안 정신을 차릴 수 없었다.

'저 악귀 같은 새끼!'

서요는 속으로 욕을 퍼부으며 가휴를 매섭게 노려보았다.

"주인님은 언젠가 된통 혼날 날이 올 겁니다."

"내가 왜?"

"장담하지요."

"어째 악담 같다?"

"악담 맞습니다. 모름지기 자기가 뿌린 대로 거두는 법이거든요."

가휴가 가볍게 콧방귀를 뀌었다.

"뿌린 대로 거둔다니 거참 다행이군. 내가 지금껏 단 한 번이라도 쭉정이를 거둔 적 있던가? 이 천하의 홍마단 단주가 말이야."

서요는 벌레 씹은 표정을 지었다. 근거 없는 저 자신감도 재수 없었지만 그의 말이 틀리지 않는다는 것을 알기에 더 재수 없었다.

가휴는 잔뜩 토라진 서요를 보며 웃음을 삼켰다. 너무 놀렸나. 목련이 무사한 걸 알고 나니 마음에 제법 여유가 생겨 평소보다 더 장난을 친 모양이었다.

이쯤에서 적당히 달래주자 생각한 그는 비로소 서요가 듣고 싶은 이야기를 해주었다.

"적요사가 효과가 있긴 했던 것 같아."

그 말에 팽 토라졌던 서요의 귀가 쫑긋했다.

"적절한 양도 모르고 어떻게 먹일지도 전혀 알 수 없었지만, 시간이 촉박해 그런 걸 일일이 따질 형편이 안 됐어. 해서 다른 해독제와 비슷한 양을 가루로 만들어 물에 타 먹였지."

어느새 완전히 고개를 돌린 서요가 입을 쩍 벌렸다.

"완전 도박 아닙니까? 세상에, 진짜 하늘이 도왔나 봅니다."

가휴는 피식, 김빠진 웃음을 내뱉었다.

"그럴지도……. 목숨 하나는 질긴 모양이지."

서요는 힘없이 웃는 가휴를 가만히 응시했다. 문득 어제 보았던 주인의 모습이 떠올랐다. 자신이 그와 주종의 연을 맺은 이후로 그렇게나 절박한 모습을 본 적 있던가.

상단에 큰 피해를 입었을 때나 목숨에 위협을 받았을 때조차 어제만큼은 아니었다. 차류왕의 정인 모란을 몰래 도주시켰을 때도 여유 만만했던 주인이 아니던가.

어쩌면 자신을 놀리는 것도 목련이 무사한 것에 대한 안도의 표현일지도 모른단 생각이 들었다. 만약 목련이 살아나지 못했다면 이렇게 마주 보고 이야기를 나누기는커녕 무슨 일이 벌어졌을지 서요조차 예상하기 어려웠다.

'목련 님이 살아나신 게 정말 천만다행이군.'

서요는 가만히 한숨을 삼켰다. 동량에 다녀온 피로감이 뒤늦게 와르르 몰려오는 것 같았다. 하지만 좋은 소식을 들은 덕분인지 기분은 그 어떤 때보다 좋았다.

"몹시 고단해 보이십니다. 잠시라도 쉬시는 게 좋을 듯싶습니다."

아닌 게 아니라 가휴의 얼굴을 몹시 초췌해져 있었고, 듬성듬성 돋아난 수염과 덥수룩한 머리 때문에 마치 수일은 산속에서 헤맨 사람처럼 보였다.

그럼에도 그의 눈동자만큼은 어느 때보다 형형하게 빛을 내뿜고 있어 서요의 궁금증을 자아냈다. 가휴가 기지개를 켜며 입이 찢어져라 하품을 했다.

"그것보단 배부터 채워야겠어. 아사하기 일보 직전이거든. 뭔가 몸보신할 거라도 찾아볼까?"

가휴가 힐끔 닫힌 문을 돌아보았다.

"잠시만 목련 옆에 있어주겠어? 깨면 바로 내게 알리고."

"염려 말고 다녀오십시오. 아, 식사하시는 김에 목욕도 하시지요."

"냄새나?"

"그런 건 아니지만 몰골이 형편없습니다."

가휴가 씨익 웃으며 머리를 슥슥 헤집었다.

"그러는 네 몰골도 가히 보기 좋진 않은데?"

"누구 때문에 이 꼴인데요!"

서요는 버럭 성질을 내려다 안에 있는 목련을 생각하고 얼른 목소리를 죽였다.

"아무튼 수고했어. 주인장에게 식사 좀 푸짐하게 차려놓으라 이를게."

"그런 건 됐으니 속이나 그만 썩히십시오."

불퉁한 표정을 짓는 서요의 모습에 가휴가 킥킥 웃었다. 무서울 정도로 굳어 있던 주인이 다시 평소처럼 농담을 하고 장난스레 웃는 모습을 보니 덩달아 서요의 마음도 편안해졌다.

그는 가휴가 객잔으로 걸어가는 모습을 잠시 지켜보다가 움집으로 들어갔다.

문을 탁, 닫자 숨 막힐 듯한 정적이 그를 조였다. 빛 한 점 없는 움집 안은 먹물을 겹겹이 덧칠한 듯 어두웠고 공기마저 무겁게 가라앉아 있었다.

왠지 모르게 긴장이 된 서요는 괜스레 헛기침을 한 번 하고는 기름등에 불을 붙였다.

공기 중을 떠도는 약초 냄새와 온갖 약제 냄새. 예민한 후각을 파고드는 혼탁한 냄새는 자신의 주인이 한 생명을 살리기 위해 얼마나 치열한 사투를 벌였는지 고스란히 나타내주고 있었다.

천천히 심호흡을 한 서요는 조심스레 목련에게 다가갔다.

해쓱하고 창백한, 그러나 여전히 단아한 목련의 모습. 핏기가 없다는 것을 제외하면 생각했던 것보다 용태가 나빠 보이지 않았다.

그는 잔뜩 숨을 죽인 채 침상 옆 의자에 몸을 실었다.

다소 긴장이 풀려서일까. 등을 기대고 앉아 있으려니 몸이 노곤해지면서 잠시 잊고 있던 피로감이 노도처럼 밀려왔다.

서요는 무섭게 밀어닥치는 졸음을 필사적으로 물리쳤지만 시시각각 무거워지는 눈꺼풀은 그의 의지를 손쉽게 무력화시켰다.

결국 본능에 져버린 서요는 어느새 깊이 곯아떨어지고 말았다.

"헉!"

얼마나 시간이 지났을까. 퍼뜩 잠에서 깬 서요는 자신이 잠들었다는 사실을 깨닫고 망연자실했다.

그를 더욱 놀라게 한 건 목련이 누워 있던 침상이 텅 비어 있다는 사실이었다. 뒤늦게 자신의 몸에 덮인 모포를 발견한 서요는 실소를 머금었다.

"대체 시간이 얼마나 지난 거지."

한 차례 얼굴을 훑어 내리며 아직 가시지 않은 잠기운을 털어낸 서요는 문을 열고 밖으로 나갔다. 저 멀리 산 너머로 해가 뉘엿뉘엿 지고 있는 것을 보니 얼추 두 시진 정도 지난 듯했다.

시간이 이리 흐른 것도 모른 채 정신없이 자고 있었다니. 목련 옆에 있어 달라 부탁받은 서요로서는 여간 곤혹스러운 일이 아닐 수 없었다.

그나저나 목련은 어디로 간 걸까. 혹, 자는 새에 가휴가 와서 데려간 걸까.

"아직 성치 않은 몸일 텐데……."

목련을 찾아 나서기로 한 서요는 태용의 상태도 확인할 겸 객잔에 가보기로 했다.

서둘러 객잔으로 달려간 그는 한적한 식당 안을 둘러보다가 이내 2층으로 올라갔다. 태용의 방에 들른 서요는 안색이 제법 좋아진 아이를 보고 안도의 미소를 지었다.

그는 물에 적신 천으로 태용의 얼굴과 몸을 닦아주고는 이불을 꼼꼼히 덮어주었다. 유난히 작아 보이는 아이의 얼굴을 살며시 쓰다듬은 서요는 조용히 일어서 방을 나갔다.

그는 곧바로 가휴와 자신이 머물고 있는 방으로 향했다. 혹시나 주인과 목련이 함께 있진 않을까 기대했지만 방은 텅 비어 있었다.

"주인님은 또 어딜 가신 게야?"

아사 직전이라며 자신의 식사까지 거하게 차려놓을 거라 했던 가휴가 보이지 않자 서요는 슬쩍 걱정이 되기 시작했다. 게다가 목련까지 보이지 않으니 혹여 자신이 잠든 새에 무슨 일이 일어난 건 아닌지 불안해졌다.

"목련 님 집에 가신 건가?"

평소 봐왔던 목련의 성격이라면 집에 홀로 있을 조모가 걱정되어 깨자마자 돌아갔을 가능성이 컸다. 그렇다면 그런 그녀를 가휴가 당연히 혼자 가게 내버려 뒀을 리 없다.

결국 오두막에 가보기로 결정한 서요는 서둘러 방을 나섰다.

그때였다. 어디선가 오싹 소름이 돋을 만큼 지독한 한기가 삭풍처럼 밀어닥쳤다.

심장까지 얼어붙을 만큼의 극렬한 한기. 서요는 그제야 이 한기가 '살기'임을 깨달았다.

서요는 뻣뻣하게 굳은 몸을 가까스로 움직였다. 그 순간, 그의 시선 안에 들어온 한 남자.

흑의 차림에 머리를 하나로 묶은 남자는 등을 돌린 채 서 있었고, 강인해 보이는 넓은 어깨에는 검붉은 깃이 우아한 해청 한 마리가 얌전히 앉아 있었다.

서요의 눈이 휘둥그레졌다. 남자의 어깨에 있는 해청은 다름 아닌 가휴의 매였기 때문이다.

서요는 경악했다. 어째서 무경에 있어야 할 해청이 낯선 사내의 어깨에 앉아 있단 말인가. 혹시 훔친 걸까.

왠지 모르게 예감이 좋지 않은 서요는 본능적인 두려움을 무릅쓰고 사내를 향해 성큼성큼 걸어갔다.

"이보시오! 당신 대체 어디서 그 매를⋯⋯."

등을 보이고 있던 사내가 천천히 몸을 돌렸다. 서요는 채 말을 맺지 못하고 커다랗게 입을 벌렸다.

눈앞에 우뚝 서 있는 사내의 얼굴은 매우 낯이 익었다. 아니, 낯익을 정도가 아니라 감히 눈을 마주칠 수도, 마주쳐서도 안 되는 그런 얼굴이었다.

"⋯⋯전하."

서요는 두 눈을 질끈 감았다. 전신이 된서리를 맞은 듯 차갑게 굳었다. 온몸에 솜털이 거꾸로 서면서 오슬오슬 한기가 뼛속까지 스며든다. 왜 불안한 예감은 항상 들어맞는 것인지.

그제야 자신을 덮친 살기 어린 이 한기가 모두 왕에게서 비롯된 것임을 깨달은 서요는 금방이라도 접힐 듯 후들거리는 무릎에 필사적으로 힘을 주었다.

차류왕은 담담한 표정을 하고 있었다. 그래서 더 두려웠다. 오금이 저렸다.

희미한 어둠 속에서 더욱 선명하게 도드라지는 왕의 하얀 얼굴과 붉은 입술은 여전히 지독히도 아름다웠지만 오히려 그 모습이 저승사자처럼 서요를 공포에 몰아넣었다.

그는 잔뜩 숨을 죽였다. 독귀들이 왜 차류왕을 그렇게나 두려워하는지 서요는 비로소 이해할 수 있을 것 같았다.

"저, 전하."

서요의 얼굴이 하얗게 질렸다. 설마 했지만 진짜로 차류왕이 가휴를 쫓고 있을 줄은 몰랐다.

도대체 얼마 동안이나 찾아 헤맨 것일까. 그의 집요함에 새삼 등골에 소름이 돋고 식은땀이 줄줄 났다.

차류의 감정 없는 눈빛이 말없이 서요를 훑었다. 뱀처럼 전신을 휘감는 오싹한 살기에 결국 서요는 그 자리에 무릎을 꿇고 말았다.

"전하!"

침통하게 고개를 숙인 서요는 이 와중에도 맹렬히 머리를 굴리기 시작했다.

어떡할까. 가휴가 차류왕과 마주치면 그대로 도륙 날 것이 뻔한데 어찌해야 할지 모르겠다.

차류가 서요를 향해 천천히 걸어오기 시작했다. 한 발짝 한 발짝 거리가 좁혀질 때마다 발밑으로 피가 빠지는 것 같은 착각이 들었다.

서요의 머릿속이 더욱 복잡하게 엉켰다. 이윽고 차류왕의 발이 멈추었다.

"어디냐."

머리 위로 떨어지는 낮고 차가운 목소리.

"어디냐."

서요는 차류가 무엇을 묻는지 선뜻 읽어내지 못했다. 두려움과 긴장 때문인지 평소에는 잘 돌아가던 머리가 삐걱대며 녹슨 소리를 냈다.

있는 힘껏 머리를 쥐어짜낸 서요는 차류왕이 원하는 것이 모란의 행방임을 겨우 알아차리고 힘겹게 고개를 들었다.

"모, 모란 님은 사, 사로국의 고덕이라는 마을에 계십니다. 그, 그곳 산중에 오두막이 하나 있는데 그곳에 계십니다."

차류의 안색이 살짝 바뀌며 눈동자가 시퍼렇게 빛을 뿜었다.

'히익!'

서요는 태어나 처음으로 오줌을 지릴 것 같은 기분이었다. 아니, 아랫도리 느낌이 영 개운치 않은 것이 벌써 지렸는지도 몰랐다.

"사로국의 고덕이라……. 산중의 오두막이라고?"

차류왕의 안광이 금방이라도 자신을 갈가리 찢을 것처럼 희번덕거렸다.

서요는 점차 호흡이 가팔라지는 것을 느꼈다. 솔직히 무서워 미칠 것 같았다. 당장에라도 도망치고 싶을 만큼 두려워서 사지가 덜덜 떨렸다.

"그, 그렇습니다. 모, 모란 님은 무, 무사히…… 욱!"

너무 긴장한 탓인지 서요는 혀를 깨물고 말았다. 입 안으로 비릿한 핏물이 번졌지만 공포로 온몸이 굳어버린 그는 아무런 통증도 느낄 수 없었다.

"저, 전하! 주, 주인님은 아무 잘못이 없습니다. 다, 단지 의뢰를 거절할 수 없어 어쩔 수 없이……."

그때였다. 아래층에서부터 쿵쾅쿵쾅 요란스런 발소리가 나는가 싶더니 그렇게 찾아도 보이지 않던 가휴가 나타났다.

"서요! 여기 있어? 내가 뭘 가져왔는지 한번 보라고!"

더없이 발랄 명쾌한 가휴의 목소리가 커다랗게 복도를 울렸다. 순간, 서요는 두 눈을 질끈 감았다.

'이 멍청한 주인아!'

재수 없는 놈은 뒤로 자빠져도 코가 깨진다더니 지금이 딱 그 짝이다. 시간을 못 맞춰도 어느 정도지, 왜 하필 지금 돌아온단 말인가.

"어라?"

뒤늦게 분위기가 이상하다는 것을 눈치챈 가휴가 무릎을 꿇고 있는 서요를 보고는 그 자리에 멈칫했다.

그의 시선이 서요 앞에 우뚝 서 있는 흑의 사내에게로 향했다. 순간, 가휴의 눈이 스르르 벌어졌다.

"아니, 전하 아니십니까?! 이곳엔 어쩐 일이십니까?"

천연덕스러운 가휴의 물음에 서요는 한순간 자신과 가휴의 목이 꼬챙이에 꽂혀 들판에 버려진 장면을 상상하고 말았다.

'어머니!'

서요는 장가도 못 가보고 이렇게 죽는구나 싶어 왈칵 눈물이 앞섰다.

"아, 혹시 모란 님 때문에 찾아오신 겁니까?"

서요는 자기도 모르게 신을 찾았다. 이제 정말 꼼짝없이 죽었구나. 살기 등등한 차류왕의 칼에 비명횡사하겠구나. 이 모든 일의 원흉은 가휴니 그냥 내버려 두고 내뺄까. 서요는 심각하게 갈등했다.

"자자, 그리 서 계시지 말고 방에 들어가시지요. 제가 운 좋게 황계 한 마리를 잡았지 뭡니까? 이게 남자한텐 정말 끝내주거든요. 맛도 기막히지요. 전하께선 진짜 시간 한번 기막히게 맞추십니다. 하핫!"

눈치가 없는 건지 간이 배 밖에 나온 건지 도무지 알 수 없었다.

서요는 잔뜩 숨을 낮춘 채 차류왕을 살폈다. 그의 예상대로라면 왕의 기다란 검이 가휴를 베어도 열두 번은 더 베었을 텐데, 차류왕은 조각 같은 얼굴 가득 냉기를 품은 채 가휴를 가만히 바라보고만 있었다.

긴장감과 살기가 뒤섞인 공기에 서요는 숨이 막힐 것 같았다. 당장에라도 시퍼런 검이 널을 뛰며 가휴의 피를 묻힐 것만 같아 심장이 졸아들었다. 가휴가 멋쩍은 듯 웃음기를 지우고는 황계를 바닥에 휙 내던졌다.

"쩝, 기껏 힘들게 구해왔는데 전하께선 별 관심이 없으신가 봅니다."

덥수룩한 머리를 벅벅 긁은 가휴는 천천히 차류에게로 다가갔다. 오랜만에 본 차류왕은 여전히 눈을 홀릴 만큼 아름다웠지만 안색이 창백하고 두 눈이 퀭한 것이 제대로 잠을 못 잔 것처럼 보였다.

"낯빛이 그리 좋아 보이지 않습니다, 전하. 식사는 제대로 하시는 건지요?"

붉은 입술을 꾹 다물고 가휴를 노려보고 있던 차류가 비로소 느릿하게 입술을 떼었다.

"널 이 자리에서 도륙 낼 수도 있다."

그 말에 서요의 심장은 바닥으로 철퍼덕 떨어졌고, 가휴는 바보처럼 히죽 웃기만 했다.

"조각난 네 몸뚱이는 산짐승들의 좋은 먹잇감이 되겠지."

듣고 있던 서요가 두 눈을 질끈 감으며 비틀거렸다. 금방이라도 쓰러질 것 같은 그를 힐끔 쳐다본 가휴는 쓰게 입맛을 다셨다.

"그러니 대답을 잘해야 할 것이다."

"제가 어떤 대답을 해도 전하의 노여움은 풀리지 않으실 겁니다."

"대답을…… 잘하라 하였다."

차류의 살기가 거세졌다. 순간, 여유로워 보이던 가휴의 얼굴이 딱딱하게 굳었다. 그는 잇새 사이로 흘러나올 뻔한 신음을 애써 집어삼키고는 커다랗게 심호흡을 했다.

"절 죽이셔도 상관은 없습니다. 하지만 지금은 모란 님을 찾는 것이 훨씬 더 중요한 일이 아닙니까? 머지않아 산달이 될 텐데, 지금 그분 곁엔 아무도 없습니다."

한순간 가휴의 목덜미를 파고들던 살기가 순식간에 잦아들었다.

가휴는 분노로 얼어붙은 차류의 눈동자가 잘게 떨리는 것을 발견했다. 그는 때를 놓치지 않고 계속 말을 이었다.

"절 죽이는 건 모란 님의 안위를 확인하고 난 후에 하셔도 됩니다. 제가 아무리 떠돌이 신세라지만 결국 마노국으로 돌아갈 수밖에 없는 독귀 아닙니까? 하지만 기어이 저를 죽이고자 하시면 주저 없이 베십시오. 전 기꺼이 전하의 뜻에 따르겠습니다."

참으로 어이없는 태도가 아닌가. 모란을 빼돌린 것도 모자라 죽이든지 말든지 마음대로 하라는 가휴의 배짱에 차류는 점점 살의가 식어가는 것을 느졌다.

이곳에 오기 전까지는 반드시 가휴를 베리라 마음먹었었다. 벌벌 떠는 그를 발아래 꿇리고 제발 살려달라는 말이 나올 때까지 팔다리를 하나씩 잘라내고, 그것도 부족하면 귀를 자르고 눈을 파내려 했다.

그런데 보자마자 한다는 소리가 오랜만이라니. 가휴가 이런 사내였나 싶어 허탈한 마음까지 들었다.

서요가 술술 분 덕분에 굳이 가휴를 죽일 필요는 없었지만 차류는 그가 괘씸해 미칠 지경이었다. 이 사내는 자신의 목숨이 몇 개나 되는 줄 아는 걸까.

"죽이진 않겠다. 하지만 그것이 널 용서한다는 뜻은 아니야. 모란을 찾고 난 후에 반드시 네 죄를 묻겠다."

"명 받들겠습니다."

가휴는 그 자리에 꿇어앉아 머리를 숙였다. 서릿발 같은 시선으로 그를 내려다보던 차류가 이내 몸을 돌려 아래층으로 성큼성큼 걸어갔다.

왕의 모습이 사라지자 그제야 가휴는 한숨을 푹 내쉬며 바닥에 털썩 주저앉았다.

"후아, 빌어먹을! 오줌 지릴 뻔했네. 뭔 놈의 살기가……."

서요는 아직도 바들바들 떨리는 손을 꾹 부여잡은 채 가휴를 바라보았다.

"서요, 나 찬물 좀 갖다 줘. 이번엔 진짜 죽는 줄 알았다고. 어우 심장이야……."

"주인님보다 제가 먼저 죽게 생겼습니다!"

기다시피 방으로 들어간 서요는 간신히 찬물을 따라 벌컥벌컥 들이켰다. 뒤따라 들어온 가휴가 자신도 달라고 칭얼댔지만 쌩하니 외면하고 한 잔을 더 마셨다.

시원한 물이 홧홧한 식도와 위장을 차갑게 식혀주었다. 그제야 조금 정신이 나는 것을 느낀 서요는 의자에 철퍼덕 몸을 기댔다.

"진짜 제명에 못 죽을 것 같습니다."

"멀쩡하구먼 왜 그래?"

"멀쩡하다고요? 주인님 눈엔 제가 멀쩡하게 보이십니까?"

울컥 서러워진 서요는 버럭 소리를 질렀다.

"도대체가 제정신입니까? 전하께서 맘만 먹었다면 우린 벌써 사지가 찢겨 저 산에 버려졌을 겁니다!"

"살아 있잖아. 그럼 됐지."

태평스레 대답하며 물을 따라 마시는 가휴를 보니 뒷골이 당기면서 머리 끝까지 피가 확 솟구쳤다.

"죽을 뻔했습니다! 시퍼렇게 살기 어린 눈으로 노려보는데 저승사자인 줄 알았다고요!"

"전하는 우릴 못 죽여. 성정이 차갑긴 하지만 모란 님을 마지막까지 모신 건 우리지. 게다가 왕이 자기 백성을 그리 쉽게 죽일 것 같아?"

"쉽게 죽이진 않는 대신 죽고 싶을 만큼 고문할지도 모르죠."

서요는 땅이 꺼져라 한숨을 내쉬었다. 어찌나 공포에 떨었는지 아직도 손발이 부들거렸다. 도대체 가휴는 무슨 배짱으로 차류왕 같은 사내와 맞선 것일까.

"차류왕은 주인님이 생각하는 그런 사내가 절대 아닙니다. 이번엔 진짜 죽을 뻔했다고요. 아십니까?"

급격히 우울해진 서요는 바닥을 내려다보며 중얼거렸다.

"지금껏 수없이 위험에 처했었지만 단 한 번도 죽을 뻔했다 느낀 적은 없었습니다. 하지만 이번만은 달랐어요. 진짜로…… 황천길로 가는 줄 알았습니다."

말하다 보니 더욱 서러워진다. 서요는 옷자락을 꽉 거머쥐며 고개를 숙였
다. 빛바랜 낡은 마룻바닥이 갑자기 뿌옇게 보였다.

"……우냐?"

놀리는 듯한 가휴의 말에도 서요는 아무 대답하지 않았다.

"뭘 울고 그래?"

"……안 웁니다."

"운 것 같은데?"

"안 울었습니다!"

서요가 번쩍 고개를 들었다. 운 흔적은 없지만 눈가가 발간 것이 울기 직
전까지 간 것은 분명했다.

가휴는 피식 웃었다. 자신도 차류왕의 살기에 두려움을 느꼈는데 서요는
오죽했을까. 내심 미안한 마음이 든 그는 서요에게 다가가 그의 어깨를 토
닥였다.

"이따 황계백숙 해줄게. 특별히 다리는 다 너 주마."

서요가 가휴를 매섭게 노려보았다.

"제가 앤 줄 아십니까?"

"싫으면 말고."

서요의 얼굴이 와락 일그러졌다. 가휴는 웃음이 나올 것 같았지만 꾹 참
았다. 여기서 또 웃었다가는 이번에야말로 서요가 진짜 짐 싸들고 집으로
돌아가 버릴 것 같았기 때문이다.

"그런데 지금껏 혼자 계셨던 겁니까?"

"응? 그건 왜 물어?"

"아니 그게……. 제가 잠깐, 정말 아주 잠깐 잠이 들었었는데……. 깨보니

목련 님이 안 계시더라고요."

그 말에 가휴의 눈매가 대번에 가느다래졌다.

"흐응, 내가 그렇게 잘 보살피라고 단단히 부탁했건만, 고새를 못 참고 주무셨다?"

괜히 억울해진 서요는 우물쭈물 변명을 늘어놓았다.

"아, 아니 그건 주인님이 시키신 일을 하느라 피곤이 쌓여서……."

이유야 어쨌든 자신의 의무를 다하지 못한 것은 사실이라 조금 전 당당하게 투덜대던 때와 달리 그의 목소리엔 힘이 빠져 있었다.

"뭐, 됐어. 네게 중대한 일을 맡긴 내 잘못도 있으니까."

어쩜 내뱉는 말마다 저리 밉살스러울까. 잠깐 잠든 걸로 천하의 무능하고 쓸모없는 존재로 전락해버린 서요는 기가 막힌 표정으로 가휴를 쳐다보았다. 이럴 줄 알았으면 차류왕이 나타났을 때 주인의 목이 달아나든 말든 냅다 도망쳤어야 했는데.

"목련은 조모님 때문에 집으로 돌아갔어. 목련이 다친 건 모르시니 적당히 둘러대고 다시 오라 일렀지. 아, 참. 황계는 조모님이 주셨어. 며칠 전에 우연히 마당에 들어온 걸 잡았다던가? 목련이 왜 그리 사냥을 잘하나 했더니 조모님을 꼭 닮은 모양이야. 하핫!"

"예, 예. 참 좋으시겠습니다."

"그럼 좋지. 요즘 도시에서 황계 맛보기가 어디 그리 쉽나?"

조금 전까지 황천길을 건널 뻔한 주제에 고작 황계 한 마리에 헤실대는 모습을 보니 더 이상 화를 낼 기력조차 없어졌다.

서요는 자신의 안온한 미래를 위해서라도 반드시 상단을 그만두리라 다시금 굳게 마음을 먹었다.

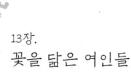

13장.
꽃을 닮은 여인들

"후우……."

오두막을 나선 목련은 작게 한숨을 내쉬었다. 묘진으로부터 반 시진이 넘도록 훈계를 들었더니 머리가 어질어질했다.

그나마 가휴가 잘 말해주었기 망정이지 그렇지 않다면 한동안 바깥출입은 꿈도 꾸지 못했을 것이다.

물론 할머니의 심정도 이해 못 하는 건 아니었다. 지금껏 속 한번 썩힌 일이 없던 소중한 손녀가 다쳐서 돌아왔으니 얼마나 속이 상했을까. 만약 금호에게 물려 죽을 뻔했다는 사실을 알게 된다면 충격으로 쓰러졌을지도 몰랐다.

딸을 그리 허망이 보내고 오로지 목련 하나만 바라보며 산 노부가 아니던가. 기적적으로 목숨을 부지해 할머니를 다시 볼 수 있었으니 참으로 다행이었다.

목련은 가볍게 심호흡을 했다. 아직 몸이 온전한 상태가 아니라 그런지 움직일 때마다 둔탁한 통증이 느껴졌다.

하지만 지금은 이 통증조차 감사하게 여겨졌다. 아픔을 느낄 수 있다는 것은 곧 살아 있다는 증거였기 때문이다.

다시금 크게 숨을 들이마신 그녀는 천천히 배를 쓰다듬었다.

몸 안 깊숙한 곳에 아직 정사의 여운이 남아 있다. 다친 어깨에서 느껴지는 것과는 전혀 다른 열감. 목련의 뒷덜미가 슬그머니 붉어졌다.

이 열감이 어디에서 비롯되는지 알고 있다. 여인의 내밀한 곳에서부터 뭉근히 전해지는 통증의 흔적이 무엇인지 알고 있다. 뒷덜미를 물들인 열기가 귀로 퍼졌고, 이내 뺨에도 엷은 홍조가 피어올랐다.

한숨을 내쉰 그녀는 세차게 고개를 털어냈다. 어차피 무언가를 바라고 안긴 것은 아니었다. 죽음을 눈앞에 두고 한 점 미련을 남기고 싶지 않았던 것. 그뿐이었다.

"그분은 독귀야. 욕심내면 안 돼."

하늘이 도와 두 번이나 살아났다. 금호에게 당하고서도 살아났고, 절대 닿아서는 안 된다는 독귀와 몸을 섞고도 살아났다. 그것만으로도 하늘이 자신에게 큰 은혜를 베풀어준 것이 아니고 무엇이겠는가.

마을에 도착한 목련은 움집으로 가려다 문득 태용이 걱정되어 객잔으로 발길을 돌렸다. 다친 이후로 경황이 없어 아이를 챙기지 못한 것이 뒤늦게 마음에 걸렸다.

객잔 안으로 들어서자 휑한 내부가 눈에 들어왔다. 손님이 줄었다는 이야기는 들었지만 이 정도로 한적할 줄은 몰랐던지라 그녀는 조금 놀란 표정으로 주변을 돌아보았다.

그때, 대수가 머리를 빼꼼 내밀었다가 목련을 발견하고 흠칫했다. 아마 손님이 온 줄 알았다가 그녀가 서 있자 놀란 모양이었다.

목련이 살짝 고개를 숙이자 대수도 머쓱한 표정으로 머리를 까딱이더니 이내 찬간 안으로 쏙 들어가 버렸다. 목련은 쓸쓸하게 미소를 짓다가 2층으로 향했다.

그녀가 막 계단을 올라가려던 그때, 돌연 커다란 그림자가 머리 위로 길게 드리워졌다.

흠칫 놀란 목련은 번쩍 고개를 들었다. 순간, 그녀의 눈이 휘둥그레졌다.

손을 뻗으면 닿을 거리에 한 남자가 우뚝 서서 그녀를 내려다보고 있었다. 검은 갖옷 차림에 긴 검은 머리를 아무렇게나 묶은 남자.

고개를 젖힐 정도로 장신인 남자는 자신이 태어난 이래 처음 보는 미남자였다.

무엇보다 그녀를 놀라게 한 것은 가슴이 선뜩해질 정도로 짙은 자색 눈동자였다. 목련의 입이 스르르 벌어졌다.

'세상이 넓긴 넓구나.'

가휴와 서요 외에 또 독귀를 보게 되다니. 태어나서 독귀를 한 명도 못 봤다는 사람들이 수두룩한 마당에 자신은 무슨 인연으로 독귀를 셋씩이나 볼 수 있는 건지 모르겠다.

게다가 눈앞의 남자는 가휴와 달리 보는 순간 압도당할 만큼 오싹한 기운과 위엄을 지니고 있었다. 웬만한 일에는 눈 하나 깜짝하지 않는 목련조차 한순간 숨 쉬는 것을 잊을 만큼.

남자가 목련을 빤히 쳐다보았다. 목련 역시 그 자리에 못 박힌 채 서서 남자를 멍하니 쳐다보았다.

한순간 남자의 자색 눈동자가 살짝 흔들리는 것 같더니 다시 원래대로 돌아왔다.

남자가 천천히 목련을 향해 다가왔다. 거리가 좁혀질수록 남자에게서 느껴지는 위압감은 배로 늘어났다.

'어?'

목련은 고개를 갸웃했다. 남자가 다가오자 묘한 향기가 느껴졌다. 꽃 같기도 하고 달콤한 꿀 같기도 한 향기.

정확히는 알 수 없지만, 분명한 것은 남자에게서 느껴지는 향기가 정신이 멍할 정도로 좋다는 사실이었다. 목련은 자기도 모르게 코를 벌름거렸다.

"넌……."

남자의 입이 작게 열렸다. 피처럼 붉은 그의 입술에 저절로 시선이 꽂혔다.

"향기가 나는군. 그녀처럼……."

남자의 눈동자에 애련한 빛이 찰나적으로 스치고 지나갔다.

"혼혈인가?"

알 수 없는 질문에 목련은 의아한 표정을 지었다.

"혼혈이요?"

"아니, 그것과는 조금 다르군."

남자가 무언가를 알아내려는 듯 목련을 뚫어져라 쳐다보았다. 그저 시선을 받고 있을 뿐인데도 남자의 눈길이 닿은 곳마다 화끈한 열기가 느껴졌다. 움찔 놀란 목련은 한 발짝 뒤로 물러섰다.

"가휴 님을 찾아오셨습니까?"

순간, 남자의 눈이 가느다래졌다.

"가휴와 아는 사이인가?"

"……조금은요."

목련은 말을 아꼈다. 왠지 남자 앞에서는 가휴와 관련된 이야기들을 하기가 꺼려졌다.

"흠……."

차류의 눈매가 가늘어졌다. 분명 인간인데 어째서 모란과 비슷한 향기가

독귀의 여자

날까. 그는 여인에게 한 발짝 다가갔다. 간격이 좁아지자 향기가 더욱 짙어졌다.

차류는 묘한 시선으로 여인을 내려다보았다. 눈을 동그랗게 치뜬 여인은 모란처럼 자신의 가슴팍 정도밖에 오지 않았다.

"이름이 무엇이냐?"

차류의 기세에 눌린 탓인지 여인의 입이 수월히 열렸다.

"……목련입니다."

목련. 이름마저 그녀와 비슷하다. 꽃과 같은 여인들. 꽃의 이름을 지닌 여인들.

가슴 한쪽이 지끈거리는 것을 느낀 차류는 자기도 모르게 손을 올려 목련의 머리카락을 만졌다.

목련은 온몸이 굳은 듯 가만히 사내의 손길을 받아들였다.

기분이 이상하다. 분명 가휴와 같은 독귀인데 왜 이다지도 몸이 떨릴까. 풍기는 기운, 외모, 분위기마저 사뭇 다르다. 날카롭고 차가우면서도 어딘가 묘하게 슬픈 기운이 느껴졌다.

가슴이 지끈 저릴 정도로 깊은 슬픔. 그의 숨결을 타고, 향기를 타고 남자의 감정이 그대로 전해지는 것 같아 왠지 모르게 울고 싶은 심정이 들었다.

말로 표현할 수 없는 기이한 감각에 목련은 자기도 모르게 후우, 달뜬 숨을 내뱉었다. 남자의 손이 머리카락을 매만지다가 이내 뺨을 톡, 건드렸다.

그녀는 도무지 그 손길을 거부할 엄두가 나지 않았다. 살갗에 닿은 남자의 손은 오싹할 만큼 차가웠지만 연인을 대하듯 무척이나 부드럽고 조심스러워서 심장이 두근거렸다.

"그대들은…… 모두 꽃을 닮았나 보구나."

남자가 천천히 고개를 숙였다. 그를 만난 순간부터 느꼈던 꽃향기가 갑자기 파도처럼 와르르 밀려들었다.

목련은 흡, 숨을 들이켰다. 심장이 터질 듯 두근거린다. 호흡이 가빠진 탓인지 목소리가 나오지 않았다.

숨결이 느껴질 만큼 남자의 얼굴이 바짝 다가왔을 때, 갑자기 눈앞이 아찔해진 목련은 그대로 정신을 잃고 쓰러졌다. 그런 그녀를 차류가 얼른 받아 안았다.

차류는 물끄러미 여인을 내려다보았다. 모란과는 조금 다른 향을 풍기는 여인.

가녀리고 보드라운 몸을 안고 있으려니 모란을 향한 그리움이 울컥 가슴을 때렸다. 차류의 아름다운 얼굴이 괴롭게 일그러졌다.

"숨을…… 쉴 수가 없구나."

그녀가 곁에 없는 것이 못 견디게 고통스럽다. 온몸을 칼로 난도질당하는 것 같은 극악한 고통에 잠을 이룰 수가 없다.

울고 싶어도 눈물조차 나지 않았다. 한번 울면 그대로 무너질 것 같은 두려움에 이를 악물고 슬픔을 참아내었다.

"모란……."

자신이 없는 곳에서 또 홀로 울고 있지는 않은지. 외롭고 쓸쓸한 산중에서 무서움에 떨고 있지는 않은지.

품 안의 이 여인이 모란이라면 얼마나 기쁠 것인가. 그렇다면 당장 그녀를 데리고 아무도 방해할 수 없는 곳으로 떠날 텐데.

차류는 어금니를 질끈 깨물었다. 잇새 사이로 억눌린 울부짖음이 안타깝게 흘러나왔다.

"조금만…… 조금만 기다려다오. 반드시 널 데리러 가마."

차류는 품에 안긴 목련이 마치 모란이라도 되는 듯 고통에 일그러진 눈동자로 하염없이 바라보았다.

그때였다. 등 뒤로 쿵쾅거리는 요란한 소리가 들린다 싶더니, 가휴가 하얗게 질린 얼굴로 헐레벌떡 나타났다.

재빨리 표정을 지운 차류는 목련을 안은 채 천천히 계단을 내려왔다. 그 뒤를 허겁지겁 따라 내려온 가휴가 차류 품에 안긴 목련을 발견하고는 작게 신음을 흘렸다.

"저, 전하!"

어째서 목련이 차류왕의 품에서 정신을 잃고 있단 말인가. 전혀 예상치 못했던 상황에 가휴는 안절부절못했다.

그답지 않게 당황해하는 모습을 본 차류의 눈매가 슬며시 가늘어졌다. 무언가를 눈치챈 듯 짙은 자색 눈동자가 예리하게 가휴를 훑었다.

"그렇군. 이 여인이 네……."

가휴의 얼굴에 낭패의 기색이 떠올랐다.

"저, 전하! 갈 길이 먼데 어서 떠나시지요! 곧 날이 어두워지는데 그전에 길을 재촉하시는 게 좋지 않겠습니까?"

가휴는 다급히 차류의 말을 막았다. 애써 아무렇지 않은 척 화제를 돌리려 했지만 폐부까지 꿰뚫는 왕의 시선을 온전히 가로막기란 참으로 버거웠다.

"약점이 생겼군."

차류의 얼굴에 살짝 미소가 떠올랐다. 더없이 고혹적인 미소에 가휴는 가슴이 벌렁거리고 등에 식은땀이 났다.

"무, 무슨 말씀이신지 모르겠습니다."

당황하는 가휴를 가만히 바라보던 차류가 이내 목련을 품에서 떼어 그에게 건넸다.

얼른 그녀를 받아 안은 가휴는 재빨리 목련을 살폈다. 다행히 정신을 잃은 것일 뿐 별다른 문제는 없어 보였다. 차류가 가까이 다가오더니 나직이 속삭였다.

"꼭꼭 숨겨두는 게 좋을 거다."

"예?"

"혼혈인진 알 수 없으나 비슷한 향기가 나더군. 나처럼 잃어버린 후에 후회하지 말고 소중히 여겨라."

말을 마친 차류가 몸을 돌려 객잔을 나갔다. 가휴는 넋이 나간 표정으로 사라진 차류왕의 궤적을 멍하니 쫓았다. 도대체 왕이 무슨 말을 한 것인가.

"……혼혈?"

커다란 쇠망치로 머리를 거세게 얻어맞은 느낌이었다. 마른침을 꿀꺽 삼킨 가휴는 뻣뻣하게 굳은 목을 가까스로 움직여 품에 안긴 목련을 내려다보았다.

"대체……."

가휴는 두 눈을 끔벅이며 목련에게서 시선을 떼지 못했다.

차류왕은 허언을 하는 사내가 아니다. 농 따위는 더더욱 싫어하는 그였다. 그런 차류왕의 입에서 혼혈이란 단어가 나왔다.

물론 정확히 목련을 꼭 집어서 말한 것은 아니었지만 비슷한 향기가 난다는 알 수 없는 말을 했다. 그것이 마음에 걸렸다. 갑자기 오한이 든 가휴는 잘게 몸을 떨었다.

"주인님!"

서요의 외침에 얼어붙은 가휴의 의식이 간신히 깨어났다. 그는 얼떨떨한 얼굴로 뒤를 돌았다. 서요가 다소 창백한 안색으로 걱정스럽게 쳐다보고 있었다.

"괜찮으십니까? 목련 님은……."

"괜찮아. 그냥 정신을 잃은 것일 뿐이야."

서요가 가까이 다가오자 그제야 숨통이 트이는 기분이었다.

가휴는 길게 한숨을 내쉬었다. 관자놀이에 맺혔던 땀방울이 뒤늦게 턱을 타고 주르륵 흘러내렸다. 얼마나 긴장했는지 목구멍이 갈라진 논바닥처럼 바짝 말라버렸다.

"전하께서 뭐라 하신 겁니까?"

서요의 물음에도 가휴는 쉬이 입을 떼지 못하고 황망히 목련만 바라보았다.

"주인님!"

서요의 다그침에 그제야 가휴는 탄식 섞인 한숨을 내뱉었다.

"전하께서 대체 뭐라 하신 겁니까? 목련 님은 왜 정신을 잃고 계시고요?"

"하아……. 대체 뭐가 뭔지. 빌어먹을……."

가휴는 낮게 욕설을 읊었다. 아주 짧은 시간 머물다 갔을 뿐인데, 차류왕이 남긴 여파는 실로 혼이 빠질 만큼 어마어마했다. 한바탕 거대한 폭풍우가 휩쓸고 간 느낌이랄까.

왕을 향한 경외심과 두려움, 한 남자로서의 패배감이 어지럽게 뒤섞여 머릿속을 혼탁하게 휘저어놓았다. 입술을 질끈 깨문 가휴는 목련을 안고 방으로 올라갔다.

"주인님, 정말 괜찮으신 겁니까? 안색이 좋지 않습니다."

목련을 침상에 눕힌 가휴는 거칠게 머리를 헤집었다. 그의 심기가 상당히 저조하다는 것을 눈치챈 서요가 조용히 차가운 물 한 잔을 따라 내밀었다. 단숨에 물 한 잔을 비운 가휴는 의자에 털썩 앉았다.

"전하께서 이상한 말씀을 하시더군."

놀란 서요가 얼른 맞은편에 앉았다.

"그게 무슨 말입니까?"

"혼혈인진 알 수 없으나 비슷한 향기가 난다……. 이런 말씀을 하셨어."

"에에엑!"

서요의 눈이 함지박만큼 벌어졌다.

"혼혈이라니요. 목련 님이 말입니까?"

"혼혈이라고 콕 집어서 말한 건 아니야. 그냥 비슷한 향기가 난다고 했는데, 대체 무슨 말인지……."

"혼혈이면 혼혈이지 비슷한 향기는 또 뭐랍니까?"

"내가 그걸 어떻게 알겠어? 젠장, 대체 이게 무슨 일이람."

서요는 정신이 없었다. 차류왕이 나타난 것만으로도 혼이 나갈 지경인데, 갑자기 목련이 혼혈일지도 모른다는 말을 들으니 머릿속이 복잡해졌다.

"목련 님이 본래 혼혈이었던 건 아닐까요?"

"설마. 조모님도 그렇고 틀림없는 인간이야."

가휴가 인상을 찌푸리며 땅이 꺼져라 한숨을 내쉬었다.

"그렇다면 혹, 금호에게 당한 것이 원인일까요?"

"글쎄……."

"하지만 해독을 했으니 혼혈과는 상관없는 것 아닙니까? 한데 전하께서 왜 그런 말씀을 하신 걸까요?"

허공을 쳐다보던 가휴가 작게 중얼거렸다.

"분명한 것은, 목련에게 어떤 변화가 일어났다는 사실이야. 그게 금호에게 당한 것 때문인지, 아니면 다른 이유인지는 모르지만……. 내가 궁금한 것은 전하가 맡았다는 향기야. 대체 무슨 향기기에 혼혈 얘기가 나온 걸까."

잠시 생각에 골몰해 있던 가휴가 고개를 갸웃했다.

"그러고 보니 그때도 이상했어. 혼혈이 나타났다는 소문은 진작부터 돌고 있었는데, 실제로 혼혈을 찾은 자는 아무도 없었거든. 그런데 전하가 외유를 핑계로 마노국을 떠난 지 얼마 되지 않아 혼혈인 모란 님을 데리고 오셨지. 어떻게 그럴 수 있었을까? 서요, 넌 그것에 한 번도 의구심을 품어본 적 없어?"

"그, 그건⋯⋯."

생각해 보니 가휴의 말이 맞다. 차류왕은 어떻게 그리 쉽게 혼혈을 찾을 수 있었던 걸까. 정보라면 누구에게도 뒤지지 않는 홍마단의 수장 가휴조차 찾지 못하지 않았던가.

"주인님의 말도 일리가 있긴 하군요. 대체 전하께선 어떻게 모란 님을 그리 빨리 찾을 수 있었던 걸까요? 더구나 목련 님을 보고 혼혈의 가능성까지 언급하시고⋯⋯. 혹, 전하께 우리가 모르는 특별한 능력이 있는 건 아닐까요?"

"흠, 독귀의 왕이라⋯⋯."

지금껏 마노국의 왕이라는 존재에 대해 별다르게 생각해 본 적이 없었다. 그저 강한 자가 약한 자를 누르고 왕이 된다는 불문율에 따라 왕위가 이어지는 것을 당연하게 여겼을 뿐이었다.

"어쩌면 우리가 알지 못하는 왕가의 혈통에 어떤 특별한 능력이 있을지도⋯⋯."

"그럼 전하께선 그 능력으로 모란 님을 찾고, 목련 님의 변화도 단번에 꿰뚫어봤다는 겁니까?"

"지금으로서는 그것밖엔 납득이 안 되잖아."

서요가 작게 고개를 끄덕였다.

"그런데 왜 목련 님은 혼절을 하신 걸까요?"

"전하를 보고 너무 무서워서 기절한 거 아닐까? 저승사자 같은 모습으로 그렇게 살기를 풀풀 풍겨대면 누구나 기절하지 않곤 못 배길 거다."

"아니, 그건 전적으로 주인님 잘못 때문입니다만. 게다가 전하께선 엄청난 미남자인데 혼절할 이유가……."

"뭐야. 그럼 대체 목련이 왜 혼절했다는 거야?"

"그거야 저도 모르지요."

차류왕의 아름다움에 홀려 정신을 잃은 건 아닐까, 하고 말하려다 서요는 입을 꾹 다물었다. 황당한 이유이기도 했고, 그런 말을 했다가는 질투에 눈이 먼 가휴가 펄펄 날뛸 것 같았기 때문이다.

"어쩐지 목련을 뚫어져라 쳐다보고 있더라니……. 개코가 따로 없네, 쯧."

"그래서 그렇게 꽁지에 불붙은 것마냥 달려나가신 겁니까?"

죽을 뻔했다며 온갖 엄살을 떨던 가휴가 갑자기 벌떡 일어나 달려나가기에 볼 일이 급한 줄 알았다. 그런데 차류왕이 목련과 마주쳤다는 걸 어떻게 알고 튀어나간 건지 참으로 불가사의했다.

"용케 목련 님이 온 걸 아셨네요."

"흥, 그녀 냄새는 십 리 밖에서도 맡을 수 있다고."

서요는 혀를 찼다. 정작 누가 개코인지 모르겠다. 가휴가 오만상을 찌푸리며 머리를 벅벅 긁었다. 어찌나 세게 긁는지 기름진 머리에서 하얀 각질이 사방으로 튀었다. 서요는 질색한 표정으로 슬쩍 몸을 뒤로 물렸다.

"근데 너무한 거 아냐? 왕이라는 자가 선량한 백성을 협박하다니……."

"예? 전하께서 협박을 하셨다고요?"

아직까지도 차류의 목소리가 머릿속에서 생생히 맴돌고 있었다. 부드럽지만 지독히도 차갑고 섬뜩한 목소리.

[꼭꼭 숨겨두는 게 좋을 거다.]

그 말은 모란에게 무슨 일이 생기면 목련 또한 무사하지 못할 거란 뜻일까.

가휴는 혀를 찼다. 차류왕이 이렇게나 집요한 남자였던가. 그는 지금껏 자신이 알아왔던 차류왕에 대한 정보들을 대폭 수정해야 할 필요성을 느꼈다.

'가만. 근데 왜 내가 이리 초조해하는 거지?'

차류가 목련을 어떻게 하든 말든 그게 무슨 상관이란 말인가. 왜 자신이 이리 전전긍긍해야 하는지 알 수 없었던 가휴는 고개를 설레설레 내저었다.

"주인님 말처럼 목련 님이 인간이라면 대체 전하께서 말한 그 향기란 뭘까요. 아아, 궁금해서 참을 수가 없네요."

서요가 몸을 비틀며 한숨을 내쉬었다. 그때였다. 가휴가 무언가 생각났다는 듯 무릎을 탁 쳤다.

"아! 혹시 그 일 때문인가?"

"예? 그 일이라니요?"

가휴가 어깨를 으쓱했다.

"그게……. 실은 지난번에 실수로 목련이 내 피를 먹은 적이 있거든."

서요의 눈이 휘둥그레졌다. 이건 또 무슨 얘긴가. 대체 자신이 모르는 곳에서 무슨 일들이 벌어졌던 건지 알 수 없었다.

"목련이 어떤 일로 흥분한 적이 있었거든. 이가 상할까 봐 나도 모르게 손가락을 넣었는데, 상처가 났지 뭐야. 그 바람에 내 피가 목련 입으로 흘러들어 갔는데, 그때 잠시 기절했거든. 다행히 양은 많지 않아서 금방 정신은 차렸어."

"세상에! 그런 일이 있었는데 지금껏 아무 말도 안 하신 겁니까?"

"목련도 금방 정신 차렸고, 딱히 큰 이상은 없는 것 같아서 말 안 했지. 괜히 너한테 얘기해봤자 잔소리밖에 더 듣겠어?"

서요는 기가 막혔다.

"사실 그때부터 좀 이상한 느낌이 들었거든. 조금이지만 그래도 독귀의 피를 먹었는데 그렇게 금방 정신 차린 걸 보면 보통 사람보다 독에 면역이 있는 체질이 아닌가 싶었지. 모란 님의 어머니도 인간이면서 독귀와 몸을 섞고 살아남았다 했잖아. 어쩌면 목련도 그와 비슷한 경우가 아닐까?"

서요는 고개를 갸웃했다. 어딘가 모르게 묘하게 설득력 있는 말이었다.

"흠, 그럴 수도 있겠군요. 목련 님은 날 때부터 쭉 산에서 살았으니, 뱀이나 독초 등 여러 종류의 독에 면역력이 생겼을 가능성이 큽니다."

가휴는 작게 고개를 끄덕였다.

"금호의 독에 당한 데다 내 피까지 먹었고, 게다가 같이……."

아차, 싶었던 가휴는 잽싸게 입을 막았지만 이미 늦었다. 어느새 눈이 가로로 쭉 찢어진 서요가 의심스러운 눈으로 그를 노려보았다.

"같이? 그다음 말은 뭡니까? 제가 모르는 일이 또 있었던 거죠?"

"으, 응? 아, 아니야. 일은 무슨……."

가휴의 눈동자가 쉴 새 없이 이리저리 굴러갔다. 워낙 찔리는 일이 많은지라 능구렁이 같은 그도 지금만큼은 동요를 감출 수 없었다. 서요의 눈빛이 점점 표독스럽게 변했다.

"주인님, 설마……."

"아, 아니야! 절대 네가 생각하는 그런 게 아니야!"

"제가 생각하는 게 뭔데요?"

가휴는 낭패의 기색을 띠었다.

"아니 그게……."

"솔직하게 다 말씀하세요. 그렇지 않으면 당장 짐 싸서 떠날 겁니다!"

서요의 협박에 결국 가휴는 두 손을 들고 말았다.

"그러니까 그게……. 불가항력이었어. 나도 어쩔 수 없었다고!"

서요가 입을 쩍 벌렸다.

"서, 설마 목련 님을……."

가휴는 필사적으로 변명했다.

"자꾸 안겨오는 걸 나더러 어쩌라고. 내쳐도 달려들고, 또 달려들고, 나중엔 막 울더라니까? 진짜야!"

"아무리 한량처럼 가벼이 노는 주인님이라지만, 그래도 정도는 지킬 줄 아는 분인 줄 알았습니다. 그런데 어떻게 그런 천하의 망종 같은 짓을 저지를 수 있습니까?"

"나도 밤새 얼마나 힘들었는지 알아? 다 죽어가던 여자가 그렇게 힘이 센 줄 누가 알았겠어? 당한 건 되레 나라고 왜 이래?"

"지금 그걸 변명이라고 하는 겁니까?"

가휴는 억울한 듯 가슴을 팡팡 쳤다.

"내가 아무리 여자를 좋아해도 목숨 오락가락하는 여자 덮칠 정도로 개차반은 아니라고!"

저리 팔짝팔짝 뛰는 걸 보면 거짓은 아닌 듯했다. 그래도 완전히 의심을 거두지 않은 서요는 죄인 심문하는 군졸마냥 두 눈을 매섭게 치뜨고 가휴를 빤히 쳐다보았다.

"너 이 자식! 내 밑에서 몇 년을 있었는데 날 그렇게 몰라?"

"지겨울 만큼 오래 있었지요. 그래서 더 의심이 가는 거고요."

기가 막혔는지 가휴가 연방 혀를 차며 아이고, 아이고 앓는 소리를 냈다. 서요는 작게 콧방귀를 뀌었다.

"흥, 이래서 평소 행실이 중요한 겁니다."

"너 이 자식 나중에 보자!"

꽤나 억울했는지 가휴의 얼굴이 붉으락푸르락 다채롭게 변했다. 그제야 조금 의심이 사그라지는 것을 느낀 서요는 슬그머니 말머리를 돌렸다.

"근데 이상하지 않습니까? 왜 갑자기 그런 반응을 보인 걸까요? 전혀 목련 님답지 않잖아요."

"내가 그걸 어떻게 알아?"

잔뜩 토라진 가휴가 신경질적으로 답했다. 조금 미안해진 서요는 얼른 일어나 차 한 잔을 따라 그에게 내밀었다.

"혹시 부작용의 일종 아닐까요? 어떤 약이든 부작용은 있지 않습니까?"

"부작용?"

돌연 무언가가 떠올랐는지 가휴가 입을 뚝 다물었다.

"주인님?"

골똘히 생각에 잠겨 있던 가휴의 눈에 생기가 돌기 시작했다. 조금 전까지 잔뜩 삐쳐 있던 것이 무색하게 그의 얼굴 위로 의미심장한 미소가 만개했다.

"서요. 이거 잘하면 돈벌이가 될 수도 있을 것 같다."

"예?"

"생각해봐. 난 분명 적요사를 먹인 건데, 왜 그런 반응을 보였을까? 평소 목련의 성정을 생각한다면 절대 그런 일은 있을 수 없잖아."

서요가 고개를 끄덕였다.

"그건 그렇지요. 사람 대하는 걸 어려워하고 고지식한 목련 님이 그런 행동을 했다는 건 고목에 꽃이 피는 것처럼 불가능한 일이지요."

"그렇지? 그렇다면 차근차근 생각해보자고. 적요사를 먹고 어느 정도 안정이 된 목련이 갑자기 몸이 간지럽다며 괴로워하더니 돌연 내게 착 달라붙더란 말이지."

"혹시 열에 들떠 환각을 본 건 아닐까요?"

"그건 아닌 것 같아. 내 이름도 정확히 불렀고, 환각을 봤다면 도리어 날 두려워하며 발작을 일으켰을 거야. 하지만 목련은 적극적으로 내게 달라붙으면서 안아달라고 애원까지 했단 말이지. 얼굴을 잔뜩 붉히고 숨까지 헐떡이면서 말이야."

"가, 가만! 그 반응은 혹시……."

순간, 두 남자의 눈이 딱 마주쳤다. 잠시 정적이 흐르는가 싶더니 이윽고 둘이 동시에 풋, 웃음을 터뜨렸다.

"히야, 금호를 잡으러 왔다가 노다지를 발견했네. 그치?"

"비싼 값에 팔 수 있겠죠?"

"당연하지. 내가 누군데?"

뜻하지 않은 곳에서 쓸모없는 광물이라 여겨지던 적요사의 놀라운 효능을 발견한 가휴는 입이 찢어져라 웃었다.

후에 백계의 모든 적요사를 헐값에 사들인 가휴가 뒤끝 없고 효과까지 끝내주는 최음제로 둔갑시켜 귀족들에게 수백 배 이윤을 남기고 판 것은 시간이 한참 흐른 뒤의 일이었다.

그렇게 두 남자가 머리를 맞대며 새로운 사업 구상에 열을 올리는 사이, 목련이 깨어났다. 그녀가 뒤척이는 소리에 가휴가 벌떡 일어났다.

"목련! 정신이 들어?"

천천히 눈을 뜬 목련이 멍하니 가휴를 올려다보았다. 그 표정이 꽤 귀여워서 가휴는 살며시 미소를 지었다.

"제가 왜……."

가휴는 차류왕에 대한 이야기를 할까 하다가 그만두었다. 독귀의 일에 굳이 목련을 끌어들이고 싶지 않았다.

"그냥 잠깐 정신을 잃었을 뿐이야. 아직 몸이 온전히 낫지 않은 상태라 그럴 거야."

"……그런가요?"

목련이 작게 한숨을 내쉬더니 힘겹게 몸을 일으켰다.

"또 폐를 끼쳤네요."

"폐는 무슨. 당분간 너무 무리하지 말고 몸조리에 신경 쓰도록 해."

"예. 한데 그분은…….."

목련이 방 안을 두리번거리며 누군가를 찾았다.

"응? 누구 말이야?"

"아까 마주쳤던 분 말입니다. 분명 그분도 독귀였던 것 같은데…….."

가휴는 짐짓 놀란 표정을 지었다.

"응? 우리 말고 또 독귀를 봤다고?"

"예. 흑의 차림에 키가 무척 크고 엄청난 미남자였습니다."

목련의 입에서 미남자, 그것도 엄청난 미남자라는 말이 나오자 한순간 가휴의 어깨가 움찔했다. 그는 미묘한 표정으로 목련을 빤히 쳐다보았다.

"그 남자가 그리 잘생겼던가?"

"예. 지금껏 제가 본 사람들 중 가장 아름다웠습니다."

가휴의 얼굴이 복잡 미묘하게 변했다.

"그래서 깨자마자 그 남자를 찾은 거야? 왜, 반했나 보지?"

어딘가 모르게 뾰족해진 말투에 뒤에서 조용히 지켜보고 있던 서요가 슬그머니 고개를 돌리더니 입을 꾹 막았다. 목련이 고개를 갸웃했다.

"반하다니요? 가휴 님을 아는 눈치기에 그냥 말 몇 마디 나누었을 뿐인데요. 그분 눈동자가 가휴 님, 서요 님과 비슷해서 대번에 독귀인 걸 알았지요. 그래서 두 분과 잘 아는 사이라 생각했던 거고요. 이런 산골 마을에 독귀가 세 명이나 찾아온다는 게 어디 그리 흔한 일인가요?"

"흠흠, 그래서 무슨 얘길 했는데?"

"좀 이상한 얘길 하시더라고요. 저더러 혼혈이냐고…… 왜 그런 얘길 한 걸까요?"

흠칫 놀란 가휴는 서요를 힐끔 쳐다보고는 어깨를 으쓱했다.

"글쎄, 나도 모르겠는걸. 그가 또 무슨 말을 했지?"

"이름을 묻더라고요. 그래서 말씀드렸지요."

목련은 절대 잊히지 않을 만큼 강렬한 존재감을 남겼던 남자를 떠올렸다.

[그대들은…… 모두 꽃을 닮았나 보구나.]

나지막이 중얼거리며 자신을 바라보던 남자의 눈빛. 깊게 가라앉은 그 눈동자가 무척이나 슬퍼 보여서 생면부지인 자신조차 가슴이 지끈 저릴 정도였다.

"슬퍼 보였어요."

가휴의 눈이 슬쩍 커졌다.

"차가운 얼굴을 하고 있는데도, 이상하게 꼭 우는 것처럼 보이더군요."

한순간 방 안이 조용해졌다. 가휴는 입을 꾹 다문 채 시선을 내렸다. 목련이 툭 내뱉은 말이 가시처럼 가슴을 찌른다.

'그 차류왕이…… 슬퍼한다고?'

누구를 사랑할 줄도 모르고 애초에 감정 따윈 없어 보이던 그 차가운 남자가 한 여자 때문에 평범한 인간처럼 슬퍼한다는 사실이 믿기지 않았다.

'내가 잘못 생각한 걸까.'

자신은 비관 효우처럼 차류왕을 위해, 마노국을 위해 의뢰를 받아들인 게 아니었다. 혼혈이란 존재에 흥미를 느껴 받아들인 것이다. 단지 그뿐이었다. 호기심을 충족하기 위한 목적.

그런데 오늘 차류왕을 처음 만난 목련은 그 짧은 시간에 그의 아픔을 알아보았다. 고통을 알아보았다.

한숨을 삼킨 가휴는 지끈거리는 가슴에 손을 가져갔다. 자신의 이기심으로 차류왕에게, 모란에게 또 다른 고통을 주었다는 죄책감이 뒤늦게 그를 괴롭혔다.

"가휴 님?"

목련의 부름에 허공을 배회하던 가휴의 정신이 퍼뜩 깨어났다. 입 안에 고인 쓴물을 꿀꺽 삼킨 그는 아무 일도 아니라는 듯 어스름이 미소 지었다.

심장을 묵직하게 잡아당기는 서름한 통증. 차류왕과 맞닥뜨렸을 때도 느끼지 못했던 그것이 후회라는 감정임을 가휴는 지금에야 깨달았다.

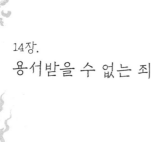

14장.
용서받을 수 없는 죄

차류왕이 홀연히 나타났다가 사라진 지 닷새가 지났을 무렵, 백계에 일단의 상인 무리가 찾아왔다. 촌장 딸 미려가 쓰러지고, 가휴와 서요에 대한 소문으로 황량해진 마을에 모처럼 활기가 돌았다.

손님들의 방문을 제일 반긴 것은 역시나 객잔 주인 대수였다. 손님들 대부분 보따리 장사치에 불과했지만 마을이 뒤숭숭한 상황에 방문한 객들이라 그런지 대수는 평소보다 몇 배는 더 손님들을 반갑게 맞이했다.

가휴와 서요는 사람들 소리로 떠들썩한 식당 구석에 앉아 주문한 음식이나오기를 기다렸다. 그런 두 사내에게 태용이 쪼르르 달려와 따뜻한 차를 따라주었다.

얼굴이 홀쭉해지긴 했지만 예전처럼 씩씩해진 아이가 대견해서 가휴는 태용을 볼 때마다 사탕이나 당과 등을 슬쩍슬쩍 집어주곤 했다.

대수에게 지불한 돈이 제법 되어서 굳이 일찌감치 자리를 털고 일어나지 않아도 되건만, 태용은 몸이 근질거린다며 깨어난 지 하루 만에 침상을 벗어나고 말았다.

그런 아이가 걱정되는지 목련도 하루가 멀다 하고 객잔을 찾아와 태용을 보살폈다.

"그래도 용이가 금방 회복돼서 다행이네요."

서요의 말에 가휴는 고개를 끄덕이며 따뜻한 차를 호로록 마셨다.

이틀 전부터 마을에는 다시 눈이 내리기 시작했다. 오늘 온 장사치들도 눈 때문에 가던 길을 멈추고 백계에 들렀을 가능성이 컸다.

"안 됐군. 마침 떠나려던 차에 눈이 또 내리다니. 이러면 떠나고 싶어도 못 떠나잖아. 안 그래, 서요?"

"그것참 신기한 일이네요. 주인님이 떠나려고 마음먹자마자 눈이 딱 내리니 말이죠."

서요가 비꼬듯 말했지만 가휴는 못 들은 척 주변을 휘이 둘러보았다.

"지루하구만. 목련은 용이하고만 놀아주고 난 안중에도 없단 말이야."

"놀아주는 게 아니라 걱정돼서 돌봐주는 겁니다."

"그게 그거지."

또 시작이라는 듯 서요가 작게 혀를 찼다.

"아이처럼 굴지 마시고 좀 얌전히 있으세요."

서요의 핀잔에 가휴는 괜스레 잘 마시고 있던 차에 화풀이를 했다.

"차가 왜 이렇게 써? 익모초도 이것보단 달달하겠다. 그나저나 주문한 지가 언젠데 아직도 음식이 안 나오는 거야? 배고파 죽겠네."

가휴는 옆 식탁에서 게걸스레 만두와 국수를 먹고 있는 사내들을 노려보며 연방 투덜거렸다. 그런 그의 모습에 서요가 고개를 설레설레 내저으며 한숨을 내쉬었다.

그때, 만두를 우적우적 베어 먹던 사내 하나가 때가 낀 옷소매로 입을 벅벅 닦더니 커다랗게 떠들기 시작했다.

"참, 자네들 그거 알아? 내가 저번에 정말 희귀한 경험을 했다고! 자네들은 평생 가야 꿈도 못 꿔볼 그런 일을 내가 겪었단 말이야."

다른 사내들이 관심 없다는 듯 먹는데 열중하자 말을 꺼낸 사내가 허리를 굽히더니 살짝 목소리를 낮췄다.

"내가 말이지. 독귀를 봤다고."

사내의 입에서 흘러나온 독귀란 말에 한순간 가휴와 서요의 눈빛이 조용히 맞닿았다. 음식을 먹던 사람들이 킥킥 웃음을 터뜨렸다.

"또 시작이구먼. 뭐, 자네 허풍이야 세상이 다 아는 일이지만."

사내의 인상이 와락 일그러졌다.

"아, 진짜라니까? 정말로 내가 독귀를 봤다고!"

사내는 마치 무용담을 얘기하듯 목소리를 높이며 떠들어댔다. 그의 이야기에 흥미를 느낀 사냥꾼과 몇몇 사람들이 슬그머니 사내의 주변으로 모여들었다. 그에 신이 난 사내가 목소리를 더 높였다.

"화종, 자네도 봤잖아. 그렇지?"

사내가 화종이라 불린 맞은편 사내에게 말을 걸었다. 맞장구를 쳐주길 바라는 표정에 화종이란 사내가 마지못해 고개를 끄덕였다.

"거봐, 이 구덕천은 절대 허언을 하지 않는다니까!"

이야기를 듣고 있던 사냥꾼 한 명이 궁금하다는 듯 재촉을 해댔다.

"그래서, 그 독귀를 어디서 봤단 말이오?"

"그게 말이지. 진짜 그런 기막힌 우연도 없다니까. 우리가 물건을 팔고 돌아가는 길에, 지름길인 줄 알고 산에 들어갔다가 길을 잃었거든? 근데 가도 가도 길이 안 나오는 거야. 아이쿠야, 이젠 죽었구나 싶었는데, 그때 저만치 앞에 오두막 하나가 딱 보이는 거야!"

가만히 이야기를 경청하고 있던 가휴의 손이 움찔했다. 사내의 이야기가 계속 이어졌다.

"잘됐다 싶어 오두막으로 막 달려갔지. 정말 그땐 살았다 싶더라고. 문을 두드리니까, 거기서 웬 아낙 하나가 나오더라고. 머릿수건을 푹 눌러쓴 평범한 아낙이었는데, 배가 터질 것처럼 커다란 것이 만삭인 임산부더라고."

여유롭게 귀를 기울이고 있던 서요의 얼굴이 딱딱해졌다. 그는 반사적으로 가휴를 쳐다보았다. 시선을 찻잔에 고정하고 있는 가휴의 눈빛이 어느새 서느렇게 가라앉아 있었다.

'설마……. 아닐 것이다.'

그는 간절히 빌며 계속 사내의 이야기에 귀를 기울였다.

"뭐야. 설마 그 임산부가 독귀였다는 건 아니겠지?"

구덕천이라는 사내가 탁자를 탁, 내리쳤다.

"왜 아니야! 바로 그 임산부가 독귀였다니까? 처음엔 머릿수건을 푹 눌러써서 몰랐는데, 어쩌다가 머릿수건이 벗겨지지 않았겠어? 근데 그 여자 눈동자가 붉은색이더라고! 세상에, 독귀 말고 어떤 인간이 눈동자가 그렇게 핏빛처럼 시뻘건 색일까?"

덕천의 말에 사람들이 웅성거리기 시작했다.

"말도 안 돼. 산중 오두막에서 독귀를 봤다고? 심지어 임신한 독귀를?"

한 사내가 미심쩍은 표정을 짓자 덕천이 옆에 앉은 일행을 툭툭 쳤다.

"화종이 자네도 같이 봤잖아! 내 말 맞지?"

"어? 아……. 으, 응."

화종이라 불린 사내가 불편한 얼굴로 고개를 주억거리자 그제야 사람들이 일제히 탄성을 내뱉었다. 그에 신이 난 덕천이 계속 이야기를 이어갔다.

"근데 그 독귀란 게 진짜 소문대로 무섭긴 무섭더라고! 우린 그냥 물이나 한 잔 얻어 마시고 갈까 했는데, 대번에 우릴 죽이겠다고 달려드는 바람에 꽁지 빠지게 도망쳤지 뭐야!"

"허어! 독귀가 잔인하다는 소문이 사실이었구먼!"

"말도 말게! 제 살을 물어뜯더니 팔뚝에서 뚝뚝 흐르는 피를 입에 처넣어 줄까 하면서 짐승처럼 으르렁대는데, 진짜 오줌 쌀 뻔했다니까? 지금도 그때를 생각하면 등에 식은땀이 줄줄 흐른다고!"

사람들의 반응에 점점 신명나게 떠들어대는 덕천과 달리 화종은 어쩐지 못마땅한 기색으로 연방 술만 들이켜고 있었다.

"이보게 덕천. 그 얘긴 그만하게."

화종이 슬그머니 덕천의 옷자락을 잡아당겼지만 한껏 흥이 오른 덕천을 말릴 수는 없었다.

"그래서 그냥 그대로 꽁지 빠지게 도망쳐온 게 다요?"

누군가의 물음에 덕천이 어깨를 쭉 펴더니 너털웃음을 지었다.

"내가 누구야. 산전수전 다 겪은 구덕천이라고, 구덕천! 나중에 또 누가 그 독귀에게 해를 당할지 모르는데, 그냥 놔뒀을 것 같아? 도망쳐 나오면서 그 오두막에 재빨리 불을 질렀지."

그 말에 화종의 몸이 움찔 떨렸다. 불안스레 이리저리 눈을 굴리던 그는 목이 타는지 술을 따라 벌컥벌컥 들이켰다.

"그럼 그 독귀는 불에 타죽은 건가?"

"아마 그렇지 않을까? 낡은 오두막이라 그런지 금세 불이 번지더군. 그런 몸으론 쉽게 도망치지 못했을 테니 죽었겠지."

"자네 말을 믿어야 할지 말아야 할지 모르겠군. 독귀가 그리 쉽게 당할 존재는 아닌 것 같은데."

계속 말없이 듣고 있던 사냥꾼 하나가 툭 내뱉자 덕천이 와락 인상을 찌푸렸다.

"뭐야, 그럼 지금 내가 거짓말을 하고 있다는 거요?"

"생각을 해보시오. 애초에 독귀들은 인간의 발길이 닿지 않는 마노국이란 곳에 살고 있는데, 뜬금없이 산중 오두막에 독귀가 살고 있다는 게 말이 된다고 보시오? 게다가 만삭의 독귀라니. 허풍을 떨어도 어느 정도야 믿지."

사냥꾼의 말에 주변 사람들도 고개를 끄덕이며 동조를 했다. 졸지에 허풍쟁이로 낙인찍힌 덕천은 붉으락푸르락하며 탁자를 쾅, 내리쳤다.

"진짜 독귀를 봤다니까! 나만 본 거면 말을 안 해. 나랑 수십 년을 함께 다닌 이 친구도 분명 독귀를 봤다구!"

사람들의 시선이 화종에게로 쏠리자 화종이 어깨를 움찔 떨며 화급히 고개를 숙였다.

"나, 난 모르는 일일세. 도, 독귀 같은 건⋯⋯."

"이봐, 화종! 이제 와서 모른 척하면 어떡해! 분명 자네도 같이 봤잖아! 그년이 우릴 죽이려고 피를 뚝뚝 흘리며 달려드는 걸 자네도 똑똑히 봤잖아!"

화종의 안색이 점점 파래졌다.

"그, 그건 그냥 겁이 나서 그랬을 게야. 갑자기 낯선 사내들이 나타났으니⋯⋯."

덕천은 답답하다는 듯 가슴을 퍽퍽 쳤다. 조금 전 의문을 품었던 사냥꾼이 그럴 줄 알았다는 듯 피식 웃었다.

"뭐, 지루하던 참에 얘기는 재미나게 들었소."

사냥꾼을 비롯해 사람들이 하나둘씩 자리를 떠났다. 그들을 황망히 쳐다보던 덕천이 화종을 노려보았다.

"자네 왜 그래? 분명 같이 봤잖아. 그년 눈동자가 시뻘건 것도, 우릴 물어뜯으려던 것도, 오두막이 불타는 것도 다 봤잖아!"

"그, 그만하라고 했잖아!"

화종이 다급히 덕천의 입을 막았다.

"자네 미쳤어? 그 얘기는 왜 자꾸 꺼내고 그래! 난 그 일을 한시라도 빨리 잊고 싶다고!"

"뭐가 어떻다고 그래? 그냥 사람들에게 독귀를 봤다는 말만 한 거잖아."

"그럼 그냥 우연히 독귀를 봤다고만 할 것이지 오두막에 불을 질렀단 얘긴 왜 하는 건가! 행여 이 얘기가 다른 독귀에게 들어가기라도 한다면 우린 죽은 목숨이라고!"

덕천은 혀를 찼다.

"뭐야. 그것 때문에 그리 파랗게 질려서 안절부절못했던 거야? 나 참, 걱정도 팔자일세. 이봐. 우리가 스무 해 넘도록 방방곡곡 돌아다니며 보따리 장사를 하는 동안 어디 한 번이라도 독귀를 본 적 있었나? 말해봐."

"그, 그건……."

"독귀를 볼 수 있는 곳은 해창양, 그것도 양도뿐이야. 일부러 그곳에 가지 않는 한은 독귀를 만날 확률은 거의 없다고. 하물며 여긴 심산유곡인 백계라고. 사람들도 웬만해선 잘 안 오는 산골. 알겠나?"

"하, 하지만……."

화종이 우물쭈물하자 덕천은 한숨을 푹 내쉬었다.

"자네가 겁보라는 건 익히 알고 있었지만 이 정도일 줄이야. 사람들한테 얘깃거리 하나 던져주고 모처럼 술 한 잔이라도 얻어먹어볼까 했더니만, 자네 때문에 죄다 물 건너갔네그려."

덕천은 혀를 끌끌 찼다.

"그, 그래도 조심하는 게 좋지 않은가. 아무튼 입조심하게. 난 두 번 다시 그 일을 떠올리기 싫으니……."

그날 이후로 화종은 마음 편할 날이 없었다. 자꾸만 그때 보았던 독귀 여인이 시뻘건 눈을 하고 피를 뚝뚝 흘리는 모습이 머릿속에서 떠나질 않았다.

그냥 그대로 도망쳤으면 좋았을 것을. 덕천이 불을 지르는 바람에 더욱 마음이 무거웠다.

'내가 말렸어야 했어. 어떻게든 불 지르는 것만은 막았어야 했는데.'

창졸간에 벌어진 일인 데다, 혹여 여인의 남편이 돌아와 자신을 죽일까 봐 두려움에 떨었다. 겨우 정신을 차렸을 땐 이미 오두막이 불길에 휩싸인 후였다.

불을 지른 건 덕천이었지만 자신에게도 책임이 있었다. 애초에 혼자 있는 여인을 보고 음심을 품지 않았다면 그런 일도 없었을 텐데.

그것도 모자라 여인이 독귀라는 사실을 알게 되자마자 울컥 욕심이 생겼다. 저 여인을 암시장에 내다 팔면 크게 한몫 잡을 수 있다는 욕심. 그것에 눈이 멀어 한순간 판단을 잘못했다.

한숨을 내쉰 화종은 남은 술을 목구멍으로 털어 넣었다. 그때였다. 갑자기 오싹 소름이 돋더니 날카로운 기운이 옆구리를 파고들었다.

화들짝 놀란 그는 번쩍 고개를 쳐들었다. 주변을 두리번거렸지만 저만치서 덕천의 이야기를 듣던 무리만 보일 뿐 근처에는 아무도 없었다.

'뭐지. 착각했나?'

분명 예리한 날붙이 같은 것으로 살갗을 수없이 찌르는 듯한 통증이 느껴졌는데 순식간에 사라졌다. 오싹해진 화종은 떨리는 손으로 술을 따랐다.

왠지 모르게 이 마을은 기분이 좋지 않다. 눈이 와도 이곳에 머물지 말고 길을 재촉했어야 했는데. 그는 뒤늦게 후회했지만 이미 엎질러진 물이었다.

"주인님!"

서요의 부름에 가휴는 퍼뜩 정신을 차렸다. 그는 천천히 고개를 들었다.

독귀의 여자

새카맣게 어둠이 내린 허공 위로 눈발이 휘날리고 있었다.

온몸이 홧홧하다. 매섭게 몰아치는 찬바람이 전신을 휘감고 있었지만, 그것이 무색하게 몸속에서는 뜨거운 독혈이 용암처럼 들끓고 있었다. 그런 그를 서요가 걱정스럽게 바라보았다.

"진정하십시오. 저들이 말한 독귀 여인이 그분인지는 아직 모르는 일 아닙니까?"

가휴가 천천히 몸을 돌렸다. 텅 빈 그의 눈을 본 서요는 가슴이 철렁 내려앉았다.

"산중 오두막에 홀로 사는 만삭의 독귀 여인. 그것만으로 부족한가?"

"그건……."

서요는 입술을 질끈 깨물었다. 사실 아니라고 믿고 싶었다. 두 사내의 말이 허풍일 거라고, 그런 일은 절대 없었을 거라고 필사적으로 부정하고 있었지만, 마음 한구석에서는 그 독귀 여인이 모란일 거라는 불안한 예감이 꿈틀거리고 있었다. 서요는 번쩍 고개를 들었다.

"모란 님이 맞다 해도 분명 무사하실 겁니다! 전하께서 데리러 가시지 않았습니까? 필시 아무 일도 없을 겁니다."

가휴의 눈동자가 어둠 아래 시뻘겋게 빛을 뿜어냈다. 절망과 분노가 뒤섞인 눈빛에 일순간 온몸의 털이 거꾸로 솟았다.

"저들의 말이 사실이라면? 그렇다면 천하의 차류왕이라도 손쓸 수 없어."

서요의 팔이 힘없이 툭 떨어졌다. 그 모습에 가휴가 어스름히 미소를 지었다.

"그분께 무슨 일이 생겼다면……. 난 죽음으로도 그 죄를 용서받을 수 없다."

서요는 비틀거렸다. 눈앞이 캄캄해지면서 머릿속이 새하얘졌다.

차라리 차류왕과 마주쳤을 때 그의 손에 죽임을 당하는 게 더 나을 뻔했다. 만약 진짜 모란에게 변고가 생긴 거라면 죽음보다 더한 지옥이 펼쳐지게 된다.

'미친다. 차류왕은 반드시 미쳐버릴 거다.'

역대 왕 중 가장 포학하고 강한 힘을 가진 그가 미치면 무슨 일이 벌어질까. 모란의 죽음에 조금이라도 얽힌 자는 그대로 죽임을 당할 것이고, 그것은 곧 마노국에 피바람이 분다는 것을 의미했다. 그리고 결국엔 차류왕마저 스스로 목숨을 끊을지도 몰랐다.

'안 된다. 절대 그렇게 놔둘 수는 없다!'

눈앞이 아찔해진 서요는 다급히 입을 열었다.

"당장 떠나야 합니다. 한시라도 빨리 사로국에 가서 모란 님의 안위를 확인해야 합니다!"

참담한 표정으로 서 있던 가휴가 흐릿한 눈으로 서요를 바라보았다.

"일이 생긴 거라면 지금 가봐야 이미 늦었어."

"주인님!"

"진상을 밝히는 게 먼저야. 그러려면 반드시 해야 할 일이 있지."

"예?"

차분히 가라앉은 짙은 자색 눈동자가 어딘가를 응시했다. 그 시선 끝에 객잔이 있음을 눈치챈 서요는 입을 꾹 다물었다.

"주인……."

"규율을 말하는 거라면 입 다무는 게 좋아. 서요……. 제발 그렇게 해줘."

서요는 더 이상 아무 말도 할 수 없었다. 눈발 섞인 한풍이 두 남자를 어지럽게 휘감았다.

그는 아무도 없는 텅 빈 길에 우두커니 서 있는 가휴를 망연자실 바라보왔다. 오늘따라 유난히 외롭게 느껴지는 주인의 모습에 울컥 뜨거운 덩어리가 치밀어 올랐다.

'모란 님…….'

서요는 천천히 고개를 들었다. 조용히 호설을 토해내고 있는 하늘은 지독하게 먹먹했다.

'제발 무사하십시오. 반드시 무사하셔야 합니다. 그렇지 않으면…….'

차마 속으로도 내뱉지 못한 말을 꿀꺽 삼킨 서요는 두 눈을 질끈 감았다.

"으어, 취한다……."

덕천은 비틀거리며 객잔을 나섰다. 모처럼 실컷 먹고 마셨더니 몸 가누는 게 여간 어려운 게 아니었다. 언 땅을 가로지르는 사내의 다리가 갈지자로 마구 흔들렸다.

"제길, 누굴 바보 취급하고 있어……."

덕천은 꼬인 혀로 연방 투덜거렸다. 벌겋게 달궈진 얼굴 위로 매서운 바람이 사납게 몰아쳤다.

"이 몸이 말이야. 진짜로 독귀를 봤다고, 알아? 독귀 그림자도 못 본 것들이 어디서 날 무시해! 무시하긴."

그는 아무도 없는 허공을 향해 삿대질을 하다가 딸꾹질을 했다.

"씨부럴, 너무 먹었나."

덕천은 인상을 찌푸리며 허리춤을 붙잡았다. 객잔으로 돌아갈까 했지만 술기운에 잔뜩 몸이 단 데다 자신을 비웃던 사람들을 떠올리니 새삼 울컥 부아가 치밀었다.

"빌어먹을! 역시 그때 그년을 잡았어야 했는데. 뱃속에 애새끼까지 있어서 팔면 한몫 단단히 잡을 수 있었을 것을, 화종이 그놈 때문에 다 망쳤지 뭐야.

에이, 불 지르지 말고 어떡해서든 사로잡을 걸 그랬어."

덕천은 계속 혼잣말을 내뱉으며 마을 밖을 향해 비척비척 걸어갔다.

"뒷간은 어디 있는 거야? 에이 쉬펄, 귀찮아 죽겠네."

그는 흐릿하게 풀린 눈동자로 사방을 두리번거리다가 비탈길 아래 수풀을 발견하고는 그쪽으로 걸음을 옮겼다.

"아무 데나 싸야겠구먼. 제길 산골이라 그런가. 더럽게 깜깜하네."

덕천은 그제야 등불을 가져오지 않은 것을 조금 후회했다. 그는 허리춤을 풀며 수풀을 향해 걸어갔다. 워낙 어두워서 몇 번이나 접질릴 뻔한 그는 쉴 새 없이 욕설을 내뱉었다.

겨우 수풀 앞에 당도한 덕천이 막 바지를 내리려던 찰나, 수풀 너머로 무언가가 후다닥 지나갔다.

화들짝 놀란 그는 엉거주춤한 상태로 바지를 꼭 부여잡은 채 고개를 길게 뺐다. 어둠이 짙게 내린 사위는 여전히 조용했고, 아무런 인기척이 느껴지지 않았다. 아마도 쥐새끼나 작은 산짐승이 지나간 것 같았다.

"씨부럴, 간 떨어질 뻔했네."

덕천은 그제야 조금 마음을 놓았다.

"기껏 먹은 아까운 술이 죄다 깰 뻔했잖아."

덕천은 거칠게 욕설을 뱉으며 다시 바지를 내렸다. 막 자리에 앉아 볼일을 보려던 그때, 허공 위로 붉은빛 두 점이 홀연히 떠올랐다. 아랫배에 힘을 끙, 주던 덕천이 갑자기 나타난 붉은빛을 보고 눈을 끔벅였다.

"저게 뭐지?"

덕천은 자신이 잘못 본 건가 싶어 손등으로 두 눈을 벅벅 문질렀다. 어느새 붉은빛은 두 점에서 네 점으로 늘어나 있었다. 기겁한 그는 그대로 엉덩방아를 찧고 말았다.

"뭐, 뭐야!"

술에 노곤해졌던 몸이 금세 싸늘하게 식었다. 다급히 바지를 추켜올린 덕천은 주춤주춤 뒷걸음질 치며 버럭 소리를 질렀다.

"거, 거기 누구야!"

덕천은 저 붉은빛이 지나가던 사람이 들고 있는 등불이길 바랐다. 스멀스멀 뒷덜미를 타고 올라오는 불안감이 괜한 기우이길 간절히 바랐다.

붉은빛은 느릿하게 그를 향해 다가왔다. 거리가 가까워질수록 덕천의 안색은 하얗게 질려갔다.

그는 본능적으로 깨달았다. 자신을 향해 다가오는 저 붉은빛은 결코 사람의 것이 아님을. 흔적도 없이 날아간 술기운을 대신해 자리를 잡은 것은 극심한 공포였다.

덕천의 사지가 덜덜 떨리기 시작했다. 그는 자신이 떨고 있다는 사실도 인지하지 못한 채 어떻하든 도망치려 노력했지만 몸이 전혀 말을 듣지 않았다.

"사, 사람이면 모습을 드러내고 귀, 귀신이면 썩 꺼져라!"

비명과도 같은 덕천의 외침이 허공을 날카롭게 갈랐다. 하지만 그것은 얼마 가지 못하고 그대로 어둠에 먹히고 말았다.

그는 마른침을 꿀꺽 삼켰다. 왠지 모르게 아까보다 주변이 더 어두워진 것 같은 느낌이 들었다. 빛 한 점 들지 않는 동굴 속에 갇힌 듯한 원초적인 공포가 덕천을 와락 덮쳤다.

그 순간, 한줄기 희망처럼 희미한 빛줄기가 지독한 어둠을 갈랐다. 구름이 열리고 그사이로 슬그머니 달이 머리를 내밀었다. 차갑고 하얀빛이 덕천이 있는 곳을 비추었다.

그제야 붉은빛의 정체가 드러났다. 덕천의 눈이 경악으로 커다랗게 벌어졌다.

"다, 당신들은……."

덕천의 몸이 사시나무 떨 듯 떨리기 시작했다. 당장 도망치라고 본능이 외치고 있었지만 언 땅에 꽂힌 두 다리는 경련을 일으키기만 할 뿐 도무지 움직이지 않았다.

"나, 난 아무 잘못이……."

입까지 얼었는지 목소리가 제대로 나오지 않았다. 그의 입술이 허망하게 벙긋거릴 때마다 술 냄새 찌든 입김만이 허옇게 허공으로 흩어졌다.

위태롭게 휘청거리는 두 다리 사이로 뜨뜻한 물줄기가 흘러나왔다. 가랑이가 축축하게 젖어 가는데도 덕천은 아무것도 느끼지 못했다.

"사, 살려주시……."

덕천은 끝내 말을 맺지 못했다. 무언가 뜨끔하다 싶더니 어디선가 후드득, 물 떨어지는 소리가 들려왔다.

그는 눈앞에 서 있는 이들을 멍하니 쳐다보았다. 시커먼 그림자를 길게 드리운 채 자신을 굽어보고 있는 그들이 꼭 사신처럼 느껴졌다.

시야가 기울기 시작했다. 눈앞이 백태가 낀 것처럼 뿌옇게 변했다. 덕천은 몸을 가누려고 갖은 애를 썼지만 육중한 몸은 나무토막처럼 힘없이 바닥으로 추락했다.

그는 손가락 하나 움직일 수 없었다. 추위도 느낄 수 없었다. 장님이 된 것처럼 눈앞도 온통 암흑이었다. 허망하게 어딘가를 쳐다보는 흐릿한 눈에서 어느덧 눈물이 주르륵 흘렀다.

덕천은 커다랗게 입을 벌려 살려 달라 외쳤지만 나오는 것은 쇳소리 섞인 가느다란 신음성뿐이었고 그마저도 매서운 삭풍에 사라져버렸다.

서요는 쓰러진 사내를 무심히 내려다보았다. 목은 거의 잘리다시피 찢겼고, 갈라진 배에선 내장이 꾸물꾸물 새어 나왔다.

그런 사내의 몸뚱이 주변으로 검붉은 피가 작은 웅덩이를 이루었다. 바람에 섞여 흘러드는 피 냄새가 몹시도 역해 그는 이맛살을 찌푸렸다.

사내에게는 일말의 동정심도 느껴지지 않았다. 그저 쓸모없는 벌레 한 마리를 죽였다는 느낌뿐이었다. 다만 이 상황이 마음에 들지 않는 이유는 주인의 손에 더러운 피를 묻혔다는 사실. 그것이었다.

"제게 맡기셔도 될 것을……."

서요는 가휴에게 한 발짝 다가갔다. 사내의 피가 주인에게 튄 것이 영 못마땅했다. 그는 투덜대며 손수건을 꺼내 가휴의 얼굴에 가져갔다. 주인의 얼굴과 옷에 튄 핏물을 닦아내기 위함이었다.

그때였다. 어디선가 바스락, 하는 인기척이 느껴졌다. 흠칫한 서요는 본능적으로 소리가 난 방향을 향해 단숨에 몸을 날렸다.

"누구냐!"

서요는 낮게 일갈하며 나무 뒤에 숨어 있던 인영을 거칠게 끌어냈다.

"아앗!"

가느다란 신음성이 터져 나왔다. 여인의 것이 분명한 목소리에 서요는 멈칫했다. 비틀거리던 인영이 달빛 아래 모습을 드러냈다. 순간 서요의 눈이 휘둥그레졌다.

"모, 목련 님!"

당황한 서요는 재빨리 움켜쥐었던 손을 놓았다.

"어째서 여기에……."

목련이 왜 이곳에 있는 걸까. 설마 자신과 가휴를 미행한 걸까. 아니, 그보다 어디까지 본 걸까. 서요는 자기도 모르게 뒤를 돌아보았다.

달빛 아래 처참하게 도륙당한 사내의 시체와 핏물로 얼룩진 현장이 고스란히 보였다. 그리고 그 앞에 인형처럼 우두커니 서 있는 가휴의 모습도.

'낭패로군.'

서요의 머릿속이 복잡하게 돌아갔다. 대체 이 일을 어찌 설명해야 할까 싶어 몹시 난감했다.

"여기 계시면 안 됩니다. 어서 돌아가십시오."

초조해진 서요는 목련을 돌려보내려 애썼지만 그녀는 그 자리에 우뚝 서서 서요의 어깨 너머를 바라보고만 있을 뿐이었다. 서요는 재차 목련을 다그쳤다.

"목련 님!"

그제야 미동도 없던 목련의 눈동자가 스르르 서요에게로 향했다. 그녀의 입술이 파르르 떨리며 힘겹게 열렸다.

"대체……."

"그냥 돌아가십시오. 그것이 목련 님께 이롭습니다."

서요는 단호히 목련의 말을 끊었다.

"하, 하지만……."

그때, 조용히 지켜보고 있던 가휴가 입을 열었다.

"됐어, 서요."

"하지만 주인님……."

"그냥 놔둬."

차분한 가휴의 명에 멈칫한 서요는 작게 한숨을 내쉬었다.

'아아, 나도 모르겠다.'

가휴가 천천히 다가왔다. 한 발짝 한 발짝 걸음을 옮길 때마다 시린 달빛이 그의 머리 위에서 춤을 추었다. 그 모습을 지켜보는 목련의 몸이 가늘게 떨렸다.

콧속을 파고드는 희미한 피비린내. 그것은 가휴가 다가올수록 점점 진해

독귀의
여자

졌다. 그녀의 시선이 하염없이 가휴를 훑었다.

인형처럼 굳어버린 얼굴과 음산하게 빛을 발하는 붉은 눈동자.

목련을 다정하게 어루만졌던 유려하고 단단한 손은 검붉은 피로 흠뻑
젖어 있었고, 긴 손가락 끝에는 채 마르지 않은 핏물이 뚝뚝 떨어지고 있었
다.

하얀 눈밭 위로 점점이 떨어지는 핏방울 소리가 소름 끼치도록 선명하게
공기를 울렸다.

눈앞의 남자가 정말 가휴가 맞는 것인가. 늘 실실 웃으며 농을 일삼던 남
자가 맞는 것인가.

뺨에 점점이 튄 핏자국. 창백한 얼굴과 대비되는 붉은 입술은 마치 피를
머금은 것 같다.

두려움과는 별개로 가휴의 모습은 지독히도 아름다웠다. 마치 평범함으
로 가장했던 껍질을 벗어던지고 본래의 참된 독귀로 돌아간 것 같은 느낌마
저 들었다. 콧속을 파고드는 지독한 피비린내만 아니라면 언제까지고 가휴
를 바라보기만 했을 것이다.

목련은 목구멍까지 차오르는 욕지기를 필사적으로 참아냈다. 팔을 뻗으
면 닿을 거리에서 걸음을 멈춘 가휴가 말없이 그녀를 응시했다.

오싹할 정도로 차가운 눈동자. 조용히 자신을 더듬는 시선에 파르르 몸을
떤 목련은 겨우 입술을 떼었다.

"어째서……."

목구멍이 뜨겁다. 잠시라도 정신을 놓으면 그대로 무너질 것 같아서 목련
은 가만가만 숨을 고르며 자신을 다독였다.

"가휴 님이…… 하신 겁니까? 정말 가휴 님이 저 사내를…… 저리 잔인하
게 도륙한 겁니까?"

목련은 가휴가 부정해주길 바랐다. 아니라고, 자신이 한 게 아니라고 말해주길 간절히 바랐다. 아니, 어쩔 수 없는 상황이었다면 그럴 수밖에 없는 이유라도 말해주길 바랐다. 하지만 가휴는 입을 꾹 다물고 가만히 목련을 바라보고만 있을 뿐이었다.

시시각각 절망이 시커멓게 그녀를 덮쳐왔다. 두 눈을 질끈 감았다 뜬 목련은 천근처럼 무거운 발을 떼어 가휴에게 다가갔다.

"왜입니까. 어째서 저렇게……."

"그대와는 상관없는 일이야."

일순간 숨이 멎었다. 그의 말이 비수가 되어 가슴에 꽂혔다. 그 차가움에 목련은 진저리를 쳤다.

"상관……없다고요?"

"그래."

목련은 울지 않으려 필사적으로 어금니를 깨물었다.

"무경에서 짐이 도착하는 대로 떠날 거다. 이곳이 꽤 마음에 들어서 나도 모르게 너무 오래 머물렀어."

목련은 망연자실한 표정으로 그를 바라보았다.

"당신은……."

조금 가까워졌다 싶으면 금세 저만치 멀어진다. 좁혀지지 않는 그 거리가 독귀와 인간 사이에 놓인 장벽처럼 느껴져 서글펐다.

목련의 고개가 힘없이 꺾였다. 구역질이 날 만큼 역했던 피비린내는 더 이상 느껴지지 않았다. 가슴을 들쑤시는 고통 때문일까. 눈시울이 뜨거워졌지만 목련은 울지 않았다.

그녀는 천천히 몸을 돌렸다. 전신을 휘감는 매서운 삭풍이 꼭 비명처럼 들려 눈앞이 아득해졌다.

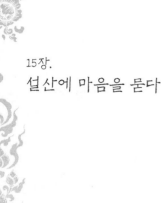

15장.
설산에 마음을 묻다

날이 밝았다. 아침 햇살이 눈이 그친 백계를 따뜻하게 비췄지만, 마을은 밤새 일어난 일로 발칵 뒤집어졌다. 마을 사람 한 명이 산에 가려 마을을 나섰다가 끔찍하게 찢긴 시체를 발견했기 때문이다.

그렇지 않아도 딸 미러 일로 경황이 없던 점남이 서둘러 마을 사람들과 시체를 수습했지만 사람들의 충격은 쉽사리 사라지지 않았다.

게다가 죽은 사람이 어제 마을에 온 도부꾼 중 하나였고, 그것도 떠들썩하게 독귀 얘기를 하던 사내였다는 사실에 사람들은 더 큰 충격에 빠졌다.

"대체 이게 뭔 일이래? 마을에 이런 변고가 생기다니……."

충격의 여파가 가시지 않은 가운데, 객잔에 모여 있던 사람들이 심란한 표정으로 술잔을 기울였다. 그들 중에는 객잔 주인 대수도 있었다.

"난 태어나서 그렇게 끔찍한 광경은 처음 봤다니까. 산짐승 짓이 틀림없어. 그렇지 않고서야 사람이 그렇게 걸레처럼 갈기갈기 찢길 리 없잖아?"

뺨에 커다란 점이 난 사내가 연거푸 술을 들이켰다. 그는 문배라는 이름의 사내로, 아침에 처음 시체를 발견했던 바로 그 사람이었다. 그의 말에 대수가 고개를 끄덕였다.

"그러게 내가 밤엔 마을 밖을 벗어나지 말라고 그리 말했건만…… 잔뜩 취한 채 막무가내로 나가더니 그런 변을 당했지 뭐야."

문배가 몸서리를 쳤다. 처참했던 광경이 새삼 다시 떠오른 모양이었다.

"말도 말게. 그걸 보고 나니 밥알이 목구멍으로 안 넘어가더라고. 당분간은 밤에 오줌 싸러 나가지도 못할 것 같다니까."

대수는 고개를 갸웃했다.

"대체 어떤 짐승이 마을까지 내려와 그런 짓을 한 거지? 산짐승들은 웬만해선 인가에 잘 안 내려오는데……."

문배가 불쑥 말했다.

"혹시 곰이 아닐까? 왜, 예전에도 울타리를 망가뜨린 적 있었잖아."

"그렇긴 하다만, 곰이 한 짓으론 보이지 않던걸."

"그거야 모르지. 먹잇감이 없어 근처를 배회하다 마침 술에 취한 사람을 보고 달려든 건지도."

대수는 한숨을 푹 내쉬었다.

"어쨌든 불쌍하게 됐어. 마을에 오자마자 그런 참변을 당하다니. 허풍은 심했지만 나쁜 양반은 아닌 것 같았는데……."

무겁고 답답한 공기가 객잔 내 사람들의 어깨를 짓눌렀다.

간혹 사냥꾼이나 약초꾼들이 산에 들어갔다가 낙상을 하거나 산짐승을 만나 운 나쁘게 목숨을 잃는 경우가 있긴 했지만, 이번처럼 산도 아닌 인가 근처에서 잔인하게 찢겨 죽은 적은 한 번도 없었다.

그렇기에 사람들의 충격은 매우 컸고, 언제 어디서 또 그 짐승의 공격을 받을지 모른다는 생각에 사람들은 몹시 불안해했다.

"그런데 일행이었던 그 양반 말이야. 왜 그리 서둘러 떠난 거지? 동료가 그리 참혹하게 변을 당했는데, 말도 없이 떠났다는 게 이상하지 않아? 보니까 죽은 양반 짐도 그대로 놔두고 사라졌더라고."

대수의 말에 문배가 작게 혀를 찼다.

"장사꾼들 의리가 다 그런 거지. 아니면 그리 좋은 사이도 아니었던가."

"암만 그래도 너무하는구먼. 에휴, 죽은 사람만 불쌍하지."

태용은 죽은 사내 이야기에 여념이 없는 어른들을 심란하게 바라보았다. 요 며칠 계속 사고가 일어난 탓인지 마을 전체에 스산한 기운이 감도는 것 같았다.

한동안 매일 오던 목련도 오늘은 보이지 않는 데다 가휴와 서요도 온종일 방에서 꼼짝하지 않아서 더 그리 느껴지는 것일지도 몰랐다.

태용의 얼굴이 시무룩해졌다. 지금껏 이런저런 일을 많이 겪었지만 오늘만큼 우울하고 슬픈 적이 없었던 것 같았다.

부모 없이 온갖 서러움을 당하고, 또래 아이들한테 맞고 혼자 울었을 때도 이 정도로 마음 아프지 않았던 것 같았다.

왜 목련은 보이지 않는 걸까. 왜 2층 손님들은 한 번도 내려오지 않는 걸까. 식사도 거부한 채 방에만 있는 가휴와 서요가 걱정이 되어 몇 번이나 차 심부름을 핑계로 올라갔지만, 돌아오는 건 오늘은 조용히 있고 싶다는 서요의 대답뿐이었다.

"하아⋯⋯."

아이의 조그만 입술에서 깊은 한숨이 흘러나왔다. 온 마을에 우울함이 전염병처럼 퍼진 것 같다. 애써 웃어보려 해도 다른 때와 달리 도무지 힘이 나지 않았다. 울컥 서러워진 태용은 그렁그렁 차오른 눈물을 벅벅 닦아냈다.

"사내자식이 툭하면 울면 못 써."

태용은 멍하니 천장을 쳐다보다가 이내 벌떡 자리에서 일어섰다.

"안 되겠어. 역시 누님을 만나러 가봐야겠어."

목련을 만나면 우울한 기분이 조금이나마 사라질 것 같았다. 그렇게 결심을 하자 왠지 모르게 마음이 한결 가벼워졌다.

히죽 웃은 태용이 막 객잔을 나가려던 찰나, 2층에서 가휴와 서요가 내려왔다. 태용의 안색이 확 밝아졌다.

"나리! 이제 내려오세요?"

반가운 마음에 한달음에 달려간 태용은 순간 멈칫했다. 가휴와 서요의 손에 들린 커다란 짐이 보였기 때문이다. 아이의 얼굴이 당황으로 물들었다.

"어디 가세요?"

가휴가 태용의 머리를 슥 쓰다듬었다.

"이제 마을을 떠날 거란다. 용아, 그동안 고마웠다."

태용의 눈이 튀어나올 듯 커다래졌다.

"지, 지금이요?"

"그래."

"하지만……."

태용은 발을 동동 구르며 안절부절못했다.

"아, 아직 목련 누님도 오시지 않았는데……."

아이의 입에서 목련의 이름이 나오자 가휴의 안색이 흐려졌다.

"괜찮아. 목련에게 인사하고 난 후에 떠날 거란다."

"정말요? 그럼 저도 같이 갈래요!"

가휴는 난감한 듯 미소를 지었다. 아이의 조그만 얼굴에 서린 불안감을 읽어낸 그는 어쩔 수 없다는 듯 고개를 끄덕였다.

"그래. 같이 가자꾸나."

가휴와 서요, 태용은 마을을 나와 오두막으로 향했다. 묘하게 가라앉은 분위기가 싫었던지 아이가 연방 재잘거리며 수다를 떨었지만 침체된 기운은 쉽사리 사라지지 않았다. 그것은 목련의 집에 도착해서도 여전했다.

어쩐지 머뭇거리는 가휴를 힐끔 올려다보던 태용이 후다닥 마당을 가로질러 달려가더니 문을 두드렸다. 곧이어 문이 열리고 묘진이 나왔다. 가휴 일행을 발견한 그녀가 놀란 표정을 지었다.

"어머나, 가휴 님, 서요 님! 어서 오세요. 용이도 잘 지냈니?"

변함없는 묘진의 환대에 가휴는 살짝 미소를 지었다.

"잘 지내셨습니까?"

"물론이지요. 덕분에 아주 잘 지내고 있답니다. 그리 서 계시지 말고 들어오세요."

"아닙니다. 실은 마을을 떠나게 돼서 인사를 드리려 잠깐 들른 겁니다."

놀란 묘진이 입으로 손을 가져갔다.

"아! 떠나시군요. 이리 서운할 데가…….'

"그동안 여러모로 도움을 주셔서 정말 감사드립니다. 이건 별것 아니지만 소소한 제 성의입니다."

가휴는 보자기로 싼 상자 하나를 내밀었다. 묘진을 위해 무경에서 도착한 물건 중 최상품 차와 향신료, 장신구 몇 가지를 골라 담은 것이었다.

"지난번에도 과분하게 받았는데 무얼 또 이리…….'

"부인께서 베풀어주신 것에 비하면 너무나 보잘것없는 것들입니다. 부디 받아주십시오."

묘진의 얼굴에 인자한 미소가 은은히 퍼졌다.

"그리 말씀하시니 감사히 받겠습니다. 참, 목련인 밭에 나갔는데 금방 돌아올 겁니다. 아! 마침 저기 오네요."

가휴는 천천히 뒤를 돌았다. 막 울타리를 지나 마당으로 들어오는 목련이 보였다. 태용이 기다렸다는 듯 한달음에 달려갔다.

"누님!"

아이의 낭랑한 외침에 목련은 깜짝 놀랐다.

"용아!"

그녀는 자신에게 달려드는 태용을 꼭 껴안았다. 예상치 못한 태용의 방문에 조금 놀라긴 했지만 그보다는 반가운 마음이 더 컸다.

목련은 동글동글한 머리통을 몇 번이나 쓰다듬다가 살며시 고개를 들었다.

저만치 앞에 묘진과 함께 있는 가휴와 서요가 보였다. 잠시 잠깐 가휴와 눈이 마주친 그녀는 슬그머니 시선을 내렸다.

"누님, 오늘은 왜 객잔에 안 오셨어요?"

"미안하구나. 일이 있어서 못 갔어. 내일은 꼭 가려 했단다."

그 말에 비로소 마음이 놓였는지 태용이 헤헤, 웃으며 다시 목련의 품에 안겼다. 가슴팍에 겨우 올까 말까 한 아이의 살가운 행동에 차갑게 경직되었던 마음이 조금 풀리는 것 같았다.

그녀는 태용의 손을 잡고 가휴에게 다가갔다. 그와의 거리가 좁혀질수록 왠지 모르게 긴장이 되고 심장이 두근거렸다.

"……오셨어요?"

목련은 어떤 표정으로 그를 대해야 할지 난감했다. 어젯밤 일로 밤새 잠한숨 못 자고 뒤척인 탓에 몸도 마음도 몹시 지친 상태였다. 아무리 잊으려 해도 처참히 죽임을 당한 사내의 모습과 역한 피비린내가 사라지지 않았다.

자신을 무심히 바라보던 차가운 눈동자. 상관없다 내뱉던 붉은 입술. 지금도 그때를 떠올리면 예리한 날붙이로 가슴이 서걱 베이는 것 같은 느낌이었다.

"목련아. 가휴 님과 서요 님이 오늘 마을을 떠나신다는구나."

쿵. 심장이 소리 없이 땅바닥으로 곤두박질쳤다. 목련은 자기도 모르게 태용의 손을 힘껏 잡았다. 움찔한 아이가 의아한 표정으로 그녀를 올려다보았다. 아차 싶었던 목련은 어색하게 미소 지으며 손에 힘을 풀었다.

"그러시군요. 모쪼록 무사히 돌아가시길 바랍니다."

애써 동요를 감춘 목련은 가휴를 향해 차분히 작별인사를 건넸다. 자신을 바라보는 그의 눈동자는 평소처럼 부드럽고 다감했지만 예전처럼 그의 마음이 느껴지지 않았다. 그 차가운 거리감에 다시금 마음이 스산해졌다.

"고마워, 목련."

"정말 너무 아쉽네요. 조금만 더 머물다 가시면 좋을 텐데……."

안타까워하는 묘진의 모습에 가휴가 어슴푸레 웃었다.

"저도 그러고 싶지만 부평초처럼 떠도는 장사꾼 신세라 어쩔 수가 없네요."

"기회가 되면 꼭 다시 들러주세요."

"예. 부디 건강하십시오."

"목련아, 두 분을 마을 입구까지 배웅해 드리지 않으련? 용이 넌 나와 함께 들어가자꾸나. 맛난 과자를 주마."

그 말에 신이 난 태용이 묘진의 손을 냉큼 잡았다.

"나리! 안녕히 가세요. 꼭 또 오셔야 해요!"

태용이 팔랑팔랑 손을 흔들며 가휴와 서요를 배웅했다. 그 모습을 지켜보던 목련이 먼저 앞장을 섰다. 아이의 머리를 한 번 슥 쓰다듬은 가휴는 태용과 묘진을 뒤로하고 오두막을 떠났다.

산을 내려갈 때까지 세 사람은 입을 꾹 다문 채 걷기만 했다. 어색하고 무거운 공기에 서요가 헛기침을 했지만 아무 소용이 없었다. 마을 입구에 도착하자 목련이 가휴를 돌아보았다.

"조심히 가십시오. 가휴 님, 서요 님."

어느새 목련의 얼굴은 처음 가휴를 만났던 그때처럼 변해 있었다.

척박한 벌판에 홀로 꽃망울을 피운 작은 꽃을 닮은 그녀. 누구의 손길도 허용하지 않겠다는 듯 하얀 눈을 맞으며 초연하게 서 있던 목련의 모습은 지금도 잊히지 않았다.

가휴는 알 수 없는 표정으로 가만히 그녀를 바라보았다. 수많은 말들이 가슴 속에서 꿈틀대고 있었지만 결국 그는 한 마디도 꺼낼 수 없었다.

치미는 한숨을 꿀꺽 삼킨 가휴는 품 안에서 가죽 주머니 하나를 꺼내 목련에게 내밀었다.

"그동안 고마웠어. 덕분에 귀하다는 금호도 보고 참으로 즐거운 시간을 보냈어."

목련은 가휴가 내민 주머니를 물끄러미 바라보았다. 붉은 가죽 주머니 안에 무엇이 들어 있는지 굳이 확인하지 않아도 알 것 같았다.

"……필요 없습니다."

"약조했던 거야. 부담 가지지 않아도 돼."

목련은 어금니를 질끈 깨물었다. 비참했다. 서로 마음을 나눴다 생각했는데 오롯이 자신의 착각이었나 보다.

고작 금전 꾸러미 하나 던져주고 횡하니 떠나버릴 남자였다면 아예 시선도 주지 말 것을. 인정을 베풀지 말 것을.

그녀의 얼굴이 시시각각 하얗게 질려갔다. 가휴가 조심스레 그녀의 손에 주머니를 쥐어주었다.

"몸조심해, 목련."

말을 마친 가휴가 몸을 돌려 말 위로 훌쩍 올라탔다. 그런 그에게서는 일말의 미련이나 망설임도 보이지 않았다.

몇 발짝 떨어져 목련을 안타깝게 바라보던 서요가 무슨 말을 할 듯 망설였지만 결국 아무 말도 하지 못하고 꾸벅 목례만 건네고는 가휴의 뒤를 쫓았다.

목련은 점점 멀어지는 가휴의 뒷모습을 하염없이 바라보았다.

가슴이 화인 맞은 것처럼 화끈거린다. 이리도 고통스러운데 저 남자는 야속하게도 뒤 한 번 돌아보지 않았다.

조그맣게 점이 되어가는 가휴를 더듬는 그녀의 뺨이 어느덧 소리 없이 젖어 들었다. 담담히 보내주리라 그리 다짐했건만, 미처 보듬지 못한 감정은 그녀의 의지를 배반하고 속절없는 서러움을 토해놓았다.

"참으로…… 매정하십니다. 독귀란 원래 이리도 무정한 존재인 것입니까."

점점 흐려지는 가휴를 향해 목련은 들릴 듯 말 듯 조그맣게 중얼거렸다.

필시 사연이 있을 것이다. 자신에게도 말하지 못하는 사정이 있을 것이다. 머리로는 그리 이해하면서도 가슴으로는 받아들이기가 힘들었다.

끊임없이 떠오르는 왜, 라는 질문이 목련을 괴롭혔다. 왜 그는 아무 이야기를 해주지 않는 걸까. 흑의의 미남자와는 무슨 관계일까. 왜 그렇게 사내를 잔인하게 죽여야 했을까.

답을 해줄 이는 떠나고 없는데, 의문만이 켜켜이 가슴 속에 쌓여갔다.

가휴에게 안긴 것을 후회하지 않는다. 그래서 더 가슴이 아팠다. 아마도 처음이자 마지막 연정이 되겠지.

간신히 열린 마음이 차갑게 닫히는 것이 느껴졌다. 눈 덮인 고루산보다 더 싸늘하게 얼어가는 자신을 그녀는 서글프게 지켜보았다.

"괜찮으십니까?"

"뭐가?"

서요는 착잡한 표정으로 가휴를 바라보았다. 다른 때였다면 어김없이 자신을 놀려먹느라 바빴을 주인이 지금은 잔뜩 굳은 얼굴로 말 한마디 하지 않았다.

"그리 매정하게 굴 것까지는……."

"이게 옳아. 어차피 독귀와 인간은 함께할 수 없어."

"하지만……."

'목련 님은 평범한 인간이 아니지 않습니까.'

서요는 목구멍까지 차오른 말을 내뱉고 싶었지만 결국 입을 다물고 말았다. 지금 누구보다 가휴의 마음이 가장 무겁고 힘들다는 것을 알고 있으니까.

그는 길게 한숨을 내쉬었다. 아무것도 모른 채 남겨진 목련이 가여웠고, 자신의 마음이 어디로 향하는지 알지 못하는 주인도 가여웠다.

'인연이 있다면 다시 만날 날이 있겠지.'

그렇게 앞날을 기약한 서요는 점점 멀어지는 백계 마을에게 조용히 이별을 고했다.

가휴와 서요가 떠난 며칠 뒤 백계에 큰 비가 내렸다. 눈이 내린 지 얼마 되지 않아 비가 내린 것은 마을이 생긴 이래 처음이었다.

이 기이한 현상에 사람들은 매우 놀라는 한편 두려움을 느꼈다.

비는 쉬지 않고 내렸다. 쌓였던 눈이 녹고 단단히 얼어 있던 땅이 질척하게 젖었다.

사흘이 지났을 때쯤, 산기슭 일부가 무너져 내렸다. 흘러내린 흙더미는 마을을 덮쳤다. 다행히 큰 피해는 없었지만 마을 공동묘지 일부가 쓸려나갔다.

하필 쓸려나간 묘 중에 점남의 남편이자 죽은 전 촌장의 묘가 있었다. 소식을 듣고 달려온 점남이 어쩔 줄 몰라 하며 발을 동동 굴렀지만 이미 촌장의 묘는 흔적도 찾아볼 수 없었다.

점남은 벌겋게 속살을 드러낸 흙더미를 허망하게 쳐다보았다.

딸 미려는 여전히 깨어나지 않은 채였고, 외지인 한 명은 정체 모를 짐승에게 처참히 죽임을 당했다. 그것도 모자라 이제는 남편의 묘까지 산사태에 사라졌다.

한꺼번에 밀어닥친 불행 앞에서 그녀는 그저 무기력하게 넋을 놓을 수밖에 없었다.

며칠 새 부쩍 늘어난 점남의 흰 머리카락이 차가운 바람에 힘없이 흔들렸다.

그녀는 흐릿한 눈으로 남편의 묘가 있었던 자리를 하염없이 바라보았다.

대체 어디서부터 잘못된 걸까. 자신이 무슨 죄를 그리 많이 지었다고 흉흉한 일이 끊임없이 이어지는 걸까. 폐부 깊숙이 고여 있던 울화가 울컥 치밀어 올랐다.

남 말하기 좋아하는 이들은 촌장이 뒤늦게 벌을 받은 거라며 쑥덕였다. 심지어 이 모든 불행한 일의 뒤에 죽은 목련 어미의 저주가 있다고 믿는 자들도 있었다.

예전이었다면 함부로 입을 놀린 자들을 단단히 혼쭐내주었을 테지만, 지칠 대로 지친 점남에겐 그런 자들을 상대할 기력조차 남아 있지 않았다.

"정말 천벌인 걸까……."

점남의 눈동자가 과거를 더듬는 듯 아득해졌다. 가슴 밑에 꾹꾹 눌러 담았던 묵은 감정들이 새삼스레 그녀의 심신을 어지럽혔다.

"당신은……."

목이 콱 멘 점남은 두 눈을 질끈 감았다 떴다.

"당신은 늘 그랬어. 언제나 그 여자뿐이었지. 처음 이 마을에 시집왔을 때도, 당신은 내 사람이 아니었어. 몸은 내 곁에 있었지만 마음은 늘 그 여자한테 있었지. 어떻게……. 어떻게 나한테 그럴 수 있어. 살 섞고 애까지 낳아 줬으면 불쌍해서라도 그 마음 한 조각 떼 줄 수 있었잖아."

사람들은 촌장이 산에서 실족해 죽은 줄 알지만 그것이 전부 사실은 아니었다.

그날도 영란의 묘를 돌보려고 산으로 올라가는 남편 뒤를 쫓다가 말다툼을 했다. 영란이 죽었음에도 한결같이 그녀만을 생각하는 남편이 야속해 다투다가 홧김에 밀쳤는데 그만 산 아래로 굴러떨어지고 말았다.

남편은 그대로 목이 부러졌고, 겁이 난 점남은 허둥지둥 산에서 내려와 사람들에게 알렸다. 남편이 사냥하다 실족해 굴러떨어졌다고.

"모두 당신 때문이야. 그 여자가 애만 가지지 않았어도……."

싫다는 여자를 겁탈하고 임신까지 시켰다. 같은 여자로서 영란의 기구한 처지에 충분히 동정이 갔지만, 점남은 그럴 수 없었다. 아름다운 데다 죽어서까지 남편의 사랑을 독차지한 여자를 도저히 동정하기 어려웠다.

점남의 얼굴 위로 굵은 눈물방울이 뚝뚝 떨어졌다.

"절대…… 용서 못 해."

할 수 없는 것이 아니라 안 하는 것이다. 그것은 점남에게 마지막 남은 자존심이었다. 이마저 무너지면 더는 살아갈 의지를 잃어버릴 것 같았다.

점남은 한참을 흐느꼈다. 둑이 무너지듯 참고 참았던 감정들이 눈물과 함께 쏟아졌다.

그렇게 얼마나 있었을까. 뿌옇게 변한 시야 너머로 낯익은 누군가의 모습이 들어왔다. 점남의 눈이 스르르 커졌다.

"목련……."

점남은 서둘러 눈물을 훔쳤다. 담담한 척 표정을 갈무리했지만 한번 약해진 마음은 쉽사리 회복되지 않았다.

"죄송합니다. 보려고 했던 건 아닌데……."

산사태가 났다는 소식에 서둘러 내려온 목련은 다행히 마을에 큰 피해가 없고 태용도 무사한 것을 확인하고 다시 돌아가려던 참이었다.

묘지 일부가 쓸려갔다는 소식을 들었지만 그녀와는 상관없는 일이라 그냥 지나치려 했는데, 넋을 잃은 점남을 발견하고는 자기도 모르게 걸음을 멈췄다.

목련은 두 눈이 시뻘겋게 부어오른 점남을 가만히 바라보았다.

쓸려간 묘 중에 전대 촌장의 묘가 포함되어 있다 들었지만 일말의 동정심도 느껴지지 않았다. 목련에게 있어 그들은 더 이상 아무 상관 없는 사람들이었기 때문이다.

신기한 것은 가휴가 떠나고 나자 증오도 사라졌다는 사실이었다.

어색한 모습으로 잠시 땅만 쳐다보고 있던 점남이 무슨 생각이 들었는지 목련을 향해 천천히 다가오기 시작했다.

목련의 눈이 살짝 커졌다. 파리한 안색과 바람에 어지럽게 휘날리는 흰 머리카락, 얼굴 곳곳에 깊게 패인 주름. 가까이서 본 점남은 며칠 새 몇 년은 훌쩍 늙어버린 것 같은 모습이었다.

마른 입술을 움찔대던 점남이 힘겹게 입을 떼었다. 괜스레 긴장이 된 목련은 모래처럼 부서질 것 같은 그녀의 입술에 시선을 고정했다.

"……부탁하마."

점남의 눈동자가 바람 앞의 촛불처럼 위태롭게 흔들렸다.

"이 마을을…… 떠나주면 안 되겠니? 내 이리 간절히 부탁하마."

점남의 뺨이 다시금 젖어 들었다. 조금 전까지만 해도 고집스럽게 눈물을 감추려던 그녀가 자신 앞에서 울고 있다는 사실에 목련은 조금 놀랐다.

하지만 그뿐이었다. 울고 있는 점남을 봐도 조금의 연민도 느껴지지 않았고 오히려 분노가 올라왔다.

"그렇게 제가 미운가요? 어머니가 증오스러운가요? 왜입니까. 우리가 뭘 그리 죽을죄를 지었다고……."

점남의 얼굴이 고통스럽게 일그러졌다.

"안다. 네겐 아무 잘못 없다는 걸……. 그리고 네 어미도……. 하지만 쉽지 않구나. 오랫동안 이 가슴속에 시커멓게 고여 있는 썩은 감정을 도려내기가 너무 힘들구나. 목련아, 제발 날 좀 이해해주면 안 되겠니? 내 부탁만 들어주면 너와 네 조모가 밖에 나가 정착할 수 있도록 최대한 도와주마."

"하……."

목련은 힘없이 고개를 숙였다. 결국 이것이었던가. 눈물을 보였던 것은 진심으로 사죄를 하려던 것이 아니라 단지 자신이 힘들었기 때문인가.

끝까지 자기변명뿐인 점남의 이기적인 모습에 분노보다 서글픔이 밀려왔다. 목련은 입술을 질끈 깨물었다.

"당신은 정말…… 여전하시네요."

한 번만, 단 한 번만 미안하다 말했다면 화석처럼 단단히 굳어진 응어리가 조금이나마 녹았을 텐데. 당신도 피해자라며 아주 조금은 동정했을 텐데. 입술을 꽉 깨문 목련은 천천히 뒤를 돌았다.

한 발짝 한 발짝 내딛는 그녀의 등 뒤로 점남의 흐느낌 소리가 질척하게 달라붙었다.

더러운 눈물이다. 죽은 그 괴물과 똑같은 피를 가진 추악한 눈물이었다.

목련은 허리를 꼿꼿이 펴고 성큼성큼 걸음을 옮겼다. 발밑에서 서걱대는 얼어붙은 흙이 꼭 자신의 마음처럼 느껴져서 가슴이 시큰해졌다.

가휴가 떠난 후로 목련은 평상시와 다름없이 행동했다. 아침 일찍 일어나 오두막 주변을 청소하고, 말린 나물과 약초를 차곡차곡 정리하고, 놔두었던 덫에 짐승이 걸리지 않았는지 확인을 했다. 다른 때와 같이 조용하고 변함 없는 일상이었다.

하지만 그녀를 지켜보는 묘진은 마음이 편치 않았다. 겉으로는 아무 일도 없는 것 같았지만 그녀의 눈에는 손녀가 꼭 울고 있는 것처럼 느껴졌다. 마음의 괴로움을 감당하지 못해 억지로 더 활짝 웃는 것 같았다. 애처롭고 가슴이 아파 더는 두고 볼 수가 없었다.

"목련아. 이리 와보련?"

온종일 일을 하고도 모자라 또 화덕 청소를 하고 있는 목련을 묘진이 조용히 불렀다.

"거의 다 끝나가요."

"그만하면 됐으니 이리 오렴."

멈칫한 목련이 이내 손을 털고 자리에서 일어섰다. 묘진은 목련이 손을 씻는 동안 따뜻한 차를 준비했다. 지난가을에 따서 말려두었던 국화차였다. 집 안 가득 향긋한 국화 향기가 은은히 퍼졌다. 목련이 조용히 묘진 앞에 앉았다.

"마셔라."

"네."

묘진은 조용히 차를 마시는 손녀를 물끄러미 바라보았다. 자신의 혈육이라서가 아니라 정말 곱고 착한 아이였다.

잘 먹이지 못해 늘 마음이 아팠지만, 이런 환경에서도 목련은 바르고 예쁘게 잘 자라주었다. 아마 좋은 집안에서 태어났으면 사랑 많이 받고 행복하게 살았을 것이 분명했다. 그런 목련의 얼굴이 며칠 새에 부쩍 해쓱해졌다.

"애야, 혹 무슨 고민 있니?"

목련의 눈이 동그래졌다.

"왜 그런 말씀을 하세요?"

"할미 눈엔 네가 무척 힘들어하는 것 같구나."

한순간 목련의 눈동자가 잘게 흔들렸다. 그녀는 들고 있던 찻잔을 조용히 내려놓았다.

"마을에 흉흉한 일이 계속 생겨 마음이 심란한가 봐요. 별일 아니니 너무 걱정 마세요."

목련은 애써 미소를 지었다. 아무렇지 않게 행동했는데, 조모의 눈에는 그렇게 보이지 않았나 보다. 그런 그녀를 응시하는 묘진의 안색이 어두워졌다.

"나는…… 네가 혼자서 너무 애쓰지 않았으면 좋겠구나."

"하하, 정말 아무렇지 않아요."

목련이 밝게 웃으면 웃을수록 묘진의 눈동자에는 안타까움과 연민이 파도처럼 넘실거렸다.

"그분 때문이니?"

"……예?"

"가휴 님 말이다. 그분이 떠나고 나서 부쩍 힘이 없잖니."

목련은 잔뜩 당황했다. 속내를 들킨 것 같아 가슴이 뜨끔했다. 그녀는 동요하는 기색을 보이지 않으려 얼른 시선을 내렸다.

"할머니도 참······. 무슨 말씀을 하시는 거예요? 그분과 제가 무슨 상관이 있다고요."

"그래도 한동안 그분과 가까이 지내지 않았니?"

"일 때문에 만난 것뿐이에요. 그에 대한 대가도 충분히 받았고요."

떠나던 날, 자신의 손에 금화 주머니를 쥐여주던 가휴의 모습은 지금도 잊히지 않았다. 끝까지 거절했어야 했는데 결국 그러지 못했다.

돌려줄 새도 없이 가휴는 멀리 사라졌고, 목련은 주머니를 꼭 쥔 채 멍하니 그의 사라진 흔적을 좇았을 뿐이었다.

"그분과 전 아무 상관 없어요."

[그대와는 상관없는 일이야.]

그래. 분명 그리 말했다. 감정 한 톨 드러나지 않는 메마른 얼굴로 차갑게 잘라 말했다. 그러니 자신도 상관없어야 한다.

불현듯 가슴 한구석이 스산해졌다. 한줄기 삭풍이 스며든 것처럼 그리 추웠다.

"목련아."

묘진의 음성에 부표처럼 떠돌던 목련의 의식이 퍼뜩 돌아왔다. 재빨리 표정을 갈무리한 그녀는 어스름이 미소를 지었다.

"전 정말 괜찮아요. 이제 저녁 준비를······."

"그를 좋아하지?"

심장이 철렁 떨어졌다. 말문이 막힌 목련의 얼굴이 당혹감으로 물들었다. 묘진이 괜찮다는 듯 그녀의 손등을 다정스레 토닥였다.

"넌 어렸을 때부터 속내를 쉽게 드러내지 않는 아이였지. 원하는 게 있어도 꾹 참고 남에게 양보하는 아이였어. 그런 널 볼 때마다 얼마나 마음 아팠는지 모른단다."

"저, 저는……."

목련은 말끝을 흐렸다. 설마 할머니가 자신의 마음을 눈치채고 있었을 줄은 꿈에도 몰랐다. 머릿속이 아득해진 그녀는 가만가만 숨을 몰아쉬며 북받치는 감정을 달랬다.

"그렇지 않아요. 그는……."

어떻게 말을 해야 할지 알 수 없어 목련은 잠시 말을 끊었다가 다시 이었다.

"그는 보통 사람과 달라요. 아무리 애를 써도 이뤄질 수 없는…… 그런 사람이에요."

"세상에 이뤄질 수 없는 관계란 없단다. 아무리 상대가 특별한 사람이라 해도 마음만 통한다면 얼마든지 가능성이 있어."

목련은 슬픈 표정으로 작게 고개를 내저었다.

"그런 게 아니에요. 그는…… 그 사람은……."

목련은 목이 꽉 메었다. 가휴는 독귀다. 그렇기에 이루어질 수 없다. 그렇게 말해야 하는데 입이 떨어지지 않았다.

첫째는 묘진이 충격을 받을까 싶어서였고, 둘째는 막상 입 밖으로 내뱉으면 정말 두 번 다시 그를 보지 못할 것 같아 두려웠기 때문이었다. 툭. 그녀의 뺨 위로 눈물이 또르르 떨어져 내렸다.

"그가 독귀이기 때문이니?"

목련은 깜짝 놀랐다. 그녀는 젖은 눈을 커다랗게 치뜬 채 멍하니 조모를 바라보았다. 묘진이 살며시 웃었다.

"내가 아무것도 모를 거라 생각했니? 그렇다면 이 할미를 너무 과소평가 했구나."

"어, 어떻게……."

"처음부터 이상하다 생각했단다. 마을 사람들이라면 다들 꺼리는 우리 집에 불쑥 찾아오질 않나, 진귀한 물건들을 덥석 안겨주지를 않나. 금호 때문이라지만 다른 사람에게 부탁해도 될 일을 굳이 집까지 찾아와서 널 설득한 것도 그렇고 말이야. 아무리 네가 산을 잘 안다고 해도 지금껏 그런 부탁을 한 외지인이 한 명이라도 있었니?"

묘진이 목련의 상기된 눈가를 부드럽게 쓰다듬었다.

"무뚝뚝한 네게도 늘 웃어주고 다정하게 대해주었지? 용이도 자랑하더구나. 자신에게 맛난 음식도 주고 용전도 준 엄청 좋은 분이라고 말이야. 게다가……."

갑자기 묘진이 소매로 입을 가리며 후후, 웃었다.

"둘 다 흔치 않은 미남자였잖니."

목련의 입이 스르르 벌어졌다. 그녀는 눈을 끔벅이며 연방 웃고 있는 할머니를 바라보았다.

"정말 태어나서 그리 잘생긴 남자들은 처음 봤단다. 볼 때마다 어찌나 눈이 부시던지……. 이미 말라버린 줄 알았던 이 할미 가슴이 오랜만에 뛰었지 뭐니."

목련은 무슨 말을 해야 할지 몰랐다. 독귀임을 눈치챈 이유가 결국 미남자였기 때문이라니. 믿어야 할지 말아야 할지 혼란스러웠다.

"옷차림도 그렇고 처음엔 어느 높은 귀족가의 도련님들인가 했단다. 먹는 것도 그렇고 말하는 모습도 무척이나 우아하고 점잖았거든. 그런데도 전혀 거만하지 않더구나. 난 처음부터 그가 마음에 들었단다. 내심 너와 짝을 맺어주면 참 좋겠다 생각했어."

"하지만 할머니, 그는……."

"안다. 독귀라서 이뤄질 수 없다 생각하는 거지? 그 때문에 몹시 괴로운 거고."

목련의 얼굴이 괴롭게 일그러졌다. 잠시 잦아들었던 눈물이 다시금 그녀의 눈가를 촉촉이 적셨다.

"목련아. 불안한 미래에 지레 겁먹기보다는 지금 네 마음에 솔직하게 귀를 기울였으면 하는 게 이 할미의 바람이란다. 지금 중요한 것은 가휴 님이 독귀라는 사실보다 그분을 좋아하는 네 마음이지 않겠니?"

묘진의 다정한 음성이 상처와 불안으로 점철되어 있던 목련의 마음을 따뜻하게 다독여주었다.

"괜찮아. 할미는 늘 네 편이니 원하는 대로 하렴. 그게 할미가 제일 바라는 거란다."

묘진이 목련의 손을 힘주어 꽉 잡았다.

"목련아, 가휴 님을 찾아가거라."

"할머니!"

"가서 그분께 네 마음을 솔직하게 고백해. 그리고 확실히 대답을 듣고 오거라. 그래야 조금의 미련도 남지 않는단다."

목련이 망설이자 묘진의 음성이 단호해졌다.

"설령 그분과 이뤄지지 않는다 해도 남은 생을 후회로 사는 것보다 낫지 않겠니? 힘들다고 피하기만 하면 절대 안 돼. 부딪히고 깨져야 다시 시작할 수 있단다."

묘진의 진심어린 말에 목련은 그제야 흙탕물처럼 혼탁했던 마음이 맑게 개는 것을 느꼈다.

"정말…… 그래도 괜찮을까요?"

"그럼, 괜찮고말고."

자신이 수도 없이 고민했던 문제들을 묘진은 너무나 아무렇지 않게 풀어낸다.

그녀가 아니었으면 자신은 아마 죽을 때까지 가슴앓이만 하다 끝내 원망만을 가득 품고 생을 마쳤을 것이다. 어머니 때문에 죽은 촌장과 점남, 미려, 그리고 마을 사람들을 원망했던 것처럼.

모든 걸 포기하고 하루하루 무기력하게 살아가는 것은 이제 지쳤다. 너무 어려서, 아무것도 몰라서 어쩔 수 없이 참아야만 했던 소녀는 더 이상 없다. 그동안 자신이 얼마나 바보처럼 살았는지 비로소 깨달은 것이다.

그녀의 물기 어린 눈매가 반달 모양으로 살포시 접혔다.

목련은 드디어 결심했다. 할머니 묘진과 함께 백계를 떠나기로 한 것이다. 따뜻한 남쪽 지방으로 내려가 모든 걸 다 잊고 새롭게 출발할 예정이었다.

물론 어머니의 유해도 함께 가져갈 것이다. 이 춥고 얼어붙은 땅이 아닌, 포근하고 따뜻한 땅에서 편히 쉬게 해드리고 싶었다.

목련의 이러한 변화를 누구보다 환영한 사람은 역시 묘진이었다.

그녀는 무엇보다 목련이 고통스러웠던 과거의 굴레를 벗어버린 것을 기뻐했다. 원망과 증오를 꽁꽁 숨겨둔 채 힘겹게 살아가는 손녀를 보는 것은 그녀에게 있어 가장 큰 고통이었던 것이다.

한번 마음을 먹으니 무거운 짐을 내려놓은 것처럼 홀가분해졌다. 마을을 떠나는 것을 두려워했던 과거 자신의 모습을 생각하면 헛웃음이 나올 지경이었다. 이리 간단한 것을 왜 그리 고민하고 괴로워했을까.

어쩌면 마을 밖으로 나가 새로운 삶을 살아가는 게 두려워 자신의 용기 없음을 마을 사람들 탓으로 돌렸던 것일지도 몰랐다.

한 가지 마음에 걸리는 것은 태용이었다. 그새 정이 담뿍 든 아이를 두고 떠나려니 마음이 편치 않았다.

목련은 한동안 고민하다가 결국 태용을 찾아가 물어보기로 했다.

떠나기로 결심한 덕분일까. 마을로 향하는 발걸음이 예전처럼 무겁게 느껴지지 않는다. 참으로 신기한 기분이었다.

객잔에 도착한 목련은 기다렸다는 듯 자신을 보자마자 달려오는 태용의 모습에 활짝 미소를 지었다.

아이의 손을 잡고 밖으로 나온 그녀는 신나게 재잘대는 태용을 가만히 바라보다가 어렵사리 말을 꺼냈다.

"용아. 난 조만간 마을을 떠날 생각이란다."

태용의 눈이 튀어나올 듯 휘둥그레졌다.

"떠나신다고요?"

머루처럼 까만 아이의 눈이 가느다랗게 떨렸다. 목련이 고개를 끄덕이자 태용의 작은 머리통이 스르르 힘없이 아래로 꺾였다.

"그, 그렇구나. 실은……. 누님이 언젠간 마을을 떠날 것 같다 생각하고 있었어요."

태용이 조그만 입술을 잘근잘근 씹으며 울 듯한 표정을 지었다.

"저라도 이런 마을엔 더 이상 있기 싫었을 거예요. 게다가 나리도 없고……."

태용이 천천히 고개를 들었다.

"나리가 떠나고 나서 결심하신 거죠?"

아이의 말이 목련의 가슴에 푹 꽂혔다. 그녀는 곤혹스러운 표정으로 잠시 머뭇거렸다.

"꼭 그런 건 아니지만……. 계기가 된 건 맞단다."

태용의 말간 눈망울이 커다랗게 일렁거렸다.

"누님은 괜찮아요?"

"응?"

"나리 말이에요. 사실……. 저 알고 있어요. 나리가 평범한 사람이 아니라
는 것을요."

심장이 철렁 떨어졌다. 뜻밖의 말에 목련은 무슨 말을 해야 할지 몰라 입
술만 벙긋거렸다.

"요, 용아……."

"그날, 저도 봤어요. 나리가 그 장사꾼을 어찌했는지……."

목련은 작게 숨을 들이켰다. 맙소사. 태용이 그날 밤 일을 다 지켜보고 있
었다니. 심장이 거세게 뛰면서 호흡이 가빠졌다.

"용아, 그것은……."

아이가 천천히 고개를 내저었다.

"걱정 마세요. 아무한테도 얘기 안 했어요. 뭐, 말해봤자 아무도 안 믿겠
지만요."

태용이 살며시 미소를 지었다. 앳된 얼굴에 드리워진 무거운 미소에 한순
간 목련의 가슴에 휑하니 찬바람이 지나갔다.

"그땐 정말 너무 겁이 나서 오줌 쌀 뻔했는데……. 근데 이상하죠. 그렇게
끔찍한 장면을 봤는데도 이상하게 나리가 무섭게 느껴지지 않더라고요."

아이가 손가락을 꼼지락거리며 계속 말을 이었다.

"누님도 그렇죠? 실은 나리가 자상하고 좋은 분이라는 걸 알고 있으니
까……. 정말 무서운 건 웃으면서 뒤에서 온갖 나쁜 짓을 하는 마을 사람들
이라는 거 알고 있으니까……."

"용아……."

"전 나리가 좋아요. 저한테 진심으로 대해준 사람은 누님과 나리뿐이거든요. 그래서 나리가 어떤 사람이든 상관없어요. 제가 보고 느낀 것만 믿을 거예요."

목련은 뒤통수를 세게 맞은 것처럼 정신이 번쩍 났다. 자신이 보고 느낀 것만 믿는다. 이 얼마나 순수하고 올곧은 말인가. 그녀는 가슴을 움켜쥐었다.

자신은 지금껏 가휴의 무엇을 보고 있었던 걸까. 그가 아무런 말도 없이 떠났다 해서 가휴와 나눴던 온기가, 시간이 무의미해지는 것은 아닌데, 어째서 자신은 모든 것을 부정하고 외면하려 했단 말인가.

눈가가 시큰해지고 목이 꽉 멘 목련은 한동안 숨을 고르며 아무 말도 하지 못했다. 겨우 진정이 되었을 때, 그녀는 비로소 입을 열었다.

"그래, 용아. 네 말이 맞다."

가휴라는 남자를 온전히 알 수는 없었지만, 그가 자신에게 베풀어준 것들은 결코 거짓이 아니었다.

무엇보다 가휴는 마을 사람들의 지독한 적의 속에서 자신을 구해주었다. 금호에게 죽을 뻔한 자신을 구해주었다. 몇 번이나 그에게 도움을 받고 구원을 받았다. 그것만으로 충분하지 않은가.

일말의 남은 불안감마저 모두 사라진 것을 깨달은 목련은 살포시 미소를 지었다.

"용아. 나와 함께 떠나지 않겠니?"

"네?"

태용이 멍한 표정을 지었다.

"너만 괜찮다면 같이 떠나고 싶구나. 네 생각은 어떠니?"

태용은 선뜻 대답하지 못했다. 갑작스러운 말에 당황했으리라. 목련은 아이의 머리를 살짝 쓰다듬었다.

"난 용이가 행복해졌으면 한단다. 홀로 외롭게 자라서 그런지 네가 꼭 내 동생처럼 느껴져. 아직 시간이 있으니 잘 생각해 보렴."

"……네."

목련은 작게 고개를 끄덕이는 태용의 머리를 다시 한번 부드럽게 쓰다듬었다. 손끝에 보들보들 감겨드는 아이의 가는 머리카락이 새삼스레 가슴에 사무친다.

마음 같으면 어떻게든 설득해 데려가고 싶었지만 태용에게도 자신만의 삶이 있다. 그러니 존중해주어야 한다.

아이를 뒤로하고 오두막으로 돌아온 목련은 묘진과 함께 백계를 떠날 준비를 차근차근 해나갔다.

그사이 한차례 폭우가 지나간 땅에 또다시 눈이 내렸다. 매서운 삭풍에 돌덩이처럼 얼어붙은 땅은 소복이 쌓인 눈 아래 흉물스러운 모습을 감추었다.

그즈음, 태용이 목련의 오두막을 찾았다. 잘 익은 다래 열매처럼 빨간 볼을 한 아이의 등에는 제 몸집만 한 봇짐이 얹혀 있었다.

목련의 얼굴 위로 환한 웃음이 한가득 떠올랐다. 우물쭈물 서 있던 태용의 얼굴에도 작은 미소가 수줍게 피었다.

그녀는 말없이 아이를 꼭 안아주고는 오두막 안으로 들어갔다.

태용이 들어서자마자 묘진이 한달음에 달려와 아이를 와락 품에 안았다. 푸근한 노부의 품에 얼굴을 묻은 태용의 눈가가 어느덧 조금씩 젖어 들었다.

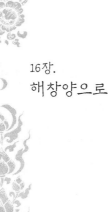

16장.
해창양으로

가휴와 서요가 선물해준 물건들 틈에서 작은 서찰을 발견한 것은 목련이 마을을 떠나기 위한 준비를 거의 마쳤을 때쯤이었다.

서찰은 다름 아닌 서요가 남긴 것이었다. 그녀는 번잡스럽지 않고 늘 조용히 가휴의 곁을 지키던 서요를 떠올렸다.

까다로워 보이는 첫인상처럼 쉽게 가까워지기 어려운 사내였다. 그녀를 향한 눈빛에서 미묘한 불편함을 숨기지 않던 서요는 살갑진 않았지만 가휴처럼 남을 배려할 줄 아는 이였다.

떠나는 순간까지 말 한 마디 나누지 못하고 작별인사만 건네던 그가 설마 서찰을 남겨주었으리라고는 전혀 생각지 못했다. 목련은 천천히 서찰을 읽어 내려갔다.

마을을 떠나고 싶다면 교해국의 해창양으로 오십시오.
그곳 양도에 거처를 준비해두겠습니다.
제가 목련 님께 해드릴 수 있는 것은 이 정도뿐이라 송구합니다.
아실지 모르지만, 해창양은 마노국으로 갈 때 반드시 거쳐가는 도시입니다.

연이 닿는다면 어쩌면 또 뵐 수 있을지도 모르겠습니다.

추신. 양도에 있는 청호루靑虎樓라는 객잔의 음식이 무척 맛있습니다.
조모님과 함께 가보십시오.

서요 올림

목련의 눈동자가 가느다랗게 떨렸다. 글은 여기서 끝났으나 뒷장에 해
창양으로 가는 길과 준비해두었다는 거처의 위치 등이 상세히 적혀 있었
다.

목련은 서찰을 조심스레 접어 품 안에 넣었다. 서요의 세심한 배려가 담
겨 있는 서찰은 그녀의 가슴을 뜨겁게 했다.

들뜬 마음을 애써 진정시킨 목련은 서찰의 내용을 몇 번이고 되뇌었다.
교해국 해창양. 그리고 양도. 자신과 묘진, 태용이 살아갈 새 터전이 될지도
모르는 곳.

갑자기 심장이 거침없이 뛰기 시작했다. 물론 두렵지 않다면 거짓말이겠
지만 그것보다는 설렘이 더 컸다.

목련은 서찰의 내용을 묘진에게 전했다. 뜻밖의 소식에 조모는 매우 기뻐
했다.

말은 하지 않았지만 내심 그녀도 걱정이 컸을 것이다. 연고자 하나 없이
무작정 낯선 곳으로 떠난다는 것은 실상 큰 모험이었고 엄청난 용기가 필
요한 일이었다.

그런데 서요가 목련 가족을 위해 거처까지 마련해주었다니, 이보다 더

기쁜 일이 어디 있을까. 게다가 해창양은 마노국으로 가기 위해 반드시 거쳐가는 도시라 했다. 그렇다면 언젠가 그곳에서 가휴를 만날 수도 있으리라.

'고맙습니다, 서요 님. 꼭 다시 뵐 날을 고대하겠습니다.'

마음 깊이 서요에게 감사를 전한 목련은 지그시 두 눈을 감았다.

드디어 백계를 떠나는 날이 다가왔다. 유난히 높고 드넓은 창천에는 구름 한 점 없었고, 눈이 부시도록 화사한 햇살이 길을 떠나는 세 사람을 다사롭게 비춰주었다.

목련이 백계를 떠난다는 사실을 알고 있는 사람은 오직 객잔 주인 대수뿐이었다.

사실 그녀는 아무도 모르게 떠나고 싶었지만, 짐을 싣기 위해서는 말이 필요한 터라 어쩔 수 없이 그나마 제일 호의적이었던 대수에게 부탁할 수밖에 없었다.

목련이 떠난다는 소식에 대수는 매우 놀랐지만 이내 용기 있는 그녀의 결정에 성원을 보내주었다.

다른 사람들처럼 노골적으로 목련을 냉대한 건 아니었지만 마을 사람들의 부조리한 행태에도 말 한 마디 없이 외면해왔던 터라 늘 마음에 깊은 죄책감을 가지고 있었다.

그래서일까. 목련이 짐 실을 말이 필요하다 했을 때, 대수는 두말없이 말을 빌려주었고, 여정에 필요한 물품들도 챙겨주었다.

목련이 돈을 지불하려고 했지만 그는 한사코 거절했다. 이렇게라도 해야 조금이나마 마음이 편할 것 같았기 때문이다.

말에 짐 싣는 것을 도와주고 마을 밖까지 배웅을 나온 대수는 착잡한 기분을 느꼈다. 살갑게 대해주지는 못했지만 그래도 오랫동안 알고 지낸 사람들을 영영 못 본다 생각하니 마음이 울적했다.

게다가 늘 곁에 두었던 태용까지 목련을 따라간다니 그 서운함이 이루 말할 수 없었다.

말없이 아이의 머리를 쓰다듬어준 그는 공손히 인사를 건네고는 길을 떠나는 세 사람을 하염없이 지켜보았다.

태용이 조그맣게 점이 되어버린 대수를 연방 돌아보았다. 그의 밑에서 오랫동안 일을 해왔으니 알게 모르게 정이 들었을 것이다.

아이의 시선이 자꾸만 뒤로 향하는 것을 본 목련은 살며시 미소를 지었다.

"서운하니?"

"……조금이요."

"당연한 거란다. 그동안 널 보살펴주신 분 아니니? 인사는 제대로 드렸지?"

"예."

"나중에 따로 서찰을 보내드리렴. 좋아하실 거야."

태용이 작게 고개를 끄덕였다. 목련은 괜스레 잘 있는 아이를 부추겨 데리고 가는 건 아닐까 생각했지만 이내 마음을 고쳐먹었다.

태용을 살뜰히 보살펴줄 친부모가 있는 것도 아니고, 이곳은 아이에게 너무나 외롭고 혹독하다. 객잔에서 계속 있었다면 굶지는 않았겠지만 먹고 사는 것이 인생의 전부가 아님을 그녀는 너무도 잘 알고 있었다.

반나절을 꼬박 걸어 백계를 벗어난 세 사람은 이윽고 동량에 도착했다.

그곳에서 대수에게 빌린 말을 인편으로 돌려보내고 허름한 마차 한 대를 구했다. 적잖은 돈을 지불해야 했지만 어쩔 수 없었다. 말만으로는 교해국까지 가는 기나긴 여정을 버티기 힘들기 때문이다.

동량에서 추가로 구한 식량과 짐들을 마차에 모두 싣고 나서야 본격적인 여정이 시작되었다.

세 사람은 마치 유람이라도 하듯 천천히 이동했다. 밤에는 충분히 쉬었고, 낮에도 서두르지 않고 경관 좋은 곳이 있으면 잠시 머물다 가기도 했다. 이렇게 간다면 교해국까지 한 달도 더 넘게 걸릴 듯싶었지만 그들에겐 아무래도 상관없었다.

백계를 떠난 후로는 발 딛는 곳이 그들의 터전이요 보금자리였다. 만약 서요가 거처를 마련해주지 않았다면 이렇게 대륙 곳곳을 유랑하며 지내는 것도 나쁘지 않을 것 같다는 생각이 들기도 했다. 소중한 사람들과 함께 있다는 것. 이것만으로도 세 사람은 충분히 행복했기 때문이다.

때때로 밤하늘을 이불 삼아 누워 있을 때면 시큰한 바람이 목련의 가슴을 훑고 지나갔다. 어쩔 수 없는 허전함, 그리움이 폐부를 깊이 찔렀다. 그럴 때면 그녀는 말없이 품을 더듬었다.

그 안에는 가휴에게 꼭 전해줘야 할 것이 들어 있었다. 백계를 떠나기로 마음먹은 순간 가장 먼저 챙겼던 것이다. 이것을 가만히 쥐고 있으면 불안한 마음이 조금은 가라앉았고 그제야 스르르 잠이 왔다.

간혹 꿈에서 가휴를 본다. 꿈에서도 그는 처음 만났던 그때처럼 하얀 눈을 맞으며 자신을 향해 웃고 있었다. 아름다운 자색 눈동자 가득 따뜻한 빛을 품고 하염없이 그녀를 바라보고 있었다. 가슴이 시릴 만큼, 마음이 욱신욱신 저릴 만큼 그렇게 오랫동안 바라보았다.

그의 따뜻한 품이 그립다. 자신을 격정적으로 안아주던 단단한 팔이 그립다. 그 입술이, 온기가, 뜨거운 숨결이 그리워서 오장육부가 녹아드는 것 같았다.

그럴 때면 목련은 조용히 몸을 웅크리고 무릎에 얼굴을 묻었다. 그리움이 새어나가지 않도록, 감정들이 넘쳐흘러 자신을 집어삼키지 않도록 조용히 자신을 다독였다.

해창양은 교해국 변방에 있는 도시였다. 대륙 각지에서 몰려온 상인들로 북적이는 교역의 중심지이며, 수많은 객주와 점방이 줄을 지어 있고, 밤새도록 환락가의 불이 꺼지지 않는 도시.

사로국과 그리 멀지 않은 국경지대이기도 하는지라 상인들은 물론 여행을 하는 사람들이 반드시 거쳐가는 지역이기도 했다.

해창양이 특히나 유명한 데에는 양도도 한몫했다. 양도는 교역 차 해창양에 온 독귀들이 묵어가는 곳이라 알려져 있기 때문이다.

목련이 해창양에 와서 제일 놀란 것은 도시의 화려함도, 번잡함도 아니었다. 그것은 바로 마음만 먹으면 그리 어렵지 않게 독귀를 볼 수 있다는 사실이었다. 그녀는 비로소 왜 서요가 양도에 거처를 마련해두었다 했는지 이해할 수 있었다.

자신이 사는 곳에서는 독귀가 전설에나 나올법한 존재였는데, 이곳에서는 언제든 독귀를 볼 수 있다는 사실이 신기했다.

물론 그렇다고 사람들이 독귀를 편하게 대한다는 것은 아니었다. 독귀는 여전히 신비하고도 위험한 존재였고, 함부로 가까이할 수 없다는 점에서는 해창양도 똑같았다.

목련은 교해국으로 넘어올 때 도움을 주었던 화구라는 관장에게서 받은 서찰을 꺼냈다. 그 안에는 거처까지 안내할 관리인에게 줄 소개장이 들어 있었다.

서요가 남긴 서찰에는 화구라는 사내에 대한 이야기도 쓰여 있었는데,

알고 보니 그는 교해국과 고하국의 국경지대를 관리하는 관장 중 한 명이었다.

그렇지 않아도 국경을 어찌 통과할지 걱정이었는데, 서요가 그렇게나 세심히 준비를 해둔 것에 목련은 크게 감명을 받았다.

화구는 미리 연통을 받았는지 목련의 이야기를 듣자마자 세 사람 몫의 통행증을 건넸고, 양도의 거처까지 무사히 갈 수 있도록 관리인에게 소개장까지 써주었다.

덕분에 무사히 국경을 통과해 해창양에 온 목련 일행은 드디어 여정의 종착점인 양도에 도착할 수 있었다.

양도는 객주들이 모여 있는 번잡한 거리와 한참 떨어진 곳에 있었다. 잘 정비된 길과 아담한 건물들이 일정한 간격을 두고 나란히 서 있는 양도는 언뜻 보면 조용한 시골 마을처럼 보였다.

번화한 해창양의 중심가와는 분위기가 전혀 달라 처음 방문하는 사람은 다소 어리둥절할 정도였다.

화구가 찾아가라 했던 관리인은 태묵이란 자로, 양도를 오가는 상인들을 상대로 자질구레한 일들을 처리해주는 나이 지긋한 사내였다.

사내는 귀가 들리지 않았는데, 그래서인지 말은 한 마디도 하지 않았고 오직 손짓과 간단한 글로만 의사소통을 했다.

굉장히 무뚝뚝한 인상이었지만 목련은 태묵이란 노인이 그리 싫지 않았다.

누가 봐도 이방인이 분명한 목련 일행을 보고도 그는 전혀 궁금해 하지 않았고, 소개장을 받고 나서는 두말없이 거처로 안내해주고는 훌쩍 떠나버렸다.

멀어지는 태묵을 향해 꾸벅 인사를 건넨 세 사람은 그제야 마차에서 내렸다.

서요가 마련해준 거처는 붉은 지붕이 인상적인 아담한 2층짜리 목조 가옥이었다.

손질이 잘된 조그마한 마당이 앞에 있었고, 그 마당을 가로지르면 작은 계단이 있는 입구가 나왔다. 출입문 양쪽으로는 작은 창문이 나 있었고, 그 앞에는 가죽을 씌운 긴 장의가 놓여 있었다.

가옥 뒤로는 지붕을 훌쩍 뛰어넘는 몇 그루의 나무들이 보였고, 근처에 연못이 있는지 물소리가 끊임없이 들려왔다. 그야말로 그린 듯한 아름다운 가옥이 아닐 수 없었다.

목련은 당혹감을 감추지 못했다. 묘진은 입을 가린 채 연방 탄성을 내뱉었고, 태용도 정말 이 집이 맞는지, 혹여 잘못 찾아온 건 아닌지 계속 두리번거리기 바빴다.

"애야. 정말 이 집이 맞는 거니?"

묘진의 물음에도 목련은 선뜻 대답할 수 없었다. 생각했던 것과 달리 너무 분에 넘치는 가옥이라 쉽사리 믿어지지 않았다. 하지만 이미 태묵이 가버린 후라 다시 물어볼 수도 없어 난감했다.

"소개장을 보여드렸으니 맞지 않을까요?"

"세상에……. 이리 좋은 집을 마련해주시다니, 정말 꿈만 같구나."

목련은 곤란한 표정으로 가옥을 바라보았다. 그냥 세 사람 몸 누일 방 하나만 있어도 충분하다 생각했는데, 이런 훌륭한 가택이라니. 서요의 호의가 고맙기는 했지만 조금 부담스럽게 느껴지기도 했다.

"정말 이 은혜를 어떻게 갚아야 할지……."

"일단 들어가요, 할머니. 용아, 들어가자."

"네!"

기다렸다는 듯 단숨에 마당을 가로지른 태용이 문을 열고 안으로 들어갔다. 목련과 묘진도 뒤를 따라 집 안으로 들어갔다.

"어머나……."

이국적인 실내 풍경이 두 여인을 반갑게 맞이했다. 목련의 눈이 휘둥그레졌다. 지금껏 오두막에서만 소박하게 살아온 그녀로서는 눈에 보이는 모든 것이 생소했다.

재질이 무엇인지 가늠하기 어려운 가구와 용도를 알 수 없는 집기들. 바닥에는 동물 털로 보이는 깔개가 깔려 있었고, 벽에는 비단에 그린 커다란 백모란 그림이 걸려 있었다.

천장과 벽에는 아름답게 조각된 등이 나란히 달려 있었는데, 하나같이 굉장히 고가의 물건으로 보였다. 더럭 겁이 난 목련은 여기저기 구경하기 바쁜 태용을 얼른 불렀다.

"용아, 물건에 함부로 손대면 안 돼. 알겠지?"

움찔한 태용이 고개를 끄덕였다.

"네, 알겠어요!"

서요가 마련해준 가옥이긴 했지만 자신의 것은 아니다. 이곳은 잠시 빌린 것이고, 언젠가는 자신의 힘으로 직접 살 곳을 마련해야 한다는 게 그녀의 생각이었다.

묘진도 비슷한 생각이었는지 주변을 살피는 시선과 손길들이 매우 조심스러웠다.

"찬간엔 비싼 물건이 없었으면 좋겠구나. 괜스레 상처라도 나면 서요 님 뵐 낮이 없지 않겠니?"

"깨지기 쉽거나 비싸 보이는 물건들은 안전한 곳으로 치우는 게 좋겠어요."

"그래. 그게 좋겠다."

목련은 작게 한숨을 내쉬었다. 마음이 복잡했지만 일단 짐부터 풀자 생각한 그녀는 밖으로 나가 마차에서 짐을 내리기 시작했다.

집 안에는 방이 꽤 많았는데, 그중 찬간과 제일 가까운 방을 목련과 묘진이 쓰기로 했고, 태용은 2층에 있는 방 중 가장 작은 방을 쓰기로 했다.

깨끗하고 넓은 방이 생긴 게 무척이나 기쁜지 아이는 흥분을 감추지 못한 채 신나게 제 짐을 방으로 날랐다.

세 사람 모두 부지런히 움직였지만 짐 정리는 사방이 컴컴해지고 나서야 끝이 났다. 그제야 한숨 돌린 세 사람은 남은 건량과 따뜻한 차로 간단히 저녁을 먹었다.

여독이 쌓인 데다가 긴장이 풀어졌는지 태용은 먹자마자 방으로 올라가 그대로 곯아떨어졌다. 아이의 잠자리를 봐주고 다시 찬간으로 내려온 목련은 묘진과 마주 앉아 차를 마셨다.

"하아, 힘든 여정이었지? 꽤 즐겁긴 했지만 말이다."

"할머니가 고생 많으셨어요."

"내가 무슨 고생을 했다고 그러니. 고생은 너와 용이가 했지."

묘진이 미소를 지으며 차 한 모금을 마셨다.

"힘이 들긴 했지만 무척 즐거웠단다. 내 평생 이렇게 가슴이 뛰었던 적이 없었던 것 같구나. 늘 춥고 외진 산골에서만 살아서 그런지 세상에 그리 다채롭고 아름다운 풍경이 존재하는지 처음 알았어."

가는 곳마다 소녀처럼 탄성을 흘리며 꽃구경을 하고 냇물에 발을 담가보고, 지나가는 사람들 하나하나 신기하게 바라보던 묘진을 떠올리니 목련의 얼굴에도 저절로 미소가 피어올랐다.

"저도 무척 즐거웠어요. 진작 용기를 냈더라면 좋았을걸, 하는 후회가 들

정도로⋯⋯."

"모름지기 다 때가 있는 법이란다. 그러니 후회할 필요 없어."

목련은 말없이 고개를 끄덕였다. 묘진의 말이 맞다. 일찍 마을을 떠나기로 결정했어도, 그때는 지금과 상황이 전혀 달랐을지도 모른다. 당연히 서요의 도움도 받을 수 없었을 테니 훨씬 힘든 여정이 됐을 것이다.

"내일부터 일을 찾아보려고 해요."

"벌써? 좀 쉬었다가 알아보지 그러니. 이제 막 도착해서 피곤할 텐데. 게다가 타지라 적응하기까지 좀 시간이 걸리지 않겠니?"

묘진의 걱정에 목련은 작게 고개를 끄덕였다.

"그렇기 때문에 더 나가봐야죠. 이곳 지리도 익히고 일도 알아보려면 하루라도 더 빨리 움직이는 게 나아요."

"그렇긴 하다만, 너무 무리하는 건 아닌지 걱정이구나."

"이곳까지 오는 동안 충분히 쉬었는걸요. 너무 걱정하지 마세요."

가휴에게서 받은 금화가 아직 많이 남아 있었지만, 이곳에서 셋이 살아가려면 일을 해야 했다. 백계와 전혀 다른 도시에서 무슨 일을 해야 할지 막막했지만 일단 부딪쳐보면 어떻게든 길이 생길 것이다.

다음날. 조반을 먹고 준비를 마친 목련은 일자리를 찾아 나섰다.

그녀는 번화한 해창양 거리를 돌아다니며 자신이 할 만한 일을 열심히 찾았다. 다른 건 몰라도 힘쓰는 일은 자신 있었기에 하역장이나 포목상 같은 곳에서 짐꾼 일을 해보려 했지만 가는 곳마다 거절당했다. 여인이라는 이유에서였다.

목련은 잘할 수 있노라 몇 번이나 간곡히 부탁했지만 아무런 소용이 없었다. 되레 그 가녀린 팔로 작대기 하나 들 수는 있겠냐며 실컷 비웃음을 당했을 뿐이었다.

심지어 어떤 이는 음흉한 시선으로 목련을 위아래로 훑으며 기루에 가면 잘 팔릴 얼굴이니 거기나 가보라고 낄낄대기도 했다.

목련은 다소 의기소침해졌지만 다시 힘을 내 이번에는 객잔과 주루를 돌아다니기 시작했다.

급사든 잡역꾼이든 가리지 않고 뭐든지 할 각오가 되어 있었지만 번화한 교역 도시답게 일손은 넘쳐흐르는 데다, 이제 막 해창양에 온 외지인을 선뜻 고용해줄 곳은 쉽게 나타나지 않았다.

며칠째 허탕을 치자 목련은 기운이 쏙 빠졌다. 어느 정도 각오는 했지만 막상 현실로 부딪히니 생각보다 훨씬 더 힘들었다.

집에 돌아온 그녀는 장의에 앉아 납덩이처럼 무거운 몸을 기대었다.

'남장이라도 해야 하나…….'

그녀가 심각하게 고민을 하고 있을 때, 문득 눈앞에 따뜻한 차 한 잔이 놓였다. 퍼뜩 정신을 차린 목련은 고개를 들었다. 언제 왔는지 태용이 소반을 든 채 그녀를 걱정스럽게 내려다보고 있었다.

"누님, 힘드셨죠? 이거 드세요."

목련은 몸을 일으켜 찻잔을 집어 들었다.

"고맙구나."

차를 한 모금 마신 그녀의 눈이 살짝 커졌다. 달콤하면서도 씁쓰레하게 입 안을 감싸는 맛이 어딘지 모르게 친숙했다. 놀란 목련의 표정에 태용이 히죽 웃었다.

"나리가 주셨던 가배차예요. 누님이 좋아하실 것 같아서 타락이랑 꿀을 섞었어요."

가슴 속에 작은 파동이 일었다. 그녀는 차 한 모금을 더 입에 머금었다.

부드럽게 혀를 타고 넘어가는 달달한 차 맛에 목구멍이 시큰거렸다.

"고맙다, 용아. 아주 맛있구나."

그녀의 칭찬에 태용이 쑥스러운 표정을 지었다.

"저기, 누님. 혼자서 너무 애쓰지 마세요. 저도 내일부터 일을 구해볼 작정이에요. 전 발도 빠르고, 또 객잔에서 일한 경험도 있으니까 생각보다 빨리 일을 구할 수 있을 거예요."

목련은 잠시 말을 하지 못했다. 자신 때문에 괜스레 어린 태용에게까지 걱정을 끼친 것 같아 마음이 아팠다. 그녀는 아이의 어깨를 가볍게 토닥였다.

"용아, 넌 그런 것에 신경 안 써도 돼. 앞으로 네가 해야 할 일은 학당에 들어가 공부를 하는 거야. 그래야 훌륭한 사람이 되지 않겠니?"

"하지만……."

"누나가 다 알아서 할 테니 걱정하지 마. 아, 그래! 우리, 기운도 낼 겸 맛있는 거 먹으러 갈까? 이 근처에 음식이 아주 맛있는 곳이 있다고 하더구나."

자리에서 일어선 목련은 태용에게 손을 내밀었다. 아직도 주저하는 아이를 본 그녀는 동그란 머리통에 꿀밤을 한 대 먹였다.

"조그만 녀석이 무슨 고민을 그리하니? 자꾸 그러면 너만 놔두고 간다?"

그제야 태용의 얼굴이 슬그머니 펴졌다. 목련은 작게 안도의 한숨을 내쉬었다. 태용이 눈치가 엄청 빠른 아이라는 것을 잠시 잊고 있었다. 앞으로는 아이 앞에서 절대 내색하지 말아야겠다고 다짐한 그녀는 묘진, 태용과 함께 집을 나섰다.

세 사람이 향한 곳은 집에서 얼마 떨어지지 않은 청호루라는 객잔이었다. 서요가 음식이 맛있다며 가보라고 했던 바로 그곳이었다.

"어서 오십시오!"

객잔은 평범했지만 크고 깨끗했다. 세월의 때가 고스란히 묻어 있는 목조 건물이 왠지 편안한 기분을 느끼게 해주었다.

목련은 청호루가 다른 객잔이나 주루에 비해 상대적으로 소박한 것에 안심했다.

세 사람은 비어 있는 자리 중 창가와 제일 가까운 곳에 자리를 잡았다. 아직 저녁때가 되지 않아서 그런지 생각보다 사람은 그리 많지 않았다.

밤이 되면 더욱 화려해지는 도시는 손님 한 명이라도 더 끌어들이기 위해 색색의 등불로 치장하고 온갖 호객행위로 불야성을 이루었다. 이곳 사람들은 마치 잠을 잊은 것처럼 밤새 웃고 떠들며 춤을 추었다.

꽃처럼 화사한 여인들과 달콤한 분 냄새, 향기로운 술과 음식이 넘쳐나는 도시는 목련에게 있어 꼭 신선이 사는 세계처럼 보였다. 선뜻 가까이할 수 없는 낯설고도 이질적인 세계.

하지만 미명이 터올 때면 사람들의 웃음소리도, 꽃 같은 여인들의 분 냄새도 질펀한 여흥이 남긴 흔적 속으로 아스라이 사라졌다. 조용한 산골에서 나고 자란 목련에게는 실로 놀라운 모습이 아닐 수 없었다.

그 때문인지 양도에 도착한 첫날은 뜬눈으로 지새웠을 만큼 해창양의 첫인상은 실로 충격적이었다.

지금은 어느 정도 익숙해지긴 했지만, 여전히 화려하게 꾸민 건물들 사이를 지나갈 때면 묘한 거부감과 함께 저절로 어깨가 움츠러들었다.

"주문하시겠어요?"

열다섯 살 정도로 보이는 귀여운 여급이 차 주전자를 들고 오더니 공손히 차를 따라주었다.

태용에게도 차를 따라주던 여급이 돌연 생긋 웃음을 지었다. 순간 태용의 눈이 휘둥그레지면서 얼굴이 빨개졌다.

"아, 저기…… 저기……."

얼굴이 홍시가 된 채 어쩔 줄 몰라 하는 태용을 본 목련은 뱃속이 간질거리는 것을 애써 참았다. 똑 부러지는 태용이 저리 부끄러워하는 모습은 처음이라 신기했다.

묘진도 그런 아이가 귀여웠는지 입을 가리며 연방 쿡쿡 웃음을 터뜨렸다.

"이곳 음식이 맛있다고 해서 왔는데, 어떤 게 제일 맛있나요?"

여급이 생글생글 웃으며 말했다.

"저희 음식은 전부 다 맛있어요. 세 분이 오셨으니 요리 하나랑 식사 3인분을 주문하시는 게 어떨까요? 많은 분들이 양고기국수를 식사로 제일 많이 주문하시구요, 요리로는 채소와 고기가 듬뿍 들어간 매콤한 만두탕수나 각종 해산물을 푸짐하게 맛볼 수 있는 찜을 많이 드신답니다."

여급의 친절한 설명에 목련은 태용을 돌아보았다.

"용이는 어떤 걸로 할래?"

태용이 힐끔 여급을 쳐다보더니 기어들어가는 목소리로 말했다.

"저, 저는 아무거나 좋아요."

가만히 웃음을 삼킨 목련은 묘진을 돌아보았다.

"할머니는요?"

"나도 아무거나 좋단다. 네가 좋아하는 것으로 시키렴."

목련은 잠시 고민하다가 이내 주문을 했다.

"그럼 양고기국수 세 개와 해물찜으로 할게요."

"네, 알겠습니다. 음식 나올 때까지 시간이 조금 걸리니 차와 말린 과일을 드시고 계세요. 식전에 입맛 돋우는 데 아주 좋답니다."

여급이 공손히 인사를 하고는 총총 사라졌다.

"아직 어려보이는 소녀인데 저리 예의가 바른 걸 보니 이곳 주인의 됨됨이를 대충 알 것 같구나."

묘진의 말에 목련은 고개를 끄덕였다.

"그러네요."

"서요 님이 알려주셨다 했지?"

"네. 음식이 아주 맛있는 곳이라 하셨어요."

"보아하니 음식만 맛있는 곳은 아닌가 보구나. 오래된 건물이지만 곳곳에 사람의 손길이 안 닿은 곳이 없는 것 같아. 애정이 없으면 이리 못하지."

묘진의 말대로 오래된 목조건물은 세월의 흐름에 본래의 색을 잃고 검게 변했지만, 오히려 흑요석처럼 단단하고 아름다운 빛을 뿜어냈다. 분명 수백, 수천 번 닦고 또 닦았으리라.

목련은 내심 이런 곳에서 일을 하면 참 좋겠다는 생각을 했다.

세 사람은 음식이 나올 때까지 차와 말린 과일을 먹으며 담소를 나누었다. 모처럼 가진 여유로운 시간에 목련은 물론 묘진과 태용의 얼굴에도 생기가 넘쳐흘렀다.

드디어 주문했던 음식이 나왔다. 아까 보았던 귀여운 여급과 처음 보는 중년 남자가 맛있는 냄새를 풍기는 음식들을 차례차례 식탁에 내려놓았다.

특히 처음 보는 해산물이 가득 든 솥을 내려놓았을 때, 태용의 입에서 탄성이 흘러나왔다.

무거워 보이는 솥을 들고 왔던 중년 남자가 친절하게 먹는 법을 상세히 알려주고는 해산물들을 먹기 좋게 그 자리에서 썰어주었다.

"우와, 맛있어요!"

태용이 연방 감탄을 내뱉었다. 잘 먹는 아이의 모습에 목련은 흐뭇한 미소를 지었다.

서요의 말대로 청호루의 음식은 정갈하고 맛이 매우 좋았다. 산골에 살다 보면 해산물을 접하기가 무척 어려운데, 그나마 살 수 있는 해산물도 말린 것이 대부분이었다. 오늘처럼 싱싱한 해산물을 푸짐하게 먹어보는 것은 세 사람 모두 처음이었다.

그녀는 이가 약한 할머니를 위해 연한 부위를 골라 그릇에 놓아주었다.

"할머니, 국수도 들어보세요. 고기가 무척 연해요."

"그래. 너도 많이 먹으렴."

얼굴에서 미소가 떠나지 않는 묘진을 보니 이곳에 온 이후 계속 마음고생한 것이 모두 날아가는 것 같았다. 그렇게 세 사람은 평온한 분위기에서 즐겁게 식사를 마쳤다.

태용이 빵빵해진 배를 두드리고 있을 때, 아까 보았던 중년 남자와 여급이 다시 오더니 식탁에 꽃을 띄운 차와 다과를 내려놓았다.

"맛있게 드셨습니까? 입맛에 맞으셨는지 모르겠군요."

목련은 어딘지 모르게 과하다 싶은 친절을 베푸는 중년 남자를 묘하게 바라보았다.

"예, 음식이 정말 맛있네요."

"다행입니다. 이 차는 홍로라고 하는 차인데, 봄에 처음 피는 꽃잎으로 만든 거랍니다. 소화와 피로회복에 아주 좋지요."

"아, 그렇군요."

남자의 말에 목련은 차 한 모금을 마셨다. 은은한 꽃향이 감도는 차는 약간의 산미가 느껴졌고, 그 때문인지 입 안이 몹시 개운했다.

"한데, 혹 타지에서 오셨습니까? 제가 못 뵙던 분들인 것 같아서요."

"예. 이곳에 온 지는 얼마 되지 않았습니다."

"아, 역시 그렇군요. 실례지만 어디에서 오셨는지 여쭤도 될까요?"

독귀의 여자

"고하국의 백계라는 곳에서 왔습니다. 무경에서도 한참 북쪽에 있는 마을이지요."

남자의 눈이 휘둥그레졌다.

"백계라면 고루산이 있는 마을 아닙니까?"

이번에는 목련이 놀라고 말았다. 첩첩산중에 있는 산골 마을을 알고 있는 사람을 만날 거라고는 생각지 못했기 때문이다.

"백계를 아시나요?"

"그럼요. 아주 오래전 혼자 홀쩍 여행을 떠났다가 눈이 엄청 내리는 바람에 하마터면 얼어 죽을 뻔했지요. 그때 근처를 지나던 노인이 구해주었는데, 그분이 백계 마을 분이더군요."

"아……."

목련은 작게 탄성을 흘렸다. 백계를 방문하는 외지인들 중에는 눈 때문에 어쩔 수 없이 마을에 묵어가는 경우가 종종 있었다.

개중엔 운이 없어 길을 잃고 동사하는 일도 있었는데, 청호루 주인도 하마터면 그들처럼 목숨을 잃을 뻔했던 것이다.

"참으로 아름다운 마을이었지요. 하지만 제겐 너무 춥더군요. 무엇보다 너무 심심해서 오래 있을 수가 없더라고요."

히죽 웃는 남자의 말에 어색했던 분위기가 금세 부드러워졌다.

"신기하네요. 그곳에서 오신 분들이라니……. 조용한 곳에 사시다 번잡한 도시에 오니 정신이 없지요?"

목련은 고개를 끄덕였다.

"그런 것도 없지 않아 있네요. 하지만 이곳은 춥지 않아서 좋은 것 같아요. 음식도 맛있고요."

"심심하지도 않고요."

"하하, 예."

남자의 농에 목련은 작게 웃음을 터뜨렸다.

"무작정 오셨을 것 같진 않고, 연고자가 있으신 겁니까?"

"그건 아니지만, 아는 분께서 이곳에 살 곳을 마련해주셨습니다."

"호오, 그렇습니까? 그럼 일할 곳은 구하셨고요?"

목련은 난감한 표정을 지었다.

"그건 아직……. 하지만 부지런히 알아보면 조만간 구할 수 있겠지요."

"흠……."

중년 남자가 수염 난 턱을 살살 매만졌다. 잠시 생각에 잠겨 있던 그가 조심스레 말을 꺼냈다.

"실은, 얼마 전에 저희 집 여급 하나가 다리를 다치는 바람에 일손이 부족한 상황이랍니다. 객잔 일이라 마음에 차지 않겠지만, 어떻습니까? 괜찮다면 이곳에서 일해보지 않겠습니까? 삯료는 딴 곳에 비해 부족하진 않을 겁니다."

목련은 깜짝 놀랐다. 태용도 놀랐는지 두 눈을 휘둥그레 치뜨고 남자와 목련을 번갈아 쳐다보았다.

그녀는 어안이 벙벙한 표정으로 남자를 바라보았다. 대체 이 남자의 정체가 무엇이기에 난데없이 일자리를 권하는 건지 알 수 없었다.

그런 목련의 속내가 얼굴에 드러났는지 남자가 재빨리 부연설명을 했다.

"아, 전 청호루의 객주 추백이라 합니다."

목련을 비롯해 태용과 묘진의 얼굴에 놀라움이 퍼졌다. 평범한 급사인 줄 알았는데 청호루의 객주였다니. 그녀는 잠시 머뭇거리다가 어렵사리 입을 떼었다.

"하지만 전 외지인인데……."

"그게 무슨 문제가 됩니까?"

"아, 아니, 그러니까……."

어쩔 줄 몰라 하는 그녀의 모습에 추백이 싱긋 웃었다.

"이 바닥이 본래 텃세가 심해 외지인에게 박합니다만, 그리 나쁜 사람들은 아니랍니다. 더구나 전 백계와 깊은 연이 있지 않습니까? 옷깃만 스쳐도 인연이라 하는데, 눈에 파묻힐 뻔한 절 구해준 은인과 동향인을 만났으니 어찌 그냥 지나칠 수 있겠습니까?"

목련은 당혹스러웠다. 얼굴도, 이름도 모르는 마을 사람 덕분에 자신에게 이런 행운이 돌아오다니. 아픈 기억만 있는 백계가 주는 마지막 선물일까.

"정말 괜찮으신가요?"

"물론이지요."

"그럼……. 잘 부탁드리겠습니다."

목련으로서는 더 이상 마다할 이유가 없었다. 추백이 고개를 끄덕이더니 옆에 서 있던 여급을 돌아보았다.

"이 아이는 소기라고 합니다. 궁금한 것이 있으면 이 아이에게 물어보시면 됩니다."

목련은 소기라고 불린 여급에게 인사를 건넸다.

"목련이라 합니다. 앞으로 잘 부탁드리겠습니다."

소기도 살짝 미소를 지으며 꾸벅 고개를 숙였다.

"소기입니다."

추백이 다시 말을 이었다.

"일은 내일부터 가능하신지요?"

"물론입니다."

"그럼 내일 진시辰時. 아침 7시~9시에 오십시오. 소기가 의복과 할 일을 알려 드릴 겁니다."

"정말 감사합니다."

"무슨 말씀을. 그렇지 않아도 사람을 어찌 구하나 고민하고 있었는데, 이리 좋은 분을 만나게 돼서 참으로 다행입니다."

그때였다. 돌연 태용이 번쩍 손을 들었다.

"저, 저기! 저도 일하면 안 될까요?"

"용아!"

놀란 목련이 아이를 채 말리기도 전에 태용이 추백 앞으로 쪼르르 달려갔다.

"전 객잔에서 일한 경험이 많아서 잘할 수 있어요! 심부름이든 청소든 뭐든지 다 할게요! 저도 일 시켜주세요!"

추백이 동그래진 눈으로 아이를 바라보았다.

"넌 몇 살이니?"

"열 살이지만 곧 있으면 열한 살이 돼요. 제가요, 발이 무지 빠르고 힘도 세거든요? 산도 얼마나 잘 타는지 몰라요. 절대 후회 안 하실 거예요!"

"호오, 그래?"

당황한 목련이 태용의 어깨를 꼭 잡았다.

"죄송합니다. 아이가 갑자기 무례를 저질렀네요."

"아닙니다. 거참, 아이가 무척 똑똑해 보입니다. 아드님입니까?"

그 말에 태용이 톡 끼어들었다.

"아니에요, 누님이에요. 누님은 정말 착해요. 고아인 절 불쌍히 여겨 가족으로 받아들여주셨어요. 제 은인이에요!"

"용아……."

목련은 어쩔 줄 몰라 했다. 그 모습에 추백이 허허, 웃음을 터뜨렸다.

"기특하구나. 은인을 위해 내게 일을 달라 이리 간청하는 것이냐?"

"사내라면 당연히 일을 해야지요! 누님 혼자 고생하시는데 사내가 돼가지고 편히 지낸다는 건 말이 안 되지요."

"호오."

추백이 기특하다는 듯 연방 너털웃음을 지었다.

"녀석, 기개 하나는 장정 열 명보다 낫구나, 하하! 뭐든지 할 수 있다는 건 그만큼 각오가 되어 있다는 거겠지?"

태용이 가슴을 팡팡 두드렸다.

"그럼요!"

"용아, 넌 글공부를 해야 한다고 몇 번이나 내가 말을……."

"누님이 고생하시는데 무슨 글공부를 하라 그러세요? 그리고 전 원래 머리가 나빠서 공부해도 훌륭한 사람은 못돼요. 대수 아저씨도 제게 머리보단 몸 쓰는 일이 딱 맞다 하셨거든요."

"하하핫!"

추백이 커다랗게 웃음을 터뜨렸다.

"옳거니. 네 말이 맞다, 꼬마야. 자신의 천직을 찾는 것만큼 중요한 일도 없지. 어린 나이에 벌써 세상 이치를 꿰었구나. 좋다, 널 고용하마."

"우왓! 정말요? 감사합니다, 나리!"

갑작스러운 상황에 목련은 어찌할 바를 몰랐다. 자신이 그리 못 미더운가 싶어 자책감도 들고 서운한 마음도 들었다. 그녀의 마음을 눈치챘는지 추백이 괜찮다는 듯 손을 내저었다.

"너무 걱정 마십시오. 마침 심부름꾼 아이가 필요하던 참이었거든요. 상인들이 들락날락하는 곳이다 보니 이따금 급한 서찰이나 물건 등을 배달할 일이 생긴답니다. 다행히 아이가 발이 빠르다니 꽤 도움이 될 듯합니다."

"그것 봐요, 누님."

태용이 짐짓 잘난 체하며 어깨를 으쓱거렸다. 한숨을 푹 내쉰 목련은 태용의 머리를 쓰다듬었다.

"절대 무리하지 않겠다고 약속하렴. 조금이라도 힘들면 그만둬야 해. 알겠니?"

"네, 걱정 마세요."

목련은 추백을 향해 깊이 허리를 굽혀 인사했다.

"진심으로 감사드립니다."

"아닙니다. 이것도 인연이니 앞으로 잘 부탁드립니다."

추백은 목련과 몇 마디를 더 나누고 자리를 떴다. 그 뒤를 소기가 조용히 따라갔다. 목련 일행이 더 이상 보이지 않는 곳까지 왔을 때쯤, 소기가 입을 열었다.

"왜 그러셨어요?"

"뭐가 말이니?"

"주인님은 낯선 이에게 덥석 호의를 베푸시는 분은 아니잖아요. 돌다리도 수백 번 두드려 보고 건너시는 분이, 양도에 온 지 얼마 안 된 외지인을 바로 고용하신다고요? 그것도 보증인 한 명도 없이? 게다가 심부름꾼 아이는 또 뭐고요?"

"낯선 이는 아니지. 그리고 심부름꾼 아이가 필요한 것은 사실이야."

"하지만 얼어 죽을 뻔했다는 것과 백계에 가봤다는 건 거짓이잖아요."

"뭐, 여행 간 건 맞으니 완전히 거짓은 아니지……."

"왜 그런 거짓말을 하신 거예요?"

추백은 흠흠, 헛기침을 하며 애써 시선을 회피했지만 소기의 또랑또랑 눈

독거의
여자

망울에 결국 항복하고 말았다.

"그게 말이야. 실은, 서요 님의 부탁을 받았단다."

그제야 소기가 놀란 표정을 지었다.

"서요 님이요?"

"그래. 남 일, 특히 인간의 일에는 조금도 관심 없는 그 양반이 글쎄 뜬금없이 서찰을 보내와서는 조만간 백계에서 젊은 여인과 노부인, 열 살가량의 아이가 올지 모르니, 만약 온다면 잘 대접해주고 가능하면 일자리까지 부탁한다고 하지 않겠어?"

소기의 입이 쩍 벌어졌다.

"그 서요 님이 부탁을 했다고요?"

"그렇다니까. 내가 잘못 읽었나 싶어 몇 번이나 확인했다니까. 진짜 부탁이라고 쓰여 있었어. 못 믿겠으면 보여줄까?"

소기가 한숨을 폭 내쉬었다.

"대체 저분들은 누구죠? 누군데 서요 님이 굳이 서찰까지 보내서 부탁을 하신 거죠?"

"그거야 나도 모르지. 앞뒤 다 잘라먹고 부탁한다고만 써놨으니 알 리가 있나."

소기의 머리가 재빠르게 돌아갔다.

"왠지 가휴 님과 얽혀 있는 일일 것 같아요."

"어째서?"

"서요 님 성정으로 볼 때 본인 일이라면 이렇게까지 하지 않을 것 같거든요. 하지만 가휴 님이 연관되어 있으면 얘기가 다르지요."

"허어, 그게 사실이라면 더 궁금해지는군."

"아무리 서요 님의 부탁이라지만 외지인을 고용한다는 게 선뜻 내키지 않네요. 특히 저 목련이란 여인이 왠지 마음에 걸려요."

인상을 찌푸리는 소기의 모습에 추백은 어깨를 으쓱했다.

"뭐, 골칫덩이가 될지 복덩이가 될진 지켜보면 알겠지. 서요 님의 뜻이라면 그게 어떤 것이든 우리가 거부할 수는 없어."

소기가 다시금 한숨을 내쉬었다.

"하아, 알고 있어요. 그냥 제 생각을 말씀드린 것뿐이에요."

추백은 소기의 어깨를 가볍게 토닥였다.

"너무 걱정하지 마. 서요 님이 부탁까지 할 정도라면 필시 좋은 사람들일 게다. 이곳에 적응하려면 시간이 걸릴 테니 그때까진 네가 신경 좀 써주렴."

소기가 마지못해 고개를 끄덕였지만 여전히 표정은 어두웠다. 추백은 쓴웃음을 지었다. 그렇다고 어찌 소기의 걱정을 모를까. 추백은 조금 전 만났던 목련을 떠올렸다.

'확실히 묘한 여인이긴 했지.'

얼핏 보았을 땐 단아한 외모를 지닌 평범한 여인이라 생각했는데, 가까이에서 본 그녀는 생각했던 것보다 훨씬 아름다웠다.

게다가 대화를 나눌수록 뭉근히 배어 나오는 기묘한 분위기가 목련의 매력을 한층 북돋웠다. 산전수전 다 겪은 추백조차 잠시나마 그녀를 홀린 듯 쳐다보았을 정도니까.

미인이라면 질릴 정도로 봤던 그가 새삼 처음 본 여인에게 반할 리도 없을 텐데, 참으로 신기한 일이었다.

'정말 이상하단 말이야. 분명 평범한 인간인데 어째서 독귀와 비슷한 분위기를 풍기는 거지?'

그녀에게서 느껴지던 미묘한 이질감. 소기가 찜찜하다며 드물게 걱정하는 이유.

그것은 이곳 양도에서 숱하게 마주쳤던 독귀 특유의 기운이 목련에게서도 느껴졌기 때문이다. 추백의 눈이 가늘어졌다.

'예의주시할 필요가 있겠군.'

목련의 정체에 대해서는 차차 알아봐도 늦지 않는다. 어차피 언젠가는 서요를 만나게 될 테고, 그때 그에게 사정을 들으면 된다. 그렇게 생각을 정리한 추백은 2층으로 올라갔다.

커다란 창이 시원스레 뚫린 노대에 서서 아래를 내려다보니 객잔을 나와 골목을 걸어가고 있는 목련 가족이 보였다.

쉴 새 없이 재잘대며 팔짝팔짝 뛰는 아이와 그런 아이를 웃는 얼굴로 바라보고 있는 목련과 노부의 모습은 어느 평범한 가족처럼 행복해 보였다.

"흠, 뭐 괜찮겠지."

이곳은 사람도, 독귀도 함부로 굴 수 없는 양도다. 한 마디로 절대 분란을 일으킬 수 없는 중립지역인 것이다. 그런 면에선 다른 곳보다 이곳이 훨씬 안전했다. 서요도 그걸 잘 알기에 목련을 양도로 보낸 것인지도 몰랐다.

근사하게 다듬어진 콧수염을 부드럽게 쓰다듬은 추백은 목련 가족이 시야에서 완전히 사라질 때까지 내내 자리를 떠나지 않았다.

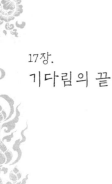

해창양에 온 지 어느덧 여섯 달이 훌쩍 지났다. 그렇게도 그리워하던 봄도 순식간에 지나가고 더운 여름이 찾아왔다.

사시사철 추운 백계에서만 살다 온 목련에게 더위는 참으로 견디기 힘든 장애물이었다. 그것은 묘진과 태용도 마찬가지였다.

묘진은 한낮에는 거의 집에만 있었고, 태용은 심부름을 할 때를 제외하고는 내내 객잔에서 제일 시원한 다락방에 콕 박혀 나오지 않았다.

매사 낙천적인 아이에게도 도시의 여름은 꽤나 버겁고 무서운 존재인 것 같았다. 물론 도시 사람들이라고 해서 수월하게 여름을 넘기는 건 아니었다.

낮에는 시원한 음료를 찾는 손님들이 줄을 이었고, 밤에는 잠시나마 더위를 잊으려는 손님들이 찬술로 속을 달래며 늦게까지 자리를 떠나지 않았다.

그 탓에 목련의 일은 배로 늘어났다. 쉽사리 잠자리에 들지 못하는 손님들이 계속 술을 마셔댔기 때문에 덩달아 그녀도 쉴 수 없었다.

처음 해보는 객잔 일도, 어색하게 느껴졌던 여급 일복도 이제는 완전히 적응되어 그녀의 일상 속으로 녹아들었다.

몇 달 전까지만 해도 사람들과 벽을 쌓고 산속에서만 살았던 것이 이젠 꿈처럼 느껴질 정도였다. 하지만 문득문득 백계가 그리워질 때가 있었다.

늘 자상하게 우뚝 서서 자신을 지켜주던 고루산과 살갗이 얼어붙을 만큼 쨍한 찬 공기. 목마르면 그대로 손 안 가득 퍼서 입 안에 넣었던 깨끗한 눈과 이따금 마주치곤 했던 산짐승들. 황금빛으로 순백의 벌판을 물들이던 태양과 그 태양빛을 닮은 아름다운 금호까지.

비록 금호 때문에 죽을 뻔하긴 했지만, 금빛으로 너울대던 금호의 고아한 자태와 그녀를 뚫어지게 응시하던 붉은 눈동자는 결코 잊을 수 없었다.

"하아……."

목련은 작게 한숨을 내쉬었다. 언제쯤이면 이 지루한 기다림이 끝날까.

서로 약조한 것도 아니고, 꼭 만난다는 보장도 없이 하루하루를 보낸다는 것이 때론 한심하고 고통스러웠지만 그래도 그녀는 포기하고 싶지 않았다.

묘진의 가르침대로 한 점 미련도 남기지 않기 위해 목련은 매일 밤 마음을 다독이며 새로운 아침을 맞이했다.

그렇게 해도 어쩔 수 없는 절망이 그녀를 집어삼키는 날이면, 목련은 품에서 무명천으로 만든 주머니를 꺼냈다. 곱게 수가 놓인 주머니 안에는 아름다운 황금빛의 금호털이 들어 있었다.

가휴를 기다리는 이유 중 하나는 바로 이 금호의 털을 전해주기 위함이었다. 목련이 필사적으로 붙잡고 있는 그와의 연결점. 이것이 없었다면 시시각각 자신을 향해 달려드는 어둠에 먹혀버렸을지도 몰랐다.

"여기 술 한 병 더!"

커다란 목소리가 그녀의 의식을 파드득 일깨웠다. 목련은 가볍게 고개를 내저으며 머릿속에 고여 있던 상념을 훌훌 털어냈다.

"여기 술 가져오라고!"

목청을 한껏 높이는 사내를 힐끔 돌아본 목련은 작게 한숨을 내쉬었다. 아까부터 쉬지 않고 술을 마셔대는 사내는 이미 얼큰하게 취해 있음에도 또 술을 주문했다. 벌써 이번이 다섯 번째다.

하지만 그녀가 사내를 거북하게 여기는 것은 비단 술 때문만은 아니었다. 사내는 목련이 갈 때마다 음흉한 눈길로 훑어보는가 하면 저질스러운 농을 노골적으로 내뱉었다.

곤란해진 목련은 도움을 구하고자 주변을 두리번거렸으나 다들 바빠서 그녀에게 신경 쓸 여력이 없는 것 같았다. 태용이 있었다면 바로 달려왔을 텐데, 아이도 일이 많은지 저녁 내내 코빼기도 보이지 않았다.

다시금 한숨을 내쉰 목련은 어쩔 수 없이 술을 가져갔다. 그녀는 요란스레 떠들고 있는 사내 앞에 재빨리 술병을 내려놓고 얼른 자리를 떴다. 그 순간, 사내가 덥석 목련의 팔을 붙잡았다.

"이봐, 계집. 술 한 잔 따라주고 가지?"

목련의 얼굴이 딱딱하게 굳었다. 그녀는 자신의 팔에 달라붙은 사내의 손을 매섭게 떨쳐냈다.

"손님. 이곳은 기루가 아닙니다."

"허, 뭐야?"

사내가 허공에 붕 뜬 팔을 멍하니 쳐다보다가 이내 험악하게 인상을 찌푸렸다.

"술 한 잔 따라보라는데 뭘 그리 비싸게 굴어?"

"술 따를 여인이 필요하면 기루로 가시지요."

날선 대답에 사내의 맞은편에 앉아 있던 일행이 킬킬 웃었다.

"아무래도 퇴짜를 맞은 모양인걸."

기분이 나빴는지 사내의 얼굴이 시시각각 험상궂게 변했다. 그가 다시금 우악스럽게 목련의 팔을 부여잡았다. 목련은 뿌리치려 했지만 작정하고 붙잡은 사내의 악력에 오히려 몸이 딸려갔다.

"천한 계집종 주제에 감히 내게 창피를 줘? 이년, 내가 누군 줄 알아?"

사내의 신분 따위 그녀가 어찌 알겠는가. 목련은 사내에게서 벗어나려 안간힘을 썼지만 그러면 그럴수록 사내의 팔은 그녀를 뱀처럼 옥죄었다. 부러질 것 같은 고통에 그녀는 어금니를 질끈 깨물었다.

두 사람의 실랑이에 바쁘게 움직이던 다른 급사들이 그제야 문제가 생겼음을 눈치챘지만 선뜻 달려와 말리는 이가 없었다.

"윽……. 노, 놓으십시오!"

"내 하루 술값만도 못한 네년의 천한 몸뚱이로 술 좀 따라보라는데 기루를 가라고? 하잘것없는 객잔 종년이 감히 천우단의 주인을 무시해? 뼈가 부러지고 살이 터지도록 맞아야 네년이 주제 파악을 하려나 보구나!"

짜악!

날카로운 마찰음과 함께 목련의 얼굴이 세게 돌아갔다. 눈앞에 빛이 번쩍인다 싶더니 한순간 앞이 보이지 않았다.

그대로 바닥으로 나가떨어진 목련은 한동안 움직일 수 없었다. 무슨 일이 생긴 건지 미처 인지할 새도 없이 뜨뜻한 무언가가 입가를 타고 흘러내렸다. 동시에 밀려드는 비릿한 피 냄새.

간신히 눈을 뜬 목련은 바닥에 뚝뚝 떨어지고 있는 핏물을 멍하니 바라보았다.

머리가 어지럽다. 생각했던 것보다 충격이 컸던 모양이었다. 사내가 씩씩거리며 다가오더니 목련의 머리채를 부여잡았다.

"으윽!"

두피가 벗겨질 것 같은 통증에 목련의 입에서 가느다란 신음이 새어 나왔다.

주위의 소란이 점점 커지고 있었다. 빨리 주인님을 모셔오라는 누군가의 다급한 음성이 희미하게 들려왔다.

눈두덩에 열기가 모이기 시작했다. 목이 꽉 잠기고 심장이 거세게 펄떡였다. 목련은 입을 앙다물며 필사적으로 감정을 억눌렀다.

"어떠냐, 계집. 이제야 네 주제를 파악했나?"

텁텁하고 구역질 나는 숨결이 귓가에 질척하게 달라붙었다. 킬킬거리는 사내의 웃음소리가 꼭 저승 밑바닥에서 기어 올라온 악귀의 그것처럼 들렸다.

목련은 사내에게서 벗어나려 발버둥을 쳤지만 머리채를 잡힌 탓에 움직이는 것이 용이치 않았다.

사내의 흐릿한 눈동자가 목련의 가는 목덜미를 천천히 훑었다. 욕망으로 번들거리는 시선이 그녀의 하얀 살갗을 더듬었다. 본능적으로 위험을 감지한 목련은 있는 힘껏 몸부림을 쳤다.

'어떡하지.'

그녀는 망설였다. 백계였다면 주저 없이 호신용으로 챙겨둔 단도를 꺼냈겠지만 이곳은 양도였고 오갈 데 없는 자신을 기꺼이 받아준 은인의 객잔이었다. 손님에게 해를 끼치면 필시 그 피해는 고스란히 추백이 떠안아야 할 것이다.

목련은 암담했다. 사내의 화가 누그러질 수만 있다면 머리채 정도는 얼마든지 잡혀줄 수 있겠지만 그리 간단히 끝날 것 같지 않았다.

"너 같은 건방진 년을 고분고분하게 만드는 방법을 알고 있지."

킬킬대던 사내가 목련의 앞섶을 우악스럽게 거머쥐더니 질질 끌고 가기 시작했다.

술에 취한 인간의 악력이 이렇게나 세다는 것을 목련은 지금 처음 알았다. 게다가 폭력까지 당한 탓에 그녀는 변변한 반항 한번 하지 못하고 그대로 끌려갈 수밖에 없었다.

"아아, 어떡해!"

힘없이 끌려가는 목련의 모습에 지켜보는 이들이 저마다 탄식을 흘리며 발을 동동 굴렀다.

목련은 젖 먹던 힘까지 짜내며 끌려가지 않으려 발버둥을 쳤지만, 이성을 잃은 사내에겐 그저 사로잡힌 먹잇감의 애처로운 발악에 지나지 않았다.

목련은 마지막 힘을 끌어모아 사내의 손을 콱 깨물었다.

"아악! 이년이!"

사내가 짧은 비명을 내지르더니 이내 무시무시한 힘으로 목련을 후려쳤다.

"윽!"

목련의 가는 몸이 힘없이 나가떨어졌다. 지켜보던 이들이 일제히 숨을 들이켰다.

사태가 심각해지자 객잔에 있던 손님들이 슬금슬금 자리를 떴고 일부는 불구경을 하듯 멀찍이 떨어져 방관만 했다.

입 안에 고여 있던 핏물이 물처럼 후드득 떨어졌다. 심하게 부딪힌 탓인지 몸을 가누는 것조차 어려웠다.

눈앞이 어두워지면서 하얀빛들이 점멸했다. 귀가 먹먹해지고 모든 소리가 윙윙거리며 아득하게 들려왔다.

목련은 바르작거리며 힘겹게 몸을 일으켰다. 이 순간에조차 그녀는 이 자리에 묘진과 태용이 없다는 것에 안도했다. 두 사람이 있었다면 걱정을 끼치는 것은 물론 일이 더 커졌을 것이다.

겨우 몸을 일으킨 그녀는 핏물이 흐르는 입을 소매로 닦았다. 금세 시뻘겋게 변한 옷을 보니 형용할 수 없는 슬픔이 차올랐다.

왜 자신은 이곳에 있는 걸까. 왜 이런 꼴을 당하고 있는 걸까. 차라리 나 그네처럼 목적 없이 떠도는 편이 나았을까. 여러 가지 생각이 그녀의 머릿 속을 어지럽혔다.

두 눈을 질끈 감았다 뜬 목련은 의자를 붙잡고 비틀거리며 일어섰다. 비록 얻어맞긴 했으나 덕분에 사내에게서 벗어났으니 다행이라면 다행이었다.

"흐윽······."

움직일 때마다 격통이 벼락처럼 전신을 관통했다. 목련은 피비린내로 가득한 입을 다물고 조용히 사내를 응시했다.

아무런 말도 하지 않았지만 사내를 주시하는 그녀의 눈빛은 토해내지 못한 깊은 분노와 살기로 형형히 빛나고 있었다. 그 눈빛에 사내의 기세가 잠시 주춤했다.

"이제 분이 좀 풀리셨습니까? 객잔에 폐가 되니 이만 나가주시지요."

"저, 저년이!"

목련의 기세에 다소 눌렸던 사내가 와락 인상을 일그러뜨렸다. 내내 지켜보고 있던 사내의 일행이 무언가 심상치 않은 낌새를 눈치챘는지 사내를 말리기 시작했다.

"이, 이봐. 이 정도 했으면 됐으니 그만 가세."

일행의 만류에도 사내는 물러나기는커녕 점점 혈기를 부리며 씩씩댔다.

"나더러 나가라고? 저년이 아직 정신을 못 차렸군. 내 오늘 네년을 요절

내고 말 테다!"

이러다 사달이 날 것 같아 일행이 다급히 사내를 붙잡았지만 사내는 그의 손을 거칠게 뿌리치고 목련을 향해 성큼성큼 걸어갔다. 험악한 기세에 다들 사색이 됐지만 정작 목련의 표정은 차분하기만 했다.

그때, 소식을 들은 추백이 허겁지겁 달려왔다. 그제야 급사들이 살았다는 표정을 지으며 길을 터주었다.

추백은 한눈에도 상태가 심각해 보이는 목련을 보고 안색이 싹 바뀌었다.

외지인이라 해도 자신이 직접 고용한 이상 청호루의 식구였다. 그들을 책임지고 보호해야 할 의무가 있는 추백으로서는 작금의 상황을 도저히 용납할 수 없었다.

뒤따라온 소기도 눈앞의 광경을 보고는 입을 쩍 벌렸다.

"감히……."

서슬이 퍼레진 추백이 막 두 사람을 향해 달려나가려던 그때였다.

"끄아아악!"

돼지 멱따는 듯한 엄청난 비명과 함께 사내의 비대한 몸뚱이가 포물선을 그리며 허공을 붕 날랐다.

공중으로 높이 솟아오른 거구는 이내 빠른 속도로 바닥으로 곤두박질쳤다. 곧이어 쿵, 하는 엄청난 소리와 함께 한 무더기의 먼지가 매캐하게 피어올랐다.

워낙 창졸간에 벌어진 일이라 두 눈을 멀쩡히 뜨고 있었음에도 무슨 일이 일어났는지 아는 이가 한 사람도 없었다. 멍하니 지켜보던 추백의 눈이 튀어나올 듯 휘둥그레졌다.

"……가휴 님?"

추백의 중얼거림에 사람들의 시선이 일제히 한곳으로 쏠렸다.

먼지가 한풀 가라앉은 그 자리에 언제 나타났는지 장신의 사내가 서 있었다. 어깨까지 내려온 머리를 하나로 대충 묶은 사내는 더운 양도의 날씨에 어울리지 않는 가죽옷을 입고 있었고, 어깨에는 빛바랜 낡은 가방을 들쳐 메고 있었다.

커다란 가방을 아무렇게 바닥에 내려놓은 그는 인상을 찌푸리며 한쪽 어깨를 매만졌다.

"젠장, 너무 무리했나."

작게 투덜거린 가휴는 바닥에 널브러진 채 신음을 흘리고 있는 사내에게 다가갔다.

그는 무표정한 얼굴로 사내를 내려다보다가 이내 천천히 발을 들어 사내의 팔을 지그시 밟았다. 그 순간 우지끈, 하며 뼈가 부서지는 소리가 났다.

"크아악!"

사내의 비대한 몸뚱이가 작살 맞은 물고기처럼 튀어 올랐다. 그럼에도 가휴는 발을 떼지 않고 오히려 조금 더 힘을 주었다.

와드득, 하는 소름 끼치는 소리와 함께 허연 뼈가 생살을 찢고 튀어나왔다. 피가 분수처럼 사방으로 튀는가 싶더니 이내 바닥에 조그만 피 웅덩이를 만들었다.

"아아악!"

처절한 비명이 허공을 길게 갈랐다. 차마 눈 뜨고 보기 힘든 끔찍한 광경에 몇몇 사람들은 눈을 돌렸지만 가휴는 마치 벌레라도 밟은 것처럼 심드렁한 표정으로 보고 있을 뿐이었다.

그는 극심한 고통에 푸들푸들 경련을 일으키는 사내를 물끄러미 굽어보다가 천천히 몸을 숙였다. 차갑게 가라앉은 붉은 눈동자가 경멸스럽게 사내를 훑었다.

"오랜만에 왔더니 웬 더러운 짐승 새끼가 설치고 있네."

가휴의 입가에 날 서린 비소가 맺혔다.

"여기가 양도라는 건 알고 있나?"

사내가 식은땀만 뻘뻘 흘리며 대답이 없자 가휴는 슬그머니 발에 힘을 주었다.

"끄악!"

사내가 다시금 비명을 지르며 경련을 일으켰다.

"질문을 했으면 대답을 해야지. 천우단의 수장 나리. 이름이 뭐였더라? 존재감이 벌레만도 못해서 잘 기억이 나지 않네."

눈물 콧물을 줄줄 흘리며 고통에 몸부림치던 사내가 가까스로 입을 열었다.

"호, 호종이라 하, 합니다. 큭!"

"아아, 맞아. 그런 이름이었지. 다시 묻지. 여기가 양도라는 건 알고 있어?"

"흐윽……. 그, 그렇습니다."

가휴는 얼굴 가득 화사한 미소를 머금었다.

"그렇게 잘 알고 있는 놈이 감히 내 영역에서 행패를 부렸나?"

잔뜩 충혈된 호종의 눈이 튀어나올 듯 커다래졌다.

"모, 몰랐습니다! 정말입니다!"

"몰랐다?"

호종이 정신없이 고개를 끄덕였다.

"지, 진짜로 몰랐습니다! 알았다면 바, 발도 들이밀지 않았을 겁니다!"

"천우단의 수장이 양도의 청호루가 어떤 곳인지 몰랐다? 그 말을 지금

나더러 믿으라는 건가? 사지를 조각조각 잘라 바다에 뿌리면 좀 솔직해지려나."

호종의 얼굴이 시체처럼 해쓱해졌다. 이미 팔 한쪽이 산산조각이 났는데 이젠 목숨이 사라질 판이었다.

그는 도움을 구하려 일행을 찾았지만 이미 도망쳐 버렸는지 어디에도 보이지 않았다.

호종은 처음으로 극심한 공포에 사로잡혔다. 술을 적당히 마셨어야 했는데, 흥에 취해 주량을 넘겨 마신 것이 이 사달을 냈다.

분쟁이 금지된 양도에서 행패를 부린 것도 모자라 하필 가휴의 영역 중 하나인 청호루에서 크게 사고를 쳤다.

그는 독귀들이 얼마나 잔인한지 잘 알고 있었다. 그리고 눈앞의 남자가 그 유명한 홍마단의 수장이라는 사실 또한 너무나 잘 알고 있었다.

두려움에 온몸이 굳어버린 호종은 멍하니 가휴를 쳐다보았다.

그러고 보니 들은 적이 있었다. 잘생긴 얼굴로 항상 인상 좋게 웃고 있지만 적이 되면 악귀로 변한다고 했던가. 실실 웃으며 수단 방법을 가리지 않고 상대를 파멸시킨다는 사내.

호종은 눈앞이 캄캄해졌다. 아무래도 이곳에서 명을 달리할 것 같은 불길한 예감이 들었다.

"사, 살려……."

"응? 뭐라고?"

"제, 제발 살려주……."

"솔직해지라 했더니 목숨 구걸하고 있는 거야? 좋아. 뭐, 아직 멀쩡한 팔다리가 세 개나 남았으니."

히죽 웃은 가휴가 호종의 한쪽 다리를 밟으려는 순간, 한줄기 구원처럼 누군가의 목소리가 호종과 가휴 사이를 조용히 파고들었다.

"그만하시지요."

그 말 한 마디에 호종을 압사시킬 듯 짓누르던 살기가 사라졌다. 가휴가 천천히 몸을 일으켰다. 다리 한쪽마저 잃을 뻔한 호종은 막혔던 숨을 탁 내쉬었다.

"하아, 하아!"

지독한 탈력감이 온몸을 잠식했다. 얼굴에서 땀이 비처럼 떨어졌고 아랫도리는 물에 빠진 것처럼 축축하게 젖어 있었다.

호종은 쉴 새 없이 떨리는 몸을 가까스로 움직여 도망갈 기회를 찾았다. 가휴의 관심은 이미 다른 곳으로 쏠려 있었지만 언제 다시 그의 살기가 자신에게 꽂힐지 몰라 심장이 펄떡거렸다.

떨리는 손으로 간신히 옷자락을 찢은 그는 흉측하게 뼈가 튀어나온 팔을 싸맸다. 움직일 때마다 끔찍한 통증이 온몸을 관통했지만 지금은 상처를 돌아볼 여유가 없었다.

호종은 사람들의 시선이 가휴에게 쏠린 것을 확인하고는 잽싸게 일어나 출입문을 향해 달려갔다.

누가 쫓아올세라 있는 힘을 다해 도망치고 있었지만 정작 그에게 신경 쓰는 사람은 아무도 없었다. 추백의 눈짓에 뒤에 서 있던 소기가 조용히 자리를 빠져나간 것을 제외하고는.

호종이 요란하게 퇴장을 한 객잔 내부에 다시 적요가 감돌았다.

어느새 2층에는 가휴와 목련 두 사람만 남았다. 눈치 빠른 추백이 사람들을 모두 내보낸 것이다. 한바탕 폭풍이 쓸고 간 자리에 어색한 공기가 먼지처럼 떠돌았다.

목련의 까만 눈동자가 조용히 가휴를 응시했다. 처음에는 환상인 줄 알았다. 너무나 간절한 나머지 환각을 보는 거라 생각했다.

하지만 진짜 가휴라는 걸 확인하자 한동안 머릿속이 텅 비었다. 전신을 무자비하게 쑤셔대는 통증도 느껴지지 않았다.

가휴가 사내를 잔인하게 짓밟을 때에도, 뼈 부러지는 소리가 선명하게 울려 퍼질 때에도, 바닥에 피 웅덩이가 고일 때에도, 그녀의 눈에는 오직 가휴, 그 남자만 보였다. 여전히 날개가 돋은 듯 자유로워 보이는 남자. 그가 천천히 목련에게로 걸어오기 시작했다.

저벅저벅. 마룻바닥을 내딛는 발소리가 유난히 커다랗게 허공을 울렸다. 거리가 가까워질수록 그녀의 눈동자가 잘게 떨렸다. 목련은 치솟는 동요를 필사적으로 억누르며 옷자락을 힘껏 거머쥐었다.

이윽고 가휴가 걸음을 멈추었다. 그 순간, 잊고 싶어도 잊을 수 없었던 익숙한 체향이 물씬 풍겨왔다.

심장이 떨리는 것을 느낀 그녀는 어금니를 질끈 깨물었다. 가만히 바라보고 있던 가휴가 천천히 손을 내밀었다.

"목련……."

"손대지 마십시오."

가휴의 손이 허공에서 뚝 멈추었다. 갈 곳을 잃어버린 커다란 손이 살짝 흔들린다 싶더니 이내 다시 제자리로 돌아갔다. 그 모습에 왠지 명치가 따끔했지만 목련은 애써 마음을 가다듬었다.

"오랜만입니다, 가휴 님."

가휴의 얼굴에 엷은 미소가 떠올랐다.

"응. 오랜만이네. 목련은 그새 더 예뻐진 것 같아."

"잘 지내셨나 봅니다."

"응. 목련 덕분에 잘 지냈지."

독귀의 여자

한순간 허탈함이 밀려왔다. 이런 상황에조차 저 남자는 넉살 좋게 웃고 있다. 자신의 마음은 새카맣게 타들어 가는데 가휴는 처음 본 그때처럼 아무렇지 않은 얼굴로 자신을 바라보고 있다.

"그런데 왜 그런 꼴을 당하고도 가만히 있었어? 그대라면 충분히 물리칠 수 있었잖아. 산짐승은 곧잘 잡으면서 왜 그런 놈은 그냥 둔 거야?"

"하……."

돌연 실소가 터져 나왔다. 목구멍까지 치밀어 오르는 뜨거운 덩어리를 꾸역꾸역 삼킨 목련은 가휴를 향해 잔뜩 날선 시선을 던졌다.

"여긴 백계가 아닙니다. 그 손님 또한 짐승이 아니고요."

"폭력을 휘두르는 놈은 짐승 맞아."

"그렇다면 가휴 님은요? 가휴 님도 짐승입니까?"

가휴의 입이 딱 닫혔다. 그의 굳은 표정에 목련은 아차 싶었지만 이미 엎질러진 물이었다.

두 사람의 시선이 소리 없이 하나로 얽혔다. 묵묵히 그녀를 바라보던 가휴가 피식 웃었다.

"그래. 그대 말도 틀리지 않아."

목련은 무슨 말을 할 듯 입술을 달싹였지만, 끝내 아무 말도 할 수 없었다.

"짐승은 아니지만 사람이 아닌 것도 맞지. 그러니 그런 짓을 할 수 있었던 거야."

생긋 웃음 짓는 가휴를 본 목련은 돌연 가슴이 선뜩해졌다. 화사해 보이는 그의 웃음이 가짜라는 것을 눈치챘기 때문이다.

이런 만남을 기대했던 것은 아니었다. 그냥 어찌 지냈냐고, 이곳에는 어떻게 왔냐고 살갑게 물어주길 바랐다. 그땐 미안했다고, 어쩔 수 없었다고 조금이라도 변명해주길 바랐다.

하지만 그는 아무것도 묻지 않았다. 그저 쉽게 읽어낼 수 없는 가면 같은 얼굴로 자신을 바라보고 있을 뿐이었다.

"그나저나 이런 곳에서 보니 엄청 반갑네. 설마 날 기다린 거야?"

'기다렸다라…….'

그래. 틀린 말은 아니다. 목련의 시선이 힘없이 바닥으로 떨어졌다.

빛이 바래 원래의 색조차 가늠하기 어려울 만큼 낡은 신발이 보였다. 그것이 꼭 자신처럼 한없이 초라하고 서글퍼 보여 가슴이 아팠다. 그녀는 살짝 눈을 내리감았다가 떴다.

"예. 가휴 님을 기다렸습니다. 이걸 드리려고요."

목련은 내내 품에 지니고 있던 주머니를 꺼내 그에게 내밀었다. 가휴가 의아한 표정을 지으며 주머니를 받아들었다. 이내 안을 살펴본 그의 눈이 휘둥그레졌다.

"이것은……."

"금호에게 당했던 그때 손에 넣었던 것입니다. 떠나기 전에 드리려 했는데 이제야 전해 드리게 되었습니다. 그리 많은 양은 아니나 없는 것보단 나을 겁니다."

여러 가지 감정으로 혼탁해졌던 목련의 얼굴은 언제 그랬냐는 듯 다시 차분하게 돌아와 있었다. 마치 해야 할 일을 모두 끝낸 것처럼 시원해 보이기까지 했다.

"이것으로 빚은 모두 갚았습니다."

"목련…….."

"부디 안녕하시길 빌겠습니다."

작별을 고하듯 꾸벅 고개를 숙인 목련은 천천히 몸을 돌렸다.

"목련!"

가휴가 다급히 그녀를 붙들었다. 와락 팔뚝을 거머쥐는 힘에 목련은 걸음을 멈추었다.

"오랜만에 만났는데 잠시 얘기나 하지. 술 한 잔 하면서 회포도 풀고……."

"무슨 얘기를 말입니까? 저와 가휴 님은 이제 상관없는 사이가 아닙니까?"

일순간 가휴의 입이 딱 닫혔다. 목련을 바라보는 그의 눈빛이 심한 동요로 일렁거렸다.

"그, 그땐 여러 가지 사정이……."

당황한 가휴가 애꿎은 입술만 질근질근 씹었다.

"미안해 목련. 내가 잘못했어. 그러니 화 풀어."

"화나지 않았습니다."

"아니, 엄청 많이 화난 것 같은데……."

"달리 하실 말씀 없으면 그만 가보겠습니다. 팔 좀 놔주시지요."

냉랭하기 그지없는 목련의 반응에 가휴는 안절부절못했다. 그 와중에도 목련을 붙잡은 손은 절대 놓지 않았다.

"어떻게 하면 될까? 내가 어떻게 하면 화가 풀리겠어?"

그 말에 목련이 가휴를 빤히 쳐다보았다. 머루처럼 까맣고 말간 눈이 자신을 뚫어져라 보고 있으니 괜스레 식은땀이 났다.

가휴는 슬그머니 시선을 내리깔았다. 천하에 무서운 것 하나 없는 자신이 목련 앞에서는 고양이 앞에 쥐가 된 것처럼 꼼짝할 수 없었다.

"저, 정말이야. 목련이 화를 풀 수 있다면 뭐든지 다할게."

잠시 정적이 흐르는가 싶더니 목련이 입을 열었다.

"정말 뭐든지 다할 건가요?"

가휴는 머리카락이 휘날리도록 고개를 끄덕였다.

"물론이지!"

한 가닥 희망을 발견한 가휴는 환하게 웃었다. 그런 그를 물끄러미 바라보던 목련이 다시 말을 이었다.

"할머니가 그러시더군요. 제가 원하는 대로 하라고. 절대 미련을 남기지 말라고."

"……어?"

"그래서 결심했어요. 당신을 만나면 꼭 때려주겠다고. 그러니 얌전히 맞으세요."

"모, 목련……."

"싫으세요? 그럼 전 돌아가겠습니다."

목련이 가휴의 손을 떼어내려 하자 다급해진 그가 얼른 외쳤다.

"아, 알았어! 목련이 원하는 대로 해!"

뺨 한두 대 정도로 목련의 화가 풀릴 수 있다면 그까짓 것 얼마든지 맞아줄 수 있었다.

가휴는 주변을 한 번 살폈다. 아무도 없는 것을 확인한 그는 커다랗게 심호흡을 하고는 비장한 표정으로 목련을 바라보았다.

"조, 좋아. 준비됐어."

가휴는 눈을 질끈 감았다. 이 자리에 서요가 없는 게 얼마나 다행인지. 그 녀석이 있었다면 무덤에 들어갈 때까지 두고두고 놀림감이 됐을 것이다.

다시금 정적이 흘렀다. 짧은 시간이었지만 맞기를 기다리고 있는 입장에서는 찰나가 영원 같은 법이다.

온몸이 근질거리는 것을 느낀 가휴는 슬그머니 한쪽 눈을 떴다.

"목련, 아직 멀었……."

그때였다. 공기가 크게 일렁인다 싶더니 눈앞이 번쩍하면서 고개가 옆으로 휙 돌아갔다.

"켁!"

우스꽝스러운 신음과 함께 몸이 휘청거렸다. 간신히 중심을 잡은 가휴는 얼얼한 턱을 부여잡았다.

"자, 잠깐 목련! 주먹으로 치는 법이 어딨……."

채 말이 끝나기도 전에 다시 퍽, 하는 소리와 함께 가휴의 얼굴이 휙 돌아갔다.

여인이라 해도 밭일과 사냥으로 단련된 목련의 손은 제법 매웠다. 금세 가휴의 턱과 뺨이 시뻘겋게 변했다.

두 번이나 연이어 주먹세례를 받은 가휴는 눈을 끔벅이며 머리를 흔들었다.

겨우 눈앞이 맑아지자 그는 어이없는 표정으로 목련을 바라보았다. 무언가 후련해 보이는 그녀를 보니 자기도 모르게 실소가 흘러나왔다.

"독귀도 맞으면 다치긴 하네요."

"피도 나지."

작게 투덜거린 가휴는 입가에 맺힌 핏물을 닦아냈다. 젠장. 어쩌다 이런 신세가 됐는지 모르겠다.

"독귀들은 다치지도 않고 병들지도 않는 줄 알았거든요."

"독귀도 엄연히 살아 있는 생명체라고. 인간과 조금 다를 뿐, 다치고 죽는 건 마찬가지야."

"그것참 다행이네요."

가휴는 시큰거리는 턱을 매만지다가 슬쩍 목련의 눈치를 보았다.

"이제 좀 화가 풀렸어?"

"글쎄요."

미적지근한 대답에 가휴의 어깨가 축 처졌다.

"나도 그런 식으로 목련을 떠날 생각은 아니었어. 그때는 그럴 수밖에 없는 절박한 사정이……."

"당신이 떠났다는 것 때문에 화가 난 줄 아나요?"

가휴의 눈이 스르르 커졌다.

"당신은 내게 아무 말도 하지 않았어요. 상관없다는 말만 하고 그대로 떠났죠. 그것이 얼마나 상처가 됐는지 아나요?"

가휴는 입을 꾹 다물었다. 어느새 목련의 눈가에 물기가 맺혀 있는 것을 발견한 탓이다.

"한 마디만, 단 한 마디만 해줬어도 그렇게까지 상처받지 않았을 거예요. 그렇게 막무가내로 사람을 흔들어놓고 어떤 설명도 없이 가버렸지요. 멀어지는 당신 등을 바라보며 내 심정이 어땠는지…… 당신은 짐작이나 하나요?"

"목련……."

가휴는 비로소 자신이 무슨 짓을 저질렀는지 깨달았다. 차류왕과 모란에게 큰 죄를 지었다는 생각만으로 가득 차 목련에게 상처를 주었다는 사실을 미처 깨닫지 못했다.

목련의 눈에서 후드득 눈물이 떨어졌다. 그녀를 바라보는 가휴의 눈빛이 후회와 자책감으로 커다랗게 흔들렸다.

"당신이란 남자…… 정말 싫습니다. 고작 이런 당신을 보려고 하루하루를 힘겹게 버틴 내가 정말 바보 같아요."

감정이 북받친 목련이 커다랗게 소리쳤다.

"물어내십시오! 당신 때문에 잃어버린 시간들을 돌려주세요!"

가휴의 억센 팔이 목련을 와락 끌어안았다. 그의 품에 안긴 목련이 끝내 엉엉 소리 내어 울었다. 그동안 참고 참았던 감정들이 눈물과 함께 와르르 쏟아졌다.

"미안하다. 내가 잘못했어. 그러니까…… 울지 마라."

가휴는 가슴이 찢어지는 고통을 느꼈다. 여자의 눈물이 이렇게 심장을 후벼 팔 줄 몰랐다. 이렇게 뜨겁고 아플 줄 몰랐다. 단지 안달하는 목련을 보고 싶었을 뿐인데, 이렇게 상처받았을 줄은 몰랐다.

"흐어엉!"

아이처럼 서럽게 우는 목련이 안타까우면서도 사랑스러웠다. 가휴는 목련의 눈가에 계속 입을 맞추며 속삭였다.

"미안해. 그땐 내 생각만 가득 차 있어서 그대에게 그렇게 상처가 됐을 줄은 몰랐어. 미안해."

그녀의 울음은 한참이나 계속되었지만 가휴의 다정한 위로에 차츰차츰 누그러졌다.

가휴는 다친 데다 우느라 기진맥진한 목련을 조심스레 안아 들고 3층으로 향했다.

빛이 가장 잘 들고 전망이 좋은 복도 맨 끝 방은 청호루에서 가장 넓고 화려한 방으로, 오직 가휴만이 사용할 수 있는 곳이었다.

은은한 침향이 감도는 방에 들어간 가휴는 화사한 비단 이불이 깔린 침상에 목련을 눕혔다. 하얗고 조그만 얼굴이 온통 눈물범벅이 된 것을 보니 가슴이 쉴 새 없이 따끔거렸다.

그 옆에 조심히 몸을 누인 그는 목련의 젖은 뺨을 부드럽게 닦아주었다. 목련이 발갛게 상기된 눈을 들어 가휴를 올려다보았다. 불그레해진 눈가도,

코도 왜 이리 사랑스러운지 모르겠다.

그 버러지 같은 놈한테 맞아 붓고 멍이 들었지만, 그래도 가휴의 눈에는 더없이 예쁘게만 보였다.

깊어진 붉은 눈동자가 목련의 얼굴을 가만가만 더듬었다. 그 따스한 눈빛에 다시금 목련의 뺨 위로 또르르 눈물방울이 떨어졌다.

가휴는 천천히 혀를 내밀어 눈물을 핥았다. 혀끝에 스며든 미지근한 눈물이 달고 씁쓸하다.

젖은 눈가와 뺨에 차례차례 입을 맞춘 그는 붉은 열매처럼 탐스러운 입술을 머금었다. 딱지가 앉은 상처를 조심스레 핥자 목련이 작게 신음을 흘렸다.

벌어진 입 안으로 혀를 밀어 넣은 가휴는 그녀의 혀를 부드럽게 감아올렸다. 녹을 듯한 기분 좋은 감촉에 저절로 눈이 감겼다.

입맞춤만 했을 뿐인데 가슴이 뜨거워지고 심장이 두근거렸다. 말랑거리는 입술과 보드라운 몸. 이 아찔한 감각을 그동안 어찌 잊고 살았을까.

눈가가 시큰해진 가휴는 입맞춤을 퍼부으며 그녀의 온기를 폐부 깊숙이 빨아들였다.

"하아……."

한숨을 내쉰 가휴는 아쉬운 표정으로 입술을 뗐다. 눈을 꼭 감은 채 숨을 할딱이고 있는 목련이 보였다. 다시 고개를 내려 이마와 귓불에 쪽 입을 맞춘 그는 작게 속삭였다.

"그리웠어, 목련. 변명 같지만 하루라도 그대를 생각하지 않은 날이 없었어."

목련의 몸이 움찔 떨리더니 이내 그녀의 가는 팔이 가휴를 부드럽게 감싸 안았다. 목련의 어깨에 얼굴을 묻은 가휴는 있는 힘껏 그녀의 체취를 들이 마셨다.

긴장이 풀어지면서 비로소 마음이 편안해졌다. 고향에 온 듯, 어머니의 태에 들어간 듯 더할 나위 없는 안온함이 그를 휘감았다.

가휴는 젖을 찾는 아이처럼 목련의 품을 파고들었다. 풀어헤쳐진 앞섶 사이로 하얀 젖가슴이 드러났다.

그는 봉긋 솟아오른 백도 같은 유방을 한입 가득 물었다. 순식간에 입 안에 침이 고였다. 이 세상 어떤 과실이 이리도 달콤할까.

가휴는 쩝쩝거리며 게걸스레 목련의 젖가슴을 탐했다. 포도알처럼 탐스러운 유실을 입 안에 굴리며 물고 빨기를 반복하자 눈처럼 하얗던 가슴은 어느새 붉은 자국으로 얼룩덜룩해졌다.

자신이 새겨 넣은 흔적에 만족스러운 미소를 지은 그는 다음 목적지를 향해 천천히 아래로 내려갔다.

"흐윽……."

목련이 허리를 비틀며 가는 신음을 토해냈다. 달래듯 그녀의 뺨을 부드럽게 쓰다듬은 가휴는 천천히 치마를 들어 올렸다. 뽀얀 두 다리가 수줍게 모습을 드러냈다.

갑자기 목구멍이 뻣뻣해지면서 마음이 조급해지기 시작했다. 성마른 손길로 치맛자락을 휙 걷어 올린 가휴는 찢어버릴 듯 속옷을 벗겨내고는 촉촉한 물기를 머금고 있는 검은 숲에 얼굴을 묻었다.

"흡!"

화들짝 놀란 목련이 어쩔 줄 몰라 하며 다리를 오므렸지만 가휴는 그녀의 저항을 간단히 물리치고 탐스러운 검은 숲 안으로 침입했다.

긴 혀가 계곡을 가르고 그 안에 숨어 있는 속살을 더듬기 시작했다. 목련이 교성을 지르며 허리를 활처럼 휘었다.

가휴는 혀를 뾰족이 세워 계곡 위아래를 훑다가 이내 단단히 성이 난 음핵을 문질렀다.

"아아!"

잔뜩 달아오른 음문이 애액을 토해내기 시작했다. 가휴는 재빨리 자신의 옷을 벗었다.

이미 단단해진 그의 중심은 하늘을 향해 곧추선 채 찔끔찔끔 액을 흘리고 있었다. 금방이라도 토정할 기세라 가휴는 심호흡을 하며 애써 흥분을 달랬다.

목련의 허벅지를 활짝 벌리자 붉은 속살이 가감 없이 드러났다. 그를 유혹하듯 그녀의 작은 입구가 움찔거리며 경련을 일으키고 있었다.

가휴의 눈동자가 검붉은색으로 짙어졌다. 입술을 한 번 핥은 그는 달궈진 쇳덩이 같은 양물을 목련의 중심에 가져갔다. 데일 듯 뜨거운 살덩이의 감촉에 목련이 흠칫 몸을 떨었다.

가휴는 어금니를 꽉 깨물었다. 점점 인내심이 한계에 다다르는 것이 느껴졌다.

"미안해, 목련."

여유를 두고 천천히 그녀를 탐하고 싶었는데 도저히 참기 어려웠다.

이성이 뚝 끊어진 가휴는 있는 힘껏 허리를 쳐올렸다. 잔뜩 몽니가 난 양물이 뿌리까지 그녀의 몸 안으로 들어갔다.

"크흑!"

가휴는 두 눈을 질끈 감았다. 엄청난 쾌감이 벼락처럼 몸을 꿰뚫었다. 정수리부터 발끝까지 관통하는 강렬한 감각에 하마터면 토정할 뻔했다.

잠시 움직임을 멈춘 그는 가만가만 숨을 골랐다. 온몸에 소름이 돋는다. 백계에서 이미 충분히 탐했다고 생각했는데 크나큰 착각이었다.

오랜만에 안은 목련의 몸은 오싹할 정도로 달콤하고 부드러웠다. 이대로 계속 몸을 묻고 있으면 전신이 흐물흐물 녹아버릴 것 같은 착각이 들 만큼 그녀의 안은 뜨겁고 아늑했다.

머릿속이 아득해진 가휴는 거친 숨결을 내뱉으며 천천히 눈을 떴다.

손등을 꽉 깨문 채 인상을 찌푸리고 있는 목련이 보였다. 부채처럼 가지런히 펼쳐진 속눈썹이 쾌락에 못 이겨 가늘게 떨리고 있었다. 그 모습을 보고 있자니 이미 잔뜩 부풀어 오른 양물에 더욱 피가 몰렸다.

"미치겠군."

잔뜩 억눌린 신음이 잇새로 흘러나왔다. 심장이 터질 듯 쿵쾅거린다. 뇌까지 뒤흔드는 격렬한 박동에 숨이 턱 막혔다.

호흡을 가다듬은 가휴는 천천히 몸을 뒤로 뺐다. 귀두가 보일 정도로 양물을 뺐다가 다시 힘껏 그녀 안으로 밀어 넣었다. 거침없이 내벽을 가르는 사나운 몸짓에 목련의 몸이 힘없이 출렁거렸다.

가는 허리를 단단히 붙든 가휴는 더욱 맹포하게 그녀를 몰아붙였다. 활짝 벌어진 붉은 속살이 흉포하게 달궈진 그의 것을 삼켰다가 토해내는 모습이 적나라하게 보였다.

고개를 내린 가휴는 목련의 입술을 한입에 삼켰다. 터져 나오는 가는 신음과 숨결을 모조리 삼키고 흘러내리는 타액도 남김없이 핥았다. 움찔거리는 혀를 아플 정도로 휘감았다가 목구멍 깊이 혀를 집어넣었다.

목련이 헐떡이며 가휴의 어깨를 힘껏 부여잡았다. 그녀의 손가락이 살을 파고들수록 쾌감은 배로 커졌다.

목울대를 타고 짐승의 울음소리가 흘러나왔다. 바윗돌처럼 단단한 사내의 몸이 작고 부드러운 여인의 몸을 무자비하게 짓누르며 게걸스럽게 먹어치웠다.

천하에 둘도 없는 진미를 맛보는 것처럼 가휴는 그저 본능만 남은 짐승이 되어 그 어떤 때보다 절박하게 목련을 탐했다. 그런 그의 욕망이 표출될 때마다 목련이 내지르는 교성이 방 안을 가득 채웠다.

"흐윽, 흑!"

하얀 몸 구석구석 가휴가 남긴 흔적이 빼곡하게 새겨졌다.

젖가슴은 벌겋게 부어서 손끝만 닿아도 신음이 나올 지경이었고, 수도 없이 들락날락했던 하문 역시 잔뜩 상기된 채 수그러들 줄 모르는 양물을 힘겹게 받아들이고 있었다. 그럼에도 그는 지칠 줄 몰랐다.

어느새 날이 저물고 밤이 깊어갔다. 가휴는 끝도 없이 목련을 안고 또 안았다. 식을 줄 모르는 그의 행위에 목련이 쇳소리 같은 신음을 끅끅 내뱉었다. 그의 적나라하고 흉포한 욕망이 어느 정도 사그라졌을 때는 이미 동이 터오고 있었다.

"하아……."

커다랗게 한숨을 토해낸 가휴는 목련 안에 묻었던 양물을 조심스레 빼냈다. 아직 힘을 잃지 않은 남근이 검붉은 모습을 드러냈다.

밤새 그에게 시달렸던 목련의 음문이 파르르 경련을 일으킨다. 움찔거리며 탁한 정을 토해내는 입구를 보자 겨우 끄집어낸 남근이 다시금 꿈틀거리며 고개를 들기 시작했다.

마음 같아선 다시 따뜻한 그녀 안으로 들어가고 싶었지만 여기서 더하면 목련의 몸이 버티지 못할 것 같았다.

가휴는 양물을 붙잡고 몇 차례 훑어 내렸다. 이미 잔뜩 토해낸 뒤라 나오는 것이 그리 많지 않았다. 한차례 억눌린 신음을 뱉어낸 그는 이불로 대충 몸을 닦아내고는 조심스레 몸을 일으켰다.

욕탕으로 간 가휴는 널따란 나무 욕조에 따뜻한 물을 가득 채우고 향료를 풀었다. 욕탕에 달큼한 꽃향기가 퍼지면서 물이 붉은색으로 변했다.

다시 침상으로 돌아온 그는 축 늘어진 목련을 답삭 들어 안고 탕 안으로 들어갔다.

가휴는 목련이 물에 잠기지 않도록 잘 보듬어 안았다. 어느새 그녀는 깊은 잠에 빠져 색색 가느다란 숨을 내쉬고 있었다. 그 모습에 저절로 가휴의 입매가 스르르 올라갔다.

그는 한 손으로 목련을 단단히 받치고 욕조 물로 그녀의 얼굴과 몸을 씻겼다. 행여 잠에서 깰세라 더없이 세심한 손길로 꼼꼼히 닦았다.

하얗던 몸이 가을 단풍처럼 얼룩덜룩해진 것을 보니 적잖이 죄책감이 들었지만, 한편으로는 목련이 온전히 자신의 것임을 나타내주는 표식처럼 느껴져 괜스레 흐뭇해졌다.

가휴의 손이 목련의 은밀한 곳에 닿았다. 그는 조금 망설이다가 천천히 하문 안으로 손가락을 넣었다. 순간, 목련이 눈썹을 찡그리며 움찔했다.

멈칫한 가휴는 잠시 그녀의 안색을 살피다가 다시 조심조심 손을 움직였다. 아직 부드럽게 풀려 있는 속살의 온기에 일순간 아랫배가 지끈 저려 왔다.

애써 흥분을 가라앉힌 가휴는 번개와 같은 속도로 목련을 씻기고 욕탕을 나왔다. 행여 고뿔에 걸릴세라 수건으로 그녀의 젖은 몸과 머리를 말끔히 닦고는 이내 더러워진 이불을 깨끗한 이불로 갈았다.

순식간에 모든 일을 마친 그는 혈색이 돌아 발그레해진 목련을 눕히고 자신도 옆에 몸을 뉘었다.

"하아⋯⋯."

기분 좋은 한숨이 저절로 터져 나왔다. 가휴는 조심스레 목련을 품으로 이끌었다.

그녀에게서 은은한 향료 냄새가 풍겨온다. 습기를 머금은 머리카락에 코를 묻고 있자니 온몸이 노곤해지면서 스르르 잠이 쏟아졌다.

살짝 미소를 지은 그는 목련의 눈가에 부드럽게 입을 맞추고는 밀려오는 수마에 몸을 내맡겼다.

종장.
다시 봄이 오다

목련은 천천히 눈을 떴다. 아주 오랜만에 긴 단잠을 잔 것 같다. 이렇게 편안한 기분이 든 것이 얼마 만인지. 기분 좋은 한숨을 내쉰 그녀는 몸을 뒤척이다가 멈칫했다.

자신을 부드럽게 감싸고 있는 단단한 팔뚝. 머리 위로 가지런히 떨어지는 희미한 숨결.

목련은 조심스레 고개를 들었다. 그녀를 끌어안은 채 잠이 든 가휴가 보였다. 순간, 가슴이 작게 요동치면서 간밤의 일이 그림처럼 생생히 떠올랐다.

뜨겁게 몸 안을 파고들던 가휴. 구석구석 그의 숨결이 닿지 않은 곳이 없을 정도로 격렬하게 자신을 탐하던 가휴를 떠올리자 아랫배가 저릿해지면서 얼굴에 열기가 모였다.

뒤늦게 밀려오는 부끄러움에 입술을 살짝 깨문 목련은 잠든 가휴의 얼굴에 시선을 고정했다.

보기 좋게 그을린 얼굴은 언제 봐도 수려하다. 반듯하게 뻗은 콧날, 붉고 선이 고운 입술, 짙은 눈썹과 유려하게 각진 턱선. 무엇 하나 그녀의 시선을 사로잡지 않는 것이 없었다.

목련은 자기도 모르게 손을 올려 가휴의 얼굴을 조심스레 매만졌다. 부챗살처럼 가지런히 펼쳐진 속눈썹을 톡 건드렸다가, 이내 얼굴 위로 부드럽게 흘러내린 검은 머리를 가만가만 쓸어 올렸다.

그녀는 새삼 감탄했다. 백계에서 본 흑의의 남자도 눈을 의심할 만큼 아름다웠지만, 가휴는 그와는 또 다른 아름다움을 가지고 있었다.

한 번 빠지면 도저히 헤어 나올 수 없는 치명적인 매력을 지닌 독귀. 그렇기에 사람들은 독귀를 괴물 취급하면서도 한편으로는 동경하고 있는 것은 아닐까.

그녀의 손가락이 가휴의 입술에 닿았다. 일자로 꼭 다문 잘생긴 입술을 살살 쓰다듬고 있노라니 몸 안의 열기가 점점 커지는 느낌이었다.

이 입술이 얼마나 격렬하게 자신을 탐했는지 알고 있다. 머리부터 발끝까지 구석구석 집요하게 제 흔적을 새긴 것을 알고 있다.

아랫배가 따끔해진 목련은 자기도 모르게 두 다리를 꼬았다. 그렇게나 안겼음에도 고작 입술을 만진 정도로 몸이 달다니.

왈칵 부끄러워진 그녀가 후다닥 손을 물리려던 찰나, 잠들어 있는 줄 알았던 가휴가 번쩍 눈을 떴다.

놀란 목련은 작게 숨을 들이마셨다. 부드럽게 가라앉은 자색 눈동자가 그녀를 지그시 응시하고 있었다. 심장이 쿵 내려앉은 목련은 후다닥 시선을 내렸다.

"내가 좀 잘생겼지?"

가휴가 쿡쿡 웃음을 흘렸다. 목울대를 타고 울리는 낮고 듣기 좋은 소성. 심장을 무방비하게 파고드는 목소리에 목련의 뒷덜미가 발갛게 물들었다.

"저 때문에 깨셨군요. 죄송해요."

"아냐. 막 눈 뜨려던 참이었어. 아아, 정말 오랜만에 푹 잤네."

가휴가 커다랗게 기지개를 켜며 하품을 했다. 그 모습이 꼭 포만감에 가득 찬 짐승처럼 보여 뱃속이 간질거렸다.

엷게 웃음을 베어 문 그녀의 모습에 가휴가 영문도 모르고 따라 웃었다. 목련은 끝내 작게 소리 내어 웃고 말았다.

"뭐가 그리 재미있어?"

가휴가 긴 팔을 내밀어 그녀를 답삭 끌어안았다. 맨살에 느껴지는 사내의 탄탄한 몸에 다시금 간밤의 열락이 떠올랐다.

얼굴이 빨개진 목련은 그에게서 떨어지려 버둥거렸지만 그럴수록 가휴의 팔은 그녀를 단단히 욱죄었다.

"자꾸 움직이면 곤란한데."

그의 말에 목련은 문득 아랫배를 콕콕 찌르는 단단하고 뜨거운 무언가를 느끼고는 당혹감을 감추지 못했다. 금세 얌전해진 그녀를 본 가휴가 작게 웃음을 터뜨렸다.

"춥지 않아?"

"아니요."

목련의 이마에 쪽 입을 맞춘 가휴는 기분 좋은 한숨을 내쉬었다.

"하아, 이제 좀 살 것 같다."

그동안 이 순간을 얼마나 꿈꿔왔던가. 목련이 잠든 후에도 몇 번이나 꿈이 아닌가 싶어 확인하고 또 확인했다. 설핏 잠이 들었다가도 흠칫 깨어 품 안에 그녀가 안겨 있는 것을 보고 나서야 비로소 마음을 놓았다.

목련의 매끄러운 어깨에 입술을 꾹 눌렀다 뗀 가휴는 그녀를 조금 더 보듬어 안았다.

"목련. 난…… 그분께 돌이킬 수 없는 죄를 저질렀어."

뜻밖의 말에 목련의 어깨가 움찔 떨렸다.

"그분이라니……."

"목련도 알 거야. 나와 서요 말고도 또 다른 독귀를 만난 적 있지?"

목련의 눈이 휘둥그레졌다.

"그럼 그때 그분이……."

"그래. 그분이 바로 마노국의 왕 차류 전하시지."

목련은 작게 탄성을 흘렸다. 그때 마주쳤던 아름다운 남자가 마노국의 왕이었다니. 가휴의 이야기가 계속 이어졌다.

사방이 고요한 가운데 그의 낮은 목소리만이 음악처럼 허공을 떠돌았다. 목련은 온 신경을 집중해 가휴의 이야기에 귀를 기울였다. 시간이 흐를수록 그녀는 놀라움을 금할 수 없었다.

마노국의 왕 차류와 그의 반려 모란에 대한 이야기. 임신한 것을 알게 된 모란이 차류를 위해 마노국을 떠났고, 그런 그녀를 사로국까지 갈 수 있도록 도와준 이가 다름 아닌 가휴였다는 사실.

그 후 대륙을 떠돌던 가휴는 백계까지 왔다가 목련을 만났고, 그녀 덕분에 잠시 마노국 일을 잊고 있다가 결국 자신을 쫓던 차류왕과 맞닥뜨리고 말았다.

목련은 쉴 새 없이 두근거리는 가슴에 가만히 손을 올려놓았다.

문득 백계에서 마주쳤던 차류왕이 떠올랐다. 그래서 그리 슬픈 눈을 하고 있었던 걸까. 떠나버린 반려 때문에 그리도 자신을 애달프게 바라봤던 걸까.

왠지 차류왕의 심정을 조금 알 것도 같아 가슴이 욱신거렸다.

"하지만 전하 때문에 마을을 떠난 건 아니었어."

일순간 가휴의 표정이 흐려졌다. 그 모습이 어쩐지 괴롭게 느껴져 목련은 살며시 그의 손을 잡았다. 움찔한 가휴가 씁쓸하게 웃으며 다시 이야기를 계속했다.

가휴가 마을을 떠날 수밖에 없었던 진짜 이유. 비로소 그 사정을 알게 된 목련은 큰 충격에 빠졌다.

모란에게 해코지를 한 나쁜 사내들이 하필 백계에서 만난 그 장사꾼들이라니. 그녀의 입에서 신음이 흘러나왔다.

"그래서 가휴 님이……."

목련은 그제야 가휴가 얼마나 절망했는지, 얼마나 분노했는지 이해할 수 있었다. 물론 어떤 상황에서도 살인은 용납될 수 없는 큰 죄였지만, 자신이 가휴의 입장이었다 해도 아마 똑같이 했을 것 같았다.

"전 그런 줄도 모르고……. 많이 힘드셨지요?"

말없이 미소를 지은 가휴는 목련을 힘주어 꼭 안았다.

"모란이란 분은 이제 괜찮으신가요?"

"응. 전하와 아기님과 아주 행복하게 잘 살고 계시지."

그제야 목련의 얼굴에도 안도의 미소가 떠올랐다.

"정말 다행이네요."

고덕에 도착한 가휴는 불타버린 오두막 앞에서 움직일 수 없었다. 온몸의 피가 발밑으로 모조리 빠져나가는 기분.

서요가 괜찮다고, 모란의 시체가 없다고 말해주지 않았다면 언제까지고 그렇게 서서 굳어버렸을 것이다.

겨우 정신을 차린 그는 오두막 주변에서 모란의 흔적을 발견하고 크게 안도했다.

그녀의 자취를 따라 도착한 곳이 바로 송양이었고, 그제야 가휴는 모란이 고향으로 돌아갔음을 깨달았다.

"응. 정말 다행이야……."

다급히 모란을 찾아갔지만 가휴는 그녀를 만날 수 없었다. 이미 모란의 곁에는 차류가 있었기 때문이다.

행복해 보이는 모란과 차류, 그리고 그의 품에 안겨 있던 작은 아기를 본 순간, 가휴는 그만 그 자리에 주저앉아 눈물을 흘리고 말았다. 입을 꾹 틀어막고 아이처럼 하염없이 울고 또 울었다.

그런 그를 서요는 한 발짝 떨어져서 눈치껏 모른 척해주었다.

가휴는 품 안의 작은 몸에 살며시 머리를 기대었다.

모란도 사랑하는 이와 재회해 행복하게 살고 있고, 자신도 사랑하는 이를 손에 넣었다. 자신 때문에 큰 상처를 입은 두 여인이 오히려 가휴를 살렸다.

목이 꽉 멘 그는 목련의 목덜미에 조심히 입을 맞추었다.

"사랑해, 목련."

하마터면 이 따뜻한 몸을, 다정한 온기를 놓칠 뻔했다. 평생 후회하며 텅 빈 껍데기로 살 뻔했다.

목련이 몸을 돌려 가만히 가휴를 안아주었다. 왠지 눈물이 나올 것 같아 가휴는 목련의 품에 얼굴을 묻었다.

작게 들려오는 심장소리. 토닥토닥 등을 어루만지는 온화한 손길. 모든 것을 포용하는 듯한 다정한 온기에 끝내 눈가가 젖어 들었다.

이 작은 여인의 품이 이렇게나 넓었던가. 이렇게나 따뜻했던가. 가휴는 목련을 힘껏 끌어안았다.

자신의 어리석음 때문에 한 번은 놓쳤지만 두 번은 절대 놓치지 않을 것이다. 어느 누구도 탐을 내지 못하도록, 눈길도 주지 못하도록 곁에 두고 떼어놓지 않을 것이다.

"언젠가 모든 일이 정리되면 마노국에 가자. 척박한 땅이지만 아름다운 곳이 많거든. 목련, 그대에게 보여주고 싶은 것들이 너무 많아."

"네. 꼭 데려가 주세요. 저도 가휴 님의 나라에 가보고 싶어요."

머리를 자분자분 쓰다듬는 목련의 손길이 가슴에 사무친다. 두 눈을 내리
감은 가휴는 길게 한숨을 내쉬었다.

사랑하는 이의 체향과 온기, 그리고 머리 위로 떨어지는 기분 좋은 웃음
소리에 어느덧 가휴의 얼굴에 환한 미소가 떠올랐다.

청호루에서 벌어졌던 불미스러운 일은 아침 해가 뜸과 동시에 소리 소문
도 없이 사라졌다. 급사들은 물론 드나드는 손님들에게서도 어젯밤에 일어
난 일에 대한 말은 한 마디도 나오지 않았다.

대신 교역차 해창양에 머물고 있던 어느 상단의 주인이 갑자기 실종이 되
어 상단이 발칵 뒤집어졌다는 이야기만 잠깐 떠돌다 그 역시 별 관심 없이
흐지부지 사라졌을 뿐이었다.

오반 때가 가까워졌을 때쯤, 청호루에 커다란 짐마차가 당도했다.

마차를 본 급사들이 반가운 얼굴로 하나둘 달려 나와 막 마차에서 내리고
있는 사내에게 넙죽 인사를 했다. 추백과 소기도 소식을 듣고 한달음에 나
와 사내를 반갑게 맞이했다.

"오랜만입니다, 서요 님."

"잘 지냈나?"

"저야 서요 님 덕분에 늘 잘 지내지요, 허허."

"자네 너스레는 여전하군. 주인님은?"

추백이 한숨을 푹 쉬며 고개를 절레절레 내저었다.

"아아, 말도 마십시오. 오시자마자 거하게 사고를 쳐서 아주 혼났습니
다."

서요의 안색이 굳어졌다.

"이번엔 또 무슨 일로?"

"그게……. 흠흠, 일단 안으로 드시지요."

인상을 찡그린 서요는 추백의 뒤를 따라갔다. 2층에 있는 추백의 사실로 들어간 두 남자는 탁자를 마주 보고 앉았다.

'이놈의 양반이 또 무슨 짓을 저지른 거야?'

서요의 표정이 벌레 씹은 것처럼 변했다. 이래서 따로 오기 싫었던 건데. 급하지도 않은 일을 굳이 처리하고 오라며 등 떠밀어 보낼 때부터 어째 예감이 좋지 않았다.

'대체 무슨 일이기에 고새를 못 참고 사고를 친담!'

서요는 속이 부글부글 끓어올랐지만 보는 눈이 많아 마음대로 화도 낼 수 없었다. 이번에야말로 하극상이라 욕을 먹어도 한 대 후려치고 말리라.

가뜩이나 귀찮은 일 처리하고 오느라 몹시 피곤한데, 도착하자마자 망할 주인의 뒤치다꺼리를 해야 할 판이니 뒷골이 뻣뻣하게 당겼다.

"오시느라 많이 피곤하시지요? 이때쯤 오실 줄 알고 탕에 따뜻한 물을 준비해두었습니다. 먼저 씻으시겠습니까? 아니면 식사부터……."

"아니, 그 거하게 쳤다는 사고 얘기부터 듣지."

서요는 뿌드득 이를 갈았다. 그의 심기가 상당히 불편하다는 것을 감지한 추백이 얼른 따뜻한 차를 따라주었다.

"일단 차부터 드시지요. 피곤을 조금 덜어드릴 겁니다."

"괜찮으니 어서 말해보게."

움찔한 추백이 잠시 호흡을 가다듬더니 이내 간밤의 일들을 주절주절 소상히 설명하기 시작했다.

그의 말이 이어질수록 서요의 표정은 붉으락푸르락 다채롭게 요동쳤다.

마침내 이야기가 끝났을 때, 서요는 두 눈을 질끈 감고 말았다.

극심한 피로감을 느낀 그는 그제야 추백이 따라놓은 차를 꿀꺽 마셨다. 자신이 급사하면 필시 가휴 때문이니 미리 유서를 남겨놔야겠다는 생각이 스쳐 지나갔다.

"괜찮으십니까?"

대답할 기운도 없어 서요는 차를 따르라는 눈짓만 겨우 보냈다. 눈치 빠른 추백이 잽싸게 빈 잔을 채웠다.

"뭔가 요깃거리를 내올까요? 드시고 한숨 푹 주무시지요."

"하아……. 됐네. 지금은 아무것도 목에 넘어갈 것 같지 않아. 해서, 그 망할 주인은 지금 어디서 무얼 하고 있는 거지?"

"아, 저기 그게……."

돌연 추백의 눈동자가 사방을 어지럽게 배회했다. 또 무슨 사고를 쳤나 싶어 등골이 서늘해졌다.

"설마, 내가 모르는 일이 아직 남은 건가?"

"그러니까 그것이……."

서요의 눈매가 뾰족해졌다.

"나 숨넘어가는 꼴을 보고 싶은 건가?"

움찔한 추백이 어색한 미소를 지었다.

"일단은 방에서 편히 쉬고 계십니다."

"그래?"

서요는 자리에서 벌떡 일어섰다. 사고치고 편하게 누워 쉬는 개망나니의 얼굴을 보러 가기 위해서였다. 추백이 화들짝 놀라 얼른 그를 말렸다.

"아, 아니 그게 쉬고 계신 건 맞는데, 혼자가 아닙니다."

멈칫한 서요의 눈이 믿을 수 없다는 듯 커졌다.

"뭐? 혼자가 아니면 누구와 있다는 건가."

"아하하, 그게 그러니까……."

"추백."

서요가 조용히 이름을 부르자 찔끔한 추백이 잽싸게 털어놓았다.

"어제 호되게 치도곤을 당했던 여급 말입니다. 그 여급과 함께 계십니다."

"하……."

기가 막힌 서요는 혀를 찼다. 큰일을 당할 뻔한 여인을 구해준 것까지는 그렇다 치자. 한데 그 여인을 홀랑 꾀어 자신의 방으로 데려가다니.

"여자를 좋아해도 어느 정도지……."

처음부터 이상했다. 이기적인 걸로는 둘째가라면 손꼽을 양반이 고작 여급 한 명 구하겠다고 객잔을 홀랑 뒤집어놓은 것부터 의심스러웠다.

대체 어떤 여인이기에 일개 상단 주인을 묵사발로 만들면서까지 구해주고, 그것도 모자라 방으로 데려갔단 말인가.

"대체 그 여급이 누구지? 얼마나 대단한 절색이기에 그 양반이 이 난리를 친 건가?"

"절색이라고까지 말할 정도는 아닙니다만, 미인인 건 맞습니다. 아, 맞다. 서요 님도 아시는 여인입니다."

"내가 아는 여인이라고?"

"예. 직접 서찰까지 보내서 그 여인을 잘 돌봐주라 당부하시지 않았습니까?"

서요의 표정이 멍해졌다. 이건 또 무슨 해괴한 소리인가.

"내가 서찰을 보내 잘 돌봐주라 했다고?"

추백이 고개를 끄덕였다.

"서요 님이 그런 부탁을 하신 건 처음이라 얼마나 놀랐는지 모릅니다. 한데 제 불찰로 그런 일이 일어나서……. 하아, 정말 송구스럽기 그지없습니다."

추백을 뚫어져라 쳐다보던 서요의 머릿속에 한순간 누군가의 얼굴이 스쳐 지나갔다.

'설마, 그럴 리가…….'

서요의 표정이 심각해졌다.

"혹시, 그 여급 이름이 목련은 아니겠지?"

추백의 표정이 밝아졌다.

"아니긴요. 바로 그 여인입니다!"

서요는 입을 쩍 벌렸다.

'목련 님이 이곳에 계시다고?'

대체 어찌된 영문인지 모르겠다. 백계에 있어야 할 목련이 양도, 그것도 청호루에 여급으로 있다니.

의아한 표정을 짓는 추백을 앞에 두고 서요는 잠시 생각에 잠겼다. 다리에 뿌리가 내린 듯 한동안 미동도 없이 서 있던 서요가 이내 출입문으로 향했다.

"내 눈으로 확인해야겠어."

당황하는 추백을 뒤로하고 방을 나온 서요는 3층으로 올라갔다.

짧은 거리를 이동하는 순간에도 그의 머릿속은 끊임없는 의문으로 포화 상태에 다다랐다. 초조함이 커질수록 서요의 발도 성마르게 마룻바닥을 가로질렀다.

한달음에 가휴의 방까지 도착한 서요가 막 문을 열려던 찰나, 소리 없이 문이 열리더니 한 여인이 모습을 드러냈다. 서요의 눈이 휘둥그레졌다.

"……목련 님!"

한발 늦게 서요를 발견한 목련이 놀란 표정으로 그 자리에 멈춰 섰다.

"서요 님!"

당황과 놀라움, 반가움이 뒤섞인 그녀의 눈동자가 멍하니 서요를 응시했다.

가휴를 만났으니 당연히 서요도 만날 거라 예상했지만, 다른 곳도 아니고 가휴의 방 앞에서 딱 마주치리라고는 생각지 못한 터라 당혹스러웠다. 민망해진 목련은 살짝 시선을 내려뜨렸다.

"오랜만입니다, 서요 님."

"아……. 오, 오랜만에 뵙습니다. 잘 지내셨는지요."

망연히 목련을 바라보던 서요도 겨우 정신을 차리고 인사를 건넸다.

"가휴 님은 아직 일어나지 않으셨어요. 깨울까요?"

"아, 그게……. 하아, 아니 괜찮습니다."

서요는 난감해졌다. 가휴를 붙들고 한바탕 퍼부을 셈이었는데, 막상 목련을 보니 목이 콱 막힌 것처럼 말이 나오지 않았다.

그는 헛기침을 하며 연방 턱을 쓰다듬었다. 하필이면 이런 식으로 만나게 되다니.

어쩔 줄 몰라 하는 서요의 눈에 문득 목련의 상처가 들어왔다. 찢어져서 부은 입술과 멍든 뺨을 본 그의 표정이 무겁게 가라앉았다.

"몸은 괜찮으십니까?"

"예? 아……."

목련이 머쓱한 미소를 지으며 얼굴을 쓰다듬었다.

"괜찮습니다."

서요의 눈빛이 어두워졌다. 여전히 단아하고 아름다운 그녀였지만 백계에서 마지막으로 봤을 때보다 많이 마른 것 같았다. 게다가 고운 얼굴에 이

독귀의
여자

런 무지막지한 상처라니.

청호루의 식구를 건드렸다는 사실만으로도 화가 날 판인데 하물며 목련이라니. 가휴의 눈이 뒤집힌 것도 무리는 아니란 생각이 들었다.

서요가 무슨 말을 건네야 할지 몰라 머뭇거리고 있을 때, 목련이 먼저 입을 열었다.

"서요 님께는 정말 감사드립니다."

서요의 눈이 스르르 커졌다. 의아한 표정을 짓고 있는 그에게 목련은 내내 품에 지니고 있던 서찰을 꺼내 내밀었다.

"거처를 마련해주시고, 이곳까지 무사히 올 수 있도록 통행증이며, 많은 배려를 해주신 것에 대해 정말 깊은 감사를 드립니다. 이 은혜를 어찌 다 갚을지 모르겠습니다."

목련이 건넨 서찰을 한참 들여다보던 서요가 잠시 생각에 골몰해 있더니 이윽고 싱긋 웃었다.

"역시 그렇게 된 거로군."

"예?"

서요가 다시 서찰을 돌려주며 큭큭 웃었다.

"서찰을 쓴 건 제가 아닙니다. 당연히 거처도, 통행증도 제가 준비한 것이 아니고요."

목련의 눈이 휘둥그레졌다. 그렇다면 대체 서찰은 누가 남긴 것이며, 통행증과 집은 누가 준비한 것이란 말인가.

"그게 무슨……."

"실은 저도 매우 놀랐답니다. 양도에 목련 님이 와 계신 줄은 꿈에도 몰랐거든요. 게다가 청호루에 계셔서 얼마나 놀랐는지 모릅니다. 이곳은 저희 상단에서 운영하고 있는 객잔이랍니다."

서요가 어깨를 으쓱했다.

"말로는 상관없다면서 몰래 서찰까지 남겨놓고 간 걸 보면 그 누군가가 엄청 애가 탔나 봅니다."

"설마……."

그녀는 스르르 입을 벌렸다.

"자기 마음도 잘 모르는 어느 바보가 그리 한 거겠지요."

목련은 할 말을 잃고 멍하니 서요를 바라보았다. 정말 이 모든 일을 가휴가 준비했단 말인가. 그리 매정하게 상관없다 말하고 떠난 그 남자가 자신뿐 아니라 묘진과 태용까지 생각하고 이 모든 것을 준비했단 말인가.

그녀는 떨리는 가슴 위로 손을 가져갔다. 그런 것도 모르고 가휴를 원망했다. 무심하다고, 매정하다고 수없이 원망했다.

목련의 고개가 서리 맞은 꽃처럼 힘없이 아래로 떨어졌다. 서요가 한 발짝 다가오더니 그녀의 어깨를 토닥였다.

"양도에 잘 오셨습니다."

다정한 목소리에 목련은 살며시 고개를 들었다. 서요를 올려다보는 그녀의 눈동자가 어느새 촉촉한 물기로 젖어 들었다.

"조모님도 잘 계시는지요?"

목련은 작게 미소 지으며 고개를 끄덕였다.

"예, 아주 잘 계십니다. 용이도 건강히 잘 있고요."

"아! 역시 그 아이도 함께 온 겁니까?"

"예. 용이를 차마 마을에 두고 올 수가 없어 의견을 물었더니 따라오겠다 하더군요."

서요의 얼굴이 그 어느 때보다 환해졌다.

"잘됐군요. 참으로 잘됐습니다."

금호가 인연이 되어 이리 가족을 이루게 되었으니 얼마나 다행인지 모르겠다.

또랑또랑한 태용을 떠올린 서요는 외로운 아이에게 목련과 묘진 같은 착하고 따뜻한 가족이 생긴 것이 무척이나 기뻤다.

태용 이야기에 둘의 분위기가 훨씬 부드럽게 풀어졌다. 서요는 예쁘게 웃고 있는 목련을 가만히 바라보았다.

백계에서 처음 만난 그 아가씨가 자신의 주인과 맺어질 줄 누가 상상이나 했을까.

게다가 가휴 때문에 사건에 휘말리고 죽을 뻔한 데다 태어났던 고향까지 떠났다. 서요는 만감이 교차하는 눈빛으로 목련을 응시했다.

필시 저 가녀린 몸 안에는 다른 인간들처럼 평범한 피가 흐를 텐데, 어떻게 가휴 같은 독귀와 맺어질 수 있었을까.

생각하면 할수록 정말 신기한 일이 아닐 수 없었다. 이것이 하늘이 내려준 인연이라는 걸까.

"주인님을 잘 부탁드립니다."

목련이 두 눈을 동그랗게 치켜떴다. 그 표정이 꽤나 귀여워서 서요는 낮게 웃음을 터뜨렸다.

"주인님이 겉으론 싸가지 없……. 흠흠, 다소 매정해 보여도 실은 속정이 깊은 분이랍니다. 목련 님이 마을을 떠날 거란 것도, 용이까지 데려올 거란 것도 이미 다 예측하고 준비하셨을 겁니다. 청호루 객주에게도 미리 연통을 해둔 것도 목련 님을 보호하기 위해서였을 거고요."

"아……."

목련은 다시금 탄성을 흘렸다. 이 모든 것이 가휴의 꼼꼼한 배려였음을 깨닫자 말로 표현할 수 없을 만큼 벅찬 감동이 밀려들었다.

그는 자신을 버린 것이 아니었다. 매정하게 떠난 것이 아니었다. 상관없다 말한 것도 그 나름대로 목련을 위해 한 말이었던 것이다.

"가휴 님과 서요 님께 받은 은혜가 너무 커서 무슨 말을 드려야 할지 모르겠습니다."

"아닙니다. 제가 한 건 아무것도 없어 오히려 죄송할 뿐입니다. 그땐 너무 경황이 없었던지라 그렇게 떠날 수밖에 없었음을 이해해주십시오."

목련은 작게 고개를 끄덕였다.

"가휴 님께 사정을 전해 들었습니다. 정말이지 차류 전하도, 모란 님도 무사하셔서 얼마나 다행인지 모르겠어요."

서요의 눈매가 반달처럼 사르르 휘었다. 차류왕과 모란에 대한 이야기까지 모두 털어놓은 것을 보니 자신의 주인이 얼마나 이 여인을 소중히 여기는지 충분히 알 수 있을 것 같았다.

'드디어 봄이 오는 것인가.'

유난히 길었던 겨울이었다. 발밑이 푹푹 빠질 정도로 온통 하얀 눈뿐인 산골 마을. 그 삭막하고 고요한, 그러나 마노국을 연상시키는 마을에서 가휴는 평생을 함께 할 반려를 찾은 것이다.

드디어 자신의 주인에게도 기댈 수 있는 안식처가 생겼다는 사실에 서요는 왠지 울컥 가슴이 뜨거워지는 기분이었다.

입이 찢어져라 하품하며 내려오는 가휴를 본 서요는 혀를 쯧쯧 찼다. 목련이 집에 돌아간 뒤에도 한참이나 깨지 않더니 해가 뉘엿뉘엿 지고 나서야 어슬렁어슬렁 나타나는 모양새가 흡사 긴 겨울잠을 자고 난 곰 같았다.

서요는 천연덕스럽게 맞은편에 털썩 앉는 그를 뾰족하게 쳐다보았다.

"얼굴에서 아주 광이 나십니다?"

가휴가 히죽 웃었다.

"오랜만에 푹 잤거든. 이렇게 편히 쉬었던 적이 언제였는지 기억도 나지 않아."

뻔뻔스레 답하는 가휴를 보니 서요는 더욱 배알이 꼴렸다.

"왜 말씀하지 않으셨습니까?"

"응? 뭘?"

"목련 님 말입니다. 제겐 귀띔이라도 해주셨어야죠."

"아아……."

가휴가 능글맞게 웃으며 까치집이 된 머리를 슥슥 헤집었다.

"말할 기회를 놓쳤다 뿐이지 숨길 의도는 없었어."

"인간과는 엮이지 않는 게 좋다면서요? 제겐 그리 말씀해놓고 추백한텐 제 이름으로 서찰까지 날리셨더군요."

"아니 뭐, 어쩌다 보니 그렇게 됐네. 하하."

서요의 눈매가 짜증스럽게 일그러졌다.

"그 때문에 제가 얼마나 곤란해진 줄 아십니까? 다들 목련 님과 어떤 관계냐고 꼬치꼬치 캐물어서 아주 혼났습니다."

"하하, 미안. 내 이름으로 보내면 일이 너무 커질 것 같아서 자네 이름을 빌린 것뿐이니 너무 화내지 마."

"아아, 그래서 제 인장까지 훔쳐 서찰을 보내신 거군요?"

"아, 아니 뭐……. 아이고, 출출하다! 꼬박 하루 동안 아무것도 못 먹었더니 뱃가죽이 등짝에 붙는 것 같네. 여기, 식사 좀 가져다줘!"

잽싸게 시선을 피한 가휴는 급사를 향해 손짓을 했다. 저만치 있던 앳된 여급이 한달음에 달려와 꾸벅 인사를 했다. 간단한 식사와 술을 주문한 그는 슬쩍 서요를 곁눈질했다.

"자네도 같이 먹을 거지?"

"전 됐습니다."

"아니 왜? 아직 식사 전인 것 같은데……."

"주인님과 같이 먹으면 체할 것 같아서요."

머쓱해진 가휴는 입맛을 쩝 다시고는 여급을 향해 손짓을 했다. 그에 여급이 꾸벅 인사를 하더니 빠른 걸음으로 아래층으로 사라졌다.

가휴는 슬금슬금 서요의 눈치를 보다가 주변을 두리번거렸다.

"근데 목련은 어디 갔나?"

"집으로 가셨습니다. 그 모습으로는 당분간 일을 할 수 없을 테니 며칠 쉬시라 말씀드렸습니다."

"하긴……."

살짝 실망한 듯한 가휴의 모습에 서요는 혀를 찼다. 평생 한량처럼 살 줄 알았던 주인이 한 여자에게 빠져 저런 표정까지 짓는 걸 보니 팔뚝에 소름이 돋았다.

빤히 쳐다보는 서요의 시선을 느꼈는지 가휴가 의아한 표정을 지었다.

"왜? 할 말 있어?"

서요는 말할까 말까 잠시 고민하다가 결심한 듯 입을 뗐다.

"목련 님 말입니다. 마음을 정하신 겁니까?"

고개를 갸웃하던 가휴가 이내 피식 웃었다.

"뭐야. 그 말 하려고 그렇게 뜸을 들인 거였나?"

의자에 등을 기대고 쭉 몸을 이완시킨 가휴는 창밖을 바라보았다. 어둠이 내린 창 너머를 응시하는 그의 눈빛이 차분히 가라앉았다.

"서요. 난 이제야 차류 전하를 이해할 수 있을 것 같아."

서요가 가만히 가휴의 다음 말을 기다렸다.

"냉혈한에 재미도 없는 무뚝뚝한 전하가 미련 없이 왕위를 버리고 떠났다는 소식을 들었을 때, 솔직히 여자 하나 때문에 모든 걸 버린 그분이 무척 어리석어 보였지. 그런데 어리석었던 건 전하가 아니라 나였어."

가휴의 어깨가 크게 들썩였다.

"큭큭, 정말 뜻밖이지 않아? 내가 다른 누구도 아닌 인간 여자와 사랑에 빠지다니……."

"드디어 인정하시는 겁니까?"

"어쩌면 이미 알고 있었는지도 모르지. 단지 확인할 시간이 필요했을 뿐……. 난 뼛속까지 장사꾼이잖아."

서요가 피식 웃으며 맞장구를 쳤다.

"네에, 맞습니다. 주인님은 뼛속까지 못된 장사꾼이죠. 그 때문에 머리 굴리다가 인생 종칠 뻔했지만요. 목련 님도 참 안 됐네요. 좋은 남자 만나서 행복한 삶을 살 수 있었을 텐데 어쩌다 주인님 같은 남자를 만나 고생길을 자처하는지 원……."

가휴는 밉살맞게 입을 놀리는 서요를 매섭게 노려보았다.

"그 여자를 행복하게 해줄 수 있는 남잔 나뿐이야. 다른 남자? 홍! 어림도 없는 소리."

"그건 아무도 모르는 일이지요. 목련 님이 꾸미지 않아서 그렇지 꽤 미인 아닙니까? 마음만 먹으면 얼마든지 남자를 고를 수 있지요."

"그 주둥이를 두 번 다시 놀리지 못하게 해줄까?"

서요가 어깨를 으쓱했다.

"제가 뭐 틀린 말했나요? 그러니 목련 님께 잘하시란 뜻으로 드린 말입니다."

"네가 걱정하지 않아도 차고 넘치도록 잘해줄 거다."

"어련하시려고요."

서요는 간질거리는 뱃속을 꾹 누르며 차 한 모금을 마셨다.

목련과 관련된 일이라면 금세 파르르 반응을 보이는 주인의 모습이 무척 재미있었다. 한동안 놀려먹을 거리가 생겼다 싶으니 금세 기분이 좋아졌다.

"그나저나 마노국엔 아예 돌아가지 않을 작정입니까?"

"어? 무, 물론 가야지. 근데⋯⋯."

서요의 눈매가 뱀처럼 가늘어졌다.

"설마 아직도 전하가 무서워서⋯⋯."

"내, 내가 뭘! 절대 그것 때문에 그런 거 아니다!"

"그럼 뭣 때문인데요? 그때처럼 또 갑자기 전하가 나타나서 뎅강 목을 칠까 무서워서 그런 게 정말 아니란 말씀인가요?"

가휴의 얼굴이 해쓱해졌다.

"아니 뭐, 내가 꼭 전하가 무서워서가 아니라⋯⋯. 생각해봐. 목련은 독귀와 접촉해도 아무렇지 않은, 현재로선 유일한 인간이야. 어찌 보면 혼혈보다 더 희귀한 경우라 할 수 있지. 그런 목련을 어떻게 마노국으로 데려갈 수 있겠어? 응? 모란 님도 혼혈인 것 때문에 전하의 아이를 가졌으면서도 마노국을 떠난 거잖아."

"정말 목련 님 때문입니까?"

서요의 의심스러운 눈초리에 가휴는 고개가 떨어져라 끄덕였다.

"정말이라니까?"

그의 말도 맞긴 했다. 이대로 목련을 데리고 간다면 또다시 모란이 겪었던 일이 반복되지 말란 법도 없었다.

가뜩이나 차류왕이 없어 혼잡스러운 마노국에 목련이라는 폭탄을 던져줄 수는 없는 일이었다. 서요는 작게 한숨을 내쉬었다.

"그럼 어찌하실 셈입니까?"

"그래서 말인데…… 서요. 네가 당분간 상단을 맡아줄 순 없을까?"

서요의 눈이 휘둥그레졌다.

"예에?"

가휴가 머리를 긁적이며 실실 웃었다.

"아무래도 목련 곁에 내가 있어야 할 것 같아. 조모님과 용이도 돌봐야 하고, 마노국 정세도 어지러운 때이니 한동안 이곳에 있다가 적당한 때가 되면 목련을 데리고 마노국으로 돌아갈게."

왠지 모르게 불안한 느낌이 들더라니. 서요는 땅이 꺼져라 깊이 한숨을 내쉬었다.

"결국 귀찮은 뒤처리는 제 차지군요."

"믿을 만한 이는 자네밖에 없으니 어쩔 수 없잖아."

"별로 기쁘진 않습니다만."

가휴의 웃음소리가 잠시 허공을 떠돌다가 금세 사라졌다. 두 남자는 각자 생각에 빠진 듯 한동안 입을 열지 않았다.

그때, 쿵쿵 계단 울리는 소리가 나더니 여급이 음식을 들고 나타났다. 김이 모락모락 피어오르는 먹음직한 음식들이 하나둘씩 식탁 위에 차려졌다.

여급이 돌아가고 나서도 계속 이어지던 침묵은 서요가 먼저 입을 열면서 깨졌다.

"전하께선 영원히 마노국에 돌아오지 않을지도 모릅니다."

가휴가 쓸쓸한 표정으로 고개를 끄덕였다.

"그래. 그럴지도 모르지."

"마노국도 언제 안정될지 모르고요. 어쩌면 더 혼잡해질지도 모릅니다."

"알아. 하지만 두 분 사이에는 율영 님이 있잖나. 혹시 알아? 나중에라도 율영 님이 마노국으로 오셔서 전하의 자리를 대신해줄지."

율영은 차류와 모란의 아들이었다. 서요의 눈이 스르르 커졌다.

"설마 그런 일이 가능하겠습니까?"

"앞날은 아무도 모르는 거라고. 게다가 아주 불가능한 일도 아닌 것이, 그 효우가 섭정을 하고 있지 않나. 그에게 있어 왕은 오직 차류왕뿐이야. 전하가 돌아오지 않는다고 절대 포기할 남자가 아니란 거지. 그런데 그 차류왕에게 아들이 태어났다. 이게 뭘 뜻하는 건지 알아?"

히죽 웃는 가휴의 모습에 서요가 고개를 내저었다. 늘 사고만 치고 아무 생각 없이 사는 줄 알았는데, 이럴 때면 영락없이 홍마단의 단주로 보였다.

"뭐, 지금으로선 거의 불가능해 보이지만요. 허나, 만약 정말 그런 일이 일어난다면 마노국에 새 바람이 불지도 모르겠군요."

"최초의 혼혈 왕이라……. 그런 날이 진짜 온다면 그땐 목련과 함께 마노국에 돌아갈 수 있겠지."

부질없는 꿈일 수도 있다. 어쩌면 영원히 오지 않는 이상향일 수도 있다. 하지만 왠지 모르게 묘한 설렘과 기대감이 가휴의 가슴에, 그리고 서요의 가슴에 조금씩 꿈틀대기 시작했다.

"그때가 오면 주인님은 율영 님 편에 서실 겁니까?"

가휴는 진지하게 묻는 서요를 향해 히죽 웃어보였다.

"글쎄. 앞날을 누가 알까. 하지만 네 말대로 난 뼛속부터 장사꾼이야. 손해 보는 장사는 절대 하지 않지."

모호한 답변이었지만 서요는 더 이상 묻지 않았다. 대신 가휴의 젓가락을 빼앗아 음식을 먹기 시작했다.

"이봐, 이건 내 거라고!"

"먼저 먹는 자가 임자죠."

아예 밥그릇까지 가져가는 서요의 모습에 가휴는 어이없는 표정을 지었다.

"안 먹겠다더니?"

"아깐 배가 안 고팠는데, 갑자기 허기가 지네요."

"하여간……."

가휴는 투덜대며 다시 자신 몫의 음식을 주문했다. 못마땅한 듯 서요를 노려보고는 있었지만 정작 그의 입술은 부드럽게 말려 올라가 있었다.

가휴는 서요에게 고맙다는 말은 절대 하지 않았다. 어차피 언젠가는 그에게 상단을 물려줄 예정이었다. 다만 그 시기가 조금 앞당겨졌을 뿐이다.

서요라면 자신보다 더 훌륭히 상단을 이끌어갈 것이고, 마노국의 부흥에도 큰 힘이 되어줄 것이다.

'그리고 그분께도 필시 큰 힘이 되어주겠지.'

가휴는 소리 없이 웃었다.

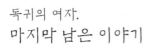

독귀의 여자.
마지막 남은 이야기

대지를 뜨겁게 달구었던 한여름의 열기가 한풀 꺾였을 즈음, 청호루에는
큰 변화가 생겼다.

첫 번째는 태용이 정식으로 청호루의 식구가 된 것이었고, 두 번째는 가
휴와 목련이 혼례 날짜를 잡은 것이었다.

가휴와의 혼례를 가장 기뻐한 사람은 역시나 목련의 조모 묘진과 태용이
었다. 특히 묘진의 기쁨은 이루 말할 수 없었다.

태어나기도 전에 산속으로 쫓겨나야 했고, 어린 나이에 어머니마저 잃은
채 많은 고생을 한 목련을 지켜본 그녀로서는 겨우 잡은 손녀의 행복이 남
다를 수밖에 없었다.

목련과 가휴의 혼례는 가족과 측근 몇 명을 제외하고 극비리에 진행되었
다. 독귀인 가휴가 인간인 목련과 혼례를 올린다는 사실이 알려지면 마노국
에서 가만두고 보지 않을 것이 분명했기 때문이다.

이미 차류왕의 선례를 가까이 지켜봤던 가휴였기에 더욱 신중해질 수밖
에 없었다.

혼례일이 정해지고 나자 가휴는 목련에게 객잔 일을 그만둘 것을 부탁했

다. 지난번처럼 험악한 일이 또 일어나지 않으리란 보장이 없었고, 무엇보다 상인들의 왕래가 빈번한 객잔에 있게 되면 자칫 가휴와의 관계가 드러날 가능성이 컸다.

가휴의 설득에 목련은 한참 고민했지만 결국 그의 뜻에 따르기로 했다. 혼례를 올린다 해서 얌전히 그에게만 의존하는 것은 싫었지만, 자신의 고집 때문에 가휴나 다른 사람들에게 폐를 끼치는 것은 더욱 싫었다.

차류왕의 반려 모란도 혼혈이라는 이유 때문에 모진 시련을 겪지 않았는가. 하물며 목련은 인간이었다. 독귀와 접촉할 수 있는 희귀한 존재. 그렇기에 더더욱 조심해야 했다.

"후우……."

목련은 굽혔던 허리를 펴고 하늘을 올려다보았다. 부쩍 높아진 하늘이 유난히 청명하고 시원해 보였다.

집 뒷마당에는 그녀가 깨끗이 세답한 옷과 이불이 햇빛을 받으며 바람에 나풀거리고 있었다. 사시사철 추위가 둥지를 틀고 있는 백계에서는 상상도 할 수 없는 일이었다. 목련은 기분 좋은 한숨을 내쉬며 기지개를 켰다.

"오늘은 오랜만에 백숙을 해볼까."

그녀가 잡은 꿩을 대신 사주고는 대뜸 백숙을 해달라 떼를 쓰던 가휴가 떠올랐다. 특유의 미소를 지으며 만난 지 얼마 안 된 자신에게 친근하게 달라붙던 그를 생각하니 슬며시 입가가 올라갔다.

"할머니. 저 장에 갔다 올게요. 혹시 필요한 거나 드시고 싶은 것 있으시면 말해주세요."

"아, 그러니? 그럼 수놓는 색실 좀 사다주겠니?"

"네, 그럴게요. 다른 건 필요 없으세요?"

"그거면 된단다."

집을 나선 목련은 해창양에 있는 홍포興浦를 향해 바지런히 걸음을 옮겼다.

양도 내에도 생필품이나 식재를 파는 상전이 있었지만, 그녀는 거리가 먼 해창양의 장을 즐겨 찾았다. 규모가 크고 가격이 저렴할뿐더러 교역의 중심지답게 다른 곳에서는 쉽게 볼 수 없는 다양한 물건들을 접할 수 있었다.

산골 마을에서 폐쇄된 생활을 하던 목련에게 해창양의 번화한 저잣거리는 그야말로 별천지나 다름없었다.

묘진이 부탁한 자수용 색실을 먼저 산 목련은 천천히 저자를 거닐며 장을 보기 시작했다. 느긋하게 거리를 걷는 그녀의 얼굴에 어느새 미소가 살포시 떠올랐다.

흥정에 여념이 없는 사람들과 호객을 하는 상인들의 외침. 엄마를 따라 나온 아이들의 재잘거림과 떼를 쓰는 아이의 울음소리.

세상의 모든 소리를 다 모아놓은 듯한 홍포의 풍경은 온종일 바라보고 있어도 전혀 질리지 않을 만큼 신기했고 그녀에게 많은 감흥을 불러일으켰다.

한 시진이 다 되도록 저자 구경에 정신이 팔려 있다 보니 돌연 갈증이 느껴졌다.

"차라도 한 잔 마시고 갈까."

목련은 홍포에 올 때마다 눈여겨봐 두었던 차방을 향해 발길을 돌렸다. 차를 마시러 간 김에 조모가 즐겨 마시는 향차를 조금 사가는 것도 좋겠다 싶었다.

얼마쯤 가니 '청조靑早'라는 목패가 붙은 푸른색의 아담한 건물이 보였다. 규모는 작지만 홍포 거리에서 차 맛이 좋기로 소문난 곳이라 했다. 차방으로 향하는 목련의 발걸음이 조금 들뜬 듯 지면을 사뿐사뿐 내달렸다.

싱그러운 찻잎 향이 물씬 풍기는 차방에는 몇 명의 젊은 여인들이 차를 마시며 담소를 나누고 있었다.

목련은 잠시 주변을 살피다가 창가 쪽에 비어 있는 자리를 발견하고 걸음을 옮겼다. 행인들과 저잣거리가 한눈에 보이는, 꽤 전망이 좋은 자리여서 그녀는 내심 흡족한 미소를 지었다.

자리에 앉고 얼마 지나지 않아 점원이 다가와 차림표를 건넸다.

천천히 차림표를 훑던 그녀의 눈이 살짝 커졌다. 다양하게 나열된 차 중에 익숙한 이름을 발견했기 때문이다. 살짝 미소를 지은 목련은 점원에게 주문을 했다.

"가배차 한 잔 주세요."

"타락을 넣어 달게 해드릴까요?"

"예, 그렇게 해주세요."

목련은 멀어지는 점원의 뒷모습을 바라보다가 이내 창밖으로 고개를 돌렸다.

처음 가배차를 맛보았던 때가 떠올랐다. 객잔을 찾아간 그녀에게 가휴가 직접 타주었던 낯선 차. 얼어붙은 가슴까지 녹여주던 달콤한 차 맛은 지금도 기억 속에 선명하게 남아 있었다.

"가배차 나왔습니다."

목련의 입가가 부드럽게 말려 올라갔다. 그녀는 설레는 마음으로 조심스레 차를 한 모금 마셨다.

"……음?"

목련의 표정이 묘하게 변했다. 다시 한번 차를 마신 그녀는 입맛을 쩝쩝 다시며 고개를 갸웃했다.

"이상하네. 왜 그 맛이 안 날까."

분명 향이나 맛은 가휴가 타주었던 가배차가 맞는데, 기대했던 것보다 맛이 없었다. 혹시나 싶어 다시 차를 마셔보았지만 역시 마찬가지였다. 목련은 작게 실소를 머금었다.

"같은 차라고 똑같은 맛이 나는 건 아니구나."

그때 자신이 마셨던 것은 어쩌면 단순한 차가 아니었는지도 모른다.

하루하루 무의미하게 살아가던 자신에게 처음으로 온정을 베푼 가휴의 마음이 그 차에 듬뿍 담겨 있었던 것은 아닐까. 그렇기에 그 달콤함이, 부드러움이 혀를 통해 몸 안으로, 심장으로 퍼져 깊이 각인되었을 것이다.

기억을 더듬는 목련의 얼굴 위로 오후의 햇살이 화사하게 비쳐들었다.

"이제 그만 갈까."

생각보다 저자에서 너무 오래 머무른 것 같아 목련은 짐을 챙겨 자리에서 일어섰다. 조모를 위한 찻잎을 사고 차방을 나온 그녀는 천천히 집을 향해 걸음을 옮겼다.

목련이 잡화를 파는 상전을 막 지나칠 때였다. 문득 낯익은 얼굴을 발견한 그녀는 걸음을 멈추었다.

상전 점문 앞에 서 있는 장신의 사내. 멀리서도 한눈에 알아볼 수 있을 만큼 뚜렷한 존재감을 과시하고 있는 사내는 다름 아닌 가휴였다.

목련의 입가에 미소가 꽃처럼 피어올랐다. 청호루에 있을 줄 알았던 가휴를 뜻밖에 홍포에서 만나자 몹시 반가웠다.

장난기가 솟구친 그녀는 가휴를 놀래주려고 일부러 조심조심 다가갔다.

그때였다. 갑자기 나타난 한 여인이 가휴의 팔을 덥석 잡으며 환하게 웃었다. 일순간 목련의 얼굴이 딱딱하게 굳었다. 뒤늦게 가휴에게 일행이 있음을 깨달은 목련은 슬그머니 행인들 틈에 몸을 숨겼다.

그녀의 시선이 찬찬히 여인을 살폈다. 한눈에도 고급스러워 보이는 비단

옷에 한껏 치장을 한 여인은 꽤 신분이 높은 귀족 아가씨 같았다.

소탈한 목련과 달리 여인은 풍만한 가슴이 확연히 드러날 정도로 대담한 옷차림이었고, 하얗고 긴 목선을 한껏 드러내 고혹적인 매력이 물씬 풍겼다. 여인도 자신의 아름다움을 잘 아는지 사람들의 시선을 은근히 즐기는 것처럼 보였다.

하지만 목련이 신경 쓰이는 것은 여인의 신분이나 미모 따위가 아니었다. 그녀가 가휴와 매우 가까워 보인다는 것. 그 점이 신경 쓰였다.

누가 봐도 둘은 매우 잘 어울리는 한 쌍의 선남선녀로 보였다. 여인은 가휴가 말 한 마디 할 때마다 까르르 웃기 바빴고, 거침없이 그에게 손을 대기도 하고 풍만한 가슴을 슬쩍 가휴에게 붙이기도 했다.

목련의 눈매가 서늘해졌다. 조금 전까지 봄바람처럼 살랑거리던 기분은 어디론가 사라져버리고, 칙칙하고 무겁고 기분 나쁜 감정들이 빈자리를 냉큼 꿰찼다.

목련은 감정적인 사람이 아니다. 마음에 들지 않는다고 발끈 분노를 드러내는 일은 하지 않았다. 기분이 나쁠수록 차분해졌고, 표정도 담담하게 변해갔다. 이것이 목련의 무서운 점이었다.

"흐음……."

목련은 잠시 고민했다. 지금이라도 다가가 아는 척할 것인가. 아니면 못 본 척할 것인가.

기분은 좋지 않았지만 가휴가 낯선 여인과 웃으며 이야기를 하고 있다는 것만으로 그를 의심하고 싶지는 않았다. 진지하게 생각을 거듭한 목련은 이윽고 결론을 내렸다.

'나중에 기회가 되면 물어보자.'

가휴는 다소 가벼운 구석이 있는 남자였지만 그렇다고 거짓말을 하는 이는 아니었다. 물어본다면 숨기지 않고 솔직하게 말해줄 것이다.

생각을 정리하니 실타래처럼 엉켜 있던 감정들이 사라졌다. 작게 한숨을 내쉰 목련은 이윽고 몸을 돌려 저잣거리를 빠져나갔다.

저녁 식사를 마친 후, 목련은 태용에게 줄 간식거리를 챙겨 청호루로 향했다. 낮에 홍포에서 본 가휴와 여인의 모습이 자꾸만 머릿속에 떠올라 심란했지만 그녀는 애써 머리를 흔들며 잡념을 지웠다.

청호루에 도착한 목련은 마침 막 심부름을 마치고 쉬고 있던 태용을 만나 간식을 건넸다. 신나는 얼굴로 덥석 간식 꾸러미를 받아드는 아이를 보니 묵직했던 기분이 다소 가벼워졌다.

그녀는 다른 사람들과 나눠 먹겠다며 빠르게 사라지는 태용의 뒷모습을 잠시 바라보다가 이내 2층으로 향했다.

목련이 향한 곳은 2층 복도 맨 끝에 있는 사실이었다. 본래 추백이 사용하는 곳이었는데, 지금은 특별한 일이 있을 때를 제외하고는 대부분 가휴가 이용하고 있었다.

사실 앞에 당도한 그녀는 잠시 머뭇거렸다. 낮의 일 때문인지 선뜻 안으로 들어가기가 망설여졌다.

그 자리에 서서 한차례 호흡을 가다듬은 목련은 천천히 문을 두드려 인기척을 냈다. 곧이어 안에서 들어오라는 익숙한 목소리가 들려왔다.

가슴을 쓰다듬으며 마음을 진정시킨 그녀는 문을 열고 안으로 들어갔다.

"아, 목련!"

서궤 앞에 앉아 있던 가휴가 반가운 얼굴로 그녀를 맞이했다. 평상시와 다름없는 표정을 보니 마음이 놓이면서도 묘하게 가슴 한구석이 울컥했다.

"오셨습니까."

다른 서궤 앞에 앉아 있던 서요가 자리에서 일어서며 목례를 건넸다.

"요깃거리를 좀 가져왔습니다. 나중에 출출하실 때 드세요."

목련은 서요에게 간식을 담은 보자기를 내밀었다.

"감사히 잘 먹겠습니다."

"호오, 이번엔 또 뭘 가져온 거야? 지난번에 먹었던 전도 무척 맛있었는데."

득달같이 달려온 가휴가 서요를 제치고 보자기를 풀었다. 무명천을 깐 채 반 위에 소담스레 놓인 떡과 과일들이 먹음직스럽게 모습을 드러냈다. 가휴의 입이 귀밑까지 걸렸다. 그는 떡 하나를 집어 입에 넣었다.

"조모님이 만든 쑥떡은 언제 먹어도 맛있단 말이야. 돈 받고 팔아도 되겠어."

서요도 떡 하나를 천천히 입에 넣으며 고개를 끄덕였다.

"아주 잘 팔릴 것 같습니다."

"그렇지?"

목련은 가휴를 물끄러미 바라보았다. 묘진이 만든 떡을 맛있게 먹고 있는 모습은 보기 좋았지만, 한편으로는 무언가 마음 한구석이 편치 않았다.

떡 다섯 개가 순식간에 가휴의 입속으로 사라졌을 즈음, 그녀는 결국 마음에 담아두었던 말을 꺼냈다.

"줄곧 이곳에 계셨던 건가요?"

"그럼, 내가 어딜 가겠어. 다음 상선이 올 때까진 사실에 콕 박혀 있는 신세지 뭐."

"온종일 사실에서 꼼짝 않으셨다고요?"

"……어? 그렇다니까. 그런데 그건 자꾸 왜 물어?"

묘하게 냉랭한 목련의 말투에 가휴는 슬그머니 눈치를 보았다.

"무슨 할 말 있어?"

목련이 특유의 차분하고 담담한 시선으로 가휴를 응시했다. 묘하게 상대를 주눅들게 하는 그녀의 시선에 가휴는 갑자기 목구멍이 뻣뻣해졌다. 그는 작게 헛기침을 하며 이리저리 눈을 굴렸다.

"흠흠, 목이 마른데……. 이런, 차가 떨어졌잖아?"

알 수 없는 불안감에 가휴는 슬그머니 자리에서 일어섰다. 무언가 예감이 안 좋을 땐 잽싸게 자리를 피하는 게 상책이다. 차를 핑계로 방을 나가려던 찰나, 목련의 입이 열렸다.

"실은 낮에 홍포에서 가휴 님을 봤어요. 어떤 여인과 이야기를 나누고 계시더군요."

흠칫 놀란 가휴는 걸음을 멈췄다.

"홍포에서 날 봤다고? 언제?"

"미시 정도 됐을 거예요."

가휴의 머릿속이 빠르게 돌아갔다.

"아!"

그제야 목련이 무엇을 말하려는 건지 눈치챈 가휴는 애써 표정을 가다듬었다.

"살 게 있어 잠깐 홍포에 갔었는데 그때 본 게로군. 아는 척이라도 하지 그랬어?"

"어떤 분과 너무나 즐겁게 담소를 나누고 계셔서 차마 끼어들 수가 없었어요."

뜨끔한 가휴는 자기도 모르게 말을 더듬었다.

"내, 내가?"

"네. 무척 다정하게 보이더라고요."

어째 다정하다는 말에 묘하게 힘이 들어간 것 같다. 가휴는 그제야 생각이 났다는 듯 손바닥을 탁 쳤다.

"아! 진령 낭자를 본 거군. 그분은 해주 영주의 따님인데, 오래전에 상단 일로 몇 번 만났었지. 한동안 연락이 끊겼다가 우연히 오늘 홍포에서 마주쳤지 뭐야. 반가워서 잠깐 인사를 나누고 있던 참이었어."

가휴의 말은 사실이었다. 진령은 미인이었지만 지나치게 자유분방해서 잠시도 집에 가만있지 않았다. 그 일로 영주와도 많은 다툼이 있었지만, 워낙 괄괄하고 고집이 세 부친도 그만 두 손을 들고 말았다.

첫눈에 서로 비슷한 부류임을 눈치챈 둘은 끓어오르는 혈기로 한때 뜨거운 밤을 보내기도 했다. 하지만 단 하룻밤의 정이었고, 애초에 사랑으로 맺어진 관계가 아니라 가휴의 머릿속에서 지워진 지 오래였다.

그런데 뜻밖에 홍포의 상전에서 진령과 마주친 것이다. 반가웠던 건 사실이었지만 설마 목련이 보고 있었을 줄은 몰랐다.

"그러셨군요."

어째 믿지 못하겠다는 말투다. 돌연 위험신호가 머릿속에서 깜박깜박 경고를 보내기 시작했다. 가휴는 번개 같은 속도로 목련 옆에 바짝 붙었다.

"정말이라니까. 진짜 우연히 만난 거야. 아마 3년은 족히 됐을걸?"

슬금슬금 허리를 더듬는 가휴의 손을 목련이 차갑게 뿌리쳤다.

머쓱해진 가휴는 도움을 구하려 서요를 찾았지만, 분명 조금 전까지 같이 떡을 먹고 있던 서요는 그새 사라지고 없었다. 운동신경도 없는 녀석이 이럴 때는 어찌나 재빠른지 모르겠다. 가휴는 속으로 욕설을 읊었다.

"미안해, 목련. 그대가 보고 있는 줄 알았으면 좀 더 조심하는 건데……."

가휴는 작전을 바꿔 그녀의 동정심에 호소하기 시작했다. 시무룩한 표정을 짓는 그의 모습에 목련의 눈빛이 작게 흔들렸다. 그것을 놓치지 않은 가휴는 더욱더 그녀의 인정에 매달렸다.

"나도 정말 깜짝 놀랐지 뭐야. 잠깐 들른 상전에서 진령 낭자를 만날 줄 어찌 알았겠어?"

"조금 전엔 사실에서 꼼짝 않고 있었다 하지 않았나요?"

"그, 그게……. 하아, 미안해. 별로 중요한 일이 아니라 깜박 잊고 있었나 봐."

뾰족해졌던 목련의 기운이 조금 무뎌진 걸 깨달은 가휴는 슬그머니 그녀의 손을 잡았다.

"앞으로는 우연히 마주쳤더라도 다른 여인과는 절대 말도 섞지 않을게. 진짜야."

목련이 우물쭈물하다가 살짝 시선을 내렸다.

"그렇게까지 하실 필요는 없어요. 저는 그냥……."

조금 질투가 났다고 어찌 말을 할까. 목련은 입술을 달싹이다가 끝내 뒷말을 삼켜버렸다. 뒤늦게 부끄러움이 목덜미를 타고 올라왔다.

"이제 오해는 풀린 거지? 가서 따뜻한 차를 가져올 테니 잠시만 기다려."

무언가 설렁설렁 쉽게 넘어간 것 같아 기분이 찝찝했지만 목련은 이만하면 됐다 싶었다. 그녀는 왠지 모르게 신이 난 것 같은 가휴를 빤히 쳐다보다가 불쑥 입을 열었다.

"궁금한 게 있어요."

"응? 뭔데?"

"듣자하니 가휴 님은 많은 여인들과 염문을 뿌렸다던데, 맞나요?"

순간, 가휴의 가슴이 철렁 내려앉았다. 조금 전까지 꽃이 만개한 것 같았던 그의 얼굴이 순식간에 하얗게 굳었다.

"아니, 그러니까 그게……."

어느 놈이 쓸데없이 입을 놀린 걸까. 당장 가서 주리를 틀고 싶었지만 의심 가는 인물이 한둘이 아니라 난감했다.

눈을 이리저리 굴리던 가휴가 경직된 근육을 풀며 억지로 미소를 지었다.

"미안해, 목련. 내게도 질풍노도와 같은 시기가 있어서 한때는 좀…… 그랬었던 건 사실이야."

"이제 와서 지난 일을 추궁할 생각은 없습니다. 그러니 사과하실 필요 없어요."

"그, 그렇지. 과거는 과거일 뿐이지. 역시 이래서 내가 목련을 좋아한다니까, 하하!"

가휴는 가슴을 쓸어내렸다. 혹시나 목련이 화를 낼까 싶어 무척 긴장했다.

"제가 궁금한 것은……."

조금 망설이는 듯하던 목련이 이내 결심한 듯 가휴를 똑바로 쳐다보았다.

"독귀는 인간과 접촉을 못 하게 되어 있는데 어떻게 그 많은 여인들과 만난 거죠? 그 여인들이 저처럼 특이한 체질도 아닐 테고요."

뜻밖의 물음에 가휴는 말문이 딱 막혔다. 난생처음 궁지에 몰린 기분이었다.

"그, 그게 왜 궁금한데? 아니, 그보다 진짜로 알고 싶은 거야?"

"정말 궁금해서 여쭤보는 겁니다. 저는 가휴 님의 피 몇 방울 먹은 것 정도로도 큰일 날 뻔했는데, 그 여인들은 어찌 다 무사할 수 있었던 건가요?"

가휴는 초조하다 못해 입이 바짝바짝 타는 기분이었다. 대체 오늘따라 목련이 왜 이러는 건지 알 수 없었다. 뭘 잘못 먹은 건 아닐까. 아니면 홍포에서 진령을 만난 것에 대한 복수일까. 짧은 순간에 별의별 생각이 스쳐 지나갔다.

"그게…… 뭐, 일단 체액만 몸 안에 들어가지 않으면 되니까……."

"그리고요?"

"꼭 들어야겠어?"

"예."

어지간해서는 포기할 기미가 안 보이자 가휴는 할 수 없다는 듯 두 눈을 질끈 감았다.

"그…… 세상엔 별의별 물건이 많거든."

"물건이요?"

"하아……. 저기 바다 건너 나라에선 말이지. 고무나무라는 게 있어."

"고무나무요?"

"그 고무나무에서 나오는 액을 굳혀서 가공한 다음에…… 아니, 과정이 중요한 게 아니니 그건 생략하고. 흠흠, 아무튼 그 고무로 만든 얇은 주머니 같은 걸 양물에 씌우고 관계를 맺으면 안전하다 이거지. 임신도 막을 수 있고."

목련이 가휴를 물끄러미 바라보았다. 속을 알 수 없는 그녀의 시선에 가휴는 안절부절못했다. 차라리 화라도 내면 좋으련만, 아무런 반응 없이 빤히 쳐다보기만 하니 가시방석이 따로 없었다. 짧은 침묵이 지나고, 이윽고 목련의 입이 열렸다.

"그러니까, 그 고무 주머니를 이용해서 인간이든 독귀든 상관없이 즐기고 다니셨다, 이 말이군요."

"아, 아니 그게……."

가휴는 당황했다. 갑자기 알 수 없는 불안감이 등골을 타고 스멀스멀 올라왔다.

어쩔 줄 몰라 하는 그를 향해 목련이 천천히 손을 내밀었다. 가휴의 얼굴에 의아한 기색이 떠올랐다.

"그 고무 주머니라는 걸 보여줄 수 있나요?"

"어? 그, 그건 왜?"

"제게 몇 개만 주세요."

가휴의 눈이 휘둥그레졌다.

"그, 그걸 왜? 아니, 것보다 그걸로 뭐하려고?"

"뭐하긴요. 그리 좋은 물건이 있다는 걸 알았으니 저도 다른 독귀 남자들을 만나보려고요. 듣자하니 독귀들은 하나같이 미모가 그리 뛰어나다지요? 하긴 차류왕을 보니 확실히 알겠더군요. 그렇게 아름다운 남자는 태어나서 처음 봤어요. 어찌나 눈이 부시던지 가슴이 뛰어서 혼났지 뭡니까?"

목련이 가휴를 위아래로 슬쩍 훑었다.

"뭐, 독귀라 해서 모두 아름다운 건 아니지만……."

한숨을 푹 내쉬는 그녀의 모습에 가휴는 발끈했다.

"내, 내가 어때서!"

"정말 몰라서 묻는 건가요? 아무튼 그 고무 주머니 몇 개만 주세요."

얼굴색이 변한 가휴는 버럭 소리를 질렀다.

"안 돼! 절대 못 줘!"

한방 얻어맞은 가휴는 초조함을 감출 수 없었다. 자신의 과거사를 듣고 화내며 비난할 줄 알았는데, 그러기는커녕 오히려 차분한 태도로 고무 주머니를 달라고 요구하다니. 열이 뻗친 가휴는 득달같이 방을 나가 서요를 찾았다.

"서요! 어디 있어? 서요!"

객잔이 떠나갈 듯 외치는 소리에 서요가 무슨 큰일이 생긴 줄 알고 헐레벌떡 뛰쳐나왔다. 어디 숨어 있다 이제 나타났냐고 따지고 싶었지만 지금은 그럴 겨를이 없었다.

"무슨 일이십니까?"

"그거 어디 있어!"

"그거라니요?"

"그거 말이야, 그거!"

"아니, 그러니까 그게 뭔지…….."

가휴는 왈칵 신경질을 부렸다.

"고무 주머니 말이야! 그, 내가 서국에서 몰래 들여온 거!"

그제야 가휴가 뭘 찾는지 눈치챈 서요가 혀를 찼다.

"아니 그걸 왜 제게 물으십니까?"

"네가 모르면 누가 알아! 빌어먹을! 내가 그걸 줄 것 같아? 죄다 없애버리고 말 테다!"

벌침 맞은 말처럼 펄펄 날뛰는 그의 모습에 서요는 황당한 표정을 지었다. 대체 무슨 일이기에 저 난리인지 모르겠다. 문득 스쳐 지나가는 생각에 그는 손바닥을 탁, 쳤다.

'또 목련 님 때문이로군.'

서요는 딱하다는 듯 가휴를 쳐다보았다.

'주인님. 어찌 그리 단순해지셨습니까? 아, 눈물이…….'

나오지도 않는 눈물을 손가락으로 찍어낸 서요는 고개를 절레절레 흔들었다.

'목련 님이 야무진 분이어서 참 다행이야.'

지도에도 잘 나와 있지 않은 산골 마을 여인이 마노국에서도 내로라하는 홍마단의 수장을 쥐락펴락하는 광경은 돈 주고도 못 볼 진귀한 것이었다.

서요는 입이 찢어져라 웃고 싶었지만 가휴가 더 난동을 피울 것 같아 억지로 참았다.

"걱정 마십시오. 견본으로 들어온 게 전부라 남은 물량이 거의 없습니다. 있다 해도 제가 알아서 처리하겠습니다."

"정말이야?"

"못 믿겠다면 직접 확인해보시든가요."

자신만만한 서요의 태도에 망아지처럼 날뛰던 가휴가 다소 진정되었다. 서요는 꿈틀거리는 배를 있는 힘껏 눌렀다. 웃음을 너무 참았더니 뱃가죽이 얼얼했다.

"알겠다. 하지만 행여 하나라도 남아 있다면……."

"제가 주인님 밑에 한두 해 있었습니까? 실수 같은 건 안 합니다."

"……그럼 됐다."

"할 말 끝나셨으면 이만 가보겠습니다."

공손히 인사를 한 서요는 천천히 몸을 돌렸다.

"풉!"

갑자기 들려온 바람 빠지는 소리에 가휴는 휙 고개를 돌렸다.

"방금 무슨 소리 들리지 않았어?"

서요가 정색하며 고개를 내저었다.

"무슨 소리 말입니까? 전 못 들었습니다만……."

가휴는 고개를 갸웃했다.

"그래? 이상하네. 분명 들었는데."

"일을 너무 많이 하신 것 아닙니까? 무리하지 말고 푹 쉬시지요."

"……알았으니 그만 가봐."

목례를 건넨 서요가 이내 아래층으로 사라졌다. 오늘따라 사라지는 속도가 평소보다 배는 빠른 것 같다.

가휴는 찜찜한 기분을 지울 수 없었다. 꼭 뒷간에 갔다가 뒤처리를 하지 못하고 나온 느낌이랄까. 입맛을 쩝 다신 그는 목련이 기다리고 있을 사실을 향해 걸음을 옮겼다.

"아차, 차를 잊어버렸군."

가휴는 발길을 돌려 2층 식당으로 향했다. 저녁때라 그런지 꽤 많은 손님들이 식사를 하거나 술을 마시고 있었다.

제일 먼저 눈에 띄는 여급에게 차를 부탁하려던 그는 한순간 멈칫했다. 어디선가 많이 본 듯한 얼굴을 발견한 탓이다.

가휴의 눈매가 새치름히 찢어졌다. 어린 여급에게 추파를 던지고 있는 한 사내. 기생오라비 같은 얼굴에 화려한 비단옷을 입은 사내는 꽤 신분이 높은 귀족 도련님처럼 보였다. 날카롭게 사내를 살피는 가휴의 눈이 이내 스르르 커졌다.

"저자는……."

기름을 바른 듯 반질반질한 면상이 어째 낯익다 했더니 저 사내는 상단 백호원의 수장 채현이 아닌가. 백호원은 청국에서도 다섯 손가락에 꼽히는 큰 상단이었다.

"저 녀석이 왜 여기에 있는 거지?"

게다가 보란 듯이 남의 객잔에서 여급을 꾀고 있는 모습을 보니 속이 뒤틀렸다. 가휴는 성큼성큼 채현을 향해 걸어갔다. 그의 등장에 곤혹스러워하던 여급의 안색이 확 밝아졌다.

"가휴 님!"

"사실에 따뜻한 차 좀 가져다주겠어?"

"예, 알겠습니다."

여급이 허리를 굽히더니 쏜살같이 자리를 빠져나갔다. 채현이 아쉽다는 듯 입맛을 쩝쩝 다셨다.

"아, 귀여웠는데……."

"남의 객잔에서 뭐하는 짓이지?"

"뭐하긴요. 이렇게 술을 마시고 있지 않습니까?"

가휴는 식탁 위에 놓인 작은 술병과 안주들을 아니꼽게 쳐다보았다. 돈 많은 상단 주인답게 시킨 음식들도 죄다 비싼 것뿐이다. 보기 싫은 녀석이라 해도 일단 손님인지라 가휴는 별말 없이 혀만 쯧 찼다.

"오랜만에 뵙는 건데 가휴 님은 제가 반갑지 않으신가 봅니다?"

"내가 왜 사내놈을 반겨야 하지?"

채현이 하하, 웃었다.

"여전하시네요. 그나저나 신수가 아주 훤하십니다. 무슨 좋은 일이 있으신가요?"

"좋은 일이 있든 말든 너와는 상관없잖아."

"이런, 너무 매정하신 거 아닙니까? 전 가휴 님이 무척 보고 싶었는데 말입니다."

오싹 소름이 돋은 가휴는 몸서리를 치며 팔뚝을 마구 문질렀다. 이거다. 바로 이런 점 때문에 가휴는 채련을 끔찍이도 싫어했다.

"징그러우니까 집어치워! 아무튼 이왕 왔으니 최대한 비싼 술로 많이 먹고 가라. 그럼 이만."

채현과 말 섞어봐야 조금도 이득이 없다는 걸 잘 알고 있는 가휴는 잽싸게 자리를 피하려 했지만 채현이 한발 빨랐다.

"천우단의 단주가 실종됐다면서요? 아주 난리가 났더라고요. 이름이…… 호종이었던가? 존재감이 미미해서 이름도 잘 기억나지 않는군요."

어째 묘한 기시감이 드는 말이다. 가휴는 처음 듣는다는 듯 어깨를 으쓱했다.

"그런 일이 있었나? 몰랐군."

"호오, 천하의 가휴 님도 모르는 일이 있으신가요?"

"내가 신도 아닌데 세상일을 다 알 순 없지."

"이상하군요. 들리는 말론 실종되기 전까지 이곳에서 술을 마셨다고 하던 데요."

"하루에도 수많은 사람이 오고 가는 객잔인데, 일일이 손님들을 기억하는 건 무리 아닌가?"

"이곳에서 크게 사고를 친 모양이던데, 기억을 못 한다는 건 말이 안 되지 요."

가휴는 와락 인상을 찌푸렸다. 쉴 새 없이 떠들어대는 저놈의 입을 아교로 딱 붙여놨으면 좋겠다. 그렇지 않아도 목련 때문에 신경이 예민한 참인데 너구리같이 느물거리는 채현 녀석이 나타나는 바람에 점점 기분이 가라 앉았다.

"청호루의 여급을 건드렸다면서요? 그래서 누군가한테 개처럼 맞고 도망 쳤다 하더군요. 참 이상하죠. 그래도 한 상단의 수장인데, 그런 그를 누가 그 리 떡이 되도록 팬 걸까요?"

채현이 히죽거리며 가휴를 쳐다보았다. 마치 그 눈빛이 '나는 누가 범인 인지 알고 있다'라고 말하는 것 같아 가휴는 몹시 불쾌했다.

"그딴 놈 내가 알 게 뭐야?"

"아니, 뭐. 그냥 그렇다고요. 나와 상관없는 사람이긴 하지만, 조금은 불 쌍한 생각이 들더군요."

"불쌍해? 그런 쓰레기 자식한테 맞은 여자는 불쌍하지 않고?"

가휴는 속이 부글부글 끓는 것을 느꼈다.

"어라? 화나신 건가요? 전 그냥 개인적인 생각을 말씀드린 것뿐인데……."

가휴는 아차 싶었다. 채현이 그날 일을 상기시키는 바람에 겨우 잠재웠던 분노가 다시 폭발할 뻔했다. 그는 헛기침을 하며 재빨리 표정을 바꾸었다.

"그래, 그 여급은 괜찮답니까?"

"뭐?"

"호종에게 당한 여급 말입니다. 청호루에 있는 이들은 모두 한식구나 다름없는데, 추백 객주나 가휴 님도 무척 걱정되셨겠습니다."

가휴는 가만히 주먹을 거머쥐었다. 호종에게 맞아 피멍이 들었던 목련을 생각하니 다시금 가슴 한구석이 지끈 저려 왔다.

"그런데……. 제가 최근에 정말 놀랄만한 소식을 들었지 뭡니까?"

눈을 초롱초롱 빛내는 채현을 보니 왠지 모르게 불길한 생각이 스멀스멀 뒷덜미를 긁었다. 채현이 씨익 웃었다.

"정말 제 귀를 의심했다니까요. 제가 뭘 들었는지 궁금하지 않으세요?"

"별로 궁금하지 않아."

계속 채현을 상대하고 있다가는 엄청나게 귀찮은 일이 생길 것 같아 가휴는 후다닥 몸을 돌렸다.

"혼례를 올리신다면서요?"

심장이 쿵 떨어졌다. 자기도 모르게 멈칫한 가휴는 천천히 뒤를 돌았다. 채현이 흡족한 미소를 띤 채 그를 바라보고 있었다.

"……뭐?"

"혼례 말입니다. 혼례."

"누가?"

"누구긴요. 제 눈앞에 있는 분이지요."

가휴는 반사적으로 주변을 두리번거렸다. 다행히 채현이 있는 곳은 병풍이 쳐진 창가 쪽 외진 자리라 듣는 이는 없었다. 조금 마음을 놓은 그는 부리

부리한 눈으로 채현을 쏘아보았다.

대체 어디서 이야기가 새어나간 걸까. 혼례 사실을 아는 이는 자신과 목
련, 묘진과 태용, 그리고 추백과 소기뿐이었다. 다들 입단속을 단단히 해둔
터라 새어나갈 틈이 없는데, 채현은 어디서 혼례 사실을 들었단 말인가. 혹
그냥 떠보는 걸까.

"네 정보력도 별거 아니군. 시답지 않은 얘기할 거면 그만 가보겠다."

"상대가 다름 아닌 그 여급이라면서요?"

심장이 바닥에 떨어지다 못해 나락까지 추락한 것 같았다. 가휴는 등골이
오싹해졌다.

'저놈이 어떻게 알고 있는 거지.'

혹시 어린 태용이 실수로 말을 흘린 걸까. 온갖 심부름을 하면서 많은 사
람들을 상대하고 있으니 전혀 불가능한 일은 아니었다.

가휴는 한숨을 내쉬었다. 저렇게까지 나오면 이미 다 알고 왔다는 소리
다. 계속 발뺌을 해봤자 채현한테는 먹히지 않으리란 걸 잘 알고 있는 가휴
는 태도를 바꾸었다.

"내가 혼례를 올리든 말든 네 녀석과 무슨 상관인데?"

"섭섭합니다. 그래도 오랜 시간 가휴 님과 착실히 친분을 쌓아왔다 생각
했는데, 그런 인륜대사를 제게 한 마디 언급도 없이 치르려 하신 겁니까?"

정말 서운하다는 듯 시무룩한 표정을 짓는 채현의 모습에 가휴는 온몸의
털이 거꾸로 솟는 것 같았다. 낮게 욕설을 내뱉은 그는 슬쩍 허리를 숙여 채
현에게 속삭였다.

"입조심하라고 부친께서 안 가르쳐 주시던? 이 바닥에서 말 함부로 했다
간 그대로 골로 가는 수가 있다고."

"지금 협박하시는 겁니까?"

가휴는 채현을 한 대 후려치고 싶은 충동을 간신히 억눌렀다. 어지간한 상대는 손 안에서 쥐락펴락하는 가휴였지만 그도 채현만큼은 함부로 할 수가 없었다.

어찌나 약삭빠르고 잔머리를 잘 쓰는지 수단 방법 안 가리는 가휴마저 혀를 내두를 정도였다. 저 인간이 마음만 먹으면 하루도 못 가 자신의 혼례 소식이 대륙 전체에 퍼질 수도 있었다. 가휴는 빠드득 이를 갈았다.

"그래서, 뭘 원하는 거야?"

"아니 무슨 그런 말씀을! 전 대가를 바라고 경박히 입을 놀리는 사람이 아닙니다."

"마음에도 없는 소리 집어치우고 원하는 걸 말해."

가휴는 가증스럽기 짝이 없는 채현을 경멸스럽게 쏘아보았다. 그런 그의 시선에도 아랑곳없이 채현은 싱글벙글 웃기만 했다. 그가 웃을 때마다 온몸에 벌레가 기어가는 것 같다. 가휴는 슬그머니 한 발짝 뒤로 물러섰다.

"하지만……."

채현이 두 눈을 갸름하게 접으며 의미심장한 눈빛을 던졌다.

"혹시 모르죠. 행방이 묘연한 차류왕의 소재를 알게 된다면 제 입이 굳게 닫힐지도……."

순간, 가휴의 얼굴이 차갑게 굳었다. 조금 전까지 붉으락푸르락 다양하게 변하던 얼굴이 순식간에 온기를 잃자 능글거리던 채현이 움찔했다. 잠시 침묵이 흐른다 싶더니 가휴가 느릿하게 입을 떼었다.

"백호원의 수장께선 독귀의 일에 인간이 간섭하면 안 된다는 불문율을 잊으셨나?"

채현의 목울대가 위아래로 거칠게 움직였다. 잠시 당황한 듯 말을 못하던 채현이 이내 너털웃음을 지었다.

"농입니다, 농! 뭘 그리 정색을······. 아이고, 지릴 뻔했습니다, 그려."

가휴의 잘생긴 눈매가 부드럽게 휘었다. 그 해사한 웃음에 채현이 슬쩍 시선을 피했다.

"흠흠, 시간이 벌써 이리됐나? 그만 가봐야겠군요. 그냥 인사차 들른 거니 괘념치 마십시오."

서둘러 자리를 빠져나가려는 채현을 가휴가 붙들었다.

"채현."

"예, 예?"

움찔한 채현이 주춤주춤 그를 돌아보았다. 가휴는 어느새 웃음기를 지우고 차분하게 채현을 응시했다.

"혼례를 올리는 건 맞다."

채현의 눈이 슬쩍 커졌다.

"네가 그 사실을 퍼뜨리든 말든 상관없어. 내가 혼례 사실을 숨겼던 것은 그녀를 지키기 위해서였으니까. 하지만 만약 이 일로 그녀에게 조금이라도 피해가 간다면······."

채현은 잔뜩 긴장한 얼굴로 가휴의 입술만 뚫어져라 쳐다보았다. 무슨 말이 나올까 조마조마했지만 뒤이어 나온 말은 뜻밖이었다.

"혼례는 추곡제가 열리는 풍화의 날에 치를 거야. 한가하면 오든가."

말을 마친 가휴가 멍하니 얼이 빠진 채현을 뒤로하고 성큼성큼 사라졌다.

채현은 그가 사라진 뒤에도 한참이나 자리에 못 박힌 듯 서 있다가 뒤늦게야 정신을 차리고 길게 한숨을 내쉬었다.

"나 원······."

다리에 힘이 빠진 채현은 비틀거리며 간신히 의자에 몸을 실었다.

"농 한 번 던진 것뿐인데 저렇게 나오나. 서운하구만."

입맛을 쩝 다신 채현은 술을 한 잔 따라 입 안에 털어 넣었다. 목구멍을 화끈하게 훑는 액체가 오늘따라 더 독하게 느껴졌다.

만나면 늘 부딪히는 두 남자였지만 사실 채현은 가휴를 매우 존경하고 있었다. 상인으로서의 능력은 물론 사람들을 한순간에 사로잡는 가휴의 매력은 채현에게 있어 동경의 대상이었다.

무엇보다 가휴는 나이 어린 채현을 한 상단의 수장으로 대등하게 상대해 주는 유일한 사내였다. 그래서일까. 가휴가 자신을 볼 때마다 노골적으로 싫은 기색을 비치는 걸 알면서도 그의 관심을 끌기 위해 일부러 더 자극했다.

물론 가휴는 이런 사실을 꿈에도 모르겠지만. 연거푸 한 잔을 더 따라 마신 채현은 피식 웃었다.

"바쁘신 몸이지만 뭐, 가주지."

이러니저러니 해도 결국 가휴가 혼삿날에 자신을 초대해주었다는 사실이 몹시 기뻐 자꾸만 웃음이 멈추지 않았다.

"하아, 그 녀석 때문에 괜히 시간만 낭비했잖아."

서둘러 사실로 달려간 가휴는 자신을 기다리고 있어야 할 목련이 보이지 않자 가슴이 철렁했다. 텅 빈 방 안에는 여급이 가져다 놓은 것으로 보이는 차 주전자만이 덜렁 자리를 차지하고 있었다.

고개를 갸웃한 그는 사실을 나와 아래층으로 향했다. 가는 도중에 식당을 힐끗 살핀 가휴는 채현이 고새 다른 여급을 붙잡고 치근덕대고 있는 것을 보고는 고개를 설레설레 내저었다.

1층에 내려온 가휴는 주변을 두리번거리며 목련을 찾았지만 그녀는 어디에도 보이지 않았다. 그새 집으로 돌아간 걸까.

초조해진 가휴는 찬간까지 기웃대다가 문득 뒤뜰을 떠올렸다. 이따금 목련이 그곳에서 휴식을 취하고는 했던 것이 뒤늦게 생각났다.

가휴는 곧바로 뒤뜰로 달려갔다. 어느새 어둠이 드리워진 뜰에는 외등 하나가 희미하게 불을 밝히고 있었다. 그곳에 목련이 있었다.

그녀는 뒤늦게 하얀 꽃망울을 피워낸 커다란 화목 아래 서서 별이 총총 박힌 하늘을 말없이 올려다보고 있었다.

그 모습이 마치 한 폭의 그림처럼 아름다워서 새삼 가슴이 뛰었다. 가휴를 발견한 목련이 환하게 미소를 지었다.

"화는 풀리셨나요?"

"화 안 났는데."

목련이 쿡쿡, 소리 내어 웃었다. 방울처럼 허공으로 퍼지는 맑은 웃음소리에 또 한 번 세차게 가슴이 뛰었다.

"저 때문에 화가 나셨나 싶어 걱정했어요."

"내가 목련에게 화를 낼 리 없잖아."

목련의 미소가 조금 더 진해졌다. 가휴가 사실을 박차고 나가고 난 후, 그녀는 들끓는 뱃속을 잠재우느라 애를 먹었다. 잔뜩 풀이 죽었다가 자신이 고무 주머니를 요구하자 난리를 피우며 뛰쳐나가버린 가휴를 생각하니 웃음을 참을 수가 없었다.

사실 그렇게까지 할 생각은 없었는데, 자신의 눈치를 보며 일일이 예민하게 반응하는 그를 보니 자꾸 놀려주고 싶은 마음이 생겼다.

물론 진령이라는 여인과 다정하게 있었던 것은 조금 기분 나빴지만 화가 난 건 아니었다. 단지 처음 느껴보는 낯선 감정 때문에 잠시 혼란스러웠을 뿐이었다.

"사실…… 조금 심술을 부렸어요."

목련이 부끄러운 듯 살짝 시선을 내렸다가 다시 가휴를 바라보았다.

"다른 여인과 다정히 있는 가휴 님을 보니 갑자기 불쾌해지더군요."

가휴의 눈매가 부드럽게 휘어졌다.

"……그랬어?"

목련의 뺨이 조금씩 붉어졌다.

"지금껏 누구를 좋아해본 적이 없어서 몰랐는데……. 아마도 이런 게 질투인 거겠죠?"

진달래처럼 발그레 물든 목련이 무척이나 사랑스럽다. 가휴는 조심스레 그녀의 뺨을 감쌌다.

"사랑해, 목련. 내게 있어 여인은 오직 그대뿐이야."

목련의 눈이 스르르 커졌다. 희미한 불빛을 말갛게 튕겨내는 까만 눈동자. 흔들림 없이 올곧은 이 눈동자가 얼마나 자신을 매혹시켰는지 그녀는 알까.

가휴는 홀린 듯 목련을 바라보다가 고개를 숙여 부드럽게 입을 맞추었다. 바깥에 오래 있었는지 그녀의 입술은 조금 차가웠다. 그것이 안타까워 가휴는 몇 번이고 입을 맞추며 자신의 온기를 나눠주었다. 한참 만에야 입술을 떼어낸 그는 나지막이 속삭였다.

"평생 행복하게 해줄게."

목련이 활짝 웃으며 가휴의 손바닥에 쪽 입을 맞추었다.

"저도 평생 가휴 님을 행복하게 해드릴게요."

"흠, 그거 엄청 기대되는걸? 그래, 어떻게 행복하게 해줄 건데?"

장난스럽게 눈빛을 반짝이는 가휴의 모습에 목련은 말없이 미소를 지었다. 이윽고 그녀가 가휴의 손을 잡아 가만히 자신의 배로 이끌었다.

"제가 가휴 님께 드리는 선물이에요."

잠시 어리둥절한 표정을 짓던 가휴가 이내 얼음처럼 굳었다. 멍하니 목련의 배와 그녀의 얼굴을 번갈아 쳐다보던 가휴의 입이 스르르 벌어졌다.

"설마……."

목련이 방긋 웃으며 고개를 끄덕였다.

"내가…… 아빠가 된다고?"

가휴는 잠시 할 말을 잊고 하염없이 목련을 바라보았다. 도저히 믿기지 않는다. 목련을 만난 것만으로도 이미 넘칠 만큼 복을 받았다고 생각했는데, 이런 기적 같은 선물이 주어지다니.

가휴는 벅차오르는 감정에 어찌할 바를 모르다가 목련을 와락 껴안았다. 갑자기 눈가가 시큰해지면서 가슴에 열기가 고였다. 그는 목련의 가는 어깨에 얼굴을 묻었다.

"우시는 건 아니지요?"

"……안 울어."

목련의 어깨가 잘게 떨리는 것이 느껴졌다. 웃고 있는 건가. 아아, 그녀가 웃고 있구나. 세상에서 제일 사랑하는 자신의 정인이 웃고 있다. 그 사실이 미치도록 좋아서 가휴는 품 안의 가는 몸을 더욱 힘주어 안았다.

"고마워, 목련."

가휴는 꾸역꾸역 눈물을 삼키며 목련의 등을 끊임없이 쓰다듬었다. 이 몸 안에 자신의 아이가 있다. 평생 연이 없을 거로 생각했던 작은 생명체가 목련의 배 속에 있다.

'아아, 이런 기분이구나…….'

가휴는 비로소 차류왕의 심정을 온전히 이해할 수 있을 것 같았다. 왠지 어디선가 차류왕의 웃음소리가 들리는 것 같아 그는 말없이 미소를 지었다.

[終]